AF398585

Mariah Stewart ist New-York-Times- und USA-Today-Bestsellerautorin von 31 Romanen und drei Novellen und wurde im Wall Street Journal portraitiert. Sie ist Finalistin des RITA Awards auf dem Gebiet der romantischen Spannung und erhielt den Award of Excellence für zeitgenössische Romantik, außerdem einen RIO Award für herausragende Leistungen in weiblicher Literatur und einen Reviewers Choice Award vom Romantic Times Magazine. Als dreimalige Gewinnerin des Golden Leaf Awards, vergeben unter den New Jersey Romance Writers, wurde Stewart kürzlich mit deren Lifetime Achievement Award geehrt (wodurch sie neben vorherigen Preisträgern wie Nora Roberts und Mary Jo Putney in die Hall of Fame eingeht – was wirklich eine sehr große Ehre für sie darstellt).

MARIAH
STEWART

Der
Sommer
der Hudson
Schwestern

Ein herzerwärmender Kleinstadtroman
voller Geheimnisse

Der Sommer der Hudson Schwestern

ISBN 978-3-98998-835-4
E-Book-ISBN 978-3-98998-748-7

Übersetzt von: Silja Mende
Covergestaltung: Jasmin Kreilmann
Umschlaggestaltung: ARTC.ore Design
Unter Verwendung von Abbildungen von
depositphotos.com: © Avdeev_80, © ehrlif,
© binnerstam@telia.com, © mkopka
Shutterstock.com: © Jones M, © Chebakalex7,
© RUNGSAN NANTAPHUM, © Sabine Hagedorn, © lovelyday12
Korrektorat: Katharina Pomorski

Satz: dp DIGITAL PUBLISHERS GmbH
Druck und Bindung: Books on Demand GmbH, Norderstedt

Für David und Rebecca Jones,

*in Liebe und mit besten Wünschen für euer eigenes
Happy End*

Vorwort

Dies ist eine überarbeitete Neuauflage des bereits erschienenen Titels Herzklopfen in Hidden Falls von Mariah Stewart.

Da wir uns stets bemühen, unseren Leser:innen ansprechende Produkte zu liefern, werden Cover sowie Inhalt stets optimiert und zeitgemäß angepasst. Es freut uns, dass du dieses Buch gekauft hast. Es gibt nichts Schöneres für die Autor:innen und uns, zu sehen, dass ein beständiges Interesse an ästhetisch wertvollen Produkten besteht.

Wir hoffen du hast genau so viel Spaß an dieser Neuauflage wie wir.

Dein dp-Team

Desdemona Hudson stand im Foyer des alten Art déco Theaters in Hidden Falls, Pennsylvania, und hob ihren Blick zu der durch Wasser beschädigten, gewölbten Decke. Das Licht brach sich in geometrischen Mustern in bunten Farben – rot, gold, grün – an dem kunstvoll ausgearbeiteten Kristallkronleuchter, der in der Mitte eines großen Gipsreliefs hing.

„Ich bin sicher, die Dachdecker waren versichert. Ich weiß noch, dass ich eine Bescheinigung zusammen mit dem Vertrag gesehen habe." Des konnte den Blick nicht von dem Desaster abwenden. „Verdammt. Wir kriegen endlich unser neues Dach, und der erste starke Wind nimmt was davon mit."

Joe Domanski, der Handwerker, der eingestellt worden war, um die Sanierung des Sugarhouse zu leiten, hatte die Hände in die Hüften gestemmt, einen resignierten Ausdruck in seinem sonnengebräunten Gesicht.

„Das ist nicht ihre Schuld, Des, und das war nicht nur ein ‚starker Wind.' Das war ein massiver Sturm mit orkanartigen Böen, ein Jahrhundertsturm. Das würde man eine Naturgewalt nennen, und ich kenne keine Versicherung, die sowas nicht ausschließt."

„Hast du die Dachdecker angerufen?"

„Ja, bevor ich dich angerufen habe. Sie sollten innerhalb einer Stunde hier sein, um sich den Schaden anzusehen und ein paar vorläufige Reparaturen zu machen, falls noch mehr Regen kommt, bevor sie die Schindeln austauschen können."

Des nickte langsam. Es gab nichts, was sie zu Joe sagen könnte, was er nicht selbst schon dachte.

Wie viel würde das alles kosten? Wie lange würde es die Sanierung aufschieben?

Sie war sich ziemlich sicher, dass das Dach selbst repariert werden konnte, und vielleicht konnte Joe die Dachdecker dazu überreden, die fehlenden Schindeln kostenfrei zu ersetzen, als ein Zeichen guten Willens. Das wahre Problem würde sein, die verschlungenen gemalten Verzierungen an der beschädigten Decke wiederherzustellen.

Ein Splitter vom Putz segelte nach unten, blieb in ihren kastanienbraunen Locken hängen, und baumelte über ihrer Stirn. Sie verscheuchte ihn und runzelte die Stirn, als sie die Flocken von Farbe auf dem Boden sah.

„Mist", murmelte sie. Sie nahm ein Taschentuch aus ihrer Handtasche und wischte sich den Schweiß von der Stirn. Die Luft im Theater war drückend heiß.

„Ich werde tun, was ich kann", sagte Joe zu ihr.

„Nur ..." Des seufzte. „Bring mir den Kostenvoranschlag und sag mir Bescheid, wie lange die Reparatur dauern wird."

Sie pfiff, und ein weißer Blitz schoss zwischen den Stühlen hervor und rannte den Gang hoch. „Zeit zu gehen, Buttons", sagte sie zu dem Mischlingsstreuner, den sie gerettet und aufgenommen hatte, und zog eine pinke Leine aus ihrer Jackentasche. Des bückte sich und hakte sie am Halsband der kleinen Hündin ein.

„Bleibst du nicht, bis die Dachdecker hier sind?"

Des schüttelte den Kopf. „Cara sollte bald auf dem Weg hierhin sein. Sie wäre gekommen, wenn sie vom Joggen zurückgewesen wäre, als du angerufen hast. Sorg einfach dafür, dass die Dachdecker alles ersetzen, was abgeflogen ist, und lass Cara übernehmen. Die tatsächlichen Reparaturen des Gebäudes sind ihre Sache. Ich bin hier, weil das Geld mein Problem ist. Es repariert zu kriegen ist Caras. Dafür zu bezahlen, ist meins."

„Des, ich ...", begann Joe, aber sie wischte den Kommentar weg, den er gerade abgeben wollte.

Es gab wirklich nichts mehr zu sagen.

Es war nicht Joes Schuld, dass am Wochenende ein frühsommerlicher Sturm durch die Pocono Mountains gefegt war und mehrere Schindeln auf den Parkplatz der Bücherei nebenan gepustet hatte. Obwohl Des nicht Joe persönlich die Schuld gab, das letzte, was sie brauchte, war noch ein Problem, was ihr bereits knappes Budget belastete. Sie ging durch das Foyer und aus der Eingangstür in die untypische Hitze. Buttons beeilte sich, mit ihr Schritt zu halten. Es war knapp zehn Uhr morgens und schon jetzt war es durch die steigenden Temperaturen und die Luftfeuchtigkeit unangenehm, sich zu bewegen.

In Cross Creek, Montana, würde es immer noch Frühling sein. Die Bäume hinter ihrem Holzhaus würden Knospen treiben und die Blumenzwiebeln, die sie letzten September gepflanzt hatte, würden blühen. Hier gingen die Pfingstrosen dem Ende ihrer Saison zu und regionale Erdbeeren türmten sich in grünen Kartonkästen auf den Marktständen am Rand der Landstraßen. In den Bergen in Montana ging der Winter nur widerwillig. Hier in den Bergen in Pennsylvania klopfte der Sommer bereits an die Tür.

Sie ging langsamer, als sie an bereits grünen Bäumen entlangging, ließ Buttons herumtrödeln, schnüffeln und alles mit der Pfote anstupsen, was auch immer ihr ins Auge fiel. Cara fuhr vorbei und hielt lange genug an, um sich einen kurzen Überblick zu verschaffen, bevor sie zum Theater weiterfuhr.

Des nahm ihr Handy aus ihrer Hosentasche, um nach Nachrichten zu schauen. Normalerweise hörte sie zu der Zeit in der Woche von ihrer Freundin Fran, die das Tierheim leitete, das Des in Cross Creek finanzierte. Immer noch keine Nachrichten. Des tippte schnell:

Alles okay bei euch?

und packte dann ihr Handy weg. Obwohl sie viele Meilen von Cross Creek entfernt war, erkundigte sie sich nach dem Tierheim, was ihr so am Herzen lag. Sie wollte wissen, was es Neues zu neuen Hunden gab, Tieren, die adoptiert worden waren, und irgendwelchen Mitarbeitern, die in ihrer Abwesenheit eingestellt worden waren. Die gesprächige Fran war immer für Informationen zu haben.

Es war hart, von zuhause und ihrer Arbeit weg zu sein, besonders, nachdem sie dieses Heim gegründet, finanziert, und dort persönlich gearbeitet hatte, um die bedürftigsten der misshandelten Tiere zu rehabilitieren. Jeder Hund, mit dem sie gearbeitet hatte, hatte einen kleinen Teil von Des mitgenommen, wenn sie ihn zu seinem endgültigen Zuhause brachte. Es war mehrere Jahre her, seit sie sich entschieden hatte, dass Tierpflege ihre Berufung war, und sie hatte viel von sich selbst investiert, um das zu verwirklichen.

Und doch war sie hier, mehrere tausend Meilen weit weg, tief inmitten der Sanierung eines neunzig Jahre alten Theaters in einer Stadt, von der sie noch nie gehört hatte, während jemand anderes ihr Tierheim leitete und mit ihren Hunden arbeitete.

Was stimmte nicht mit diesem Bild?

Andererseits hatte sie in Cross Creek keinen der Hunde behalten, die sie geliebt hatte, denn sie hatte alle geliebt. Hier in Hidden Falls hatte sie Buttons behalten können, die schnell einen Weg in die Herzen von jedem in der Hudson Familie gefunden hatte.

Trotzdem, es verging kein Tag, an dem Des sich nicht fragte, was wirklich ihr Zuhause war.

Mensch, danke, Dad.

Dad war der verstorbene Franklin – Fritz – Hudson, Hollywood Agent und Vater von Des und ihrer Schwester Allie, über ihre Mutter Honora – Nora – Hudson, die Schauspielerin, die vor vier Jahren gestorben war. Es war ihnen bis vor kurzem unbekannt gewesen, dass er auch der Vater von Cara war, deren Mutter Susa vielleicht Fritz' rechtmäßige Frau gewesen war, vielleicht aber auch nicht. Die Dinge waren ein bisschen verschwommen, was seine Ehen anging. Hatte er sich von Nora geschieden, bevor er Susa geheiratet hatte? Die Papiere waren lückenhaft, und Fritz' bester Freund und Anwalt, Pete Wheeler, konnte kein Licht auf die Situation werfen, wenn es darum ging, das Rechtliche zu sortieren. Nachdem Fritz gestorben war, war es Pete zugefallen, Des, Allie und Cara einander vorzustellen, und die Neuigkeiten über die zwei Familien ihres Vaters zu überbringen.

Als der Schock sich langsam gelegt hatte, hatte Pete die andere Bombe platzen lassen: Um Fritz' Nachlass zu erben, mussten die drei Frauen zusammen im Elternhaus ihres Vaters in Hidden Falls, Pennsylvania, leben, bis sie die Restaurierung des zugenagelten, heruntergekommenen Theaters ihrer Familie abgeschlossen hatten. Wenn irgendeine der drei sich weigerte oder abreiste, bevor die Restaurierung komplett war, würde das gesamte Vermögen an eine Wohltätigkeitsorganisation von Petes Wahl gehen. Da Fritz' Töchter ihre eigenen Gründe hatten, warum sie das Geld brauchten, hatten sie den absurden Bedingungen zugestimmt.

Aber es hatte sich rausgestellt, dass Fritz andere Geheimnisse gehabt hatte.

Da war die Kleinigkeit von Fritz' Schwester, Bonnie – in Hidden Falls als Barney bekannt – die im Elternhaus der Hudsons gelebt hatte. Während Fritz seinen Töchtern nie von ihr erzählt hatte, wusste Barney alles über sie und die Bedingungen des Testaments ihres verstorbenen Bruders, und wartete mit offenen Armen auf sie, als sie ankamen. Es war unmöglich gewesen, Barney nicht zu lieben, und sie hatten sie alle sofort ins Herz geschlossen. Barney war nicht nur schlau, sie war weise, liebevoll, und hatte ein Herz aus Gold. Sie hatte ihre Nichten fröhlich in die Familiengeschichte eingeführt, die ihr Vater ihnen verschwiegen hatte. Des' Leben war so viel reicher, seitdem Barney ein Teil davon war.

Und je mehr Des Cara kennenlernte, desto wichtiger wurde ihr diese Halbschwester, die am Boden geblieben und lustig war, und mit gesundem Menschenverstand, einem logischen Kopf und Herz im Überfluss gesegnet war. Sie und Des sahen sich sogar ein bisschen ähnlich, beide hatten das gleiche lockige kastanienbraune Haar und herzförmige Gesicht. Zusammen hatten sie die Familienporträts in Barneys Diele angesehen, und versucht rauszufinden, welchem Vorfahr sie am ähnlichsten sahen.

Man kam gut mit Cara klar, sicherlich besser als mit Allie, die die Älteste und die Größte der drei war. Sie war dünn, und ihr blondes Haar war lang und glatt. Sie hatte Wangenknochen, um die sie ein Model beneiden würde, und Gesichtszüge, die dafür sorgten, dass sie meistens die schönste Frau im Raum war. Allie hatte einen angeborenen Sinn für Stil, der Des zugegebenermaßen fehlte. Und obwohl Des als Kind der Star ihrer eigenen Fernsehserie, Des Does It All, gewesen war, hatte sie sich neben Allie immer unsichtbar gefühlt.

Es war Jahre her, dass Des und Allie unter einem Dach gewohnt hatten, und Des war sich immer noch nicht sicher, ob das gutgehen würde. Es schmerzte Des, dass sie mit der großen Schwester, die sie als Kind verehrt hatte, mehr als die Hälfte ihres Lebens kaum etwas zu tun gehabt hatte. Des wusste, dass Allie mit der Distanz zwischen ihnen dafür sorgte, dass Des nie ihren Groll darüber vergaß, dass Des vor langer Zeit für eine Rolle ausgesucht wurde, die Allie unbedingt hatte haben wollen. Ironischerweise hatte Des nur vorgesprochen, weil ihre Mutter sie dazu gezwungen hatte – sie hatte nie schauspielern, nie im Rampenlicht stehen wollen. Das

Verrückte daran war, dass Des ein Naturtalent war. Auf der anderen Seite der verrückten Medaille hatte Allie überhaupt kein Talent, und dafür hatte sie Des die Schuld gegeben und es ihr nie verziehen.

Mit dem Tod ihrer Mutter war selbst der einst gelegentliche Kontakt zwischen den Schwestern auf der Strecke geblieben. Des hatte mehrere Male versucht, Allie wieder in ihr Leben zu bringen, aber nichts hatte funktioniert. Sie hoffte, dass sie und Allie ihre Probleme klären konnten, während sie zusammen in Hidden Falls lebten, und wieder richtige Schwestern werden konnten, so wie sie es gewesen waren, bevor Neid und Groll wichtiger geworden waren als die Verbindung zwischen Schwestern. Zumindest war das Des' Plan.

Als Des den Rand des weiten Vorgartens des geräumigen viktorianischen Hauses erreichte, das die gesamte Seite des ersten Blocks von der Hudson Street einnahm, ließ sie Buttons von der Leine. Die kleine Hündin liebte es, zur Veranda zu flitzen und zu bellen, während sie vor der Haustür hin und her tanzte, bis sie jemand reinließ. Heute waren Des' Schritte langsamer als sonst, und sie konnte Barneys Blicke auf sich spüren, als sie auf die Veranda zuging.

„So schlimm?" Barney hielt die Tür auf, während Des eintrat.

Barney hatte verkündet, dass sie mit Mitte siebzig zu alt für Shorts war, daher zog sie an heißen Tagen ein Strickkleid aus Baumwolle an, dass ihr bis zu den Knien reichte, und kaum mehr als ein langes T-Shirt war. Mit ihren grob geschnittenen, blonden Haaren und ihrer schlanken, jugendlichen Figur konnte sie es in jedem Alter tragen.

„Cara ist jetzt drüben und wartet auf die Dachdecker. Bis wir ihren Bericht kriegen, wissen wir nicht, wie groß der Schaden ist. Ich habe keine Ahnung, was die Reparaturen kosten werden. Aber oh, Barney, etwas von den hübschen Malereien ist ruiniert, und an der wunderschönen pfauenblauen Decke fehlen ein paar Flecken."

Des folgte Barney ins Wohnzimmer, wo die ältere Frau anscheinend gerade gelesen hatte. Ein Buch lag offen umgedreht auf dem Sofa, und eine Tasse Tee kühlte auf dem Beistelltisch ab.

„Wo ist Allie?", fragte Des.

„Sie ist vorhin nach unten gekommen, hat Frühstück gemacht, und hat es mit nach oben genommen, wie jeden Tag zu dieser Zeit, seit Nikki weg ist. Ich habe schon Mitleid mit ihr. Wenn Nikki meine Tochter wäre, würde ich sie bei mir haben wollen, nicht auf der anderen Seite des Landes bei ihrem Vater. Aber das ist die Regelung, auf die sich Allie und ihr Ex geeinigt haben. Natürlich hatte deine Schwester zu dem Zeitpunkt keine Ahnung, dass sie hier landen würde. Man kann es ihr schwer verübeln, unglücklich zu sein."

„Unglücklich und unfreundlich sind zwei verschiedene Dinge." Des lehnte sich gegen den Türpfosten. „In ihren besten Momenten ist Allie nur einen Tick besser als Elphaba."

„Wer?"

„Die böse Hexe des Westens. Aus Wicked? Das Theaterstück? Die böse Hexe aus Der Zauberer von Oz?" Des grinste. „Die, die gesagt hat: ‚I'll get you my pretty ...'"

„‚And your little dog, too.‘" Allie ergänzte das Zitat aus der Diele. „Was ist drüben beim Theater los?"

„Nichts, dass eine Schar fliegender Affen nicht wieder hinkriegen könnte." Des erzählte Allie schnell von dem Wasserschaden am Theater. „Sobald Cara zurück ist, müssen wir überlegen, was wir als Nächstes tun."

„Wenn sie mit Joe beim Theater ist, wird sie es vielleicht bis zum Abendessen schaffen. Vielleicht." Allie lehnte sich an den Türpfosten ihrer Schwester gegenüber.

„Du bist nur eifersüchtig, weil Joe auf Cara steht und nicht auf dich." Des fragte sich, ob da nicht vielleicht etwas dran war. Cara war kaum in Hidden Falls angekommen, als sie Joe schon ins Auge gefallen war, und alle drei Hudsonschwestern waren sich einig, dass der große, muskulöse, blonde Handwerker nicht nur gut aussah, sondern auch ein aufrichtig netter Kerl war. Des hatte sich selbst gefragt, wie es wohl wäre, wenn ein Typ wie Joe verrückt nach ihr wäre.

„Oh, bitte. Als ob ich an Joe interessiert wäre." Allie verdrehte die Augen. „Er ist sowas von nicht mein Typ."

Des musste lachen. „Joe Domanski ist der Typ jeder Frau. Jeder Frau mit einem Puls und aktiver Libido. Der Mann ist heiß nach allen Standards."

Allie gab vor, nichts gehört zu haben, als sie zur Treppe ging. „Sag mir Bescheid, wenn Cara zurück ist."

Des sah zu, wie ihre Schwester die Treppe in den ersten Stock erklomm, drehte sich dann zu Barney um und sagte: „Ich hole mir was zu trinken, dann gehe ich ins Büro. Ich sollte unsere Leute von der Versicherung wegen des Schlamassels am Theater anrufen. Du kannst gerne zu uns kommen, wenn wir endlich alle beisammen haben." „Ich bin da, sobald ich das Kapitel zu Ende gelesen habe." Sie hielt ihr Buch hoch. „Ich brenne darauf zu erfahren, ob Maude ihren Entführern fliehen kann. Buttons kann hier bei mir bleiben. Sie hat wirklich keinen Sinn für Geschäftliches."

Der Hund schaute zu Barney hoch und wedelte erwartungsvoll mit dem Schwanz.

„Oh, na gut." Barney klopfte neben sich auf das Sofa. „Na los."

Der Hund hüpfte auf das Sofa, rollte sich auf den Rücken, und warf Barney ihren „Kraul mir den Bauch"-Blick zu.

Des seufzte. „Ich frage mich, ob irgendeine von uns einen Sinn fürs Geschäftliche hat. Das ist nicht so einfach, wie wir gedacht haben."

„Mit ‚das' meinst du, das Sugarhouse zu restaurieren?"

Des nickte.

„Wenn es einfach wäre, hätte mein Bruder die Renovierung fertiggestellt, bevor er starb." Barney las weiter, während sie abwesend mit einer Hand dem Hund den Bauch streichelte.

Des war gerade in die Küche gegangen, als Cara zur Hintertür hereinkam und ihre Autoschlüssel an den entsprechenden Haken hängte.

„Also, wie ist es gelaufen? Waren die Dachdecker da?"

Cara nickte. „Sie sind hoch aufs Dach und haben mehrere Schindeln gefunden, die ersetzt werden müssen. Sie haben außerdem das Sperrholz unten drunter überprüft. Es ist nass, aber das kann auch ganz einfach ersetzt werden, was die Dachdecker kostenfrei machen werden. Aber der Schaden an der Decke sieht ziemlich schlimm aus. Joe wird ein Gerüst im Foyer aufbauen lassen. Die Dachdecker meinten, sie würden sich darum kümmern. Sie werden so viel Material mitbringen, wie sie haben, aber sie meinten, sie hätten bei Weitem nicht genug, um bis an die Decke zu kommen. Sie haben aber zugestimmt, dass sie betteln, ausleihen, klauen, oder mieten werden, was noch nötig ist, um nach ganz oben zu kommen, damit wir die Decke untersuchen können. Bis das getan wurde, wissen wir nichts Weiteres.“

„Ich schätze, es wird Zeit, unsere Versicherungsvertreterin anzurufen. Es freut mich zu hören, dass sich die Dachdecker dafür gemeldet haben, die Schindeln und die Holzverkleidung zu ersetzen – was sie definitiv tun sollten – aber ich weiß nicht, wer für den Schaden an der Decke bezahlen wird, die Versicherung der Dachdecker oder unsere, aber wir müssen einen Bericht schicken.“

Cara zog ihr Haargummi aus ihrem langen, kastanienbraunen Haar, was ein paar Töne heller und nur ein bisschen weniger lockig als Des’ war. „Lass mich was zu trinken holen, dann schauen wir, was von der Versicherung abgedeckt wird.“

„Bring Allie mit, ja? Ich glaube, wir müssen Kriegsrat halten.“

Des durchquerte die breite Diele und ging in das Büro, das schon einigen Generationen der Hudsons gedient hatte. Sie fand den Gedanken an all die Menschen etwas einschüchternd, die vor ihr an dem großen Eichenschreibtisch gesessen hatten. Sogar der Stuhl war imposant – ein schwarzer Lederstuhl mit hoher Lehne, der zuerst von Reynolds E. Hudson benutzt wurde, Des’

Urgroßvater, dann von dem zweiten Reynolds Hudson, ihrem Großvater, und schließlich von Barney, als sie als Direktorin die Bank übernommen hatte, die seit Jahren von den Hudsons geleitet wurde. Sie waren alle legendär für sie, sogar Barney.

Besonders Barney, die mehr als zwanzig Jahre lang die Direktorin gewesen war, nachdem Fritz das Familienunternehmen mit Nora verlassen hatte und zur West Coast gegangen war, um seiner Geliebten dabei zu helfen, ein Star zu werden.

Sie hatten erwartet, dass Fritz in die Fußstapfen der früheren Generation treten würde, aber als das nicht geschah, war Barney zum Verwaltungsrat gegangen und hatte jeden daran erinnert, dass Fritz nicht das einzige Kind von Reynolds war, und dass sie die Bank besser leiten konnte, da sie schlauer und konzentrierter war, als Fritz es je gewesen war. Als der uralte, ausschließlich männliche Rat nachgegeben hatte, hatten sie festgestellt, dass Barney alles war, was sie behauptet hatte. Barney wurde immer noch in Hidden Falls verehrt für die vielen Dinge, mit denen sie der Stadt durch harte Zeiten geholfen hatte. Unter ihrem wachsamen Blick waren Unternehmen entstanden, neue Häuser gebaut worden, und einige ältere Häuser hatten den Besitzer gewechselt. Sie war stolz auf die Tatsache, dass es bei keinem Darlehen, das sie bewilligt hatte, je zu einem Zahlungsverzug gekommen war.

Es war schwer für jemanden wie Des, die niemals einen Kurs über Buchführung belegt hatte, sich würdig zu fühlen, in solche Fußstapfen zu treten. Und doch saß sie hier, in dem großen schwarzen Stuhl hinter dem sagenumwobenen Schreibtisch, mit Akten vor sich, bereit, die finanzielle Lage des Theaters mit ihren Schwestern zu besprechen. Als es Zeit gewesen war, die Verantwortungsbereiche für die Sanierung des Theaters aufzuteilen, war Des aufgrund der Tatsache, dass sie das Geld gut investiert hatte, das sie als Kinderstar verdient hatte, die finanzielle Kontrolle gegeben worden.

„Kein toller Lebenslauf", murmelte sie, als sie die Akte vor sich öffnete, auf der „RECHNUNGEN" stand, und suchte nach dem Kostenvoranschlag der Dachdecker, Sennett and Masters. Sie las ihren Bericht noch einmal durch, dann den Vertrag, und suchte nach Formulierungen, die die Verantwortung für das Leck auf sie werfen würden. Aber Joe hatte recht. Die Klausel über „Naturgewalten" stand dort im Kleingedruckten schwarz auf weiß.

Während sie auf ihre Schwestern wartete, klappte Des ihren Laptop auf und öffnete das Bankkonto des Theaters. Für einen Moment starrte sie auf den schwindenden Kontostand, nahm dann einen Stift und klopfte damit unruhig auf die Schreibtischplatte. Sie hatte so sehr versucht, vorsichtig zu planen, aber jedes System hatte ersetzt und ein paar neue hinzugefügt werden müssen. Das Gebäude hatte jetzt eine Klimaanlage und WLAN, zwei Dinge, die unbekannt waren, als das Theater gebaut wurde, und die Umrüstung war teuer. Die meisten der teuren Systemerneuerungen waren abgeschlossen, aber sie durften keinen Cent verschwenden.

Und es standen noch happige Ausgaben bevor. Der Teppichboden musste erneuert, und die Stühle und das Vordach mussten repariert werden. Die Fassade musste gestrichen und der Ticketschalter musste wieder aufgebaut werden. Sowohl die Beleuchtung und die Leinwand als auch die Vorhänge an der Bühne mussten alle erneuert werden, und auch die Bühne musste neu poliert werden.

Und jetzt mussten sie die Decke reparieren, und die minutiös detaillierte Bemalung würde wiederhergestellt werden müssen.

Des stieß einen langen Seufzer aus. Früher oder später würde ihnen das Geld ausgehen. Sie betete, dass es nicht früher passieren würde.

Sie legte ihre Arme auf den Schreibtisch und sah sich in dem hübschen Raum um, mit seinem steinernen Kamin, hohen Fenstern und der dunklen Vertäfelung, und fragte sich, mit welchen finanziellen Krisen sich die anderen Hudsons in diesem Stuhl beschäftigt hatten. Der erste Reynolds, der, der das Theater gebaut hatte, hatte der Stadt durch die Große Depression geholfen. Ihr Großvater, den sie als Reynolds Zwei bezeichnete, hatte es geschafft, Hidden Falls durch den zweiten Weltkrieg zu führen, und Barney hatte die Stadt durch mehrere Wirtschaftsabschwünge navigiert. Des sah die beiden Reynolds vor sich, wie sie urteilend nebeneinander am Kamin standen, die Arme vor der Brust verschränkt, mit dem Fuß klopften, und abwarteten, ob sie der Herausforderung gewachsen und würdig war, sich eine Hudson zu nennen.

„Okay, die Bande ist da", verkündete Allie, als sie und Cara ins Zimmer kamen. „Was ist das Problem?"

„Setzt euch." Des wies auf zwei der vier dunkelgrünen Lederstühle, die den Schreibtisch umgaben, und brachte sie auf den neuesten Stand, was den Schaden und die Frage anging, wessen Versicherung die Reparaturen bezahlen würde.

„Ich bin sicher, wir haben eine Versicherungspolice, die Windschaden abdeckt. Ich habe sie überflogen, als wir sie bekommen haben." Cara ging zum Schrank und zog die entsprechende Akte heraus. „Es stand unter abgedeckte Risiken." Sie überflog Seite um Seite. „Hier steht's." Sie hielt inne, um den Abschnitt zu lesen. „Im Grunde steht hier, dass, wenn Wasserschaden durch Wind verursacht wurde, die resultierenden Schäden abgedeckt werden."

„Ich rufe unsere Versicherungsvertreterin jetzt sofort an." Des griff nach der Akte und suchte nach der Nummer.

„Die Dachdecker sind schuld", sagte Allie. „Ihre Versicherung sollte es zahlen."

„Die Versicherungen können sich darum kloppen. Es ist mir ziemlich egal, wer es bezahlt, Hauptsache, jemand tut es." Des wählte die Nummer auf ihrem Handy. „Das größere Problem wird sein, jemanden zu finden, der tatsächlich die Deckenverzierung wieder hinbekommt."

„Cara, die Decke ist Teil des Gebäudes, und da du für die Renovierung zuständig bist, ist das deine Aufgabe", sagte Allie zu ihr.

„Ich bin für Reparaturen an dem eigentlichen Putz verantwortlich. Alle hübsch gemalten Details sind deine Sache, da du für die Dekoration zuständig bist. Und so wie ich das sehe, sind viele dieser kleinen hübschen Details hinüber."

Allies Handy vibrierte, als eine neue Nachricht ankam, und sie öffnete sie sofort. Nachdem sie die Nachricht gelesen hatte, sah sie hoch zu Cara und sagte: „Tschuldigung. Nikki erzählt mir gerade ihre Pläne für den Sommer."

„Kommt sie nicht her?" Des legte ihre Hand über das Telefon, während sie in der Warteschleife war.

„Ich kriege gerade erst ihr Programm. Sie verbringt zwei Wochen mit Clints Eltern in Chicago, was okay ist. Sie werden sie fürchterlich verwöhnen und ihr einen Haufen Sommerkleidung kaufen, also ist das in Ordnung für mich. Jetzt warte ich darauf, was ihr Vater noch so für sie geplant hat. Ich möchte, dass sie den Rest des Sommers hier verbringt, mit mir." Sie sah von ihrem Handy hoch. „Uns, meine ich. Ich möchte, dass sie den Sommer mit uns verbringt."

„Du weißt, dass wir sie alle hier haben möchten", versicherte Cara ihr.

„So lange, wie wir sie haben können", ergänzte Des. Sie wusste, wie sehr ihre Schwester ihre Tochter liebte und vermisste, die vierzehn und die absolute Liebe ihres Lebens war. Allie mochte viele Dinge sein – frech und sarkastisch waren ganz weit vorne – aber niemand konnte leugnen, dass sie eine großartige Mutter war. Nikki war der lebende Beweis, dass es tief im Innern etwas Gutes in Allie geben musste.

„Oh, keine Sorge. Ich werde für so viel Zeit wie möglich kämpfen", versicherte Allie ihnen. „Clint hat sie das ganze Jahr über. Es steht mir zu, sie den Sommer über zu haben."

„Definitiv. Sie sollte bei uns sein", sagte Des.

„Ich weiß, dass ihr sie liebhabt. Ich bin dankbar dafür. Wirklich, das bin ich. Und ich weiß, dass sie euch auch alle liebhat und vermisst." Allies Lippen verzogen sich zu einem schiefen Lächeln, und ihr Ausdruck wurde merklich weicher. „Vielleicht nicht so sehr, wie sie mich liebhat und vermisst, aber trotzdem ..."

Des lachte und warf ihrer Schwester ein Stück Papier an den Kopf. „Du bist so eine Ziege, Allie."

„Stimmt. Aber ihr liebt mich trotzdem. Und auf meine eigene süße Art liebe ich euch auch alle." Ihr Blick wanderte zu Des. „Glaube ich."

„Was ist hier los?" Barney stand im Türrahmen.

„Du kommst gerade richtig." Allie drehte sich auf ihrem Stuhl um, um ihre Tante anzusehen. „Wir wollten uns gerade an den Händen fassen und ein paar Strophen von ‚Kumbaya' singen."

„Oh, gut. Ein Lied aus meiner Generation. Soll ich anfangen?" Barney nahm sich einen Stuhl und zog ihn neben Caras.

Des lächelte und sagte: „Ich glaube, der Moment ist vorüber."

„Also, was habe ich verpasst?"

„Nicht sehr viel ... ja, hallo?" Des' Aufmerksamkeit kehrte zu ihrem Anruf zurück. „Ich habe auf Heather Martin gewartet?"

„Ich glaube, wir sollten uns alle den Schaden ansehen." Allie senkte die Stimme, um nicht gehört zu werden.

Cara nickte. „Finde ich auch, und wenn auch nur, damit wir alle wissen, womit wir es zu tun haben. Jede von uns könnte aufgefordert werden, mit den Leuten von der Versicherung oder möglichen Künstlern zu sprechen." Sie hielt inne. „Aber wo wir Künstler finden, die qualifiziert sind, an historischen Gebäuden zu arbeiten – von den detailreichen Malereien ganz zu schweigen – da habe ich keine Ahnung."

„Althea College", meldete Barney sich.

„Was?" Allie und Cara drehten sich beide zu ihr.

„Althea College. Sie haben eine wundervolle Fakultät der bildenden Künste. Einmal haben sie einen Master für Kunsterhaltung angeboten. Vielleicht tun sie das immer noch, oder zumindest könnte jemand in der Fakultät jemanden kennen, der mit euch arbeiten könnte."

„Das ist perfekt, Barney." Des legte auf. „Heather, unsere Vertreterin, hat gesagt, dass sie uns jederzeit treffen könnte. Wir müssen nur anrufen."

„Ich rufe das College an." Allie erhob sich.

„Und ich setze mich mit Joe in Verbindung, um einen Stuckateur zu finden." Cara klappte die Police zusammen und tat sie wieder in den Aktenschrank zurück.

„Die Decke ist nicht unser einziges Problem." Des bedeutete ihren Schwestern, sich wieder zu setzen. „Ich bin die Zahlen durchgegangen. Der übrige Betrag, den wir haben, könnte unsere verbleibenden großen Ausgaben abdecken, wenn wir bis ans absolute Limit gehen. Bei dem, was darüber hinausgeht, wird es schwierig. Wir müssen rausfinden, wie wir das Geld zusammenkriegen, um alles am Laufen zu halten, während die Renovierung fertiggestellt wird. Strom, Wasser, Heizung, Klimaanlage – diese Rechnungen müssen bezahlt werden, während die Arbeiten noch laufen. Die Handwerker können nicht im Dunkeln arbeiten, und nach dem, was Barney uns erzählt hat, wird es hier richtig heiß und feucht im Sommer. Ich kann das Geld für die monatlichen Ausgaben nicht finden.“

„Dad hat uns eine Million Dollar hinterlassen“, erinnerte Allie sie.

„Er hat es unterschätzt.“ Des klopfte wieder mit dem Stift auf die Platte. „Es reicht nicht.“

Im Raum wurde es still.

„Hey, wir haben ein Theater. Lass uns eine Show abziehen.“ Allie wandte sich Barney zu. „Ist das nicht, was Mickey Rooney immer in diesen alten Filmen gesagt hat, die du immer guckst?“

„Babes in Arms, glaube ich, war die einzige Show, wo dieses Zitat – oder etwas ähnliches – wirklich ausgesprochen wurde.“ Barney, ein Fan von Filmen aus den 1930er-Jahren bis zu den Fünfzigern, sprach aus Erfahrung.

„Tu es nicht ab, Allie“, sagte Des. „Es könnte dazu kommen.“

„Ich habe Spaß gemacht.“ Allie verdrehte die Augen.

„Ich aber nicht. Das Theater wird für sich selbst bezahlen müssen. Wir haben nicht das Geld, um es zu leiten.“

„Entschuldigung, aber nirgendwo in Dads Testament stand, dass wir es leiten müssen, Des“, erinnerte Allie sie. „Da stand nur, dass wir es sanieren müssen.“

„Es könnte sein, dass wir die Sanierung nicht fertigstellen können, wenn wir keinen Weg finden, durch das Gebäude an Geld zu kommen, darum geht es“, erklärte Des. „Das versuche ich euch ja zu erklären. Es müssen monatliche Ausgaben bezahlt werden – Strom, um die Beleuchtung anzulassen und die Klimaanlage laufen zu lassen, wenn wir nicht wollen, dass die Handwerker alle an einem Hitzschlag sterben, während sie diesen Sommer im Dunkeln arbeiten."

„Wenn ich noch einen anderen Vorschlag machen dürfte." Barney meldete sich zu Wort. „Ich bin im Stiftungsrat vom Althea. Das College wurde von Reynolds Hudson gegründet, der, wie ihr ja wisst, der Gemeinde viel gegeben hat während der Depression. Nächstes Wochenende ist Gründungstag. Warum gehen wir nicht alle zur Cocktailparty? Wer weiß, wenn es sich erst mal in der Fakultät rumspricht, meldet sich vielleicht jemand mit ein paar Ideen?"

„Ich bin dabei", sagte Des ohne zu zögern.

„Ich auch", sagte Cara.

„Allie? Bist du dabei?" Des wartete auf eine Antwort von ihrer Schwester.

„Ja, ich bin dabei."

„Wunderbar." Barney stand auf. „Cara, sag mir Bescheid, wenn du mit Joe gesprochen hast, und ich werde die Karten bestellen."

„Und, Allie, schau mal, ob du ein paar Namen von den Leuten von der Kunstfakultät finden kannst, bei denen wir uns nächste Woche hoffentlich bei der Gala einschleimen können." Des sah zu, wie ihre Schwester aufstand.

„Aye aye, Captain." Allie salutierte, als sie an Barney vorbei und durch die Tür ging.

Zwei Tage später, angelockt von der Nachmittagssonne, die auf den Hinterhof und Barneys Blumenbeet schien, ging Des nach draußen, ein Notizbuch in der Hand und Buttons an ihrer Seite. Der Garten war wunderschön, mit ein paar späten Tulpen und Pfingstrosen – rot, weiß, pink, burgunderfarben, und sogar gelb – vermischt mit Hortensien, die gerade erst Blätter bekamen, und Rosen, die noch nicht erblüht waren. Des zog einen der Adirondack-Stühle von der Terrasse ins Sonnenlicht, um die Liste mit den Sachen durchzugehen, die Geld fürs Theater einbringen könnten. Aber die Kombination der warmen Sonne mit dem Duft der Pfingstrosen machte sie schläfrig, also schloss sie die Augen und ließ ihren Kopf gegen die Lehne sinken. Sie wäre eingeschlafen, wenn Cara auf dem Weg nach draußen nicht ausversehen die Hintertür zugeknallt hätte.

„Tschuldigung." Cara zog einen weiteren Stuhl von der Terrasse, um sich zu Des in die Sonne zu gesellen. Sie trug eine Sonnenbrille, fast die gleichen Khakishorts, die Des trug, und ein weißes T-Shirt. „Hast du geschlafen?"

„Ich sollte eigentlich nicht, aber ich war kurz davor." Des setzte sich auf und schüttelte leicht den Kopf. „Was hast du vor?"

„Ich suche nur nach etwas Sonnenschein." Cara rückte den Stuhl so, dass sie Des gegenübersaß, und legte dann ihr Buch auf die Armlehne, während sie Buttons streichelte. „Es ist so friedlich hier, und ruhig, obwohl wir kaum mehr als einen Block von der Innenstadt entfernt sind."

„Mein Haus in Cross Creek war genau am Stadtrand. Es ist da auch ziemlich abgeschieden und ruhig. Nachdem ich so lange in L.A. gelebt hatte, schien Cross Creek wie die Wildnis." Des dachte an ihre Holzhütte auf an-

derthalb Hektar Land. Sie hatte es aus einer Laune heraus gekauft, nachdem sie Freunde besucht hatte, die
dorthin gezogen waren, und sie hatte es nie bereut.

„Vermisst du es?"

„Manchmal. Auf der einen Seite, ja – mein eigenes
Haus. Ich kann den ganzen Tag nur in einem Handtuch
rumlaufen und niemand sagt mir, dass ich mir was anziehen soll."

„Ich höre da ein ‚aber' mitschwingen", sagte Cara.

„Aber auf der anderen Seite mag ich es, Leute um
mich zu haben. Ich mag es, mit jemandem Fernsehen
zu gucken. Es ist schön, jemanden zu haben, mit dem
man reden kann." Des musste blinzeln, als sie Cara ansah, deren Haare sich auf die gleiche Art wie Des' über
ihren Ohren lockten. „Was ist mit dir? Vermisst du dein
Zuhause?"

„Irgendwie, aber weißt du, ich hatte nie wirklich ein
Zuhause, das nur mir gehörte, so wie dir deins. Drew
und ich haben in einem Apartment gewohnt, als wir
auf ein Haus gespart haben. Ich bin dort ausgezogen
und zu meiner Mutter gezogen, als ich das mit Drew
und Amber rausgefunden habe. Nichts zeigt dir mehr,
dass es Zeit ist, deiner Wege zu gehen, als dein Mann,
der die Scheidung einreicht, damit er eine deiner besten Freundinnen heiraten kann. Ehemals besten
Freundinnen." Cara streckte die Beine aus. „Es war eine
Erleichterung, aus der Wohnung raus zu sein, aber
gleichzeitig hat es mich ein bisschen traurig gemacht,
ohne meine Mom in dem Haus zu leben. Es war klein,
aber hundert Prozent Susa. Sie hat viele der Möbel neu
lackiert, und viele der Flickenteppiche gefertigt, also
hat sie ihre Handschrift eindeutig überall hinterlassen.

In der Hinsicht hat mir das Haus nicht wirklich gehört. Aber vermisse ich es? Ja, manchmal.“

„Es überrascht mich, dass Dad nicht versucht hat, sie dazu zu bringen, in ein größeres Haus zu ziehen, damit er es mit einem Haufen teuren Zeugs einrichten kann.“

Cara lachte. „Oh, er wollte sie mehrere Male dazu bringen, ihm zu erlauben, etwas Großes und Prachtvolles am Strand zu bauen, aber Susa wollte nicht von dem kleinen Fleckchen weichen. Sie hatte es selbst gekauft und jeden Zentimeter selbst gestrichen, bevor sie ihn kennengelernt hat. Sie hatte kein Interesse an Dingen, die sie nicht mit erschaffen hatte. Sie hat es geliebt, alte Möbel zu finden und sie wieder hübsch zu machen. Es hat ihr Freude gemacht, also hat Dad nach einer Weile mit dem Versuch aufgehört, sie zu jemandem zu machen, der sie nicht war. Geld hat ihr sehr wenig bedeutet. Es war einfach nicht wichtig.“

„Ich weiß, wir haben schon mal darüber geredet, aber ich finde es immer noch komisch, dass er sich zwei Frauen ausgesucht hat, die so gegensätzlich waren. Deine Mom war so bodenständig und unabhängig, und meine so anspruchsvoll, weltlich und verwöhnt. Es wirkt fast so, als ob er zwei Seiten gehabt hätte.“ Buttons tauchte wieder auf und hüpfte auf Des’ Schoß.

„Ich glaube, viele Leute haben zwei Seiten“, sagte Cara. „Wir haben beide dieselbe Frage fast gleich beantwortet. Vermissen wir unser Zuhause, unsere Einsamkeit? Und wir haben beide Ja und Nein geantwortet. Das ist sowas, wie zwei Seiten haben, oder?“

„Gewissermaßen, ja.“ Des’ Handy vibrierte. Sie entschuldigte sich bei Cara für die Unterbrechung, ging ran und unterhielt sich ein paar Minuten mit Fran über die Geschehnisse in Cross Creeks Tierheim.

„Entschuldige", sagte Des zu Cara, nachdem sie aufgelegt hatte. „Das war die Leiterin des Tierheims in Montana, die mich auf den neuesten Stand gebracht hat."

„Ich dachte, du wärst die Leiterin."

„Nee. Ich möchte nicht für die alltäglichen Tätigkeiten verantwortlich sein. Natürlich möchte ich wissen, was los ist, aber ich bin froh, wenn sich jemand anderes darum kümmert. Ich möchte einfach nur mit den Hunden arbeiten. Das ist der Teil, der mir Spaß macht. Fran ist eine gute Verwaltungsleiterin, also überlasse ich alles ihr."

„Ich kann's dir nicht verübeln. Es kann eine Plage sein, etwas zu leiten. Ich habe so ein Glück, dass ich jemanden habe, der sich um mein Yogastudio in Devlin's Light kümmert, während ich hier bin." Cara öffnete ihre Wasserflasche und nahm einen Schluck. „Also, was gibt es Neues in der Wildnis?"

Des lachte gutmütig. „Drei neue Hunde sind in der letzten Woche reingekommen. Sie arbeitet mit dem Besitzer des neuen Baumarkts zusammen an einem Meet and Greet mit den Hunden, um ein neues Zuhause für sie zu finden. Und sonst ... Oh, mein Buchclub hat sein Treffen von Dienstagabend auf Donnerstag verlegt. Und Kent – ich war mit ihm auf ein paar Dates – ist jetzt mit der neuen Bibliotheksassistentin zusammen."

„Vielleicht gibt es einen Buchclub in Hidden Falls. Oder vielleicht könnten wir einen gründen."

„Ja, ich vermisse meinen Buchclub schon."

„Aber Kent nicht?"

Des verzog das Gesicht. „Die Bibliotheksassistentin kann ihn gerne haben.“

„Also, wofür ist der Notizblock?“ Cara zeigte auf den Block, der zu Boden gerutscht war.

„Ich habe eine Liste mit Möglichkeiten angefangen, wie wir Geld fürs Theater kriegen können. Nichts, dass einen Haufen Geld einbringen wird. Es wird mehr wie ein kleines Rinnsal von Geld sein, aber wenn wir wenigstens eine Rechnung pro Monat bezahlen können, wie zum Beispiel die Stromrechnung, dann wäre das schon hilfreich.“

„Was steht auf der Liste?“, sagte Cara.

„Nun, für den Anfang habe ich an diese alten Filmposter gedacht, die wir im Büro gefunden haben. Ich versuche, rauszukriegen, wie wir das meiste Geld aus ihnen rausholen können. Ich habe ein bisschen recherchiert, und es gibt einen Markt sowohl für Kopien als auch für Originale. Die wichtigen Filme wie Vom Winde verweht und Die Nacht vor der Hochzeit – die Klassiker, und Oscargewinner, weißt du – können ein schönes Sümmchen einbringen. Ich weiß nur nicht genau, ob wir besser Kopien bei eBay verkaufen, oder einem Händler die Originale anbieten sollten.“

„Wenn das Original weg ist, ist es weg. Aber wenn wir weiter Kopien machen können ...“ Cara überlegte laut. „Andererseits könnten wir Kopien von den Originalen machen, bevor wir sie an einen Händler verkaufen. Dann kriegen wir den Höchstpreis fürs Original und haben immer noch Kopien, um sie direkt zu verkaufen.“

Des nickte. „Obwohl es schon was hat, diese Originalposter zu haben.“ Sie seufzte. „Vielleicht wäre es eine gute Idee, die Lage zu testen, indem wir ein oder zwei Originale zu einer Auktion bringen, die sich auf Fanartikel für Filme spezialisiert, und schauen, wie viel Geld man dafür kriegen kann."

„Ich weiß noch, dass wir über Kinoabende gesprochen haben, und vielleicht einen der alten Filme zu zeigen, die wir im Schrank gefunden haben. Wir müssen nicht die ganze Sanierung abgeschlossen haben, um das zu machen. Natürlich würden wir dann einen Projektor brauchen", stellte Cara fest. „Ich bezweifle, dass der alte noch funktioniert."

„Ich werde mir den Projektor mal ansehen, wenn wir heute Nachmittag drüben sind."

„Eine Leinwand wäre auch gut. Unsere ist auf einer Seite eingerissen."

„Vielleicht können wir sie kleben?" Sie verzog das Gesicht. „Wahrscheinlich müssen wir sie ersetzen."

„Und was steht noch auf der Liste?"

„Wir haben schon mal darüber gesprochen, ein Buch mit Fotos von den Anfängen des Theaters zu machen, und Barney meinte, sie wolle daran arbeiten. Erinnerst du dich an die Bilder, die sie uns gezeigt hat, wo unsere Urgroßeltern aufgedonnert im Foyer stehen, in einer Hand einen Martini und mit der anderen jemandem die Hand schütteln?" Des streckte den Arm aus und tat so, als würde sie ein Glas halten. „Barney hat eine Liste von Leuten, die ein paar alte Fotos haben könnten. Sie hat sie angerufen, um zu schauen, wer was hat und was wir ausleihen können."

Cara lächelte. „Ich liebe die Geschichte, die diese Fotos über die Leute erzählen, die damals in Hidden Falls gelebt haben. Die, die ihre Jobs während der Depression verloren haben, aber sich immer noch hübsch gemacht haben, um einen Film oder ein Theaterstück zu sehen, oder zu einem Konzert zu gehen, alles kostenlos an einem Sonntagabend." Caras Stimme wurde weich. „Er muss echt ein toller Typ gewesen sein, der erste Reynolds. Was er alles für diese Stadt getan hat. Und kannst du dir heute irgendwen vorstellen, der seine Angestellten so behandelt wie er damals?"

„Es ist schwer vorstellbar. Aber seine Kohleminen haben ihm ein Vermögen eingebracht, er musste sich nicht vor einem Verwaltungsrat verantworten, und es gab keine Aktionäre. Er hat die Entscheidungen getroffen, und egal ob gut oder schlecht, er hat dazu gestanden, sagt Barney."

„Sie meinte, sein Sohn – ihr Dad – war genauso."

„Da wundert man sich über unseren Vater, oder? Mir scheint, dass Barney all die Kraft und Überzeugung in ihrer Generation bekommen hat."

„Dad hatte seine Stärken und Überzeugungen. Sie waren nur einfach nicht konventionell. Er war genug vom Talent deiner Mutter überzeugt, dass er seine Familie verlassen hat und ans andere Ende des Landes gezogen ist, um sie bei ihrem Traum zu unterstützen. Er hat sie genug geliebt, um das zu tun. Und sie wurde wirklich ein Filmstar."

„Für eine Weile. Bis sie sich aus einer Rolle nach der nächsten rausgesoffen hat."

„Das war ihre Schuld, Des, nicht seine."

„Vielleicht hat er sie dazu gebracht. Vielleicht wusste sie von–" Des stockte, und stieß dann einen langen Seufzer aus. „Ich wollte damit nicht sagen, dass seine Beziehung mit deiner Mutter sie zum Trinken gebracht hat. Ich glaube wirklich nicht, dass sie davon wusste, und um ehrlich zu sein, bezweifle ich, dass es sie gekümmert hätte. Und außerdem, das Trinken fing an, lange bevor Dad Susa getroffen hat.“

„Es macht keinen Sinn, zu spekulieren. Wir werden nie wissen, was ihn dazu gebracht hat, sich von deiner Mom zu entfernen.“

„Und es ist wirklich nicht wichtig, schätze ich. Er ist fort und sie sind beide fort – Nora und Susa – also sind sie alle zusammen im Jenseits.“ Des grinste. „Ich frage mich, wie das bei den dreien läuft.“

„Ja, es war wahrscheinlich nicht das glücklichste Wiedersehen“, sinnierte Cara. „Andererseits, vielleicht folgen uns die Kränkungen und das Leid ja nicht von der einen Seite des Schleiers zur nächsten.“

„Du glaubst, dass es einen Schleier gibt, der die eine Welt von der nächsten trennt?“

Cara zuckte die Schultern. „Ich weiß es wirklich nicht. Als meine Mutter im Sterben lag, hat sie etwas davon gesagt, dass alles, was als Nächstes kommt, ein großes Geheimnis sei, und sie endlich herausfinden würde, was es ist. Sie hat den Tod überhaupt nicht gefürchtet.“

„Es wäre schön, so einen Glauben zu haben.“ Buttons rollte sich auf Des’ Schoß zusammen und schlief ein.

Cara sah Des an. „Vielleicht war es das, ein Glaube. Susa war offen für alle Lebenserfahrungen. Sie hat immer gesagt, dass man jede neue Tür öffnen und durchgehen müsse, um zu sehen, was auf der anderen Seite ist. Ich glaube, sie sah den Tod einfach als eine weitere Tür an, die sie öffnen musste.“

„Sie muss eine sehr spirituelle Person gewesen sein.“

„Das war sie. Nicht in einem traditionellen, religiösen Sinne, aber auf ihre Art war sie definitiv spirituell."

„Ich kann mir nicht vorstellen, wie es wäre, so jemanden als Mutter zu haben. Meine war materialistisch und total von dieser Welt, und war nur auf sich fixiert."

„Also sind wir wieder an der Sache mit den Gegensätzen angekommen. Ich schätze, das sagt viel über unseren Dad aus. Er muss doch den Kontrast gesehen haben. Ich glaube, er war zu beidem hingezogen, dem Spirituellen und dem Weltlichen."

Caras Auto fuhr die Auffahrt hoch, mit Allie hinterm Steuer. Sie parkte vor der Remise und stieg mit einer Einkaufstasche unterm Arm aus.

„Wo warst du?", fragte Des sie.

„Oh, ich habe nur etwas erledigt. Danke nochmal, Cara, dass ich dein Auto nehmen durfte."

„Gerne. Jederzeit." Cara stupste einen Stuhl mit dem Fuß an. „Setz dich zu uns."

„Ich möchte nur kurz nach drinnen huschen." Allie machte sich auf den Weg zur Treppe. „Will irgendwer was von drinnen?"

„Nein, danke", antworteten beide.

Fünf Minuten später war Allie zurück. Sie nahm sich einen Stuhl und zog ihn in den Garten, dann setzte sie sich hin und streckte die Beine aus.

Cara beugte sich zu der nächsten Pfingstrose und berührte die Blumenblätter mit den Fingerspitzen. „Wenn ich je wieder heirate, möchte ich eine Wagenladung von denen. Der Duft und die Farben sind himmlisch." Sie hielt inne, und verzog dann das Gesicht. „Oh, aber nicht die weißen."

„Warum nicht die weißen? Weiße Pfingstrosen würden einen wunderschönen Brautstraß geben", bemerkte Des.

„Warte, heiratet jemand?" Allie lehnte sich vor.

„Niemand heiratet."

„Also warum reden wir über Hochzeitsblumen?" Allie
wandte sich Cara zu. „Oh Gott, sag nicht, dass du und
Joe schon über ..."

„Nein, nein. Ich habe nur erwähnt, dass ich,
wenn – wenn – ich jemals wieder heiraten sollte,
Pfingstrosen in meinem Brautstrauß haben möchte.
Nur nicht die weißen."

„Was stimmt nicht mit weißen Pfingstrosen? Sie wären perfekt", sagte Allie.

„Die Mutter von der neuen Frau meines Ex' hat in der
Bäckerei meiner besten Freundin gearbeitet. Jeden
Morgen, wenn ich für einen Muffin auf dem Weg zum
Studio dort vorbeigeschaut habe, hat die Mutter ange-
fangen, über die Hochzeitspläne zu reden, als ob ich un-
bedingt davon hören wollte."

„Wie unsensibel. Als ob sie es dir so richtig unter die
Nase reiben wollte."

„Ja, oder? Also, eines Tages hat sie darüber geredet,
dass ihre Tochter weiße Pfingstrosen haben möchte,
und dass der Florist ihr gesagt hat, dass sie keine bekommen kann, und die Mutter hat mich gefragt, ob ich
wüsste, wo man welche finden könnte."

„Warte, diese Frau hat dich gefragt, wo ihre Tochter
Blumen für ihre Hochzeit mit deinem Ex kriegen
könnte?" Allie machte große Augen. „Ihre Tochter, die
mit deinem Ex geschlafen hat, bevor er dein Ex war?"

Cara nickte.

„Das ist unglaublich gemein. Einfach richtig fies. Sogar ich würde nicht so etwas Unhöfliches machen.“

„Und wir wissen alle, wie hoch die Messlatte ist.“ Des kicherte.

„Normalerweise würde ich ja kontern, aber jetzt gerade habe ich keinen Hohn mehr in mir.“

„Allie, dein Hohn-Brunnen ist noch nie ausgetrocknet.“

„Nun, aber heute, Des. Ich habe alles für Clint aufgebraucht.“ Allie grinste. „Aber es war eine gute Investition von Hohn, glaubt mir. Er war damit einverstanden, dass Nikki direkt nach dem Besuch bei seinen Eltern von Chicago hierher fliegen und bis zu der Woche vor Schulbeginn bleiben darf.“

„Gut gemacht.“ Cara applaudierte.

Des nickte anerkennend. „In der Tat eine gute Investition von Hohn.“

„Ich war brillant, wenn ich das so sagen darf.“ Allie strahlte. „Ich habe ihm gesagt, dass ich zum Richter gehen und ihm zeigen würde, dass Clint die ursprüngliche Sorgerechtsregelung verletzt hat. Er hat entgegnet, dass ich dem zugestimmt hätte, aber ich habe ihm gesagt, dass ich darauf beharren würde, dass er mir keine Wahl gelassen hat, weil er derjenige war, der umgezogen ist und Nikki an einer neuen Schule ohne mein Wissen angemeldet hat.“

„Naja, solange wir sie den ganzen Sommer hier haben können, ist es mir egal, was deine Strategie war. Aber ich bin stolz auf dich, dass du die logische Herangehensweise genommen hast, anstatt auf Beleidigungen und Hysterie zurückzugreifen“, sagte Des zu ihr.

„Ganz neues Terrain für mich. Aber es hat funktioniert."

„Das muss Clint überrascht haben."

„Hat es auch, und das hat mir echt den Tag versüßt. Jetzt muss ich nur noch die Sorgen wegen der Tatsache überleben, dass seine betagten Eltern Nikki zum Flughafen bringen werden, und ob sie sie in den richtigen Flieger setzen oder nicht."

„Ich bin sicher, sie wird klarkommen, Allie. Du musst dir nicht über jedes kleine bisschen Sorgen machen."

„Bis es dein Kind ist, Des", schoss Allie zurück.

„Nikki ist sehr klug und sehr einfallsreich", erinnerte Cara sie. „Sie wird es schon in den richtigen Flug schaffen. Ich habe vollstes Vertrauen in sie."

„Guter Punkt. Danke dafür." Allie legte ihre Ellbogen auf die Armlehnen des Stuhls. „Jedenfalls – das ist jetzt ziemlich willkürlich, aber ich habe mal nachgedacht: Denkt ihr nicht auch, dass die Einrichtung in der Küche mal ein bisschen erneuert werden sollte? Sie ist fast schon deprimierend."

„Sie erscheint schon ein bisschen ... matt." Cara nahm einen diplomatischeren Weg. „Vielleicht ein bisschen Farbe."

Allie verdrehte die Augen. „Bitte. Weiße Wände mit gemaltem Efeu bis hoch zur Decke? Das ist so 90er-Jahre. Die Schränke sind gerade Shabby-Chic genug, um cool zu sein – sie haben sowas Authentisches, besonders die mit den Glastüren – aber dieser gelbe Linoleumboden hat seine besten Tage hinter sich."

„Also was schlägst du vor? Dass wir hier alles erneuern, während wir am Theater arbeiten?" Des nahm einen Schluck aus ihrer Wasserflasche. „Ich persönlich habe gerade genug am Hut. Außerdem ist das nicht unsere Küche. Es ist nicht unser Haus. Es ist Barneys. Wir sind hier, weil wir ihretwegen dableiben dürfen."

„Naja, vielleicht sollten wir mit ihr darüber reden. Es wäre doch schön, wenn sie in etwas Neuem und Hübschem arbeiten kann, wo sie doch immer meistens kocht", sagte Allie. „Es könnte ihr dabei helfen, mit ihrem Leben weiterzumachen."

„Was meinst du, weiterzumachen?", fragte Cara.

„Ist niemandem von euch aufgefallen, dass es aussieht, als ob wenig oder überhaupt nichts in diesem Haus in den letzten fünfunddreißig, vierzig Jahren gemacht wurde? Seit Barneys Verlobter gestorben und Dad gegangen ist?"

Des und Cara schwiegen für einen sehr langen Moment. Dann sagte Des: „Ja. Es ist so, als ob ihr Leben aufgehört hat, nachdem Gil gestorben ist. Das heißt, außer ihrem Job."

„Nicht, dass sie je ihre verlorene Liebe oder ihren Bruder vergessen würde. Aber ernsthaft, wäre ein bisschen Veränderung nicht gut für sie?"

„Ich glaube, da wirst du sie fragen müssen, Al", antwortete Des. „Aber ich finde auch, dass Veränderung gut sein könnte. Vielleicht, wenn wir sie dazu kriegen können, ihre Umgebung ein bisschen zu ändern, können wir ihr auch helfen, auf andere Arten loszulassen."

„Naja, da ist sie." Cara nickte in Richtung der Auffahrt. „Was du heute kannst besorgen ..."

Die drei Frauen sahen zu, wie das Auto ihrer Tante in der Garage verschwand. Barney tauchte wieder auf, schloss die Garagentür und ging zum Haus. Sie war fast an der Terrasse, als sie ihre Nichten bemerkte, die in der Sonne nahe ihres Blumenbeets saßen.

„Na, seht ihr nicht entspannt aus." Beim Klang ihrer Stimme sprang Buttons von Des' Schoß und rannte zu Barney, die sich hinkniete, um den Hund gebührend zu begrüßen.

„Willst du zu uns kommen?" Des stand auf. „Ich helfe dir, deinen Liegestuhl zu holen."

Allie drehte sich auf ihrem Stuhl um. „Weil wir wissen, dass du nicht in einem hölzernen Adirondack-Stuhl sitzen kannst wie der Rest von uns."

Barney lachte laut auf. „Warum sollte ich auf einem Holzstuhl sitzen, wenn ich diese wundervolle Liege mit ihrem bequemen Kissen habe?"

Zusammen trugen Barney und Des die Liege auf den Rasen. Barney richtete die Lehne, setzte sich dann hin und streifte ihre Schuhe ab. „Heute ist es wieder warm, Mädchen", sagte sie, als sie ihre Jacke abschüttelte.

Buttons starrte sehnsüchtig auf die Liege, bis Barney auf das Kissen neben ihr klopfte, und der Hund hüpfte glücklich hinauf.

„Wie war das Mittagessen?", fragte Cara.

„Es war toll, danke, und ich glaube, wir haben ein paar Dollar mehr für das Stipendium an der High School aufgetrieben." Barney sah von einer zur nächsten. „Was ist los?"

Des zuckte die Schultern. „Nichts, eigentlich. Wir genießen nur einen Frühsommertag und warten darauf, dass Joe Cara Bescheid sagt, wann das Gerüst aufgebaut ist."

„Ich habe vor einer Weile eine Nachricht von ihm bekommen. Heute Nachmittag werden noch ein paar

Teile aufgebaut. Er sagt mir Bescheid, wann der Rest steht. Sollte nicht mehr lange dauern.“

„Lass mich sofort wissen, wenn es soweit ist. Die Versicherungsvertreterin wollte vorbeikommen und es sich anschauen“, erinnerte Des sie. „Sie meinte, wir müssten ihr nur eine Viertelstunde vorher Bescheid sagen und sie könnte uns überall treffen.“

„Ich melde mich sofort bei dir“, versicherte Cara ihr.

„Also, worüber habt ihr geredet bevor ich dazugekommen bin?“

„Oh. Wir haben über eine Idee für dein Haus gesprochen“, sagte Des mit einem vorsichtigen Unterton.

„Was für eine Idee?“ Barney hielt inne. „Und es ist nicht mein Haus. Es ist unser Haus. Eines Tages wird es an euch drei übergehen. Euch steht alles zu, was euch zugestanden hätte, wenn euer Vater im hohen Alter gestorben wäre.“

„Er war achtundsechzig“, erinnerte Allie sie. „Er war alt.“

„Du sei still, Kind. Sechzig ist das neue Vierzig. Ich dachte, das wüsste jeder. Also was war das für eine Idee für das Haus, Des?“

„Eigentlich war es Allies ...“

„Ich habe nur gedacht, dass es schön wäre, wenn wir mit dir zusammen die Küche ein bisschen auffrischen würden.“ Allie milderte den Vorschlag ab.

Zu ihrer Überraschung stimmte Barney zu. „Nun, es ist ein Weilchen her, seitdem hier etwas gemacht wurde. Ich glaube, ich habe die Wände streichen und das Efeu malen lassen ...“ Sie stockte einen Moment, um nachzudenken, während sie ihr blondes Haar hinter die Ohren strich. „Mal sehen, es war das Jahr, in dem ich ... oh, großer Gott, kann es wirklich so lange her sein? 1991? Wo zum Teufel ist die Zeit hin?"

„Ich könnte dir beim Streichen helfen, wenn es eine Farbe gibt, die dir gefällt", bot Allie an. „Ich habe alle Zimmer in meinem Haus in L.A. gestrichen. Ich bin ziemlich gut darin."

„Ich bin sicher, das bist du, und es würde mich sehr freuen, wenn du das Projekt übernimmst. Ich schätze, ich muss zum Baumarkt fahren und ein paar Farbkataloge als Inspiration holen."

„Ich sehe Stunden von HGTV in deiner Zukunft, Barney", frotzelte Des.

„Als ob ich nicht schon genug fernsehen würde", entgegnete Barney.

„Ich glaube nicht, dass diese Gameshows am Morgen viel Zeit mit Dekotrends verbringen."

„Oh, du." Barney gab Cara einen spielerischen Klaps. „Jetzt habt ihr mich zum Nachdenken gebracht. Was würdet ihr an meiner Stelle tun?"

„Ich würde die weiße Farbe auffrischen", sagte Allie, ohne zu zögern, „und das Efeu abdecken. Vorausgesetzt, dass du die Schränke nicht austauschen willst – und dazu gibt es keinen Grund, sie sind in einem super Zustand – würde ich hellgraue Türen oben nehmen und ein dunkleres Grau unten. Vielleicht die Arbeitsplatten mit hellem Granit oder Quarz austauschen, das Grautöne und vielleicht noch etwas anderes hat."

„Das ist dir gerade alles spontan eingefallen?", fragte Des.

Allie nickte. „Grau ist momentan sehr beliebt, und beide Töne – der dunkle und der helle – würden zu dem

Grau vom Kamin passen. Die Steine haben auch ein bisschen Gold und taupe an sich. Der Sims ist toll, und der Stein ist in gutem Zustand. Benutzt du den Kamin?"

„Wir haben ihn oft im Winter benutzt, als wir Kinder waren. Mrs. Allen, die Haushälterin, ist immer früh nach unten gegangen, um Feuer zu machen, bevor sie Frühstück gemacht hat, damit der Raum immer gemütlich und warm war, wenn wir runter in die Küche kamen. Egal, wie kalt es draußen sein mochte, wie stark der Wind geweht hat, oder wie hoch der Schnee lag, es war immer warm in der Küche." Die anscheinend schöne Erinnerung zauberte ein Lächeln auf Barneys Lippen.

„Wenn wir nächsten Winter noch da sind, könnten wir vielleicht den Kamin anmachen. Wie damals, als du jünger warst", schlug Des vorsichtig vor.

„Gerne. Außer den Kamin im Wohnzimmer habe ich seit Ewigkeiten keinen der Kamine mehr angemacht. Ich weiß nicht, warum ich aufgehört habe." Barney hielt inne und schien zu überlegen. „Ich schätze, ich wollte mir nicht die Mühe für mich allein machen. Ich sollte wahrscheinlich einen Schornsteinfeger bestellen, um sicherzugehen, dass sie benutzt werden können."

„Naja, wir sind jetzt alle hier, und wir würden uns riesig freuen, wenn die Feuer wieder flackern. Aber vielleicht erst, wenn sich das Wetter abkühlt." Des lächelte bei dem Gedanken, die erste Tasse Kaffee des Tages in einem heimeligen Raum an einem kalten Morgen einzunehmen. „Vielleicht könnten wir ein oder zwei Stühle vor den Kamin in der Küche stellen."

„Vorausgesetzt, dass wir alle immer noch hier sind, wenn das kalte Wetter kommt", warf Allie ein. „Sobald das Theater fertig ist, können wir abreisen. Ich weiß, dass ich auf jeden Fall mit dem ersten Flieger hier raus bin."

Des bemerkte den niedergeschlagenen Ausdruck in Barneys Gesicht. „Ich weiß nicht", sagte sie hastig. „Wer weiß, wie lange es dauert? Und außerdem, selbst wenn es fertig ist, wer sagt, dass wir nicht an Weihnachten wiederkommen wollen? Ich würde zurückkommen, wenn Barney das wollen würde."

„Nichts würde mich glücklicher machen, als euch alle an Weihnachten hier bei mir zu haben, egal, in welchem Zustand das Theater ist. Und das Sahnehäubchen wäre noch, wenn Nikki auch hier wäre."

Allie schien darüber nachzudenken. „Ich weiß nicht, ob Clint damit einverstanden wäre."

„Ach, überzeug ihn einfach, dass es romantisch wäre, wenn er seine Freundin über die Feiertage nach London oder Paris ausführen würde", schlug Cara vor. Ihr Handy pingte und sie griff in ihre Hosentasche, um es rauszuholen und die Nachricht zu lesen.

„Das könnte möglicherweise funktionieren." Allie nickte langsam, dann stockte sie. „Aber wir wollen nichts überstürzen – es ist noch nicht mal Juni."

„Joe hat gerade geschrieben, dass die Dachdecker das Gerüst erweitert haben, und dass er und Ben hochklettern werden, um sich die Decke besser anzusehen."

„Ben Haldeman ist da?" Allies Augen verengten sich. „Warum?"

Cara zuckte die Schultern. „Ich schätze, er hat Joes Transporter draußen stehen sehen und angehalten, um zu schauen, was los war."

„Warum ist er nicht unterwegs auf Streife und bewahrt Hidden Falls vor Verbrechern?", murrte Allie. „Ist das nicht sein Job als Polizeichef?"

Kapitel Zwei

Heather Martin hielt ihr Versprechen. Fünfzehn Minuten nach Des' Anruf wartete sie mit Joe im Foyer, als die Hudsons ankamen.

Barney stellte ihre Nichten vor, dann blieb Cara zurück, um mit Joe zu reden, während Heather, Barney, Allie und Des weiter ins Theater gingen, wo das Gerüst bis knapp drei Meter unter die Decke reichte.

Des kam direkt auf den Punkt und fragte: „Also, wird das abgedeckt, oder nicht?"

„Der Wasserschaden, der durch den Wind verursacht wurde, ja, aber ich würde gerne den Versicherungsschutz des Dachdeckers sehen, und ich hätte gern, dass einer unserer Gutachter sich das Ausmaß des Schadens ansieht", antwortete Heather, den Blick immer noch auf die Decke gerichtet. „Es ist wirklich schade. Die Decke ist einfach prächtig."

„Sie war es." Des schnitt eine Grimasse.

„Sie wird es schon wieder sein", versicherte Heather ihr. „Deshalb habt ihr ja eine Versicherung. Um alles wieder hinzukriegen."

„Ist das Ben da oben?" Barney folgte Allies Blick. „Benjamin Haldeman", rief sie, „weißt du, was du da oben tust?"

„Ja, Ma'am", rief Ben zurück.

Des sah aus den Augenwinkeln zu Allie, die mit den Händen in die Hüften gestemmt zusah, wie der Mann langsam herabstieg.

Heather sah sich im Foyer um. „Ich bin so froh, dass ihr alle etwas an dem Theater macht. Es ist ein Schatz von Hidden Falls, und jeder, den ich kenne, freut sich riesig, dass wir das Theater bald wieder zurück haben. Natürlich haben die jungen Leute keine eigenen Erinnerungen daran, aber ich weiß noch, wie ich im Sommer hierhergekommen bin, um Theaterstücke zu sehen, als ich ein kleines Mädchen war."

„Naja, vielleicht kannst du das ja eines Tages wieder", sagte Des zu ihr.

Barney sah zu, wie Ben von einer der unteren Stangen nach unten sprang. „Arbeitest du jetzt nebenbei als Dachdecker, Chief?"

„War nur neugierig. Ich dachte, wenn das Gerüst schon steht, kann ich genauso gut hochklettern und einen Blick drauf werfen. Vielleicht habe ich nie wieder die Chance, diesen Kronleuchter aus der Nähe zu sehen. Ist aber echt heiß da oben." Ben wischte sich mit dem Zipfel seines T-Shirts den Schweiß vom Gesicht.

„Wärme steigt nach oben. Oder wusstest du das nicht?" Allie starrte ihn an.

Er wandte sich ihr zu. „Nun, Miss Persönlichkeit. Es überrascht mich, dass du dein Zuhause verlassen hast und dich an so einem heißen Tag wie diesem nach draußen gewagt hast. Hast du nicht Angst, dass dein Make-up schmilzt?"

„Ich trage kein Make-up."

„Solltest du aber. Du könntest etwas Farbe gebrauchen."

„Und du solltest unterwegs sein und Verbrecher jagen."

„Das werde ich in etwa" – Ben sah auf seine Armbanduhr – „fünfundvierzig Minuten."

„Du solltest jetzt gehen. Es wird mindestens genauso
lange dauern, dich für die Streife auf den fiesen Straßen von Hidden Falls aufzuhübschen."

„Ich muss meine Stadt beschützen", sagte er, und
nickte zustimmend, „vor Bösewichten und Rumgezicke
aller Art."

Ben hob zwei Finger an die Lippen und pfiff. Sekunden später kam ein schwarz-weißer Hund aus der Richtung der Treppe, die in den Keller führte, durch das Foyer gerannt, und machte zu Bens Füßen Sitz.

„Gutes Mädchen." Ben bückte sich, um die Hündin
hinter den Ohren zu kraulen. Er nahm ein kleines Leckerli aus seiner Hosentasche und gab es der Hündin,
die als Antwort mit dem Schwanz wedelte.

„Hast du dir schon einen Namen für sie überlegt,
Ben?", fragte Des.

„Sie hört auf Girl, also war das vielleicht ihr Name."

„Girl? Das ist alles?" Allie hob eine Augenbraue. „Du
hast deine Hündin wirklich Girl genannt? Besser ging
es nicht?"

„Was stimmt mit Girl nicht?"

„Dein Mangel an Vorstellungskraft ist verblüffend,
aber nicht komplett unerwartet."

„Ja, tja, wie hättest du sie denn genannt?"

„Origineller als Girl."

„Lass dir was Besseres einfallen und ich werde darüber nachdenken." Ben wandte sich von Allie ab und

richtete sich an die anderen. „Schön, euch zu sehen, Ladies." An Joe gewandt, der immer noch mit Cara an der Seite stand, rief er: „Bis demnächst. Danke, dass ich mir die Decke ansehen durfte. Ich würde gerne noch mal da hoch, sobald das Gerüst bis ganz nach oben reicht."

„Jederzeit." Joe winkte.

Des tippte Allie auf den Arm. „Warum reizt du diesen Mann so?"

„Ich weiß nicht. Etwas an ihm holt einfach das Beste in mir hervor, schätze ich."

„Du meinst, das Schlechteste."

„Nein. Ich meine das Beste." Allie grinste. „Er bringt einfach meine gute, alte, sarkastische Ader in mir hervor, und ich kann anscheinend nicht den Mund halten."

„Offensichtlich kann ich den Schaden an den bemalten Teilen der Decke nicht beurteilen", sagte Heather, als sie und Barney zur Tür gingen. „Ich kann einen Gutachter herschicken, sobald jemand Zeit hat, es sich anzusehen. Aber ich fürchte, der Sturm hat unsere Schadensabteilung wirklich überhäuft. Wir werden noch für Wochen überlastet sein." Sie schaute nach oben. „Ich brauche allermindestens Fotos vom Schaden an der Decke."

„Seth hat heute Morgen einen ganzen Haufen gemacht. Er konnte nicht so nah dran, wie er wollte, aber er hat ein Fernobjektiv benutzt, und ich weiß, dass er ein paar ziemlich detaillierte Aufnahmen gemacht hat", sagte Joe. „Er ist nach Hause gefahren, um am Computer ein paar auszudrucken. Ich kann sie dir gerne ins Büro bringen."

„Das wäre sehr hilfreich." Heather lächelte. „Ich kann sie zu unserer Zentrale schicken und schauen, ob irgendwer dort einen Künstler kennt, den wir kontaktieren könnten. Danke, Joe."

„Und wir sagen dir Bescheid, wenn wir jemanden finden, der vielversprechend aussieht." Barney öffnete die Tür, die in den Vorraum führte.

„Also, die Arbeit ist wie geschaffen für dich", meinte Des zu Allie.

Allie nickte, ihr Sarkasmus nun wieder verstaut. „Ich werde telefonieren, sobald wir zuhause sind."

„Wir sehen uns dort. Ich möchte nach oben in den Vorführraum gehen und etwas nachschauen." Des wandte sich um und ging zu den Stufen, die in die erste Etage führten.

Als sie oben war, ging sie in den Vorführraum und öffnete die Schranktür. Es gab mehrere Regale mit metallenen Filmdosen. Sie öffnete eine davon, dann eine andere. Die meisten waren leer, aber ein paar enthielten Filmrollen. Sie blickte auf den alten Projektor. Wie sollte man feststellen, ob er noch funktionierte, ohne zu riskieren, dass man einen Film ruinierte?

Des hörte unten Stimmen, dann eine, die näherkam.

Seth MacLeod erschien im Türrahmen. Er war groß, hatte einen komplett glatt rasierten Kopf, und trug abgenutzte Jeans und ein verblichenes rotes T-Shirt, auf dem „Born to Ride" über dem Harley-Davidson Logo prangte, das wenig dazu beitrug, seinen breiten Brustkorb zu verbergen. Dunkelbraune Augen, die von langen, dunklen Wimpern hervorgehoben wurden, zogen ihren Blick auf sein raues, gutaussehendes Gesicht. Tattoos bedeckten beide seiner durchtrainierten Arme, und in einer Hand hielt er einen braunen Umschlag. „Joe dachte, dass ich dich hier oben finde. Ich dachte, du möchtest vielleicht die Bilder von der Decke sehen, die ich heute Morgen gemacht habe."

„Ja, möchte ich. Danke."

Des ging in den Vorführraum zurück, der Mann dicht hinter ihr. Sie tat die Metallbehälter in den Schrank zurück, um auf dem Tisch Platz für die Fotos zu machen, und streckte dann ihre Hand aus.

Seth öffnete den Umschlag und gab ihr ein paar Drucke.

„Oh, Mist." Des machte ein bestürztes Gesicht. „Es ist sogar schlimmer als gedacht."

„Es gibt sehr wenig, was nicht wieder in Ordnung gebracht werden kann. Das" – Seth nahm eine Nahaufnahme von einer der heraldischen Lilien – „kann wieder in Ordnung gebracht werden."

„Gott, ich hoffe, du hast recht."

„Habe ich." Seth zeigte auf den Projektor. „Also, was hast du mit dem kleinen Ding vor? Willst du nachher eine kleine Aufführung veranstalten?"

„Ich wünschte, wir wären so weit. Und ich wünschte, ich wüsste, ob er noch funktioniert. Es gibt immer noch ein paar Filmrollen. Ich würde so gerne schauen, ob irgendeine davon noch was taugt. Ich weiß aber nicht, wie man den Projektor bedient, und ich hätte Angst, die Filme zu ruinieren, wenn sie nicht schon ruiniert sind."

„Warum sollten die Filme ruiniert sein? Wurden sie nicht gut gelagert?"

Des nickte.

„Also, vielleicht sind sie noch heile."

Seth trat hinter sie, dann griff er an ihr vorbei, um den Projektor zu sich zu drehen. Er war so nah, dass Des seinen Atem auf ihrer Wange spüren konnte, als er sich nach vorne lehnte. Für einen Moment erstarrte sie bei der Erinnerung an einen anderen kleinen Raum, eine andere Zeit, als sie zwischen Armen gefangen gewesen war, die stärker als ihre waren. Sie versuchte, sich von der alten Erinnerung loszureißen, und erinnerte sich daran, dass das hier Seth war – nicht er. Niemand, der ihr schaden wollte.

„Der könnte noch funktionieren", sagte Seth gerade. „Macht's dir was aus, wenn ich ihn mit nach Hause nehme und daran rumbastle?"

Die Worte blieben ihr im Hals stecken.

„Des?" Seine Stimme war weich, besorgt.

Er ist keine Bedrohung. Er ist ein Freund. Er würde mir nie wehtun.

„Des?", wiederholte er, und eine sanfte Hand berührte ihren Rücken. „Bist du okay?"

„Mir geht's gut. Entschuldige. Ich habe nur … ja, mir geht's gut." Sie räusperte sich. Seine Hand hatte sich zu ihrer Schulter bewegt, und sie entspannte sich in ihrer Wärme.

„Also, was hast du überlegt, was du mit den Filmen machen wirst?"

Sie drehte sich um und lehnte sich gegen den Tisch.

„Sie vielleicht gegen Bezahlung vorführen. Oder sie verkaufen. Alles, was ein bisschen Geld einbringt, um die Rechnungen bezahlen zu können."

„Gute Idee. In der Zwischenzeit schaue ich mal, ob ich etwas damit machen kann." Er wies mit dem Kopf auf den Projektor, während sein Blick immer noch den ihren fixierte.

„In Ordnung." Sie versuchte, wegzuschauen, aber er hielt ihren Blick fest.

„Also." Seine Augen wanderten von ihrem Gesicht zu den Fotos, die er auf den Tisch gelegt hatte. „Ich werde die hier auf dem Weg nach Hause bei Heathers Büro vorbeibringen. Willst du eine Kopie? Ich kann sie gerne noch einmal ausdrucken."

„Ja, das wäre toll, danke. Ich bin sicher, sie werden nützlich sein, falls wir ..." Des lächelte und korrigierte sich. „Wenn wir einen Künstler finden."

„Das ist die richtige Einstellung." Seth sah aus, als ob er noch etwas sagen wollte, aber nach einem Augenblick sagte er nur: „Ich besorge dir die Fotos."

„Super. Danke dir sehr." Der Zauber war gebrochen, also ging sie mit ihm zur Treppe. „Wir sehen uns dann."

„Das tun wir", sagte er, ohne sich umzudrehen.

Sie sah zu, wie er die Stufen hinunterging und das Foyer durchquerte, wo er stehenblieb, um etwas zu Joe und Cara zu sagen, bevor er ging. Des ging zurück in den Vorführraum, um das Licht auszumachen, und dachte daran, wie dankbar sie war, so einen entspannten Kumpel wie Seth zu haben, der immer aufmunternd und gut gelaunt war, der immer das Gute in jedem und in jeder Situation sah, und immer beruhigend wirkte.

Das musste der Grund sein, warum er dreimal zum Bürgermeister von Hidden Falls gewählt worden war.

Das ist, was echte Freunde tun. Sie muntern dich auf und helfen dir, wenn du sie brauchst.

Als Des vor ein paar Monaten die drei Hunde aus dem Theater gerettet hatte – Buttons, Ripley und Girl – wo sie Zuflucht gesucht hatten, musste sie schnell Pflegefamilien für sie finden, wenn sie schon nicht adoptiert wurden. Sie und Barney waren sich einig gewesen, Buttons zu behalten, die kleinste der drei, aber sie brauchte ein gutes Zuhause für die zwei schwarz-weißen Border Collies. Als sie vor den Stadtrat getreten war, um sich über die Bauordnungsbestimmungen zu erkundigen, was ein mögliches Tierheim anging, und erwähnt hatte, dass sie nach einem Zuhause für die Streuner suchte, hatte Seth ohne zu zögern angeboten, einen der Hunde aufzunehmen. Er hatte scheinbar sofort verstanden, wie wichtig es ihr war, dass die Hunde nicht zu einem nahegelegenem Heim gebracht wurden, wo sie ein unbestimmtes Schicksal erwarten würde.

Die Erinnerung, wie er Ben schon fast genötigt hatte, den anderen Hund aufzunehmen, zauberte Des ein Lächeln ins Gesicht.

In der Vergangenheit hatte Des' Beziehung zu Männern größtenteils aus Dates bestanden, von denen sie wünschte, sie wäre nicht hingegangen. So konnte nicht leugnen, dass sie zum Großteil deshalb endeten, weil sie immer das Gefühl hatte, dass etwas fehlte. Obwohl sie es nie geschafft hatte, diesem Etwas einen Namen zu geben, wusste sie, dass es das nie für sie gegeben hatte, was auch immer es war. Aber sie hatte so eine Ahnung, dass es der Wahrheit ziemlich nahe kam, dass es etwas mit Vertrauen zu tun hatte.

Sie sagte sich, dass sie wissen würde, wenn sie es gefunden hatte, aber bis dahin würde sie sich nicht mit weniger zufrieden geben. Sie hatte zu viele mahnende

Geschichten darüber gehört, was passierte, wenn man bei dem, was man wirklich wollte, Kompromisse machte. Himmel noch eins, man sehe sich nur mal ihre Schwestern an! Beide geschieden.

Worauf hatten sie verzichtet um der Liebe Willen?

Eine Frage für ein anderes Mal, dachte Des, als sie zu Joe und Cara an der Eingangstür stieß. Fürs Erste war es genug, zu wissen, dass solche Kompromisse nicht Teil ihrer Zukunft waren. Liebe war kompliziert und schwierig und anspruchsvoll, aber Freundschaft war einfach und geradeheraus und leicht, und sie dauerte an. Das war, was sie mit Seth hatte, und mehr wollte sie nicht.

„Mädchen, ihr habt euch wirklich einen tollen Tag dafür ausgesucht, an der Küche zu arbeiten." Barney stand im Türrahmen, ihr Gesicht von der Hitze gerötet. „Hier drin ist es heiß wie in einem Schmelzofen."

Des nahm einen Stapel Teller aus einem offenen Schrank und stellte sie auf den Boden vor den Kamin. Der Tisch und die Arbeitsplatten waren bereits mit dem Inhalt der Schränke überfüllt.

„Wie ein Schmelzofen, das stimmt. Aber der Zuchtmeister" – Des wies mit dem Kopf auf Allie – „hat verfügt, dass heute der Tag gekommen ist, also, hier sind wir."

„Was du heute kannst besorgen ..." Allie stand in der Mitte des Raums, eine Kiste mit Pinseln und Zubehör im Arm. „Macht keinen Sinn, es aufzuschieben, besonders, da wir nicht wissen, wann die Arbeit im Theater beginnen kann. Also nutzen wir am besten die Zeit, solange wir sie noch haben." Sie stellte die Kiste auf die Fensterbank. „Barney, ich habe die Farbe, um die du mich gebeten hast. Ich liebe dieses weiche, warme Weiß für die Wände." Sie blickte sich im Raum um. „Das wird sagenhaft."

„Ich kann's kaum erwarten, es zu sehen. Wie lange, glaubst du, wird es dauern?", fragte Barney.

„Vielleicht eine Woche, wenn wir diszipliniert arbeiten und nicht zu sehr abgelenkt werden", erklärte Allie.

„Nun, ich bin bereit." Barney krempelte die Ärmel ihres hellblauen Shirts hoch. „Wo soll ich anfangen?"

„Wir fangen damit an, die Schränke und die Regale zu säubern. Als Nächstes nehmen wir die Türen raus, waschen die ab, und lassen sie trocknen. Danach waschen wir die Holzrahmen. Wer macht die oberen Schränke?", fragte Allie.

„Ich." Barney hob die Hand.

„Ich nehme die unteren", sagte Cara.

„Holzrahmen", verkündete Des.

„Und ich mache die Wände. Wenn irgendwer tauschen will, sagt es jetzt." Allies Blick wanderte von einer zur anderen. Niemand meldete sich. „Okay, gut. Wir können loslegen." Sie wandte sich zu der Kiste mit dem Werkzeug, und hielt dann inne. „Oh, wenn ihr Hilfe braucht, die Schranktüren abzukriegen, sagt mir Bescheid. Und sobald sie abgewischt und getrocknet sind, benutzt die Spritzpistole statt eines Pinsels. Die Farbe wird schneller haften und glatter sein. Irgendwelche Fragen?"

Cara schüttelte den Kopf. „Nö."

„Gut. Des, ich helfe dir, die Holzrahmen zu waschen und sie ebenfalls zu streichen. Das dauert am längsten, und ich kann dir helfen, sobald die Wände fertig sind."

„Solltest du nicht erst die Rahmen streichen und dann die Wände?", fragte Des.

„Jeder hat da seine eigene Theorie. Meine ist, dass man die Wände zuerst streicht, und dann den Rahmen abklebt, damit die Farbe auf das Klebeband kommt, wenn man ein bisschen schludert. Sobald man fertig ist, kommt das Klebeband ab." Allie fügte hastig hinzu: „Nicht, dass wir hier schludern wollen."

„Verstanden." Cara nickte. „Warte, gibt es hier einen Schraubenzieher? Ich muss die Türen aus den Angeln nehmen."

„Jep." Allie zeigte auf die Kiste mit Werkzeugen.

„Wow, du bist echt drin in diesem Projekt, was?" Cara ging den Inhalt der Kiste durch und fand den Schraubenzieher, dann machte sie sich daran, mithilfe von Barney die oberen Schranktüren abzunehmen.

„Sobald ich die Holzrahmen saubergemacht habe, kann ich dir bei den Wänden helfen, Allie", bot Des an.

Allie sah hoch zur Decke. „Ich frage mich, ob ich die nicht zuerst streichen sollte."

Alle hielten in ihrer Arbeit inne, um hochzuschauen.

„Ich weiß nicht. Wird das nicht furchtbar schwierig?", fragte Barney. „Und sie sieht wirklich nicht schlecht aus. Ich meine, sie ist nicht dreckig oder so etwas."

„Ich weiß nicht. Ich finde, wir machen es sonst nicht richtig." Allie runzelte die Stirn.

„Wir brauchen auf jeden Falle eine Leiter dafür", sagte Cara. „Wenn du nur bis zum oberen Ende der Wand streichen willst, kannst du das mit einem Roller machen, vielleicht auf einem Stuhl, um den oberen Teil nahe der Decke zu machen. Aber ich glaube, du brauchst eine Leiter."

„Eine der Sachen, die ich nicht habe“, sagte Barney.

„Wir können eine von Joe leihen.“ Cara zog ihr Handy aus der Hosentasche und drückte die Kurzwahltaste. In nicht einmal einer halben Stunde hatte Joe eine Leiter für Allie vorbeigebracht und aufgestellt.

„Soll ich helfen?“, fragte er, nachdem er sich das Ausmaß ihrer Arbeit angesehen hatte.

„Ich glaube, wir kommen klar, aber danke.“ Allie wartete nicht auf eine Antwort von den anderen.

„Wenn ihr mich braucht, ihr wisst, wo ihr mich findet.“ Joe drückte leicht Caras Schulter, bevor er aus der Hintertür zu seinem Transporter ging.

„Gut, einen geschickten Kerl zur Hand zu haben“, bemerkte Barney.

„Gut, überhaupt einen Kerl zur Hand zu haben“, stimmte Des zu.

„Kommt auf den Kerl an.“ Allie machte ihr iPhone an und klickte auf ihre Lieblingsplaylist, die hauptsächlich fröhliche Songs beinhaltete, die Nikki mochte. „Musik zum Arbeiten, Ladies. Singt ruhig mit.“

Und sie sangen tatsächlich mit zu Taylor Swift, Lady Gaga, Pink, Katy Perry.

„Ich kenne keine von diesen Sängerinnen“, stellte Barney fest. „Außer das Swift Mädchen. Wusstet ihr, dass sie aus der Nähe von Reading kommt?“

Am späten Nachmittag waren die Schranktüren alle gesäubert und standen hochkant zum Trocknen vor dem Kamin und an einer Wand. Die Decke und eine Wand waren gestrichen, alle Rahmen und Leisten aus Holz waren gewaschen und getrocknet, und drei Türen waren gestrichen worden.

„Es müssen hier mindestens fünfunddreißig Grad drin sein." Allie band sich die Haare zu einem so hohen Pferdeschwanz wie möglich.

„Locker vierzig." Des lehnte sich gegen den Tresen.

Barney legte die Spritzpistole beiseite „Mädchen, lasst liegen, was ihr gerade macht; wir machen Schluss für heute. Ihr habt eine halbe Stunde, um euch fertig zu machen. Wir gehen essen."

„Das klang wie der Schusspfiff für mich", sagte Des. „Das muss man mir nicht zweimal sagen." Sie legte ihren Pinsel ab.

„Hey, du kannst den nicht da lassen", wies Allie sie hin. „Mach den Pinsel sauber." Sie zeigte auf die Spüle. „Die Farbe geht mit Wasser raus."

„Okay, sagen wir vierzig Minuten"; sagte Barney. „Damit ihr hier erst aufräumen könnt."

„Ich bin fertig und gehe duschen", verkündete Cara, und ging dann die Treppe hoch.

„Ich bin direkt hinter dir." Allie wusch ihren Pinsel ab, und legte ihn dann auf die Zeitung, mit der sie den Küchentisch abgedeckt hatte. Sie machte die Musik aus, und ging dann aus der Küche, während sie auf ihrem Handy nachschaute, ob sie Nachrichten bekommen hatte.

„Du kannst ruhig gehen, Barney. Ich mache hier den Rest", sagte Des.

„Bist du sicher?"

„Jep. Dauert nur eine Minute."

In der Küche, die erst voll Geplapper, Musik, und Gesang gewesen war, war es nun still. Des machte die übrigen Pinsel sauber und wusch die Spritzpistole ab, überprüfte, ob die Farbtöpfe richtig zu waren, und folgte dann den anderen nach oben für eine kurze Dusche.

Sie brauchten länger als die von Barney festgelegten vierzig Minuten, aber schon bald waren alle vier Hudson Frauen in der Diele versammelt, sauberer und weniger erhitzt, und schlicht und bequem gekleidet. Barney trug ein weiteres von ihren süßen T-Shirt-Kleidern – dieses war meerblau, was zu ihren Augen passte – und sowohl Des als auch Cara hatten Khakishorts und gestreifte T-Shirts angezogen, und hatten sich anstrengen müssen, ihre Locken unter Kontrolle zu halten. Allie trug ein schwarzes Tank Top und weiße Shorts, und ihr Haar sah perfekt aus. Des konnte sich einen Kommentar nicht verkneifen, als sie aus der Haustür gingen.

„Al, du weißt, dass ich für dieses Haar töten würde, oder?", sagte sie.

„Notiz an mich: Mit einem offenen Auge schlafen." Allie warf ihre langen Haare über eine Schulter, als Barney hinter ihnen die Tür abschloss und die Stufen zum Bürgersteig hinunterging. „Moment, fahren wir nicht?" Allie blieb auf der obersten Stufe stehen.

„Wir gehen nur zwei Blocks, Allie." Barney ging weiter, ohne sich umzudrehen. „In der Zeit, bis ich Lucille angelassen und aus der Garage gefahren habe, könnten wir schon da sein."

Allie seufzte und murmelte etwas von zu Tode schwitzen, und folgte dann den anderen.

„Außerdem", fuhr Barney weiter, „spinnt Lucilles Klimaanlage in letzter Zeit. Ich wollte sie eigentlich zum Geschäft bringen, aber ich vergesse es immer wieder."

„Wo gibt es hier denn einen Cadillac-Händler?" Des ging hinter Barney und neben Cara.

Barney war sichtlich erschüttert. „Ich würde Lucille nie zu einem Händler bringen. Wirklich, diese jungen Leute, die heutzutage an Autos arbeiten, wissen nur noch, wie sie das tun sollen, was Computer ihnen sagen. Sie wüssten gar nicht, was sie mit einem feinen Vintage-Automobil wie Lucille machen sollten. Ich habe sie vor etwa zehn Jahren für einen Ölwechsel zu einem Autohändler gebracht, und sie haben das falsche Öl verwendet. Sie hat wie eine Asthmatikerin gekeucht. Das Öl musste wieder abgelassen werden. Seitdem hat sie nie wieder das Innere der Garage eines Autohändlers gesehen."

„Und wo bringst du sie hin?", fragte Des.

„Billy Jurczak, drüben an der Constituion Avenue. Dieser Mann versteht, was ein 1968 Cadillac DeVille braucht. Er kennt sich mit einem V-8 Motor aus." Barney schaute über ihre Schulter zu Des. „Niemand fasst Lucille an, außer Billy."

Des und Cara warfen sich amüsierte Blicke zu. Das Cadillac Cabrio ihrer Tante – komplett mit roter Innenverkleidung aus Leder – war Barneys ganzer Stolz. Sie hatten die Geschichte schon mehrmals gehört, dass das Auto ein Geschenk von Barneys Vater an ihre Mutter gewesen war, wie ihre Mutter das Auto geliebt und mit einem Bleifuß gefahren war, bis ihre Demenz zu ausgeprägt wurde. Es war Barney zugefallen, die Schlüssel zu verstecken, und sie nur zu „finden", um ihre Mutter zum Arzt zu bringen oder mit ihr eine Spazierfahrt durch die Landschaft zu machen, wenn sie Lust dazu hatte. Jeder in Hidden Falls kannte Lucille; sie war in der Stadt so etwas wie eine Berühmtheit geworden.

„Barney, was ich dich schon die ganze Zeit fragen will: Wer wohnt in dem Haus gegenüber unserer Auffahrt?" Des drehte sich um, um hinter sie auf das Tudorhaus zu zeigen, das hinter einer hohen Reihe von immergrünen Bäumen stand. „Ich habe noch nie jemanden dort gesehen."

Barney wandte sich um. „Oh, das ist das alte Haus der Brookes. Mrs. Brookes ist letztes Jahr verstorben, Mr. Brookes vor Jahren schon. Fünfzehn vielleicht? Jedenfalls ist es eine Weile her. Mrs. Brookes hat das Haus weitergeführt, so lange sie konnte, Gott hab sie selig. Sie war eine wundervolle Frau."

„Wer lebt jetzt dort?", fragte Des.

„Niemand. Ich glaube, die Kinder – Thomas, Emily und Stephen – haben das Grundstück zusammen geerbt, aber soweit ich weiß, wohnt Emily mit ihrer Familie in London, Stephen ist in Vietnam gestorben, und Thomas ... er ist der Armee beigetreten, nachdem sein Bruder getötet wurde. Berufsoffizier, bestimmt jetzt in Rente. Ich habe ihn seit Jahren nicht gesehen."

Sie ging weiter.

„Also das Haus steht da jetzt einfach?" Des war die Letzte, die zu den anderen aufschloss.

„Bis jemand kommt, der es ausräumt oder verkauft, wird es das, schätze ich."

„Du musst die Familie gut gekannt haben. Sie haben ja genau da gewohnt. Ihr wart Nachbarn." Aus irgendeinem Grund war Des noch nicht mit den Brookes fertig.

„Natürlich kannte ich sie gut. Thomas war in Gils Klasse, Emily in meiner, und Stephen und euer Vater waren Klassenkameraden. Er und Fritz und Pete waren jahrelang unzertrennlich. Ich habe über die Jahre regelmäßig bei Mrs. Brookes vorbeigeschaut. Sie und meine Mutter haben zusammen Karten gespielt.“

„Waren du und Emily gut befreundet?“

Barney antwortete nicht sofort. Schließlich sagte sie schlicht: „Für eine Weile.“

Sie hatten die Straßenecke von Main und Hudson erreicht, wo die Ampel noch grün war.

„Beeilt euch, und wir kommen noch über die Straße, bevor es rot wird“, sagte Barney. „Ich hoffe, wir kommen nicht zu spät, um einen guten Tisch im Goodbye zu bekommen.“

Das Goodbye Café, so genannt, da es berüchtigt dafür war, dass man seinen Partner dorthin mitnahm, um Schluss zu machen, war eins von nur zwei Restaurants in Hidden Falls – das andere war das Hudson Diner – und das einzige, das verstand, was „farm to table“ und „örtliche Herkunft“ bedeutete. Der echte Name des Restaurants war das Green Briar Café, aber nur Besucher in der Stadt nannten es so. Die Besitzerin, Judy Worrell, fand den Spitznamen amüsant, und sogar sie nannte es das Goodbye.

An diesem Abend stand Judy an der Tür und begrüßte die Gäste, die hereinkamen.

„Hallo, die Damen. Barney, du siehst gut aus.“ Judy lächelte, als sie eintraten. „Vier zum Abendessen?“

„Ja", sagte Barney. „Wir sind auf der Suche nach einem leckeren Essen und einem komfortablen, klimatisierten Raum. Es ist nett und kühl hier drinnen, also sind wir schon halb am Ziel."

„Alles hier ist lecker, wie du ja sehr wohl weißt." Judy gab Barney vier Speisekarten und winkte eine Kellnerin herbei. „Tisch für vier. Guten Appetit, Ladies. Barney, ich muss mit dir reden, bevor ihr geht."

„Oh? Was ist los?" Barney blieb stehen.

„Ein paar Komplikationen wegen des Unabhängigkeitstages. Wir reden, nachdem ihr gegessen habt."

Barney nickte und folgte der Kellnerin zu ihrem Tisch.

„Was passiert am Unabhängigkeitstag?", fragte Des, als sie sich hinsetzten.

„Das übliche Trara, das alle Kleinstädte veranstalten. Eine Parade, komplett mit Blaskapellen am Morgen, gefolgt von Spielen für Kinder im Park. Grillfeiern zuhause. Nachts ein Feuerwerk. Es ist jedes Jahr gleich. Wahrscheinlich ist es auch überall sonst das Gleiche." Barney begann, die Speisekarte zu lesen.

„Das ist genau wie der Unabhängigkeitstag in Devlin's Light. Ich habe diese Tage immer geliebt." Cara rückte ihren Stuhl näher an den Tisch, um einen Kellner hinter sich vorbeizulassen.

„Das Gleiche in Cross Creek", erzählte Des. „So traditionell und spaßig. Klassische USA." Des wandte sich Allie zu. „Ich kann mich nicht an viel Trara erinnern, als wir Kinder waren, aber wie sieht's mit L.A. heutzutage aus? Paraden? Feuerwerk?"

Allie zuckte die Schultern. „Nehme ich an. Ich schätze, es gab Paraden. Ich habe vielleicht mal eine davon im Fernsehen gesehen."

„Willst du uns damit sagen, dass du nie zu einer Parade am vierten Juli gegangen bist?" Barney sah schockiert aus.

„Das habe ich gesagt, ja." Allie hielt den Blick auf ihre Speisekarte gerichtet.

„Du bist nie mit Nikki zu einer Parade gegangen?"

Allie zuckte die Achseln. „Was soll ich sagen? Clint hat sowas immer gehasst, also sind wir nie gegangen."

„Also hat Nikki nie bei einer Parade mitgemacht, oder ..."

„Außer, sie ist irgendwann mal mit einer Freundin hingegangen. Vielleicht ist sie das. Ich weiß es nicht mehr." Allie richtete ihre Aufmerksamkeit auf die Karte. „Der Cobb Salad mit gegrilltem Hühnchen sieht gut aus."

„Ich glaube, den nehme ich auch." Cara, die Vegetarierin, fügte hinzu: „Ohne das Hühnchen."

„Nun, Nikki wird dieses Jahr das komplette Programm bekommen." Barney legte ihre Speisekarte nieder. „Vielleicht ist sogar Platz für sie in der Parade, man weiß ja nie."

„Ich bin sicher, sie wird begeistert sein, das zu hören." Allie sah endlich hoch. „Jede bereit, zu bestellen?"

Wie abgemacht tauchte Judy an ihrem Tisch auf, sobald alle aufgegessen hatten.

„Also, wie hat's euch geschmeckt?" Sie blieb hinter Barney und schaute auf den Tisch.

„Super", waren sich alle einig.

Judy holte einen Stuhl vom nächsten Tisch und setzte sich zwischen Barney und Des. „Also, hier ist die Lage für den Vierten. Du weißt, Dan Hunter fährt normalerweise seinen Model-T Ford an der Spitze der Parade?"

Barney nickte. „Das macht er seit Jahren. Sein Vater hat das Auto vor ihm gefahren. Ich kann mich nicht erinnern, wann dieses alte Auto mal nicht die Parade angeführt hat."

„Nun, dieses Jahr wird es nicht so sein. Vielleicht nie wieder. Etwas stimmt mit dem Motor nicht – er braucht ein Ersatzteil oder sowas – und Dan hat keins gefunden. Also, wenn er dieses Teil nicht finden kann, und niemanden mit dem Know-How, um es auszutauschen, stehen wir ohne einen Oldtimer da, um die Parade zu beginnen." Judy sah Barney bedeutungsschwer an.

„Ihr wollt Lucille."

Judy nickte. „Wollen wir. Der Ausschussvorsitzende hat gestern Abend ein Notfalltreffen einberufen. Ross Whalen –"

„Schrulliger, alter Kauz", murmelte Barney.

„Ja, das ist er. Jedenfalls, er hat angeboten, zu fahren, wenn …"

Barneys Augen weiteten sich, und ihre Augenbrauen verschwanden fast in ihrem Haaransatz. „Ross Whalen fasst Lucille ganz sicher nicht an. Niemand fährt sie außer mir. Niemand." Sie hielt inne. „Vielleicht eine meiner Mädchen hier, irgendwann, aber Whalen? Nee."

„Der Bürgermeister hat gesagt, dass du das sagen würdest. Er hat vorgeschlagen, dass du fährst." Judy lehnte sich auf ihrem Stuhl zurück, während die Kellnerin die Teller abräumte.

„Es ist sehr nett von Seth, dass er hinter mir steht.“ Barney lächelte.

„Also, was meinst du? Ich weiß, dass du gerne in der Ecke auf deinem Klappstuhl sitzt und der Parade zusiehst, während du deinen Eiskaffee trinkst, aber …“

„Oh, natürlich werde ich Lucille bei der Parade fahren. Und danach kannst du mir einen Eiskaffee ausgeben.“

„Danke dir. Dann werde ich dir den Kaffee besorgen und den anderen Bescheid sagen, dass du dabei bist.“ Judy stand auf.

Als Judy außer Hörweite war, fragte Allie: „Also, warum ist es so eine große Sache, wer das Auto bei der Parade fährt?“

„Es ist eine Ehre, die Parade anzuführen, eine, die immer den Hunters gehört hat, da sie das älteste Auto der Stadt besaßen“, erklärte Barney. „Ich schätze, damit ist Lucille das zweitälteste.“ Sie runzelte die Stirn. „Die Petersons haben einen 1940 Dodge, aber ich weiß nicht, ob er noch funktioniert. Und er ist kein Cabrio. Man muss ein Cabrio an der Spitze der Parade haben.“

„Warum?“, fragte Des.

„Damit man die Würdenträger auf dem Rücksitz sehen kann, natürlich.“ Barney stand auf. „Fertig, Mädchen?“

Barney bezahlte an der Kasse, während die Mädchen nacheinander hinaus auf den Bürgersteig traten. Auf dem Nachhauseweg spähten sie in Schaufenster, winkten vorbeifahrenden Autos, und diskutierten, was jemanden für den Status eines Würdenträgers in Hidden Falls qualifizierte.

Sie hatten den Bürgersteig vor dem Familiensitz erreicht, als ein großer, schwarz-weißer Hund über den Rasen flitzte, sich dann umdrehte und direkt auf sie zulief.

„Ripley!" Des wappnete sich, als der Hund an ihr hochsprang. „Platz, Junge. Mach Platz." Sie sah auf, als Seth auf sie zu joggte. „So viel zu all den Stunden, die wir ihn die letzten Monate trainiert haben."

„Platz, Ripley", tadelte Seth seinen Hund. „Sorry, Des."

„Ist schon in Ordnung. Er freut sich nur, mich zu sehen." Des schob den Hund von sich runter. „Mach Sitz, Kumpel. Sitz."

Der Hund machte Sitz und sah sie erwartungsvoll an.

„Er denkt, dass du ihm Burger gibst", sagte Allie. „So wie damals, als du ihn aus dem Theater gelockt hast."

„Ah, der alte Burger-Köder. Funktioniert jedes Mal." Des erinnerte sich an den Tag, an dem sie drei Hunde aus dem Loch in der Außenwand des Theaters gelockt hatte.

„Seth, ich weiß es sehr zu schätzen, dass du dich gestern Abend bei dem Treffen für mich eingesetzt hast." Barney verschränkte die Arme vor der Brust. „Es ist lächerlich, zu meinen, dass ich je diesen idiotischen Whalen ans Steuer meines Autos lasse."

„Wir wussten alle, dass das nie passieren würde", sagte Seth. „Aber du machst es doch, oder? Du führst die Parade dieses Jahr an?"

„Natürlich. Es wird mir eine Ehre und ein Vergnügen sein." Barneys Augen verengten sich. „Aber ich darf aussuchen, wer auf dem Rücksitz sitzt."

Seth lachte. „Ich habe ihnen gesagt, dass du auch das sagen würdest. Du mach einfach dein Ding, Ms. Hudson. Der Rest von uns wird sich dem anpassen.“

„Du bist ein guter Junge, Seth MacLeod.“ Barney tätschelte seinen Arm und ging zum Haus. „Und du arbeitest weiter daran, deinem Hund da ein paar Manieren beizubringen, hörst du?“

„Ja, Ma’am.“ Er nickte.

„Ich muss ein paar Leute anrufen.“ Cara folgte Barney auf dem Bürgersteig, der zur vorderen Veranda führte. „Bis bald.“

„Ich auch. Bis dann, Seth.“ Allie ging Cara hinterher.

Des wandte sich Seth zu. „Und wo gehst du hin? Bist du nicht ein ganzes Stück von deiner Wohnung entfernt?“

„Ich habe nur versucht, meinem Jungen hier ein bisschen Bewegung zu verschaffen.“

„Gut für alle Hunde, aber ja, Border Collies lieben es, zu rennen.“ Sie sah runter zu Ripley, der sich vor Seths Füßen hatte hinplumpsen lassen. „Möchtest du ein bisschen Wasser für ihn? Er sieht aus, als ob er außer Atem wäre.“

„Ich bin sicher, da würde er sich freuen. Danke.“

Sobald sich Des und Seth zum Haus aufmachten, raste der Hund den Weg hoch.

„Ich schätze, er weiß noch, dass Buttons hier wohnt.“

„Er zieht immer an der Leine, wenn wir hier langgehen“, gab Seth zu. „Ich weiß nicht genau, ob er nach Buttons sucht, oder nach dir.“

„Naja, ich war seine erste menschliche Freundin hier in Hidden Falls“, erinnerte Des ihn. „Ein kleiner Burger kann viel bewirken bei einem verhungerndem Hund.“

„Ich denke manchmal darüber nach, was ihnen vielleicht zugestoßen wäre, wenn du nicht dazugekommen wärst."

„Irgendwann hätte jemand anderes bemerkt, dass sie durch die Wand ein und aus gingen. Und der Barkeeper im Frog hat sie gefüttert, wenn sie vorbeikamen."

„Das stimmt, aber sie wären immer noch obdachlos gewesen. Du hast sie dazu gekriegt, rauszukommen, hast sie zum Tierarzt gebracht, und deine Freunde gepiesackt, bis sie eingewilligt haben, sie aufzunehmen."

„Wenn ich mich recht erinnere, hast du dich sofort dafür gemeldet, Ripley aufzunehmen, und wenn irgendwer gepiesackt wurde, dann Ben, als du ihn überredet hast, das Weibchen zu nehmen."

„Ist das zu glauben, dass er dem Hund immer noch keinen richtigen Namen gegeben hat?"

„Ja, ich glaube, wir müssen ihm Druck machen, dass er mal daran arbeitet." Des grinste. „Sogar Allie hat ihm wegen seines Mangels an Fantasie das Leben schwer gemacht."

„Allie scheint Ben wegen allem das Leben schwer zu machen."

„Es macht ihr Spaß. Manchmal denke ich, dass meine Schwester nicht glücklich ist, wenn sie gerade niemandem den Tag versauen kann."

Ripley erreichte die Veranda, schnüffelte dann an der Tür, und wedelte mit dem Schwanz.

„Ich gehe rein, hole etwas Wasser für ihn, und schaue, ob Buttons rauskommen und spielen will. Setz dich." Des machte die Tür auf und verschwand nach drinnen.

Als sie wiederkam, den Wassernapf in der Hand und zwei Bierflaschen in der Hand, peste ein aufgeregter, kleiner, weißer Hund an ihr vorbei, um ihre hündischen und menschlichen Freunde zu begrüßen. Des stellte den Wassernapf auf die Veranda, aber Ripley rannte an ihm und Seth vorbei, der sich auf die Stufen gesetzt hatte, um Buttons über den Vorgarten zu jagen.

Des gab Seth ein Bier und blieb auf der Stufe stehen, um den Hunden für einen Moment beim Spielen zuzusehen.

„Danke." Er machte den Deckel ab und nahm einen Schluck.

„Die Kleinen haben anscheinend Spaß." Sie setzte sich neben Seth und sah zu, wie Buttons Ripley die Auffahrt hoch zur Remise verfolgte.

„Ja, sie sind gute Freunde. Wir werden nie erfahren, wo sie gewesen sind oder was sie zusammen durchgemacht haben. Sie sind sich sehr nah."

Die zwei Hunde rannten ums Haus und über den Rasen.

„Und, hattest du Zeit, dir den Projektor näher anzuschauen?", fragte sie.

„Hatte ich. Es ist ein Super Simplex XL. Ich bin ziemlich sicher, dass er aus den 1930ern oder den Vierzigern ist, aber er ist scheinbar irgendwann modifiziert wurden, wahrscheinlich in den Fünfzigern oder Sechzigern. Ich schätze, da wurde die Xenonlampe angebracht."

Sie starrte ihn mit offenem Mund an. „Wie hast du das alles so schnell herausgefunden?"

Seth grinste. „Magellan Express, meine Lieblingssuchfunktion."

„Glaubst du, der Projektor funktioniert noch?"

„Im Augenblick nicht. Da ist ein Teil von der Zuführung zur Blende abgebrochen, und ich weiß nicht, ob sie ausgetauscht werden kann.“

„Was ist eine Blende?“

„Versuch mal, dir das vorzustellen: Der Film ist auf zwei Rollen, eine im unteren Teil des Projektors, eine oben.“ Er hielt seine Hände auf sechs und zwölf Uhr. „Es wird von der unteren Rolle zur Linse geführt, wo das Bild projiziert wird, und der Film läuft dann von der Blende zur oberen Rolle.“

„Was, wenn man die Blende nicht reparieren kann?“

„Es gibt ein paar alte Projektoren bei eBay. Wir können sie austauschen, wenn nötig, aber es wäre viel cooler, wenn wir die originale Blende fürs Theater nutzen könnten.“

„Warum habe ich nicht an eBay gedacht?“, sagte sie.

„Ich auch erst nicht. Aber es stehen ein paar dieser Modelle zum Verkauf. Wenn du willst, höre ich mich um, und schau mal, was ich über den Preis, Zustand und sowas in Erfahrung bringen kann.“

„Ich möchte dir nichts aufdrängen.“ Ihre Schulter streifte seinen Oberarm, und sie fühlte ein plötzliches, kleines Kribbeln an der Stelle, wo er sie berührt hatte. Sie lehnte sich weg, um sich mit dem Rücken gegen einen der Verandapfosten zu setzen. Sie war im Laufe der Zeit so entspannt in seiner Gesellschaft geworden, dass dieses kleine bisschen Elektrizität sie unvorbereitet erwischte.

„Du bürdest mir nichts auf. Ich finde es irgendwie spannend, wie er funktioniert. Ich würde gerne mehr darüber lernen, wie er zusammengesetzt ist. Außerdem

ist es interessant, zu sehen, wie sich Projektoren zusammen mit den Filmen weiterentwickelt haben."

„Wenn es dir wirklich nichts ausmacht ..." Sie öffnete
ihre Flasche, nahm einen Schluck, und fragte sich dabei, ob er dieses ... was auch immer das gewesen war,
auch gefühlt hatte. Sie würde dem auf keinen Fall einen
Namen geben.

„Ganz sicher nicht. Außerdem gefällt es mir, bei dem
Projekt mitzumachen. Das Theater war einmal das
Herz der Stadt. Ich glaube, das kann es auch wieder
werden." Er verstummte. „Als ich heute Nachmittag da
war, hat das wieder Erinnerungen hochgeholt. Ich
weiß noch, wie sie einmal das Theater für die Hallo-
ween-Parade geöffnet haben, als ich sechs oder sieben
war. Es hatte seit Tagen in Strömen geregnet und es sah
nicht so aus, als ob es sich bessern würde. Der Stadtrat
wollte die Parade absagen, aber jemand – im Rückblick
muss es Barney gewesen sein – hat vorgeschlagen, dass
die Parade im Sugarhouse stattfindet. Wir haben uns
alle verkleidet und sind durchs Foyer marschiert, den
Gang runter, und auf die Bühne. Sie haben Preise für
die besten Kostüme vergeben."

„Hast du gewonnen?"

Seth lachte. „In meinem weißen Bettlaken? Wohl
kaum. Aber wir hatten großen Spaß an dem Abend. Ben
und Joe waren auch Geister, und wir drei sind auf der
Bühne hin und her gerannt und haben ‚buh' gerufen,
bis uns jemand geschnappt und wieder runterge-
schickt hat."

„Ich hätte gedacht, dass so eine Aufführung wie eure
einen Preis verdient hätte."

Er schüttelte den Kopf. „Über Geschmack kann man nicht streiten. Ich glaube der erste Preis ist an Cinderella gegangen, und die Zweitplatzierten waren ein paar Piraten und ein Kind in einem Bärenkostüm, dessen Vater Direktor von der High School war." Die Erinnerung brachte ihn zum Lächeln.

„Ihr drei seid schon so lange befreundet?"

„Seit dem Kindergarten." Er lächelte. „Kleine Städte sind halt so, Des. Du wächst auf und kennst jeden. Wenn man lange genug bleibt, wird man ein Teil davon."

„Ich glaube, ich kann mich nicht mal an die Namen der Kinder erinnern, mit denen ich im Kindergarten war."

„Hast du die Schule nach dem Kindergarten gewechselt? Bist du zu einer anderen Grundschule gegangen?"

„Ich hatte keine Freunde an der Schule. Wir wurden zuhause unterrichtet nach der zweiten oder dritten Klasse. Ich kann mich nicht wirklich an die Zeit vorher erinnern."

„Eure Mutter hat euch zuhause unterrichtet?"

Des brach in Gelächter aus. „Meine Mutter? Oh Gott, nein. Sie wäre eher gestorben. Nein, nein, wir hatten eine Lehrerin." Sie hielt inne. „Du weißt, dass ich bei einer Fernsehserie mitgespielt habe, als ich klein war, oder?"

„Die Leute haben mal etwas davon gesagt, dass Barneys Nichten ein bisschen geschauspielert haben. Ich glaube, meine Schwester hat deine Serie ein paar Jahre lang geguckt." Er fügte fast schon entschuldigend hinzu: „Ich war nie jemand, der stillsitzt und Fernsehen schaut. Ich war die meiste Zeit draußen."

„Du brauchst dich nicht entschuldigen. Es war eine ziemliche Mädchenserie, obwohl ich wünschte, dass wir damit in eine andere Richtung gegangen wären." Sie verdrehte die Augen. „Nicht, dass mich je irgendwer gefragt hätte."

„Es klingt, als ob es dir nicht allzu gefallen hat."

„Ich habe es gehasst. Ich wollte es nie machen. Es war die Idee meiner Mutter." Des schüttelte langsam den Kopf. „Ich habe alles getan, was ich konnte, um da rauszukommen. Diese Serie hat mir meine Kindheit genommen und die Beziehung zu meiner Schwester zerstört."

„Ihr scheint euch jetzt ganz gut zu verstehen."

„Manchmal. Aber da ist immer so ein feindseliger Unterton. Allie hat mir nie verziehen, dass ich diese Rolle bekommen habe. Sie wollte sie, ich nicht, ich habe sie bekommen. Das ist die Kurzversion."

„Vielleicht kann ich ja eines Tages die ganze Geschichte hören."

„Vielleicht kannst du das." Sie suchte nach einem höflichen Weg, das Thema zu wechseln.

Seth musste das bemerkt haben, denn er fragte: „Vermisst du das Tierheim, das du in Montana geleitet hast?"

„Ja, aber eigentlich leitet es jemand anderes. Hauptsächlich habe ich mit den Problemhunden gearbeitet."

„Was macht einen ‚Problemhund' aus? Meinst du bissige Hunde?"

„Nein, nein. Hunde, die unzureichend sozialisiert sind, oder misshandelt wurden und ängstlich sind. Hunde mit Vertrauensproblemen. Hunde, die geradezu fies sind, sind was anderes. Es gibt Leute, die mit solchen Hunden arbeiten, aber man muss wirklich speziell ausgebildet sein, um so eine Arbeit zu machen. Ich habe die einfachen Sachen gemacht. Manche Hunde brauchen länger als andere, um Vertrauen zu fassen."

„Ich schätze, Hunde sind nicht so viel anders als Menschen. Manche Leute brauchen auch länger, um jemandem zu vertrauen." Er nahm noch einen Schluck von seinem Bier. „Du hast so eine beruhigende Art, du bist so locker. Ich vermute, Hunde fühlen das genauso wie Menschen, und vertrauen dir einfach."

„Danke, Seth."

„Also, hast du darüber nachgedacht, hier ein Tierheim zu eröffnen? Wir haben manchmal Streuner in der Stadt, und es gab Fälle, wo Leute ungewollte Tiere oben in den Bergen ausgesetzt haben. Wenn sie abgeholt werden, werden sie zur SPCA oder zu dem Heim außerhalb von Clarks Summit gebracht. Keiner weiß, was von da an mit ihnen passiert."

„Ich vermisse es schon. Wenn ich einen Ort hätte, wo Hunde leben könnten, wenn ich ein Netzwerk hier hätte …" Sie zuckte die Schultern. „Ich gebe zu, ich habe an die Remise als eine Möglichkeit gedacht, aber das ist keine gute Idee."

„Für mich klingt das nach einer guten Idee, wenn du das machen möchtest."

„Zum einen ist sie zu nahe am Haus. Hunde können etwas laut werden, wenn sie etwas nachts aufschreckt. Ich bezweifle, dass Barney oder die Nachbarn es gutheißen würden, wenn ein Haufen Tiere frühmorgens rumjault." Sie nahm noch einen Schluck aus der Flasche, und stellte sie dann neben sich auf die Stufe. „Außerdem glaube ich, dass sie zu klein ist, um mehr als ein paar Tiere aufzunehmen, und meinem letzten Auftreten vor eurem Stadtrat nach zu urteilen, würde ich nach dem Baugesetz nie ein vollständiges Unternehmen bewilligt kriegen.“

„Du hast einen Freund im Rat, das weißt du, oder?“ Natürlich meinte Seth sich selbst.

„Ich weiß, und ich weiß es zu schätzen. Aber das ist nur eine Stimme. Und der wahrscheinlich wichtigste Grund: Ich glaube, Cara will ein Yogastudio eröffnen, und es scheint, dass sie ein Auge auf die Remise geworfen hat.“

„Und was Cara will, ist wichtiger, als das, was du willst, weil ...?“

„Weil es am wahrscheinlichsten ist, dass sie bleibt, wenn die Arbeit am Theater beendet ist.“

Es verstrich ein langer Moment, bevor Seth fragte: „Und, wartet jemand auf dich in Montana?“

„Nur die Leute, die das Tierheim leiten, und mein Buchclub.“

„Ich wette, es gibt eine Menge Leute hier in Hidden Falls, die einem Buchclub beitreten würden, wenn du einen gründen würdest.“

„Cara und ich haben mal darüber geredet. Aber ich weiß nicht, ob ich mich auf irgendwas einlassen und dann abreisen will. Hunde oder Leute.“

Er schien darüber nachzudenken, während er das Etikett der Flasche abknibbelte.

„Wenn du zurück nach Montana gehst, nimmst du dann Buttons mit?“

„Ich könnte sie Barney nicht nehmen. Sie liebt diesen Hund, und der Hund ist vernarrt in sie. Wann auch immer ich gehen werde, Buttons wird hierbleiben.“

„Wann, glaubst du, wird das sein?"

Des zuckte die Schultern. „Ich habe noch keine Ahnung. Wir waren ziemlich gut dabei, die grundlegende Renovierung abzuschließen, aber das Chaos mit der Decke wird uns ein bisschen zurückwerfen."

„Wenn ich irgendwie helfen kann, sag mir Bescheid. In der Zwischenzeit besorge ich dir die Ausdrucke."

Seth stand auf und pfiff nach seinem Hund. Beide Tiere hielten in ihrem Spiel inne, und trotteten dann auf ihn zu. Buttons setzte sich keuchend zu Des' Füßen.

„Wünsch Barney gute Nacht von mir. Danke für das Bier." Er hakte die Leine am Halsband seines Hundes ein. „Wir sehen uns, Des."

„Nacht, Seth." Des stand auf und sah zu, wie er sich entfernte. „Seth", rief sie ihm nach.

Beim Klang ihrer Stimme drehte er sich um.

„Ich bin froh, dass wir Freunde sind", sagte sie ihm.

„Ich auch."

Sie stützte sich auf das Geländer der Veranda, und folgte ihm mit ihrem Blick, bis er und Ripley um die Ecke verschwanden.

Einen Augenblick später öffnete sich die Tür hinter ihr.

„War Seth die ganze Zeit hier?", fragte Cara.

„Ja. Rip sah durstig aus, also habe ich ihm etwas Wasser gegeben, und Seth und ich haben eine Weile geredet."

Cara bückte sich und hob die leere Flasche auf, die Seth auf der Stufe stehengelassen hatte. „Schlauer Hund, dass er aus der Flasche trinkt."

„Seth war auch durstig."

„Ich könnte auch ein Bier gebrauchen. Bin gleich zurück." Cara wandte sich zur Tür. „Willst du noch eins?"

„Es gibt keine mehr. Tut mir leid. Ich habe die letzten zwei genommen. Ich werde morgen neues besorgen."

„Du hast vielleicht nicht an der richtigen Stelle geguckt. Ich habe gestern Abend selbst ein Sixpack da reingestellt, als Joe hier war, und wir hatten beide jeweils eins. Wenn du und Seth je eins hattet, dann sollten noch zwei übrig sein." Cara ging ins Haus, aber war nach kurzer Zeit zurück. „Du hast recht, sie sind weg."

Cara setzte sich neben Des auf die Stufe. „Seth ist ein supernetter Typ."

„Ist er wirklich. Ich habe ihm gerade gesagt, dass ich froh bin, dass wir befreundet sind."

„Das hast du wirklich zu ihm gesagt? ‚Ich bin froh, dass wir befreundet sind'?"

Des nickte. „Ja, warum sollte ich nicht?"

„Weil es ziemlich offensichtlich ist, dass er dich mag."

„Ich mag ihn auch."

„Bemerkst du wirklich nichts?"

Des starrte ihre Schwester ausdruckslos an.

„Des, ich glaube, er möchte mehr als nur befreundet mit dir sein."

„Nein, er hat gesagt, dass er auch froh ist, dass wir Freunde sind."

Jetzt war Cara an der Reihe, zu starren.

„Wirklich, wir sind nur Freunde und es gefällt uns so."

„Du meinst, dir gefällt es so."

Des seufzte, lehnte sich über das Geländer, und sah zu, wie ein kleiner Vogel in einem der Buchsbäume unter der Veranda verschwand. „Er ist nicht mein Typ."

„Was heißt das?“

„Er ist dieser große, tätowierte Riese, der Motorrad fährt und Zigarren raucht, die so lang sind wie mein Arm. Wir sind komplette Gegensätze. Ich war noch nicht mal auf einem Motorrad und ich hasse Zigarrengeruch.“

„Also ist er nicht dein Typ, weil er für eine gewisse Gefahr steht?“

Des ignorierte sie. „Und das ist nur der Anfang. Er hat hier sein ganzes Leben über gelebt, er gehört hierhin und er weiß es. Er hat seit dem Kindergarten die gleichen Freunde gehabt.“

„Und das sind Minuspunkte, weil ...?“

„Er ist an ein anderes Leben gewöhnt. Er ist seit Ewigkeiten Teil von Hidden Falls. Er ist so ein richtig sozialer Typ, und ich bin eine ...“

„Du bist eine was?“

„Ich bin eine Einzelgängerin. Ich hatte keine Freunde an der Schule, weil Allie und ich immer einen Privatlehrer hatten. Ich habe den Großteil meines Lebens auf der Bühne verbracht, vorgegeben, jemand zu sein, der ich nicht bin, und wenn ich nicht gearbeitet habe, war ich in die Seiten eines Buchs vertieft.“ Des holte tief Luft. „Ich glaube nicht, dass sich Seth je hatte fragen müssen, wer er war. Ich glaube, er hat das immer gewusst.“

„Ich würde denken, dass das etwas Gutes ist, Des. Ein Typ, der weiß, wer er ist, wo er hingehört, der seine Freundschaften schätzt.“

„Ich habe nie richtig irgendwo hingehört. Ich weiß nicht, wie sich das überhaupt anfühlen würde.“ Des hatte keine Ahnung, woher die Worte und Gefühle kamen, oder wie sie den Mut gefunden hatte, sie auszusprechen, aber sie wusste, während sie sprach, dass jedes Wort wahr war.

„Aber nachdem deine Serie vorbei war, bist du aufs College gegangen, oder? Du musst doch da ein Heim gefunden haben."

„Ich habe alleine gewohnt, weil ich nicht wusste, wie ich mich bei anderen Kindern meines Alters verhalten sollte. Ich habe mich überall wie eine Fremde gefühlt. Ich bin nach Montana gezogen, weil die einzige Freundin, die ich jemals hatte – eine meiner ‚Schwestern' aus der Serie – da gelebt hat und ich dachte, zumindest würde ich da jemanden kennen. Aber sie hatte ihr eigenes Leben, ihren Mann und ihre Kinder." Ihre Stimme verlor sich für einen Moment. „Seth, er ist Mr. Beliebt. Die Leute in Hidden Falls mögen ihn so sehr, dass sie ihn, was, drei Mal zum Bürgermeister ernannt haben? Ich habe ihn bei der letzten Stadtratsversammlung beobachtet; der Raum war vollgestopft und die Leute haben rumgezetert und er hat sie einfach zur Ruhe und zurück auf den Plan gebracht. Ich hätte Panik bekommen und wäre aus dem Raum gerannt. Seth wäre überall zuhause, wo er landen würde, und ich wüsste nicht, dass ich irgendwo zuhause wäre."

„Du scheinst aber zufrieden zu sein, hier mit uns."

„Das ist was anderes. Ihr seid Familie."

Cara lachte. „Das waren wir aber bis vor Kurzem nicht."

„Bei Barney fühlt sich jeder zuhause. Und du … mit dir kommt man gut klar. Und ich wusste schon immer, wie Allie ist. Keine Überraschung." Sie stieß einen Seufzer aus. „Und Seth – er ist der netteste Typ, den ich je getroffen habe, aber er ist hier tief verwurzelt. Er gehört hierhin, und ich werde nicht bleiben." Sie schüttelte erneut den Kopf. „Außerdem ist er einfach nicht mein Typ."

„Also, wenn ein Typ, der dich genug mag, um spontan einen Hund aufzunehmen, nicht dein Typ ist, wer dann?"

„Oh, naja, jemand, der ... vielleicht ein bisschen kultivierter ist. Ich weiß nicht, intellektueller, vielleicht. Ich mochte schon immer diesen konventionellen Look. Weniger ... Tinte. Nicht, dass das was Schlechtes ist. Es ist nur einfach nicht mein Ding. Das heißt nicht, dass er kein netter Typ ist, oder dass er nicht richtig für jemand anderen ist."

„Verstehe." Cara hielt mit der Hand auf dem Türknauf inne. „Man kann nicht immer eine Person nach ihrem Aussehen beurteilen, das weißt du, oder?"

„Ich urteile nicht."

„Wirklich? Denn es klingt für mich, als ob du das tust."

„Tu ich nicht. Seth ist super, aber wir sind zu verschieden."

„Wenn du nicht urteilst, dann suchst du nach Ausreden. In beiden Fällen verpasst du was."

Bevor Des protestieren konnte, war Cara nach drinnen geschlüpft und hatte die Tür hinter sich geschlossen.

Kapitel Drei

Allie hatte sich in ihr Zimmer zurückgezogen, was sie mit pochenden Kopfschmerzen begründete, die ihr langsam schlechte Laune bereiteten. Nachdem sie den ganzen Tag in der heißen Küche gearbeitet, Dämpfe eingeatmet, und Muskeln benutzt hatte, die eine ganze Weile untätig gewesen waren, wollte sie mit ihrem Handy – ihrer Rettungsleine zu ihrer Tochter – und ihrer Flasche Wodka allein sein, die sie am vorigen Tag gekauft hatte.

Sie schloss ihre Schlafzimmertür ab und ging ins Badezimmer, wo sie die Flasche öffnete und etwas von der klaren Flüssigkeit ins Glas schüttete. Sie wünschte, sie hätte die Geistesgegenwart gehabt, das Glas mit ein bisschen von Barneys ausgezeichneter Limonade zu füllen, bevor sie die Küche verließ, aber sie würde jetzt auf keinen Fall mehr nach unten gehen. Cara und Barney saßen wahrscheinlich die nächsten zwei Stunden am Tisch, redeten und lachten, und spielten vielleicht ein paar Runden Karten, Clue, oder Monopoly. Allie rümpfte die Nase bei dem Gedanken. Das letzte, was sie jetzt tun wollte, war zu versuchen, sich mit ihren Schwestern und ihrer Tante zu messen.

Sie zog den bequemen Ohrensessel nahe genug ans Fenster, um die Wälder hinter dem Haus zu sehen, und nahm dann ihr Handy aus der Hosentasche, um die Unterhaltung nochmal durchzulesen, die sie vorhin mit

Nikki geführt hatte, die einen großartigen Shoppingtag mit ihrer Großmutter Lee gehabt hatte. Sie hatten den ganzen Tag zusammen verbracht, in einem schicken Restaurant zu Mittag gegessen, und geshoppt, bis sie beide fast umgefallen wären. Allie war dankbar, dass Clints Eltern so in Nikki vernarrt waren, und dass es Nikki Spaß machte, Zeit mit ihnen zu verbringen. Aber dass ihre alternden Großeltern sie zum Flughafen für den Flug nach Scranton bringen würden, gab Allie trotzdem zu denken. So viele Dinge könnten einem allein reisenden Mädchen passieren. In den Nachrichten wurde in letzter Zeit so oft über Menschenhandel berichtet, dass Allie in Panik verfallen würde, wenn sie zu viel darüber nachdachte.

Allie nahm noch einen Schluck, starrte aus dem Fenster, und fragte sich, was für eine Großmutter Nora gewesen wäre, und musste dann lachen. Nora war eine absolute Pleite als Mutter gewesen. Sicherlich hätte sie Nikki genauso sehr ignoriert, wie sie Allie ignoriert hatte, nachdem sie erkannt hatte, dass Allie nicht schauspielern konnte.

Zumindest sagten das alle.

„Zu schade", hatte sie einen Produzenten zu Nora sagen hören. „Dein älteres Mädchen ist echt der Hammer, aber sie könnte sich nicht mal aus einer Papiertüte rausspielen. Die Jüngere hat das ganze Talent, und sie ist ganz niedlich. Eine Schande, dass du sie nicht zu einer Person kombinieren konntest, Nora. Du hättest einen Superstar gehabt."

Aber mit Des hatte Nora einen Star gehabt. Des' Fernsehserie lief sieben verflixte Jahre lang, von ihrem neunten Lebensjahr an, bis sie sechzehn wurde. Auf

Noras Drängen hin hatten sie Allie eine Gastrolle als eine der Nachbarsmädchen gegeben, damit sie nicht in jeder Folge dabei sein musste, und sie hatte selten mehr als ein oder zwei Sätze bekommen. Sie hatte nie verstanden, warum sie so viel Ehrgeiz und so wenig Talent bekommen hatte, während ihre Schwester, die so gefragt war, vorgab, dass sie die Rollen hasste, die sie spielen musste.

„Nicht witzig, Universum", flüsterte Allie. „Überhaupt nicht witzig."

Allie konnte sich schon nicht mehr an eine Zeit erinnern, in der sie es ihrer Schwester nicht übelgenommen hatte, dass sie ein Star war, aber sie musste zugeben, dass Des ja nicht darum gebeten hatte, mit so viel Talent gesegnet zu sein. Aber dieser Umstand war eine bittere Pille gewesen, die Allie schlucken musste, die dadurch nur noch bitterer gemacht wurde, dass ihre Mutter scheinbar manchmal vergaß, dass sie zwei Töchter hatte.

Das war ebenfalls nicht Des' Schuld.

Jahrelang hatte Allie geglaubt, dass Des zu viel protestierte, dass sie nur sagte, dass sie die Show hasste, weil es ihr mehr Aufmerksamkeit von Nora einbrachte. Erst, seitdem Allie und Des zusammen in Hidden Falls waren, begann Allie darüber nachzudenken, ob Des vielleicht doch nicht gelogen hatte. Vielleicht hatte sie die Serie wirklich nicht machen wollen, hatte nur mitgemacht, weil Nora sie gezwungen hatte, und die ganze Aufmerksamkeit gehasst. Wenn Des das Rampenlicht wirklich geliebt hätte, hätte sie sich in dieses winzige Dorf in Montana zurückgezogen, um Hunde zu retten, und hätte sie so ein ruhiges Leben geführt, dass Allie wetten würde, dass die meisten Leute in Cross Creek nicht wussten, das Des ein früherer Kinderstar war? Wäre sie nicht in L.A. geblieben, hätte für Rollen vorgesprochen, die sie zweifellos bekommen hätte, und wäre weiterhin ein Star geblieben?

Und doch blieb das unterschwellige Gefühl von Groll. Es gab Zeiten, in denen Allie es bedauerte, dass sie so empfand, aber es war so tief in ihr verankert, dass sie es nicht loswurde. Es war Teil der Beziehung zu ihrer Schwester, und mit der Beziehung zu ihrer Mutter verwickelt, und Allie konnte es anscheinend nicht entwirren, anscheinend nicht einmal darüber reden. Sie hatte es versucht, als sie eine Therapie begonnen hatte, direkt, nachdem sie und Clint sich getrennt hatten, aber der Therapeut hatte ihr gesagt, dass sie sich mit ihrer Schwester über ihre Kindheitsprobleme aussprechen musste, und Allie war nicht wiedergekommen.

Damals als Kind war ihr Vater ihr Held gewesen. Er war derjenige, der immer auf ihrer Seite war, derjenige, der sie auf einen Ausflug mitnahm, wann immer Des' Serie für eine Auszeichnung nominiert war. Nora hatte immer damit angegeben, wie talentiert ihre jüngere Tochter war, bis sogar Fritz es scheinbar nicht mehr aushielt.

„Pack deine Tasche, Schatz", hatte er zu Allie gesagt. „Wir gehen auf ein Abenteuer."

Und sie hatten einen lustigen Ausflug gemacht, nur zu zweit. Natürlich wurden diese Unternehmungen immer seltener, als sie älter wurde und Fritz mehr und mehr Zeit von Zuhause weg zu verbringen schien. Erst kürzlich hatte Allie den Grund für seine lange Abwesenheit erfahren. Er hatte sich in eine andere Frau verliebt, eine andere Tochter bekommen. Er hatte nicht nur Nora, sondern auch Allie und Des verraten.

Aber egal, wie sehr es Allie auch versuchte, sie konnte einfach nicht die Feindseligkeit heraufbeschwören, die ihre Halbschwester ihrer Meinung nach verdiente. Natürlich waren die Entscheidungen ihres Vaters genauso wenig Caras Schuld wie Allies oder Des', aber trotzdem, Allie hatte nicht erwartet, Cara so sehr zu mögen. Cara war eine der ausgeglichensten Menschen, die Allie je gekannt hatte. Sogar als Allie ihren Zickenkrieg mit Cara startete, schien sie ihr Ziel zu verfehlen, und Cara hatte nur darüber gelacht. Aber für Allie war das Erstaunlichste an Cara, dass sie bereit war, ein Geheimnis zu bewahren, obwohl es offensichtlich war, dass sie es nicht wollte.

Zum Beispiel der Morgen, an dem Cara Allie bewusstlos in ihrem Bett vorgefunden hatte, nachdem sie ein paar Drinks zu viel in der vorigen Nacht gehabt hatte. Cara war kurz davor gewesen, den Notarzt zu rufen, als Allie endlich zu sich kam. Sie hatte Cara dazu gedrängt, zu versprechen, es niemandem zu sagen. Es war sehr offensichtlich für Allie gewesen, dass Cara aufrichtig um sie besorgt war, aber sie hatte widerwillig ihr Versprechen gegeben. Sie hatte jedoch klargestellt, dass sie nicht zögern würde, einen Krankenwagen zu rufen, wenn es wieder passierte, und Allie zweifelte nicht daran, dass Cara zu ihrem Wort stehen würde.

Allie nahm sich vor, ein bisschen vorsichtiger zu sein, ein bisschen mehr darauf zu achten, wie viel sie trank.

Das Letzte, was sie wollte, war, sich vor ihren Schwestern und ihrer Tante zu rechtfertigen. Sie würden es nie verstehen.

Sie hatte allerdings mehrmals darüber nachgedacht, Cara auf einen Absacker einzuladen. Die Frau hatte weiß Gott Grund genug, sich zu besaufen. Dieser Mistkerl von Exmann hatte wirklich ganze Arbeit an ihr geleistet. Allie hoffte, dass Cara verstand, dass sie ohne ihn viel besser dran war. Er verdiente sie eindeutig nicht. Sie würde einen Besseren finden.

Tatsächlich hatte Cara schon einen Besseren gefunden. Allie kannte Joe Domanski nicht allzu gut, aber es war klar, dass er zehnmal besser als der blöde, fremdgehende Drew war. Joe würde Cara nie betrügen, das wusste Allie genau.

Allie stieß stumm auf Cara an. Dann noch einmal auf Joe. Und ein drittes Mal auf Cara und Joe.

Sie überprüfte noch einmal ihre Nachrichten in der Hoffnung, von Nikki zu hören, aber es gab kein Update vom Shoppingausflug. Sie zog die Decke bis ans Kinn, leerte das Glas, und schloss die Augen.

„Des, hast du eine Minute?" Cara stand in Des' Türrahmen, die Hände hinter ihrem Rücken.

„Klar." Des klappte das Buch zu, das sie gerade gelesen hatte, und winkte Cara, reinzukommen. „Was gibt's?"

Cara setzte sich auf die Bettkante und rang sichtlich nach Worten.

„Okay, spuck's aus", sagte Des.

„Äh, naja." Cara räusperte sich.

„Cara, was ist los?" Des setzte sich neben sie. Es sah Cara gar nicht ähnlich, auszuweichen. „Ist alles okay? Bist du okay?"

„Mir geht's geht, es ist nur, dass ..." Cara atmete ängstlich durch. „Ich weiß nicht, wie ich das sagen soll, Des ..."

„Dann sag es einfach."

„Ich glaube, Dad hatte eine Affäre mit jemand anderem als eurer Mutter."

„Cara, das haben wir doch schon festgestellt. Deshalb bist du ja hier."

„Nein, ich meine, vor meiner Mutter. Noch bevor Dad und eure Mom verheiratet waren, ich meine, bevor sie nach Kalifornien gegangen sind, direkt bevor sie weggegangen sind, war Dad mit einer anderen Frau verbandelt."

„Was? Nein. Das war die Zeit, wo sie wirklich verliebt waren. Später ist alles in die Brüche gegangen, aber damals war alles gut."

„Vielleicht nicht so gut, wie du denkst." Cara hielt eine Box hoch, die sie hinter ihrem Rücken verborgen hatte. „Ich habe die hier oben in der Remise gefunden, versteckt in einem der Kissen auf der Fensterbank. Ich habe hin und her überlegt, ob ich sie euch zeigen soll oder nicht."

Sie öffnete die Box und gab Des einen Umschlag.

Des nahm einen Stapel von Blättern aus dem Umschlag und sah zu Cara hoch, die sagte: „Na los. Lies den ersten Brief."

Mit verwirrtem Gesichtsausdruck faltete Des das Blatt Papier auseinander und las laut vor:

J. ~

Es fällt mir sehr schwer, diesen Brief zu schreiben. Ich weiß nicht, wie ich es sonst sagen soll, also werde ich

nur sagen, dass ich Dienstagmorgen mit Nora nach Kalifornien abreisen werde. Ich weiß, dass du mich jetzt hassen wirst, und das ist das Schlimmste daran. Ich weiß, du wirst glauben, dass ich dich angelogen habe, aber jedes Wort war wahr. Du bist das tollste Mädchen, das ich kenne. Es tut mir leid, dass ich nicht bleiben und mit dir zusammensein kann.
F.

„Ich verstehe nicht …“, flüsterte Des.

„Lies den anderen“, sagte Cara.

Des faltete das zweite Blatt auseinander und las:

F. ~
Ich sende deinen Brief zurück. Ich möchte dich nie wiedersehen oder von dir hören. Aber das würde schließlich auch nicht passieren, da du Hidden Falls mit ihr verlässt. Du bist einfach nur ein Lügner und ein Betrüger und ich werde dich immer dafür hassen, was du mir angetan hast. Ich hätte dir nie glauben sollen, als du gesagt hast, dass du und sie nur Freunde seien. Es war nur eine weitere Lüge, wie „Du bist das einzige Mädchen für mich.“ Ich hätte auf meine Schwester hören sollen.
J.

„Wer ist J?“, fragte Des, nachdem sie die Briefe noch einige Male gelesen hatte.

„Ich habe keine Ahnung. Vielleicht weiß Barney das.“

„Wie lange hast du die schon?“ Des hielt die Briefe hoch.

„Einen Monat oder so“, gab Cara zu. „Ich wusste nicht genau, wie ich es dir sagen sollte, oder wann, aber ich konnte sie dir nicht länger vorenthalten.“

Des nickte. Sie hätte dasselbe getan, wenn sie Cara gewesen wäre. Sie hätte die Wahrheit so lange sie konnte für sich behalten, aber schließlich hätte sie davon erzählen, was sie entdeckt hatte. „Was ist noch in der Box?“

„Gil Wheelers Nachruf von mehreren Regionalzeitungen.“

„Also müssen wir mit Barney reden.“ Des faltete die Briefe zusammen und steckte sie wieder in den Umschlag. „Ich nehme an, du möchtest die nicht zurück?“

Cara schüttelte den Kopf. „Du solltest sie haben.“

„Hast du es Allie erzählt?“

„Nein. Ich wollte sie erst dir zeigen.“ Sie gab Des die Box. „Besser, du hältst alles so beisammen, wie ich es gefunden habe.“

Des stand auf und öffnete die Tür. „Danke“, sagte sie, in der Hoffnung, dass Cara verstehen würde, dass sie ein paar Minuten für sich brauchte.

„Des, es tut mir leid.“ Cara umarmte Des kurz, bevor sie ging, und machte hinter sich die Tür zu.

Des setzte sich wieder aufs Bett und las beide Briefe nochmals durch.

Also, Dad, du Schuft, du hattest eine andere Frau – eine Frau, von der du behauptest, dass sie dir wichtiger war als Mom – als du und Mom euch darauf vorbereitet hattet, zusammen zur West Coast abzuhauen? Dein Ernst?

Die Wahrheit brannte wie ein heißer Schürhaken. Sie hatte verstanden, dass sich ihre Eltern über die Jahre auseinandergelebt hatten, aber im Herzen hatte sie geglaubt, dass sie damals am Anfang ihrer gemeinsamen Zeit sehr verliebt gewesen waren.

Und jetzt war hier, in Fritz' eigenen Worten, der Beweis, dass er Nora angelogen, sie betrogen hatte, von Anfang an.

Wer war J?, fragte sich Des. War sie über ihn hinweggekommen und hatte sich in jemand anderen verliebt, geheiratet und glücklich gelebt bis an ihr Lebensende? War sie immer noch in Hidden Falls? War Des auf der Straße an ihr vorbeigelaufen?

Es gab nur einen Weg, das rauszufinden.

Barney sah aus, als ob sie sich gleich mit dem Bündel Papier Luft zufächeln würde. „Ach du je."

„Du weißt, wer sie ist?" Des setzte sich auf den Schemel vor dem Sofa im Wohnzimmer, wo Barney gerade las.

„Nun, wie ich euch ja erzählt habe, war euer Vater ein ziemlicher Frauenheld. Es gab kein Mädchen in Hidden Falls, mit dem er nicht irgendwann einmal zusammen war. Ich bin sicher, es gab jemanden, dessen Namen mit J anfing. Wahrscheinlich mehr als ein paar."

Des sah zu, wie Barney mit ihren Fingern auf die Armlehne des Zweiersofas klopfte. „Jane Stevens, Joan Walsh, Joanne Whitney, Jill Nathan. Das sind schon vier, und das aus dem Stegreif. Oh, und Jenny Nathan, Jills Schwester. JoBeth Watson." Barney seufzte. „Irgendwann ist Fritz wahrscheinlich mit jeder von ihnen ausgegangen, und mit anderen noch dazu."

„Aber das ist jemand, mit dem er zusammen war, während er mit Nora zusammen war." Des wies auf das

Offensichtliche hin. „Während er geplant hat, mit Nora nach Kalifornien zu gehen."

Barney nickte. „Das verstehe ich. Aber wenn er mit jemand anderem zusammen war, hat er mir das nie gesagt."

„Findest du es nicht seltsam, dass Dad sich entschieden hat, diese Briefe zu behalten, wenn er sie doch so einfach hätte zerstören können? Ich meine, er hat die Stadt verlassen, Hidden Falls und J den Rücken zugedreht, wer auch immer sie gewesen sein mag. Warum sich die Mühe machen, die Briefe zu behalten, nur um sie zu verstecken?"

„Ich habe keine Ahnung, aber J muss ihm wichtig gewesen sein. Nicht wichtig genug, um sich von Nora zu trennen und in Hidden Falls zu bleiben, aber wichtig genug, dass er den vielleicht letzten Kontakt zu ihr aufbewahrt hat." Barney hielt inne. „Natürlich können wir nicht wissen, ob das wirklich der letzte Kontakt gewesen ist. Nach allem, was wir wissen ..."

„Daran habe ich auch gedacht. Er könnte sie getroffen haben, während er mit Mom und Susa verheiratet war."

„Mein Bruder." Barney schüttelte langsam den Kopf.

„Da waren Kopien von Zeitungsausschnitten über Gils Tod bei den Briefen." Gil Wheeler, Barneys große Liebe, der Mann, den sie geheiratet hätte, war von den Felsen über dem Wasserfall gestürzt, und hatte Barneys Traum von einem Happy End zerstört. Wie hätte das Leben ihrer Tante gewesen sein können, wenn er nicht an diesem Tag gestorben wäre?

„Darf ich sie sehen?"

„Natürlich." Des gab ihr die Box und beobachtete Barneys Gesicht, als sie sie öffnete und die verblassten Ausschnitte herausnahm.

„Komisch, aber es muss mindestens ein Dutzend Zeitungsartikel über Gils Tod und die Polizeiermittlungen gegeben haben, aber ich glaube, ich habe keinen von ihnen gelesen. Ich konnte es einfach nicht ertragen, irgendetwas davon zu sehen. Ich schätze, ich dachte, wenn ich darüber in der Zeitung lesen würde, würde das bedeuten, dass es wirklich wahr ist." Barney las einen Artikel, dann einen zweiten. „Andererseits weiß ich nur noch so wenig von der Zeit, nachdem er gestorben ist. Es war so ein Schock." Sie lächelte trocken. „Manchmal fühle ich mich immer noch von seinem Verlust überrumpelt."

Als sie alles durchgelesen hatte, faltete sie jeden Ausschnitt wieder sorgfältig zusammen, und steckte sie dann zurück in die Box. Sie schloss sie sanft und gab sie Des.

„Oh, ich dachte, du möchtest sie vielleicht behalten."

„Liebes, ich brauche keinen Stapel alter Zeitungsartikel, um mich daran zu erinnern, was mit Gil geschehen ist." Sie klopfte sich leicht auf die Brust. „Ich kenne die Geschichte auswendig. Kein Tag vergeht, an dem ich nicht daran denke."

Des biss sich auf die Zunge. Sie hätte fast ausgesprochen, was sie dachte. Wusste irgendjemand wirklich, was an dem Tag geschehen war, außer Fritz und Pete, die mit Gil am Wasserfall gewesen waren? Von den dreien war nur noch Pete am Leben. Des hatte das Gefühl, dass mehr an der Geschichte dran war, als das, was die Zeitungen berichtet hatten: dass Gil zu nah an der Felskante gesessen hatte, dass er den Abstand unterschätzt hatte, als er aufgestanden war, das Gleichgewicht verloren hatte, und gestürzt war. Es erschien ihr merkwürdig, dass jemand, der über die Jahre sicherlich viel Zeit beim Wasserfall verbracht hatte, kein besseres Gespür dafür gehabt hatte, wo er sich befand. Schließlich war er gegenüber von den Hudsons aufgewachsen und hatte Barney sein ganzes Leben lang gekannt. Vielleicht war es die Tatsache, dass ihr Vater keine Aussage gemacht, oder Hidden Falls innerhalb weniger Tage nach Gils Tod verlassen hatte, und nicht einmal lange genug geblieben war, um seine Schwester zu trösten, die Des sich fragen ließ, ob da nicht mehr dahintersteckte.

„Wann hat Cara die gefunden?", fragte Barney.

„Sie meinte, vor etwa einem Monat. Sie hat es für sich behalten, weil sie nicht wusste, was wir davon halten würden, dass Dad damals mit jemand anderem verbandelt war. Wir haben immer die Geschichte geglaubt, dass Dad und Mom so wahnsinnig verliebt waren, dass sie Hidden Falls verlassen haben, um ihr Glück zusammen in Hollywood zu suchen. Und dann kommt das da." Des hielt die Briefe hoch. „Das passt nicht zu dem, was uns erzählt wurde, was wir immer über unsere Eltern geglaubt haben. Ehrlich, ich weiß nicht, was ich von Dad halte, nachdem ich jetzt rausgefunden habe, dass er sogar damals meine Mutter betrogen hat."

„Das war sehr lieb von Cara, dass sie dich beschützen, deine Erinnerungen erhalten wollte."

„Das war es. Und sie hat das Richtige getan." Des schüttelte den Kopf. „Er war wirklich ein Ekel, oder?"

„Du kannst dir ruhig was Besseres als Ekel einfallen lassen", meinte Barney.

„Ich gebe mein Bestes, nicht vulgär zu sein. Ich wünschte, ich wüsste, wer diese J Frau ist." Des trommelte mit den Fingern auf den Deckel der Box. „Du bist sicher, dass niemand aus dieser Zeit heraussticht?"

Barney schüttelte den Kopf.

„Würdest du es mir sagen, wenn du was wüsstest?"

„Natürlich." Barney überlegte einen Moment, dann fragte sie: „Ist es wirklich wichtig, wer sie war?"

Des zuckte die Schultern. „Gewissermaßen, nein. Aber ich schätze, das würde helfen, dass alles mehr Sinn für mich macht. War sie unfassbar schön? Unglaublich geistreich? Was an ihr machte sie zu dem ‚tollsten Mädchen', das er je gekannt hat?"

„Ich möchte ja nicht überheblich sein, aber vielleicht war sie wirklich gar nicht so besonders für ihn. Denk dran, dein Vater war ein Playboy. Es würde mich nicht überraschen, wenn er diesen Satz bei mehr als einem Mädchen benutzt hat. Ich möchte ihn nicht als widerlich darstellen, aber er war wirklich ein Frauenheld, Des."

„Ich schätze, ohne zu wissen, wer J war, werden wir es nie genau wissen. Und ich komme immer wieder zu der Tatsache zurück, dass er die Briefe behalten hat." Des hielt inne, um zu überlegen. „Vielleicht hat er sie versteckt, damit er sie durchlesen konnte, wann immer er nach Hause gekommen ist."

„Weiß Allie Bescheid?"

„Nein. Ich wollte erst mit dir reden, um zu sehen, ob du irgendwas darüber weißt, bevor ich es Allie sage."

„Ich würde es dir sagen, wenn ich etwas wüsste, Des."

„Ich weiß. Das weiß ich zu schätzen. Ich wünschte, ich könnte behaupten, dass es mich nicht wurmt, aber das tut es. Ihre Beziehung hätte diese große Liebesaffäre sein sollen. Ich schätze, für Dad war Exklusivität nicht zwangsläufig inbegriffen." Des erhob sich, wobei sie die Box auf dem Boden neben dem Schemel stehen ließ. „Ich glaube, ich gehe mit Buttons spazieren."

Sie hatte eigentlich vorgehabt, so lange zu gehen, bis das Brennen in ihrer Brust nachließ, aber sogar nachdem sie eine komplette Runde um Hidden Falls gedreht hatte, schmerzte es Des immer noch. Sie blieb beim Eingang zum Park stehen, dann folgte sie dem Weg zu einer der Bänke. Nachdem sie die Hundeleine an die Lehne gebunden hatte, setzte sie sich mit hängenden Schultern hin, und lehnte den Kopf gegen die hölzerne Lehne der Bank.

Sie hatte ihrem Vater die „Ehe" mit Caras Mutter verziehen – wie auch immer die ausgesehen hatte – weil sie verstanden hatte, dass die Ehe ihrer Eltern im Sande verlaufen war, bevor Fritz Susa getroffen hatte. Zumindest war das, was sie sich selbst einredete. Sie hatte ihrem Vater verziehen, dass er Susa heiraten wollte, weil es offensichtlich war, dass er sie sehr geliebt hatte.

Dass er im Geheimen mit einem anderen Mädchen geschlafen hatte, bevor er Hidden Falls verlassen hatte – damals, als das Märchen Realität hätte sein sollen – war nicht Teil der Legende.

Fritz' Erklärung, „Du bist das tollste Mädchen, das ich kenne. Es tut mir leid, dass ich nicht bleiben und mit dir zusammensein kann", war nicht Teil der Liebesgeschichte ihrer Eltern.

Genauso wenig Js Antwort: „Ich hätte dir nie glauben sollen, als du gesagt hast, dass du und sie nur Freunde seien. Es war nur eine weitere Lüge, wie ‚Du bist das einzige Mädchen für mich.‘“

Wie lange war J in den Mann verliebt gewesen, der behauptet hatte, dass sie ihm wichtig war, aber sie trotzdem für jemand anderen verlassen hatte? Jemand, der laut ihm „nur eine Freundin“ war. Des konnte nicht umhin, Mitleid mit J zu haben.

Die mysteriöse J hatte mit einer Sache Recht. Fritz war ein Lügner und Betrüger.

„Hey, ist alles in Ordnung?“ Die tiefe Stimme schien aus dem Nichts zu kommen. Des hob den Kopf, gerade als Seth und Ripley auf die Bank zukamen.

„Ist hier noch frei?“

Des rang sich ein Lächeln ab. „Setz dich ruhig.“

Seth setzte sich neben Des, die Buttons losband, damit die Hunde herumtoben konnten.

„Ich habe gefragt, ob du okay bist.“

„Klar.“ Sie versuchte, überzeugend zu nicken. „Warum?“

„Du sahst so traurig aus, als ich den Weg hochgekommen bin. Eine Million Meilen weit weg.“

„Oh. Naja, ja. Vielleicht bin ich das.“ Sie konnte ja nicht einmal sich selbst überzeugen.

„Kann ich irgendwas tun?“

Des schüttelte den Kopf. „Es gibt nichts, was jetzt noch irgendjemand tun könnte, schätze ich. Ich wünschte nur …“ Sie stieß einen verzweifelten Seufzer aus.

„Du wünschtest was?" Er lehnte sich vor, die Arme auf die Oberschenkel gestützt, die Hände zwischen seinen Knien verschränkt, seinen Blick auf sie gerichtet.

„Ich wünschte, mein Vater wäre am Leben." Sie sah zu, wie Buttons Ripley über den Rasen hinterherlief.

„Oh, hey, das kann ich verstehen. Ich meine, er ist gestorben, ohne dass du die Chance hattest, dich zu verabschieden, oder ihm zu sagen, wie viel er dir bedeutet hat …"

„Das ist es nicht." Sie lachte reumütig. „Das ist im Moment das Letzte, woran ich denke."

Des erzählte ihm von den Briefen, von der Frau, die sich nur J genannt hatte, die etwas mit Fritz am Laufen gehabt hatte, während er sich zeitgleich darauf vorbereitet hatte, die Stadt mit Nora zu verlassen.

Als Seth den Mund öffnete, um etwas zu sagen, schnitt Des ihm das Wort hab. „Und sag nicht so etwas wie ‚So sind Jungen eben', okay? Weil das meiner Meinung nach niemals irgendwas entschuldigt."

„Ich wollte nur sagen, dass es mir leidtut. Ich merke ja, wie aufgewühlt du bist. Ich versuche nur, zu verstehen, warum."

„Warum ich aufgewühlt bin? Machst du Witze?" Des stand auf, ihren Blick immer noch auf ihn gerichtet. „Meine Eltern hatten eine lausige Ehe zu dem Zeitpunkt, an dem es vorbei war, aber damals am Anfang, damals, als sie Hidden Falls zusammen verlassen haben, hätten sie eigentlich diese große Liebe füreinander haben sollen. Das hätte wahr sein sollen. Jetzt weiß ich nicht, was ich glauben soll."

Seth nahm ihre Hand und zog sie sanft zurück auf ihren Platz.

„Schau mal, ich kannte deine Eltern nicht, und ich bin weiß Gott niemand, der anderen Ratschläge zu ihrer Familie geben sollte. Und versteh das jetzt nicht falsch, aber das alles – was auch immer los war – war zwischen ihnen. Es hatte damals nichts mit dir zu tun. Und es hat heute nichts mit dir zu tun."

Sie starrte ihn ausdruckslos an.

„Was ich sagen will, ist, das war etwas, was lange vor deiner Geburt passiert ist, oder? Wenn deine Eltern verheiratet waren, und dann dich und deine Schwester bekommen haben, und ihr eine Familie wart und du glücklich warst, was macht dann der Rest für einen Unterschied?"

„Das ist es ja. Sie waren nicht glücklich. Er hat Allie und mich vielleicht gewollt, aber sie hat das nie. Das wusste ich, bevor ich zehn war. Also gab es keine glückliche Familie. Wir waren vier Menschen, die unter einem Dach gelebt haben – manchmal – die so getan haben, als wären sie glücklich. Meine Mutter hat so getan, als wäre sie eine gute und liebende Mutter, wenn Kameras in der Nähe waren, aber sonst hat sie uns nicht mit dem Arsch angeschaut. Mein Vater hat so viel Zeit wie möglich woanders verbracht." Sie rang sich ein trockenes Lächeln ab. „Du kannst Cara zu diesem Abschnitt seines Lebens fragen, da sie anscheinend mehr darüber weiß als ich."

„Wenn du das alles weißt, warum bist du dann so sauer, dass er eine andere Freundin hatte, als er mit deiner Mutter zusammen war?", fragte Seth.

„Weil das zu der Zeit war, wo das Märchen hätte Wirklichkeit sein sollen." Ihr stiegen Tränen in die Augen, und sie zwang sich zu einer Geduld, die sie nicht empfand. „Das einzige Mal, wo es Wirklichkeit war. Wenn das nicht wahr war, dann macht der Rest keinen Sinn für mich. Warum haben sie Hidden Falls zusammen verlassen? Warum haben sie sich überhaupt die Mühe gemacht, zu heiraten?“

„Vielleicht, weil sie sich und einander überzeugt haben, dass das Märchen Wirklichkeit war.“ Er legte den Arm um sie, seine Hand warm und stark auf ihrer Haut. „Vielleicht war es das für sie, zu diesem Zeitpunkt, für eine Weile.“

„Wenn das so wäre, hätte er nicht hinter ihrem Rücken mit wem anders rumgemacht.“

„Warum machst du dich damit verrückt, nach Antworten zu suchen, die du wahrscheinlich niemals finden wirst? Warum ist das so wichtig?“

„Würdest du es nicht schlimm finden, herauszufinden, dass dein Vater nicht der war, für den du ihn gehalten hast?“

„Oh, ich weiß genau, wer mein Vater war. Das habe ich immer gewusst. Da gibt's kein Geheimnis.“

Etwas in seinem Ton brachte Des dazu, die Erwiderung runterzuschlucken, die ihr auf der Zunge lag.

„Jeder dachte, dass Donald MacLeod so ein großartiger Mann war. Der Doktor, der Hausbesuche mitten in der Nacht gemacht hat. Der, der dich nie abgewiesen hat, wenn du ihn nicht für seine Dienste bezahlen konntest.“

„Dein Dad hat Hausbesuche gemacht?“

„Ja. Natürlich waren viele davon bei seiner Geliebten, aber es war ein toller Vorwand für ihn. Und manchmal bezahlten ihn die Frauen, die ihn nicht mit Bargeld bezahlen konnten, auf anderen Wegen, wenn du weißt, was ich meine." Ein Schatten der Beschämung glitt über seine Züge, bevor er fortfuhr. „Mein Dad war angeblich auch so ein toller Bürgermeister. Immer für das Gemeinwohl und all das." Er atmete tief ein und aus. „Aber zuhause war er ein Tyrann. Hat meine Mutter und Schwester terrorisiert, und mich auch, bis ich erwachsen wurde." Er starrte für einen Moment ins Leere. „War dein Vater ein Tyrann, Des?"

„Nein."

„Hat er versucht, dich zu etwas zu machen, dass du nicht warst?"

„Nein, das hat meine Mutter getan. Er hätte sie aber stoppen können. Zumindest hätte er es versuchen können."

„Weißt du ganz sicher, dass er es nicht versucht hat?"

„Nein."

„Schau, niemand weiß wirklich wie die Dinge zwischen zwei Leuten liegen. Was zwischen ihnen los ist."

„Stimmt."

„Also, wäre es so unwahrscheinlich, dass er diese J möglicherweise angelogen hat? Vielleicht war sie ihm wirklich gar nicht so wichtig. Also vielleicht sollte es dir auch nicht so wichtig sein."

„Um Game of Thrones zu zitieren, du weißt nichts, Seth MacLeod." Sie wickelte Buttons' Leine auseinander und schnippte mit den Fingern. Die Hündin unterbrach ihr Spiel, und rannte dann zu Des, die die Leine an ihr Halsband hakte.

Als sie wegging, hörte Des ihn etwas murmeln, was in etwa so klang wie: „Nicht das erste Mal, dass ich ins Fettnäpfchen trete. Wahrscheinlich auch nicht das letzte."

Des ging schnell; ihre Genervtheit wegen Seth beschleunigte ihre Schritte, und der Hund hatte Schwierigkeiten, mit ihr Schritt zu halten. Als sie an einer Ecke ankamen, blieb sie stehen, um wieder zu Atem zu kommen, und wartete bis die Ampel grün wurde, bevor sie in einen Trab verfiel. Sie bog um die Kurve auf die Hudson Street, und wurde dann langsamer, damit Buttons sie einholen konnte. Sobald sie am Haus angekommen waren, hakte sie das Hundehalsband aus, damit Buttons zur Tür rennen konnte. Des ließ sich Zeit, ihr Kopf war ein Chaos von Emotionen.

„Was ist denn mit dir los?", rief Cara von der Veranda, als Des näherkam. „Du siehst aus, als ob du deinen besten Freund verloren hättest."

Des nickte. „Ich glaube, das habe ich vielleicht auch gerade."

Sie setzte sich auf den Stuhl neben Cara und wiederholte die Unterhaltung mit Seth.

„Ist es zu fassen, dass er tatsächlich auf Dads Seite war?"

„Den Teil musst du übersprungen haben." Cara schaukelte weiter mit ihrem Stuhl.

„Ich habe dir gerade erzählt ..."

„Du hast mir erzählt, dass Seth gesagt hat, dass, was auch immer zwischen deinen Eltern passiert ist, ihre Sache war und nichts mit dir zu tun hatte, weder damals noch heute. Was ist denn daran falsch?"

„Es ist alles falsch. Das ist überhaupt nicht der Punkt."

„Was ist denn dann der Punkt?" Cara hörte auf, zu wippen.

„Der Punkt ist, dass ich mein ganzes Leben lang an etwas geglaubt habe, was nicht echt war."

„Es könnte echt gewesen sein. Seth könnte Recht haben, du kannst es nicht wissen." Cara lehnte sich vor. „Wie seid Seth und du auseinandergegangen?"

„Schlecht. Ich habe ihn angeschrien und bin abgerauscht." Des streifte ihre Sneaker ab. Sie sah zu Cara hoch. „Na los, sag es."

„Ich glaube, er dachte, dass er dir dabei hilft, die Dinge ein bisschen zu relativieren."

„Bestimmt hat er das."

„Warum hast du ihm von den Briefen erzählt?"

„Außer dir, und manchmal Allie, ist er der einzige Freund, den ich in Hidden Falls habe. Wir haben viel Zeit miteinander verbracht, als ich ihm dabei geholfen habe, Ripley ein paar Manieren beizubringen, als er den Hund gerade aufgenommen hatte. Mit Seth konnte man immer gut reden; er hört immer zu. Und ich schätze, ich musste mit jemandem darüber reden, den ich für unvoreingenommen halte."

„Des, Seth ist alles andere als unvoreingenommen, was dich betrifft."

Des seufzte schwer. „Ich hätte ihn nicht so fertigmachen sollen."

„Wahrscheinlich nicht", stimmte Cara zu.

„Seit dem Abend im März, an dem ich ihn getroffen habe, war er immer freundlich zu mir." Sie verbarg das Gesicht in den Händen und stöhnte. „Ich muss mich bei ihm entschuldigen."

„Das ist deine Entscheidung."

„Alles, was er über Dad und Mom und diese Frau gesagt hat, war wahr."

„Und was willst du jetzt machen?"

„Zu Kreuze kriechen, mich entschuldigen, und hoffen, dass er die Entschuldigung annimmt." Des stand
auf und nahm ihre Sneaker. „Denn es wäre echt mies,
wenn wir jetzt nicht mehr befreundet sein könnten."

Kapitel Vier

Des stand mit erhobener Hand vor Caras Schlafzimmertür, um anzuklopfen, als sie hörte, wie Allies Tür aufging.

„Kriegsrat in Caras Zimmer?", fragte Allie.

„Ich wollte nur fragen, ob sie heute Abend irgendwas im Fernsehen gucken möchte", antwortete Des. Sie hatte nicht vor, mit Allie die ganze Dad-Mom-J Sache durchzugehen, zumindest noch nicht. Sie war immer noch etwas unruhig, und man konnte unmöglich vorhersagen, wie Allie reagieren würde.

Diese Unterhaltung konnte noch warten. Nach einem zweiten vollen Tag Streichen wollte Des etwas, bei dem man nicht nachdenken musste. Sie wollte abschalten. Sie wollte fernsehen und Popcorn und vielleicht genug Wein, um ihre negativen Gedanken für eine Weile im Zaum zu halten.

„Was läuft heute Abend?" Allie lehnte sich gegen ihren eigenen Türrahmen, als Cara ihre Tür aufmachte.

Des zuckte die Schultern und sagte: „Keine Ahnung. Cara? Weißt du, was heute Abend im Fernsehen kommt?"

„Nein, aber ich hätte Lust auf einen Film." Cara stand im Türrahmen, ihr Blick traf auf den von Des, und eine unausgesprochene Frage hing zwischen ihnen.

„Ich passe." Allie verschwand in ihrem Zimmer und schloss die Tür.

109

„Des, wegen den Briefen“, wisperte Cara, als sie zur Treppe gingen.

„Mir geht’s gut, aber ich möchte nicht darüber reden, also lass mich damit in Ruhe, okay?“

„Oh. Natürlich. Aber wenn du reden –“

„Weiß ich, wo ich dich finde. Danke. Wirklich.“ Des ging vor Cara die Treppe runter. Sie hörte Musik aus Barneys Wohnzimmer strömen. „Mal schauen, was Barney guckt. Hoffentlich ist es eine Komödie. Ich könnte ein paar Lacher gebrauchen.“

Es war keine Komödie, aber die zweite Staffel von Outlander ging als Eskapismus durch, also waren Des und Cara sofort dabei.

„Einen Moment. Ich mache Popcorn.“

„Für mich nichts“, sagte Barney. „Ich nehme Wein.“

„Noch besser.“ Cara setzte sich auf den niedrigen Schemel. „Ich bin dabei.“

„Warum kann man nicht Popcorn und Wein haben?“, fragte Des.

„Zerstört die Atmosphäre. Wenn Outlander vorbei ist, können wir etwas weniger Intensives anmachen. Dann können wir Popcorn essen.“ Barney bedeutete Des mit einer Geste, sich zu setzen, aber Des ging in den Flur. „Popcorn passt perfekt zu Intensität. Bin gleich zurück.“

Zehn Minuten später kam Des zurück, drei Weingläser in der einen Hand und eine Schüssel Popcorn in der anderen. Sie sahen schweigend zu, wie Jamie Fraser, der Held der Saga, halb tot nach der Schlacht von Culloden auftauchte, und sich für seine Hinrichtung wappnete, nur um in der letzten Minute gerettet zu werden, während die Liebe seines Lebens, Claire, in den 1940er-Jahren ihr Kind zur Welt brachte.

„Würdet ihr durch die Zeit reisen, wenn ihr die Möglichkeit hättet?", fragte Des, als die Folge – und das Weinen – vorbei waren.

„Ja", antwortete Barney begeistert. „Ich fände es großartig, das Leben in einer anderen Zeit zu erleben. Solange ich für solche Dinge wie medizinische Versorgung zurück in die Gegenwart reisen könnte."

„Ich nicht. Ich bin glücklich in diesem Jahrhundert. Ich mag Klimaanlagen, Zentralheizung, und Wasseranschlüsse und sowas. Was ist mit dir?" Des wandte sich Cara zu.

„Ich würde es machen, solange ich mir das Zeitalter aussuchen könnte, und was ich sehen würde, während ich da wäre." Cara schien die verschiedenen Möglichkeiten abzuwägen. „Und ja, ich müsste die Möglichkeit haben, zurückzukommen, wann auch immer ich möchte. Damit man sieht, wie sich etwas entfaltet – wie die Amerikanische Revolution – aber zurückkommen kann, bevor es blutig oder gruselig wird."

„Also würdest du alles beobachten, aber nicht mitmachen wollen", sagte Des.

„Ich würde mitmachen, bis es gefährlich werden würde. Oder blutig. Oder gruselig."

„Weichei", neckte Des sie.

„Aber wirklich", stimmte Cara bereitwillig zu.

„Ich würde jetzt gerne etwas von dem Popcorn nehmen." Barney streckte ihre Hand aus.

Cara hielt die leere Schüssel hoch. „Wir haben alles aufgegessen. Ich mache noch was."

Während sie dabei war, aufzustehen, rief Allie aus dem Flur. „Cara, kann ich dein Auto nehmen? Ich möchte zur Apotheke fahren, um etwas Nagellack zu holen."

„Ich hab welchen, den ich dir leihen könnte", sagte Des.

„Ich würde gerne ein paar Minuten rausgehen, aber danke." Allie steckte den Kopf ins Zimmer und sah Cara an. „Wäre das okay?"

„Klar. Du weißt, wo die Schlüssel sind."

„Warum läufst du nicht? Die Apotheke ist nur anderthalb Blocks von hier entfernt", erinnerte Des sie.

„Ich möchte zu der Apotheke draußen bei der Autobahn fahren, im Shopping-Center. Die haben eine bessere Auswahl."

Cara stand auf, die Schüssel in der Hand. „Ich bin in zehn Minuten mit Popcorn zurück."

Allie folgte Cara aus dem Zimmer, und Des konnte ihre Stimmen hören, ohne zu verstehen, was gesagt wurde, während ihre zwei Schwestern zum hinteren Teil des Hauses gingen.

„Übrigens, Heather Martin hat mich vorhin angerufen. Sie hat sich umgehört, und den Namen und die Nummer eines Typen bekommen, der am Althea College unterrichtet und sich nicht nur für Ortsgeschichte interessiert, sondern auch für Organisationen Zuschüsse bewilligt, die nach Geldmitteln suchen. Er heißt Greg Weller." Des stand auf und setzte sich Barney gegenüber, um sie anzusehen. „Heather meinte, er habe mit dem Geschichtsverein in Carleton gearbeitet, was, wie sie sagt, ungefähr dreißig Meilen von hier entfernt ist."

Als Barney nickte, fuhr Des fort. „Er ist derjenige, der dem Symphonieorchester geholfen hat, Fördergelder zu bekommen, und ihre Bemühungen organisiert hat, dass die erste Wohnstätte in Carleton unter Denkmalschutz gestellt wird. Vielleicht hat er ein paar Ideen dazu Fördergelder fürs Theater zu beantragen. Es wäre eine Riesenhilfe, wenn wir ein Einkommen hätten, egal, wie hoch es ist."

„Nun, gib es lieber noch nicht aus, Kleines. Fördergelder brauchen lange. Der Papierkram ist endlos." Barney verdrehte die Augen. „Vor Jahren, als wir darüber nachgedacht haben, die alte Stockton Villa zu kaufen, um sie als unser Rathaus zu nutzen, haben wir mehrere Fördermittel beantragt."

„Was ist daraus geworden?"

Barney schnaubte. „Das Haus wurde verkauft, bevor wir überhaupt unsere Papiere beisammen hatten. Es ist zeitaufwändig, also behalte das im Hinterkopf."

Des konnte ihre Enttäuschung nicht verbergen. „Ich hatte gehofft, dass es mehr wie ein Antrag für einen Kredit laufen würde."

„Nicht ganz."

„Ich schätze, der Zuschusstyp, Greg Weller, wird mir das gleiche sagen, wenn er mich zurückruft. Falls er zurückruft."

„Naja, das Geld ist noch nicht weg, also sei nicht entmutigt. Und deine Ideen, um Gelder zu sammeln sind gut, auch wenn keine davon viel Geld einbringen wird. Aber ich glaube, dass du dich darauf verlassen kannst, dass die Leute in der Gemeinschaft mehr Interesse am Theater haben und eher bereit sein werden, es zu unterstützen, je mehr sie davon hören. Publicity ist etwas

Gutes, Des. Spann die Leute für dein Projekt ein, und ich glaube, du wirst merken, dass sich schon alles finden wird. Ich habe schon jetzt mehr als ein Dutzend Leute, die auf ihren Dachböden nach alten Fotos herumkramen."

„Ich hoffe, du hast Recht." Des nahm die Weinflasche und goss ein bisschen davon in ihr Glas. „Dads Testament hat nicht festgelegt, was passieren würde, wenn wir die Renovierungen nicht mit dem Geld fertigstellen können, das er uns für das Projekt hinterlassen hat."

„Oh, in dem Fall vermute ich, dass ihr in Hidden Falls bleiben müsst, bis ihr es euch leisten könnt, die Arbeit zu beenden." Barney grinste. Der Gedanke, dass ihre Nichten für unbestimmte Zeit blieben, machte sie sichtlich glücklich, was Des auch kommentierte.

„Natürlich würde es mich glücklich machen." Barney trank den restlichen Wein in ihrem Glas aus. „Ich habe nie bemerkt, dass ich einsam war, bis ihr drei aufgetaucht seid, und dann war ich es nicht mehr. Ihr habt viel in meinem Leben bewirkt." Das Grinsen war verblasst und sie wurde ernst. „So behämmert die Idee meines Bruders auch war, euch dazu zu bringen, hier zu leben, ich muss sagen, dass ich ihm als Dank einen dicken Schmatzer auf die Wange drücken würde, wenn er hier wäre." Barney erhob sich und streckte ihre Hand nach Des' leerem Glas aus. „Das Beste, was mir seit Jahren passiert ist. Ich hatte nie Kinder, wie du weißt, und es ist ein Geschenk, euch drei hier zu haben."

„Also hatte Dads Testament für dich einen unbeabsichtigten Lichtblick." Des sinnierte über Barneys Geständnis, einsam zu sein. Es verstärkte ihren Verdacht, dass Barney sich eine Zukunft verweigert hatte, indem sie zu viel Zeit in der Vergangenheit verbracht hatte. Wie, fragte sich Des, können wir ihr helfen, nach vorne zu schauen?

„Unbeabsichtigt?" Barney schnaubte. „Nichts daran war Zufall. Ich glaube, er wusste genau, was er da tat, als er euch alle auf die Art zu mir gebracht hat."

„Was willst du damit sagen, dass du glaubst, Dad hat all das gemacht, weil er dachte, dass du einsam warst?"

„Das war nur ein kleiner Teil davon. Das letzte Mal, als ich ihn gesehen habe, habe ich zugegeben, dass der Gedanke, den Rest meines Lebens alleine zu verbringen ... naja. Der lastete so langsam schwer auf mir. Aber er wusste auch, dass du und Allie, naja, sagen wir, entfremdet wart, und dass Cara allein war. Ich glaube, er wollte, dass wir alle eine Familie sind, Des. Das Theater war nur das Mittel zum Zweck. Etwas zum Nachdenken, Liebes. Jetzt sollte dieses kleine Mädchen hier ihren letzten Spaziergang für heute machen. Na los, Buttons. Lass uns ein bisschen im Hinterhof spazieren."

Buttons sprang vom Zweiersofa und folgte Barney aus dem Zimmer, was Des allein mit der Frage zurückließ, ob Barney nicht vielleicht richtig liegen könnte.

Barneys Worte erinnerten Des an den anderen Fritz, der, der aufmerksam und fürsorglich war. Der, der zugehört hatte, wenn man gesprochen hatte, der, der danach fragte, was man dachte oder wollte. Der, dem man immer glaubte, dass er einen kannte. Dieser Fritz würde nicht so einfach aufgeben.

Andererseits, der Fritz, der Hidden Falls mit Nora verlassen, und anscheinend J mit gebrochenem Herzen zurückgelassen hatte, bestätigte nur wieder, was sie schon seit langem glaubte. Liebe war nicht von Dauer, und auf längere Sicht das Leid nicht wert. Keine von Des' persönlichen Erfahrungen hatte ihr je etwas anderes gezeigt.

Deshalb beharrte sie so sehr darauf, dass sie und Seth niemals mehr als gute Freunde sein würden. Sie mochte ihn viel zu sehr, als dass sie sich je in ihn verlieben und den Herzschmerz riskieren konnte, der immer die Folge zu sein schien.

Allie saß auf dem Parkplatz mit laufendem Motor und ausgeschaltetem Licht, und wartete, bis der Pickup umdrehte und auf die Autobahn fuhr. Sie hatte weit genug weg geparkt, dass es unwahrscheinlich war, dass der Fahrer sie gesehen hatte, aber sie wollte es nicht riskieren, wollte keine Ausreden vorbringen müssen, falls sie im Laden auf ihn stoßen würde. Nicht, dass sie irgendetwas tat, was er nicht auch getan hatte, und es war sicherlich nicht gegen das Gesetz, wenn eine Frau weit über einundzwanzig in einen staatlichen Schnapsladen ging und etwas kaufte. Aber trotzdem hätte sie mit ihm reden müssen, und das war das Letzte, was sie tun wollte.

Ben Haldeman schien heutzutage einfach überall zu sein.

Sie sah zu, wie die Rücklichter auf die Autobahn verschwanden, bevor sie aus dem Auto stieg. Sie ging über den Parkplatz und zog fest an der Tür, die eine Tonne wog, wie sie von früheren Besuchen wusste.

Sie wusste genau, was sie wollte, und wo sie es finden würde.

„Mrs. Monroe." Der junge Angestellte nickte ihr zu, als sie an der Kasse vorbeiging, und sie schenkte ihm im

Gegenzug ihr strahlendstes Lächeln, als sie zum dritten Regal lief.

Sie wählte eine Flasche aus, zögerte einen Moment, und nahm dann noch eine zweite, bevor sie zur Kasse ging.

„Ich sehe, Sie haben gefunden, was Sie gesucht haben." Kevin, der Angestellte, konnte nicht älter als fünfundzwanzig sein und hielt nie länger als eine Sekunde Blickkontakt.

„Habe ich. Danke." Allie bezahlte in bar, und verließ dann mit einem weiteren Lächeln das Geschäft.

Sobald sie im Auto saß, war die Versuchung, eine der Flaschen zu öffnen, verlockend, aber sie wusste, dass sie besser keinen Schluck nahm und dann zurück in die Stadt fuhr. Bei ihrem Glück würde sie als Erstes an diesem lästigen Polizeichef vorbeikommen, und er würde sie einfach aus Spaß an der Freude anhalten. Die Tatsache, dass sie gesehen hatte, wie er aus genau demselben Schnapsladen gekommen war, würde ihm egal sein.

Sie fuhr etwas weiter die Straße hoch zu einer Bar, wo sie ein Sixpack kaufte, um die zwei Flaschen zu ersetzen, die sie Anfang der Woche genommen hatte. Pennsylvanias Gesetze dafür, wo man Wein und Spirituosen im Gegensatz zu Bier kaufen oder verkaufen konnte, waren ihrer Meinung nach umständlich und machten überhaupt keinen Sinn. Wenn man Wein oder Hochprozentiges kaufen wollte, musste man zu einem Geschäft gehen, das vom staatlichen Liquor Control Board geführt wurde. Aber wenn man mehr als ein Sixpack Bier haben wollte – was man in einer Bar kaufen konnte – musste man zu einem Bierhändler. Sie hatte in der Scranton Times-Tribune gelesen, dass das Gesetz, was infolge der Prohibition beschlossen worden war, abgeändert worden war, um den Verkauf von Wein und Bier in bestimmten, anerkannten Supermärkten seit 2017 zu erlauben, aber keine der örtlichen Supermärkte standen auf der Liste.

Als sie zuhause ankam, steckte sie die zwei Wodkaflaschen, immer noch in ihren Tüten, in ihre Reisetasche, die sie ausgesucht hatte, da sie groß genug für ihre Einkäufe war. Nicht, dass es ein Verbrechen war, zu trinken. Sie wollte einfach nur nicht teilen – oder es erklären. Sie wollte einfach nur zurück ins Haus gehen und sich in ihr Zimmer zurückziehen, wo sie einen Cocktail oder zwei in Ruhe genießen und die Dinge in ihrem Leben vergessen konnte, die sie nicht ändern konnte.

Wie zum Beispiel ihre Scheidung, oder die Tatsache, dass ihr Ex sie dazu überredet hatte, Nikki zu einer Privatschule gehen zu lassen, die vorteilhaft in der Nähe von seinem Haus lag. Die ganz zufällig unvorteilhaft weit weg genug von ihrem war, dass Nikki unter der Woche bei ihrem Vater blieb und an den Wochenenden bei Allie, eine Regelung, die effektiv die Sorgerechtsvereinbarung auf den Kopf gestellt hatte.

Allie hatte sich nicht von Clint scheiden lassen wollen. Sie hatte immer gedacht, dass er der einzige Mann für sie war und sie ihn bis zum Ende ihrer Tage lieben würde. Ihre Ehe war nicht perfekt, aber wessen Ehe war das schon? Erst, als er um die Scheidung gebeten hatte, hatte sie sich all die Dinge eingestanden, die zwischen ihnen im Argen gewesen waren. Jetzt, wenn sie auf ihre Ehe zurückschaute, sah sie all die Risse, die weder sie noch Clint versucht hatten zu füllen. Das Beste aus diesen fünfzehn Jahren war ihre Tochter. Nikki war Allies Lichtblick, die einzige Person, für die sie ohne zu zögern oder Bedauern ihr Leben geben würde.

Die Scheidung kam als eine unvorhergesehene Stolperfalle. Clint hatte ihr seinen Anteil von Eigenkapital des Hauses gegeben, dass sie miteinander geteilt hatten – das Haus, das sie gefunden und dekoriert und geliebt hatte – aber die Instandhaltung und Steuern, zusammen mit ihrer Hälfte von Nikkis happigem Schulgeld, hatten ihr Gehalt als Regieassistentin bis an seine Grenzen gebracht. Seit Nikki fast die ganze Zeit bei Clint lebte, hatte er aufgehört, Unterhalt zu zahlen. Und als die Fernsehserie abgesetzt wurde, bei der sie gearbeitet hatte, hatte Allie der Tatsache ins Auge sehen müssen, dass sie ihr Zuhause würde verkaufen müssen. Sie hatte es zum Verkauf freigegeben, kurz bevor sie vom Tod ihres Vaters und den merkwürdigen Bestimmungen seines Testaments erfahren hatte. Ihr potenzielles Erbe erlaubte ihr, das Haus zu vermieten, statt zu verkaufen. Irgendwann würde sie näher zu Nikki ziehen können, was heißen würde, dass Clint die ursprüngliche Sorgerechtsvereinbarung einhalten müsste. Nur der Gedanke, ihre Tochter unter der Woche – jede Woche – bei sich zu haben, hielt Allie in Hidden Falls. Sie wusste, wenn sie durchhalten könnte, bis die Theatersanierung fertig war, würde das Leben wieder schön sein.

Dass sie verdammt einsam war ohne ihre Tochter, naja, das war der Preis für ihren temporären Umzug nach Hidden Falls. Auf lange Sicht würde es sich lohnen.

Wenn sie ein bisschen Hilfe dabei brauchte, von hier nach dort zu gelangen, wer konnte es ihr verübeln?

Sie hatte Licht im Wohnzimmer gesehen, und war sich ziemlich sicher, dass die anderen immer noch dort drin saßen. Sie ging so leise ins Haus, wie sie konnte, und hing den Schlüssel an den Haken neben der Hintertür. Sie öffnete den Kühlschrank und stellte zwei Bierflaschen hinter den Orangensaft. Sie überlegte, ob sie die anderen vier in ihr Zimmer mitnehmen sollte, aber sogar in ihren schlimmsten Nächten würde Allie sich querstellen, warmes Bier zu trinken. Sie tat die anderen hinten ins vorletzte Fach, wo sie leicht übersehen werden konnten. Sie konnte den Fernseher im Wohnzimmer hören, also steckte sie ihren Kopf durch die offene Tür, um Cara Bescheid zu sagen, dass ihr Auto sicher zurückgebracht worden war.

Des saß auf dem Boden auf einem großen Kissen, eine schlafende Buttons auf dem Schoß, die alle Viere in die Luft streckte.

„Du weißt schon, dass der Hund schnarcht." Allie konnte es sich nicht verkneifen, auf das Offensichtliche hinzuweisen.

Des nickte. „Das liegt daran, dass sie es gemütlich hat, glücklich ist und sich sicher fühlt. Wenn sie schnurren könnte, würde sie das tun."

„Wenn du das sagst."

„Jeder Hund sollte so ein Glück haben. Sie verdienen alle so ein Zuhause. Deshalb ist die Tierrettung so wichtig."

„Danke für die Info. Bis morgen früh."

„Hey, komm und guck dir einen Film mit uns an“, rief Cara ihr hinterher.

„Ich passe“, sagte Allie.

„Warte, zeig uns mal den Nagellack.“ Cara streckte die Hand aus. „Welche Farbe hast du genommen?“

„Oh. Ich habe keinen gefunden, den ich wirklich haben wollte. War heute einfach pingelig drauf, schätze ich. Aber danke, dass ich dein Auto nehmen durfte.“

„Du kannst es immer gerne fahren. Das weißt du ja.“ Cara hielt die Fernbedienung in der Hand. „Bist du sicher, dass du dich nicht zu uns setzen willst? Wir haben gerade rausgefunden, dass Barney nie Die Braut des Prinzen gesehen hat. Unfassbar, oder?“

„Unvorstellbar!“ Des zitierte einen der bekannteren Sätze aus dem Film.

„Nicht mein Lieblingsfilm, aber euch viel Spaß.“ Allie drehte sich um, um das Zimmer zu verlassen.

„Bist du okay?“, fragte Cara.

„Nur Kopfschmerzen. Ich gehe hoch und leg mich hin.“

„Sag Bescheid, wenn du irgendwas brauchst.“ Caras Blick wanderte von Allies Gesicht zu der großen Tüte, als ob sie ahnte, was darin war.

Allie spürte, dass Cara wusste, dass sie nicht bei der Apotheke vorbeigefahren war.

„Ich hoffe, du fühlst dich bald besser, Liebes.“ Barney schaute besorgt. „Das ist das dritte Mal, dass du in genauso vielen Wochen Kopfschmerzen hattest. Bist du sicher, dass ich nicht einen Termin bei Dr. MacLeod machen soll?“

„Nein, nein. Das ist nicht nötig. Ich habe schon immer zu Kopfschmerzen geneigt. Es geht wieder vorbei, aber danke." Allie ging mit einem Seufzer der Erleichterung in die Küche. Sie brauchte Eis und ein Glas. „Ist noch Limonade da?", rief sie zum Wohnzimmer.

„In der Tür sollte noch was stehen", antwortete Cara.

Allie füllte ein großes Glas mit Eis, und goss dann so viel Limonade wie möglich hinein, ohne dass etwas überlief. Sie nahm einen Schluck oder zwei, und ging dann zur Treppe, wo sie ihr Bier nahm, und stieg die gewundene Treppe hoch.

„Dr. MacLeod?", hörte Allie Des fragen. „Irgendein Verwandter von Seth?"

„Seine Schwester", antwortete Barney.

Sie unterhielten sich weiter, aber Allie war zu weit oben, um zu verstehen, was gesagt wurde. Als sie in ihrem Zimmer angekommen war, schloss sie die Tür ab und ging in ihr Badezimmer zu dem Glas, das sie dort stehen hatte. Sie schaufelte ein paar Eiswürfel in ihr Glas, und goss dann ein bisschen von der Limonade hinein. Zurück in ihrem Schlafzimmer setzte sie sich in den Sessel neben dem Fenster und zog die Flaschen aus ihrer Tasche. Eine versteckte sie unterm Sessel, und die andere öffnete sie. Sie schob das Fenster hoch, rundete die Limonade mit Wodka ab und stellte dann die Flasche auf den Tisch neben sich.

„Eine für jetzt, eine für später", flüsterte sie, bevor sie einen langen Schluck nahm.

Von ihrem Fenster aus konnte Allie den Pfad sehen, der durch den Wald zum Wasserfall führte.

„Der versteckte Wasserfall von Hidden Falls", murmelte sie.

Sie nahm einen Schluck und dachte über den Wasserfall nach, den Barneys Verlobter hinuntergestürzt und wo er ertrunken war.

Zumindest hatten Barney und Gil nie den Schmerz erlebt, dass sie sich auseinanderlebten, zusahen, wie ihre Beziehung verkümmerte und erlosch. Sie hatten nie wegen der Kinder gestritten, oder über Geld, oder wer zu viele Stunden im Büro verbrachte, oder an Wochenenden arbeitete. Oder mit wem sie mitten in der Nacht schrieben.

Allie hörte, wie Caras Zimmertür zufiel, und Augenblicke später hörte sie Barney und Des, die am Ende des Flurs miteinander sprachen, dann das Geräusch von knarzenden Dielen, und wie sich zwei weitere Türen schlossen. Das Haus wurde still, bis auf das gelegentliche Klopfen der Rohre und das Rauschen der Bäume in der Brise.

Allie zog den Sessel näher ans Fenster, machte es etwas weiter auf, um mehr von der Brise hereinzulassen, und goss sich dann ein weiteres Glas ein. Sie sah zu, wie die Blätter an den Bäumen hin und her tänzelten, als der Wind stärker wurde. Als sie ausgetrunken hatte, nahm sie die Decke von der Lehne, wickelte sie um sich, und fiel in einen tiefen Schlaf. Sie erwachte am nächsten Morgen und stellte überrascht fest, dass die Decke, der Sessel und die Fensterbank vom Regen durchnässt waren, der durch das offene Fenster nach drinnen gefegt war. Sie stand schwankend mit pochendem Kopf auf, ihre nassen Kleider klebten an ihrem Körper, und ihre Haare waren ein langes, bleiches, feuchtes Chaos.

„Au." Sie nahm ihr Handy in die eine und hielt sich den Kopf mit der anderen Hand und schlappte ins Badezimmer. Sie schälte sich aus ihren nassen Sachen und stieg in die Dusche, während sie sich immer noch den Kopf mit einer Hand hielt, in der Hoffnung, die Kälte und ihren Kater zu verscheuchen.

Nach einem verregneten Tag kühlte es sich ab, daher schlüpfte Des in einen ihrer Lieblingssweater und eine schwarze Hose, bevor sie am Morgen zum Theater ging. Normalerweise würde sie ein Sweatshirt und Jeans tragen, oder etwas ähnlich schlichtes, aber an diesem Morgen hatte sie um zehn Uhr einen Termin mit Greg Weller, und sie wollte ein bisschen mehr Stil zeigen. Immerhin war der Mann nicht nur ein Professor am örtlichen College, sondern auch jemand, der dabei helfen könnte, etwas Geld für das Theater einzubringen. Sie wusste, dass an der alten Redewendung etwas dran war, dass man keine zweite Chance für einen ersten Eindruck bekam, und er sollte einen guten bekommen. Sie legte sogar Mascara und Lipgloss auf, bevor sie das Haus verließ.

„Mensch, sehen wir heute Morgen schick aus." Allie war einen Schritt zurückgetreten und hatte das Aussehen ihrer Schwester geprüft. „Wo auch immer du hingehst, es muss wichtig sein. Du trägst gar kein Denim in irgendeiner Form. Und ich finde den Anblick von dir in etwas anderem als einem deiner kitschigen T-Shirts seltsam verstörend." Sie fuhr mit der Hand über Des' Arm. „Ich wusste gar nicht, dass du überhaupt einen Kaschmirpullover hast." Allie sah hinunter auf Des'

Füße. „Und du trägst richtige Schuhe. Oh, lass mich raten. Deine schäbigen alten Sneaker sind endgültig auseinandergefallen."

„Ich trage diesen Sweater, weil alle meine T-Shirts mit kitschigen Sprüchen in der Wäsche sind. Und ich hebe mir meine schäbigen Sneaker für unseren nächsten Abend im Bullfrog auf."

„Tja, wenn du nicht in der einzigen Bar das Neueste an Country Chic tragen kannst, wo dann? Also, wo gehst du hin?"

„Ich treffe jemanden am Theater, um zu besprechen, ob es möglich wäre, dass er mit uns zusammenarbeitet, um Fördergelder zu erlangen."

Des hielt mit der Hand auf der Hintertür inne. „Wie steht's mit der Kunstfakultät vom College?"

„Ich warte darauf, dass Dr. Lindquist mich zurückruft." Allie sah auf ihr Handy und scrollte durch ihre Anrufe. „Oh, warte. Sie hat gestern Abend angerufen." Allie runzelte die Stirn. „Wo war ich da?" Dann ein Schulterzucken. „Egal. Ich werde sie heute Morgen anrufen."

Des ging zum Theater und wich dabei Pfützen von dem Sturm der vorigen Nacht aus. Als sie die Straße überquerte, bemerkte sie, dass ein Mann vor dem Gebäude stand, und zum Vordach hochsah, das immer noch mit Brettern bedeckt war. Er drehte sich um, als sie näherkam.

„Des Hudson?", fragte er zögerlich.

Des nickte.

„Greg Weller." Er kam mit ausgestreckter Hand auf sie zu und trat unter dem Vordach hervor ins Sonnenlicht.

Er war einen Kopf größer als Des, hatte gerades, hellbraunes Haar, dunkelbraune Augen, eine schlanke Figur, und einen sehr direkten Blick. Er nagelte Des mit diesen dunklen Augen fest und schien durch sie hindurch zu schauen.

Süß.

„Gut, dass du gekommen bist." Sie schüttelte ihm die Hand und lächelte bei der Direktheit seines Blicks. Er sah jungenhaft gut aus und war schlicht, aber gut, in Khakihosen und einer hellen Tweedjacke über einem kragenlosen Shirt gekleidet.

„Machst du Witze? Ich wollte schon ewig in das alte Ding hier. Ich höre schon so lange Geschichten vom Sugarhouse, wie ich am Althea bin."

„Wie lange ist das schon?"

„Ich habe da mein komplettes Studium abgeschlossen, also um die fünfzehn Jahre."

Fünfzehn Jahre hieß, er müsste etwa in ihrem Alter sein.

„Bist du nicht zu jung, um einen Doktortitel zu haben?"

„Nee. Tatsächlich war ich ein Spätzünder. Ich wollte erst keinen Master machen, bis mir klar wurde, dass ich ohne nirgendwo hinkomme. Dann schien es unklug, es nicht komplett durchzuziehen. Sobald du dich entscheidest, dass deine Zukunft in der Wissenschaft liegt, gibt es nur einen Weg nach vorne, und zwar mit einem Doktortitel. Aber hey, wir sind nicht hier, um über mich zu reden." Er wandte seine Aufmerksamkeit von Des zum Theater. „Können wir reingehen und uns umsehen?"

„Natürlich." Des öffnete den Haupteingang.

„Die Tür ist unglaublich." Greg trat zurück und betrachtete die türkise Tür, wo die Masken von Komödie und Tragödie in Buntglas das obere Fünftel der Tür einnahmen. „Wow. Das ... wow. Das ist so unerwartet. Das Fenster ist wunderschön."

„Ich weiß. Wir waren auch überrascht, als wir es gefunden haben."

„Irgendeine Ahnung, wer es gemacht hat?"

Des schüttelte den Kopf. „Nein."

„Ich habe noch nie so etwas gesehen." Greg starrte immer noch auf das Glas.

„Wir auch nicht." Sie ging durch das unbeleuchtete Theater, fand die Lichtschalter, und machte die Deckenbeleuchtung an.

„Ich weiß gar nicht, wohin ich zuerst schauen soll." Greg drehte sich langsam einmal um die eigene Achse. Als er fertig war, drehte er sich nochmal, so fasziniert wie beim ersten Mal. „Die Malereien hier im Foyer ..." Ihm fehlten die Worte, als er die handgemalten Ranken bestaunte, die mit Kletterrosen verschlungen waren, die sich um die bogenförmigen Türrahmen schlangen.

„So habe ich auch reagiert. Wir alle haben das." Des stand in der Mitte des weiten Foyers und sah zu, wie er versuchte, alles in sich aufzunehmen.

„Die Farben sind immer noch so lebendig. Wisst ihr, wer der Künstler gewesen sein mag?"

„Keine Ahnung. Auf den Originalplänen des Gebäudes könnte vielleicht ein Name stehen, aber wir haben sie nicht gefunden." Des hielt inne, um darüber nachzudenken. „Eigentlich haben wir gar nicht wirklich gesucht."

„Wisst ihr, wer das Theater gebaut hat?"

Des nickte. „Mein Urgroßvater.“

Sie erzählte ihm die Kurzversion, wie der erste Reynolds Hudson das Theater als ein Geschenk für die Stadt und die Minenarbeiter errichtet hatte, die ihn durch ihre Arbeit in seinen Kohleminen reich gemacht hatten.

„Wow. Das ist ein ziemliches Erbe. Aber ich meinte den Architekten.“

„Ich bin sicher, wir haben diese Info irgendwo. Ich werde es nachschlagen und dir Bescheid sagen.“

„Nachdem du angerufen hattest, dachte ich, dass ich ein bisschen Nachforschungen über das Theater anstellen sollte. Dein Vater ist natürlich aufgetaucht. Und ihr habt das Theater von ihm geerbt? Es war in eurer Familie, seit es gebaut wurde?“

„Außer für eine kurze Zeit, als es verkauft wurde. Mein Vater hat es zurückgekauft.“ Es machte keinen Sinn, ihm die ganze Geschichte zu erzählen, wie Fritz das Interesse verloren, es verkauft, und es dann zurückgekauft hatte, als der Käufer pleiteging und damit drohte, es abzureißen. Oder wie Fritz, als er wusste, dass er sterben würde, eine sentimentale Verbundenheit dazu entwickelt hatte.

„Ich frage mich, ob dein Vater dem Käufer alle relevanten Dokumente gegeben hat.“ Greg runzelte die Stirn. „Ihr solltet wirklich anfangen, nach denen zu suchen.“

„Warum wären sie wichtig?“

„Naja, wenn wir Förderungsgelder für die Renovierung des Gebäudes bewilligen sollen, wäre es hilfreich, wenn wir den Architekten nennen könnten, sowie den

Maler, der die ganzen Verzierungen gemalt hat. Berühmte Architekten und Künstler machen ein Projekt immer wertvoller für die Behörden, die Zuschüsse anbieten. Wenn ihr Glück habt, wird das jemand Berühmtes sein."

„Weil das den Wert des Gebäudes erhöhen würde", sagte sie nachdenklich.

„Exakt. Das macht es einfacher, den Stiftungen aufzufallen, die ihr ins Auge gefasst habt, denn sie werden bei jeder Restaurierung mit historischer Bedeutung dabei sein wollen. Es gibt nicht viel Geld, das vergeben werden kann, und die Konkurrenz dafür ist hoch. Also werden die historisch bedeutsameren Gebäude – oder die mit den bedeutendsten Bestandteilen – eine größere Chance haben, diese Zuschüsse zu bekommen. Zum Beispiel, wenn sich herausstellen würde, dass diese Theatermasken aus Buntglas am Eingang von Louis Tiffany hergestellt wurden, würde das die Aufmerksamkeit von vielen Leuten wecken."

„Ich verstehe, was du meinst." Sie sah hoch zur Decke. „Und wenn wir feststellen könnten, dass ein berühmter Maler all die Verzierungen gemalt hat ..."

„Richtig. Und wenn sich rausstellt, dass der Architekt von hohem Ansehen war, wäre es wahrscheinlicher, dass ihr bekommt, was ihr braucht." Greg richtete seinen Blick auf die Decke. „Könnte ich hochgehen und sie mir ansehen?"

„Natürlich."

Des sah zu, wie Greg mühelos zur oberen Plattform kletterte, die am vorigen Abend errichtet worden war. Er war sportlicher, als er wirkte, und sie fragte sich, wie seine Arme wohl unter dieser Jacke aussehen mochten.

„Warst du schon hier oben?", rief er zu ihr herab.

„Nee."

„Oh, aber du solltest sehen, wie –"

„Äh, nein. Nein, danke."

„Im Ernst?" Er lehnte sich über das Geländer und sah nach unten.

Des' Magen drehte sich beim bloßen Gedanken daran um, wie die Sicht von dort sein musste.

„So ernst wie ein Herzinfarkt." Sie sah weg. „Außerdem sehen die Malereien dort oben ziemlich genauso aus wie die hier unten. Die beschädigten Stellen mal ausgenommen."

„Andere Perspektive, aber okay." Er ging die Plattform entlang, begutachtete die Stellen, an denen Feuchtigkeit Flecken verursacht hatte, und kletterte dann so schnell wieder herunter, wie er hochgestiegen war. „Das Theater ist faszinierend. Es wäre eine Schande, es nicht zu restaurieren."

Er ging durch das Foyer, und deutete dann auf die bogenförmige Öffnung, die zu den Rängen führte. „Darf ich?"

„Sicher." Des folgte ihm durch den Durchgang. „Wir hatten noch keine Zeit, mit den Renovierungen an der Bühne zu beginnen, aber es steht auf dem Plan."

„Was braucht ihr?" Greg ging zur Bühne.

„Wir brauchen neue Vorhänge, eine neue Beleuchtung, eine neue Leinwand. Die Bühne selbst könnte eine Erneuerung gebrauchen, aber ich schätze, es ist nicht ausschlaggebend, dass der Holzboden wie neu aussieht. Er sieht mir schäbig aus."

Er ging um den Orchestergraben herum und erklomm die Stufen zur Bühne. „Er sieht oft benutzt aus, das ist alles. Wenn du nicht vorhast, ihn handzuschleifen und selbst zu erneuern, würde ich das erstmal auf Eis legen, bis ihr alles hier in Gang gebracht habt."

„Gute Idee", sagte sie nur, weil sie nicht klarstellen wollte, dass sie wahrscheinlich nicht mehr in Hidden Falls sein würde, wenn das Theater betriebsfähig war, da das Testament ihres Vaters nicht verlangte, dass sie bis zu diesem Zeitpunkt blieb. Der Gedanke verursachte ihr ein unerwartetes Gefühl von Leere in der Magengegend.

Sie zeigte ihm die Galerie und den Vorführraum, in dem er nicht versuchte, sein Interesse an den Filmdosen aus vergangenen Zeiten zu verbergen.

„Ich schätze, es wäre töricht, zu hoffen, dass es den alten Projektor noch gibt", bemerkte er.

„Er war hier. Ein Teil war kaputt, also hat ein Freund ihn mit nach Hause genommen, um zu sehen, ob er rauskriegt, wie man ihn repariert."

Von dort gingen sie runter in den Keller, um das Büro zu sehen, und sie zeigte ihm den Stapel von originalen Filmpostern, die einmal in Glasrahmen im Foyer und draußen unter dem Vordach gehangen hatten.

„Die sind unglaublich." Er hatte sie durchgeblättert. „Einfach Wahnsinn. Sieh dir die an. Einige meiner Lieblingsklassiker: In einem anderen Land. Die Nacht vor der Hochzeit." Er stockte einen Moment bei dem dritten Poster im Stapel. „Das hier kenne ich nicht. Walk of Fear." Er sah Des an.

„Meine Mutter." Sie tippte auf den Namen, der in großer Schrift am oberen Rand des Posters stand. „Honora Hudson. Das war eine ihrer größten Rollen. Ihre Liebste, tatsächlich."

Noras letzte bedeutende Rolle, das letzte Mal, dass irgendein Studio viel Geld in sie gesteckt hatte, da sie so viele Proben wegen morgendlichen „Kopfschmerzen" verpasst hatte. Es dauerte nicht lang, bis der Regisseur begriff, dass ihre Kopfschmerzen Kater waren, aber Des sah keinen Grund, irgendetwas davon Greg zu erzählen.

„Lass uns zurück nach oben gehen und uns das Foyer nochmal ansehen", schlug sie vor.

Sie verließ das Büro, wobei sie die Poster ausgerollt auf dem Schreibtisch liegen ließ, und ging zu den Stufen.

„Ich schätze, ich sollte als Erstes fragen, ob du glaubst, dass wir eine Chance auf einen Zuschuss haben könnten?" Des schaltete die Beleuchtung auf der Galerie aus. „Und wenn ja, würdest du mit uns arbeiten wollen?"

„Ich würde sehr gerne mit euch arbeiten. Und ich glaube, ihr könntet etwas Geld bekommen. Ich glaube, die Geschichte allein würde das Theater für mehrere Stiftungen interessant machen. Ich werde mit ein paar Leuten reden und schauen, was sie darüber denken. Wenn ich ein paar Fotos vom Gebäude kriegen könnte, würde mir das in der Zwischenzeit etwas geben, was ich verwenden könnte." Er wandte den Blick himmelwärts. „Bilder von der Decke vor und nach dem Schaden könnten auch nützlich sein. Wir können sie vielleicht nutzen, um die Dringlichkeit darzustellen, finanzielle Mittel zu erhalten."

„Naja, wir haben noch etwas Geld auf dem Konto übrig, das mein Dad uns hinterlassen hat, und wir hoffen, dass etwas von der Versicherung abgedeckt wird. Wir denken, dass wir letztendlich einen Zuschuss brauchen werden, weil es gut sein kann, dass uns das Geld ausgeht, bevor wir fertig sind. Wir waren gerade mal soweit, die Sitze aufzufrischen und den Teppichboden zu ersetzen, bevor der Sturm Schaden angerichtet hat.“

„Also sucht ihr nach Geldern für den Fall, dass ihr sie im Laufe der Zeit braucht.“

„Es wäre keine gute Idee, erst nach einer Lösung zu suchen, wenn uns das Geld ausgegangen ist.“

„Das stimmt. Und der Prozess dauert natürlich. Allein der Papierkram wird eine Weile dauern.“

„Was uns zu der Frage bringt, wie viel uns diese Zeitspanne kosten wird. Was berechnest du normalerweise für eine Lage wie diese?“

„Ich hatte noch nie wirklich eine Lage wie diese.“ Er lächelte wieder. „Und ehrlich gesagt, ich würde es als Privileg betrachten, mit euch zu arbeiten, um das Sugarhouse wieder zum Laufen zu bringen.“

„Nein, nein, wir erwarten nicht, dass du nichts berechnest. Das wäre nicht richtig.“

„Des, weißt du, was ich am Althea mache?“

„Du bist ein Geschichtsdozent.“

Er nickte. „Mein Schwerpunkt ist amerikanische Geschichte. Seit diesem Jahr gebe ich einen Kurs über die Ära, in der Kohle König hier in den Appalachians war. Was du mir über deine Familie erzählt hast – wie sich dein Urgroßvater für seine Minenarbeiter engagiert hat – ist genau die Art von Material, das ich in meine Seminare mit reinnehmen möchte. Es lässt die Geschichte real werden, wenn man persönliche Geschichten über die Beteiligten kennt. Ich würde für den Kurs gerne mehr über deinen Urgroßvater lernen, die Leitung seiner Minen und seine bemerkenswerte Philanthropie.“

„Ich werde dir gerne erzählen, was ich weiß, aber ich glaube, du solltest mit meiner Tante sprechen. Sie weiß viel mehr als ich.“

„Ich würde sie riesig gern treffen.“ Er sah auf seine Armbanduhr. „Und ich würde diese Unterhaltung mit dir liebend gern weiterführen, aber ich muss zurück zum Campus. Heute Nachmittag ist eine Probe für die Abschlussfeier, und ich würde gerne dort bei meinen Studenten sein.“

„Natürlich. Danke für deine Zeit. Ich begleite dich nach draußen.“ Des ging zum Eingang, mit Greg neben ihr.

„Ich kann’s nicht fassen, dass das Gebäude so lange zugenagelt war.“ Er sah sich beim Gehen um. „Du musst mir mal die Geschichte erzählen, wie es in eure Hände gelangt ist. Ich weiß, du hast gesagt, dass ihr es von eurem Vater geerbt habt, aber ich habe das Gefühl, dass da mehr als eine einfache Erbschaft dahinter steckt.“

Sie verließen das Gebäude, und Des wandte sich um, um abzuschließen.

„Hey, du bist genau diejenige, nach der ich suche“, rief Allie vom Bürgersteig.

„Komm und lern meine Schwester kennen“, sagte Des zu Greg.

Als sie den Bürgersteig erreichten, wandte sich Des Allie zu. „Allie Monroe, das ist Greg Weller. Er wird sich nach der Möglichkeit erkundigen, einen Zuschuss für das Theater zu erhalten. Greg, meine Schwester Allie.“

„Schön, dich kennen zu lernen. Des hat mich gerade durch euer wundervolles Gebäude geführt. Es muss aufregend sein, der Besitzer eines solchen Schatzes zu sein.“

„Eine Aufregung jagt die nächste“, sagte Allie trocken.

Greg lachte. Zu Des sagte er: „Wir bleiben in Verbindung. Ich würde unsere Unterhaltung gerne beim Essen irgendwann nächste Woche fortsetzen.“

„Super. Du hast ja meine Nummer.“

Greg wandte sich Allie zu. „War schön, dich kennenzulernen.“

Allie und Des sahen zu, wie er den halben Block zu seinem Auto ging.

„Er ist irgendwie heiß, auf eine streberhafte Art. Nette Schultern. Süßes Gesicht. Tolle Augen. Netter ... Gang.“ Allie nickte langsam. „Und er möchte ‚die Unterhaltung beim Essen weiterführen.‘ “

„Um über das Theater zu reden.“

„Beim Essen? Bitte.“ Allie lehnte sich vor und wisperte in Des’ Ohr: „Ich wette, er fand dich auch irgendwie heiß.“

„Vielleicht. Wenn ich Glück habe.“

„Mit Glück hat das nichts zu tun. Er hat so ausgesehen. Als ob er richtig interessiert ist. Du?“

Des erinnerte sich an ihre Worte an Cara über Seth. „Er ist definitiv mein Typ.“

Naja, Greg erfüllte wirklich all die Kriterien, die Seth fehlten. Er war sicherlich akademisch genug, und sie hatte diesen konventionellen Look schon immer gemocht. Sie spürte einen Stich von Verrat dem Mann gegenüber, mit dem sie behauptete, befreundet zu sein. Dann ein zweiter Stich, dieses Mal von Reue, als ihr wieder einfiel, im Park abgerauscht zu sein, ohne sich von ihm zu verabschieden.

„Ist Joe hier?", sagte Allie. „Ich dachte, er hätte gesagt, dass er ein paar Fotos von der Decke hätte. Ich habe endlich mit Dr. Lindquist von der Kunstfakultät des Colleges gesprochen, und sie meinte, sie hätte jetzt gerade Zeit, rauszufahren, aber wenn wir irgendwelche Fotos hätten, würde sie sie sich anschauen und auf uns zurückkommen."

„Joe hat keine Fotos, aber ich weiß, wer. Ich kümmere mich darum."

Kapitel Fünf

In der kurzen Zeit, die Des im Theater gewesen war, kam die Sonne wieder hervor, was die Feuchtigkeit vertrieb und die Temperaturen dramatisch erhöhte, weshalb Des blinzeln musste, als sie entlang des Seitenstreifens der zweispurigen Straße ging. Sie war auf dem Weg zur äußersten Grenze von Hidden Falls, und sie schalt sich bei jedem Schritt dafür, dass sie nicht nach Hause gegangen war, um ihre Kleidung zu wechseln und sich ihre Sonnenbrille zu schnappen, bevor sie sich auf diese Wanderung begeben hatte, aber sie wollte nicht abgelenkt werden oder es sich anders überlegen. Außerdem gab es ihr Zeit, zu überlegen, was sie genau sagen wollte. Sie war nie jemand gewesen, dem eine Entschuldigung schwerfiel, wenn sie wusste, dass sie sie jemandem schuldig war, aber gleichzeitig war sie auch nicht oft in einer Situation gewesen, in der sie jemandem das Gefühl gegeben hatte, dass ...

Was genau für ein Gefühl, dachte sie, hatte sie Seth gegeben?

Sie war sich wirklich nicht sicher. Alles, was sie sicher wusste, war, dass sie ihm, und möglicherweise ihrer Freundschaft, geschadet hatte, und allein deshalb musste sie alles wieder ins Lot bringen.

Als sie an ihrem Ziel ankam, schwitzte sie von dem langen Fußmarsch in der heißen Sonne. Sie war erleichtert, als sie das Ende einer schmalen Auffahrt aus

Schotter erreichte, und der Briefkasten bestätigte, dass
sie am richtigen Ort war. Alte Trauerweiden säumten
die rechte Seite der Auffahrt, während sie den Weg zu
dem alten Farmhaus hochging, das am Rand von Hidden Falls stand.

Das Haus selbst entsprach genau Des' Vorstellung
von einem Farmhaus vom Ende des neunzehnten Jahrhunderts, mit einer hohen Dachspitze in der Mitte des
Obergeschosses, einer breiten Veranda, die gerade an
der Vorderseite entlang lief, und Fensterläden an jedem Fenster. Natürlich war das Farmhaus in ihrer Vorstellung frisch gestrichen, an der Haustür und der
Treppe standen Blumen, und die Korbmöbel auf der
Veranda waren so arrangiert, dass sie als ein Wohnzimmer im Freien dienten. Rosen wuchsen um die Veranda herum, und an beiden Enden wuchsen Malven,
um sie farbig einzurahmen.

So komplett anders als das echte Farmhaus vor ihr,
wo die Farbe abblätterte, die Veranda an einer Seite etwas absackte, und nicht einmal ein Schaukelstuhl war
weit und breit zu sehen. Die Fensterläden brauchten
alle einen neuen Anstrich, und einer hing leicht schief.
Trotzdem, das Haus hatte Potential, und mit der richtigen Menge an Farbe könnte es hübsch sein. Seine Rettung kam in der Form von Pfingstrosen, die Seite an
Seite gepflanzt waren, um die Veranda mit Farbe zu
umgeben.

Die Haustür öffnete sich, und Ripley stob nach draußen, um sie zu begrüßen. Der Hund wurde von Seth gefolgt, der auf der obersten Stufe stehenblieb und zusah,
wie Des näherkam. Seine Hände waren in den Taschen
seiner Jeans vergraben, und obwohl seine Augen von

dunklen Gläsern verdeckt wurden, spürte sie seinen
Blick auf ihr, während sie die lange Auffahrt hoch-
schritt. Der Hund rannte in fröhlichen Kreisen um sie
herum, als ob er ihre Ankunft feierte („Du bist da! Bei
meinem Haus!"), und blieb nur lange genug stehen,
dass sie ihm den Kopf tätscheln und sagen konnte, was
für ein guter Junge er war, dass er sie nicht ansprang,
obwohl sie wusste, dass er das wahnsinnig gerne tun
würde.

„Ich sehe, du hast mit ihm trainiert", rief Des als sie
näherkam.

„Ja, ein bisschen." Seth kam die Treppe runter und
ging langsam auf sie zu. „Ich habe versucht, mich an alles zu erinnern, was du ihm beigebracht hast. Uns beigebracht hast", korrigierte er sich.

„Er ist ein schlauer Hund. Er versteht es."

„Wenn es ihm passt."

„Ich glaube, er fragt sich, wo Buttons ist", sagte sie, als
die Kreise des Hunds kleiner wurden, bis er wild an ihrer Kleidung schnupperte.

Sie trafen sich am Ende des gepflasterten Wegs, der
vom Fuß der Treppe zum Rand der Auffahrt führte.

„Also, was führt dich her, so weit draußen? An einem
heißen Nachmittag? Zu Fuß?" Er sah sie demonstrativ
von Kopf bis Fuß an. „Ein bisschen warm für einen
Sweater und lange Hosen."

„Es war kühl, als ich mich angezogen habe, und da
wusste ich noch nicht, dass ich herkommen würde. Ich
dachte, ich hole die Kopien von den Fotos ab, die du für
mich hattest."

„Ich hätte sie vorbeibringen können." Sie war nicht an seinen leicht kühlen Ton gewöhnt, und er machte sie etwas traurig.

„Ich dachte, ich erspare dir die Mühe."

„Keine Mühe, aber komm rein. Deine Fotos sind fertig."

Er machte eine Geste, dass sie vorausgehen sollte, und sie ging um ihn herum, um dem Weg zur Veranda zu folgen. Am Fuß der Treppe blieb er stehen, um nach Ripley zu pfeifen, der sich zum angrenzenden Feld davongemacht hatte. Der Hund rannte zurück, flitzte die Stufen hoch, und wartete bei der Tür auf sein Herrchen. Seth griff an Des vorbei, um die Fliegengittertür zu öffnen.

Sie drückte die innere hölzerne Tür auf, und wurde von einem Stoß kühler Luft empfangen.

„Oh man, das tut gut." Sie hob ihre Haare im Nacken hoch und sah sich nach einer Klimaanlage um. Sobald sie sie gefunden hatte, würde sie davor stehen und sich von der Luft anpusten lassen, bis der Schweiß Eiszapfen bildete, der ihr unter dem Sweater den Oberkörper runterlief.

„Ich habe gehört, uns steht ein heißer Sommer bevor. Ich musste die Heizung reparieren, also dachte ich, ich mache die Heizung und die Klimaanlage gleichzeitig." Seth ging an ihr vorbei. „Die Fotos sind hier hinten in der Küche."

„Warte, du hast eine zentrale Klimaanlage?" Sie folgte ihm und versuchte, ihn einzuholen.

„Schien die beste Lösung zu sein. Ich hasse diese Fenster-Dinger. Sie sind laut und verwandeln den Raum unweigerlich in einen Kühlschrank. Dann gehst du aus dem Raum und bumm! Die Hitze schlägt dir ins Gesicht." Er fing an, einen Stapel Papier auf dem Küchentisch durchzusehen, und zögerte dann. „Du musst durstig sein. Was kann ich dir zu trinken bringen?"

„Wasser. Wasser wäre gut."

Er goss ihr ein Glas aus einem runden Krug ein, den er aus dem Kühlschrank nahm, und gab es ihr. Als er ihr den Rücken zudrehte, sah sie sich in dem großen, quadratischen Raum um.

Die Tapete, ein stark verblichenes gelbes und grünes Karomuster, bedeckte drei Wände über Wandpaneelen in einem dunkleren Gelbton. Der alte Linoleumboden in Ziegelsteinoptik war an manchen Stellen rissig, an ein paar anderen abgeblättert, und sie konnte Hartholz darunter erkennen. Die eine Deckenlampe war für die Größe des Raums beklagenswert ungeeignet. Aber die Fenster waren groß und gingen auf die Felder hinter dem Farmhaus heraus, und ließen nicht nur Licht, sondern auch eine friedvolle Aussicht herein. Die Spüle aus Porzellan, hier und da abgesplittert, stand auf hölzernen Beinen in eine Ecke gedrängt. Sie war sich sicher, dass sie ein Original war. Holzschränke waren in demselben verblichenen Gelbton wie die Tapete gestrichen.

Was für eine Bruchbude. Der Raum bedurfte einer gründlichen Überholung, aber er hatte etwas Heimeliges und Gemütliches an sich, das ihr gefiel.

„Nicht so schnell", ermahnte er sie, als sie gleichmäßig austrank. „Sonst übergibst du dich."

„Und das würde diesen kleinen Besuch sogar noch unangenehmer machen, als er so schon ist." Sie nahm einen letzten Schluck, und seufzte dann. „Ich weiß, dass du die Fotos hättest vorbeibringen können. Aber ich muss mich bei dir entschuldigen, und das heißt, dass ich zu dir kommen sollte."

Seth lehnte sich zurück gegen den hölzernen Küchentisch, seine Augen nicht länger von der dunklen Sonnenbrille verdeckt, die so bedrohlich ausgesehen hatte, als sie draußen waren, und wartete. Sein Gesichtsausdruck wurde weich, sein Mund verzog sich fast zu einem Lächeln.

„Es tut mir leid, dass ich mich wie eine Zicke verhalten habe. Ich hätte daran denken sollen, dass du alles, was du zu mir sagtest, als ein Freund gesagt hast, aber das habe ich zu spät begriffen. Ich bin hierhergekommen, um mich zu entschuldigen."

„Danke. Aber vielleicht bin ich auch etwas zu weit gegangen. Habe mehr gesagt, als ich sollte."

„Du hast gesagt, was du dachtest. Was dir zusteht als mein Freund."

Er nickte.

„Und ja, nun bedank dich bei mir, dass ich in der brütenden Hitze den ganzen Weg hierhergelaufen bin, um mich zu entschuldigen."

„Dafür auch."

„Es tut mir wirklich leid, Seth. Deine Freundschaft bedeutet mir viel. Ich möchte sie nicht verlieren."

„Das wirst du niemals, Des." Er lächelte, und sie stieß einen erleichterten Seufzer aus.

„Gut." Sie lächelte zurück, mit dem Wissen, dass ihre Freundschaft unbeschädigt war, und nahm dann noch ein paar Schlucke Wasser.

„Ich weiß die Entschuldigung zu schätzen, aber du musstest dich nicht für den Anlass schick machen."

„Oh.“ Sie sah runter auf ihren Sweater und ihre schwarze Hose, die nun staubig war von der unbefestigten Auffahrt. „Ich hatte ein Meeting am Theater und habe mich entschieden, direkt hierherzukommen, wenn ich fertig bin.“

„Stirbst du nicht in diesem …“ Er zeigte auf ihren Sweater.

„Doch, um ehrlich zu sein.“

„Wie wär’s, wenn ich dir etwas Luftigeres zum Anziehen hole? T-Shirt, vielleicht.“

„Das wäre super, aber ich befürchte, eins deiner T-Shirts würde mir bis zu den Knöcheln reichen.“

„Warte hier. Ich glaube, da ist ein … Ich bin sofort zurück.“ Er verschwand im Flur, und sie hörte seine Schritte auf der Treppe und das Knarzen der Dielen über ihr. Ein paar Augenblicke später kam er zurück mit einem blauen Poloshirt über seinem Arm.

„Probier das an. Es ist sauber. Ich konnte allerdings keine Shorts finden.“ Er gab ihr das Shirt. „Da hinten ist ein Badezimmer.“ Er zeigte in die Richtung der Hintertür.

Des hielt es hoch. Es war ein Frauenshirt, ohne Zweifel. Sie fragte sich, wem es gehört hatte, und warum ein Mann ein Shirt von einer anderen Frau jemandem anbieten …

Ist doch egal. Wir sind nur Freunde. Es ist nicht wichtig, wem es gehört hat, oder warum es hier ist. Es geht mich nichts an.

„Danke. Ich bin gleich zurück.“ Sie ging ins Badezimmer und schloss die Tür. Der Raum selber war überraschend gut dekoriert. An einer Wand hing eine schwarze Tapete mit weißen Punkten, und die anderen drei Wände waren weiß gestrichen. Die Einrichtung war weiß, und ein alter Spiegel mit einem Metallrahmen hing über dem Waschbecken. Der Boden war schwarz-weiß gefliest, die Gardine an dem einzigen Fenster schwarz-weiß kariert. Sie vermutete, dass dieser einer der ersten Räume gewesen war, die erneuert wurden.

Des schälte sich aus dem Sweater und stieß einen wohligen Seufzer aus, als die kühle Luft sie umströmte. Sie stand fast bewegungslos da, bis sie Gänsehaut auf den Armen bekam.

Ein schwarz-weißer Waschlappen und ein passendes Handtuch hingen an einem Handtuchhalter an der Tür, und sie benutzte beide, bevor sie sich das blaue Shirt über den Kopf zog. Die Tatsache, dass es zwei Größen zu groß und zu lang war, war egal. Es war trocken und kühl, und sie war dankbar für die Veränderung gegenüber dem stickigen Kaschmir.

„Ich fühle mich wie neugeboren", verkündete sie, als sie zurück in die Küche kam, ihren Sweater über dem Arm.

„Gut." Er runzelte die Stirn. „Ich dachte, dass du und Amy vielleicht ungefähr gleich groß seid, aber ich schätze, nein."

„Das ist schon in Ordnung." Sie hörte sich selbst fragen: „Wer ist Amy?"

„Meine Schwester. Hast du sie noch nicht kennengelernt?"

Des schüttelte den Kopf. „Barney hat letztens eine Dr. MacLeod erwähnt."

„Das wäre dann Amy. Sie ist die gute MacLeod. Die, auf die mein Vater stolz war." Die Linien um seinen

Mund schienen sich zu vertiefen, und seine Augen verengten sich leicht. Jemand, der ihn nicht kannte, würde es wohl nicht bemerken.

„Weil sie in seine Fußstapfen getreten und Ärztin geworden ist, und du nicht, denkst du, dass er nicht stolz auf dich war? Obwohl du das College mit Auszeichnung abgeschlossen hast – oh, ich habe schon von Joe davon gehört. Er sagte, du warst der Schlauste von euch dreien. Hast alle Mathepreise am Althea gewonnen." Des lehnte sich zurück gegen die Arbeitsplatte, ein neckendes Lächeln in ihrem Gesicht. „Er sagte, er war der beste Sportler, Ben hatte die größte soziale Kompetenz – meine Schwester hätte da natürlich Einwände – und du warst der schlauste."

„Ich war okay. Und ich würde Joe Domanski jederzeit zu einem Duell auf dem Basketballplatz herausfordern. Er ist einfach nur früher und schneller als der Rest von uns gewachsen. Hat ihn zum Naturtalent im Fußball gemacht. Und er war schnell."

„Joe hat auch gesagt, dass du in der High School jedes Jahr die staatliche Forschungsausstellung gewonnen hast."

„Wir schweifen ab."

„Trotzdem, es tut mir leid, dass dein Vater diese Einstellung dir gegenüber hatte. Ich kenne viele Leute, die froh gewesen wären, so einen Sohn wie dich zu haben."

„Danke, dass du das sagst." Sie sahen sich einen Moment lang an, und Des erinnerte sich an das Kribbeln, das sie gefühlt hatte, als seine Haut die ihre berührt hatte.

„Komm mit nach draußen." Seth nahm seine Sonnenbrille vom Küchentisch, wo er sie hingeworfen hatte, und machte eine Geste zur Hintertür. Auf dem Weg schnappte er sich eine Baseballkappe und setzte sie auf seinen rasierten Kopf. „Ich möchte dir etwas zeigen."

Es gab vier Nebengebäude hinter dem Haus. Eins war eindeutig eine Scheune, aber man konnte nur raten, wofür die anderen benutzt wurden.

„Hier, komm hier lang." Er nahm sie beim Ellbogen und geleitete sie um ein kleines, niedriges Gebäude mit Fenstern nahe am Boden herum.

„Hühner?", fragte sie, als sie den umzäunten Bereich hinter dem Gebäude sah.

„Jep."

Sie erreichten den Rand des Zauns und sie sah durch die Drähte auf etwa zwanzig Hühner, die das Gras pickten. Sie hatte nur weiße Hühner erwartet, aber es gab keine. Seths Hennen reichten von gelbbraun, schwarz, gesprenkelt bis zu rot.

„Du musst ja jeden Tag ein ganz schönes Durcheinander von Eiern von all diesen Hühnern kriegen."

„Ich beliefere ein paar Restaurants."

„Wofür ist der Draht oben?"

„Er hält die Habichte ab. Und die Eulen. Ich musste ihn verstärken" – er griff nach oben, um die doppelte Schicht von Maschendraht zu zeigen – „weil eine Eule einmal in der Nacht in den Hühnerstall gekommen ist und sich ein paar meiner Hühner geschnappt hat."

„Wie ist sie durch den Draht gekommen? Und machst du die Tür nachts nicht zu?"

„Sie hat den Draht neben dem Tor da zerrissen und die Tür mit ihren großen Klauen abgerissen. Ich habe noch nie von sowas gehört, aber das hat sie getan. Ich bin am nächsten Morgen reingegangen und da waren

Blut und Federn überall." Er musste gesehen haben, wie Des zusammenzuckte. „Jedenfalls, ich habe den Maschendraht verdoppelt, eine neue Tür besorgt, und ein Schloss drangemacht. Habe auch einen Bewegungsmelder angebracht." Er deutete auf das Dach des Hühnerstalls. „Wenn sich etwas im Umkreis oder oben bewegt, geht ein Licht und ein Alarm im Haus an."

„Ist der Alarm schon einmal losgegangen?"

Seth nickte. „Ich habe ein paar Füchse und noch eine Eule verjagt." Er nahm wieder ihren Arm. „Also, die Tour geht normalerweise hier lang nach dem Besuch im Hühnerstall."

Er führte sie durch kniehohe Gräser zur Rückseite der Scheune, wo ein Feld in ordentlichen Reihen bis zum Wald am hinteren Teil des Grundstücks gepflügt war. Der Boden war weich vom Regen, sodass ihre Schuhe – ihre Lieblingsballerinas – bei jedem Schritt leicht einsanken. Sie wünschte wirklich, sie wäre nach Hause gegangen, um sich umzuziehen.

„Was baust du an?" Sie wies mit dem Kopf auf das Feld.

„Ein bisschen von allem." Er wies auf eine Reihe von hohen, dünnen, hellgrünen, zarten Zweigen, die sich wie knochige Arme nach oben reckten. „Spargel, der saisonal ist, und die Saison ist so ziemlich vorbei. Der war schon hier, als ich eingezogen bin, was gut ist, da es ein paar Jahre dauern kann, bis er heranreift. Erdbeeren – die Saison neigt sich gerade dem Ende zu, aber es war ein gutes Jahr. Größtenteils, weil ich mehrere Sorten gepflanzt habe, früh, Mittelsaison, und spät."

Er nahm ihren Arm und manövrierte sie über die Reihen.

„Tomaten – mehr Sorten, als ich zugeben möchte. Ich habe mich ein bisschen hinreißen lassen, als ich Pflanzen bestellt habe, und ich habe nicht gewissenhaft genug Buch geführt, was ich bestellt habe. Ich hoffe, sie werden alle gut dieses Jahr. Es gibt einige Heirloom-Sorten, die sehr beliebt geworden sind, also sind meine Freunde vom Restaurant ganz begeistert bei der Aussicht." Er lächelte. „Also, die nächsten paar Reihen sind Gurken, einige Arten von Kürbissen, mehrere Sorten Bohnen. Dann hier drüben ..." Er nahm sie wieder beim Arm. „Habe ich Grünzeug. Grünkohl war mal beliebt für ein paar Jahre, aber Blattkohl überholt ihn jetzt zusammen mit Mangold, also habe ich ein bisschen mit dem Grünkohl nachgelassen und mehr von den anderen gepflanzt. Salate – fünf Sorten hier." Er blieb stehen, wie um sein Werk zu bewundern. „Ich habe Pläne für einen Kräutergarten, aber bin noch nicht weiter als die Grundlagen gekommen: Dill, Basilikum, Petersilie, Rosmarin. Am Samstag hole ich ein paar Blaubeersträucher ab. Sie sollten eigentlich jetzt schon im Boden sein, aber ein Typ, denn ich kenne, wollte seine Reste loswerden und hat mir einen unglaublichen Preis dafür angeboten. Weiß nicht, ob sie dieses Jahr ordentlich Früchte tragen werden, aber wir werden sehen."

Seth sah zurück über die Felder, die er ihr gezeigt hatte. „Das sind alle größtenteils Marktfrüchte. Ich bringe zweimal die Woche bis zum Herbst eine Wagenladung zu ein paar Restaurants in Clarks Summit und in Scranton."

„Du hast mir vorher gar nichts davon erzählt. Ich dachte, du arbeitest als Bürgermeister in Hidden Falls."

„Naja, ja, aber das ist kein sehr einträglicher Posten." Er hatte die Hände in die Hüften gestemmt und schaute auf seine Felder, als ob er sie zum ersten Mal sah.

„Wolltest du schon immer Farmer werden?" Sie war immer noch ziemlich erstaunt, dass er ihr nie von der Farm erzählt hatte, und sie sagte es ihm. „Warum hast du es mir nicht erzählt?"

„Es ist nie zur Sprache gekommen."

„Das ist ziemlich lahm, Seth. Wir haben viel Zeit zusammen verbracht, als wir mit deinem Hund bei Barney trainiert haben."

„Naja ... viele Leute denken, dass man mit der Landwirtschaft anfängt, wenn man nichts anderes machen kann."

„Was sind das für Leute? Landwirtschaft ist hart. Das sieht doch jeder."

Er lächelte wieder dieses schiefe Lächeln, das sie langsam etwas zu sehr mochte. „Dann sagen wir einfach, dass die meisten Frauen nicht an einem Typen interessiert sind, der mit Landwirtschaft seinen Lebensunterhalt verdient, statt in einem anständigeren Beruf zu arbeiten."

„Landwirtschaft ist anständig. Du meinst einen besser bezahlten Beruf."

Er nickte. „Ja, das meinte ich."

„Wenn dich Frauen abweisen, weil du ein Farmer bist, dann triffst du die falschen Frauen."

„Vielleicht." Er legte ihr einen Arm um die Schulter, und obwohl sie spürte, dass er noch etwas sagen wollte, verstummte er.

„Also, ich finde, deine Farm ist großartig", sagte sie. „Warum hast du sie gekauft?"

„Als ich aus Afghanistan zurückkam, war ich in ziemlich schlechter Verfassung." Er gab ihr etwas Abstand, aber ließ seinen Arm um ihre Schultern.

„Du wurdest verletzt?"

„Schuss ins Bein, aber das ist eine Geschichte für ein andermal. Es genügt wohl zu sagen, dass ich einen ruhigen Ort wollte." Er lächelte trocken. „Viel ruhiger als hier geht's nicht. Als ich klein war, bin ich immer hergekommen und habe Äpfel geklaut. Natürlich wurde ich irgendwann erwischt. Der alte Mann, dem die Farm gehört hat, hat versprochen, meinen Eltern nichts zu sagen, solange ich mein Verbrechen abarbeite."

Dieses Mal erreichte Seths Lächeln seine Augen.

„Er hat mir viel beigebracht. Natürlich waren ihm die Äpfel egal. Er brauchte nur ein bisschen Hilfe hier und da. Das ist der Ort, an den ich die ganze Zeit gedacht habe, als ich weg war, die ganze Zeit, als ich wegen meines Beins in der Reha war. Wir sind in Kontakt geblieben, während ich weg war, sogar, als ich im Krankenhaus war. Während ich mich erholt habe, habe ich einen Brief von seinem Sohn bekommen, in dem stand, dass er einen Schlaganfall gehabt hatte, dass sein Dad wollte, dass ich ihn besuchen komme, wenn ich zuhause bin. Naja, das habe ich gemacht, und es hat sich rausgestellt, dass mein alter Freund zu dem Zeitpunkt mehr als nur ein bisschen Hilfe brauchte, da er nicht viel selber machen konnte. Ich war immer noch etwas wacklig auf den Beinen, aber ich habe mich um ein paar Felder und seine Brut von Hennen gekümmert. Nachdem er gestorben war, habe ich herausgefunden, dass er Anweisungen hinterlassen hat, dass ich das

Vorkaufsrecht bekomme, wenn die Farm verkauft werden sollte."

„Offenbar hast du von diesem Recht Gebrauch gemacht." Sie dachte einen Augenblick nach. „Hat es seinem Sohn etwas ausgemacht? Dass du seinem Vater so nahe gestanden hast?"

„Nein. Kim – der Sohn – ist jetzt Anwalt in Scranton. Er hat mir viele Male gesagt, dass er kein Interesse an der Landwirtschaft hat, aber froh ist, dass ich es machen wollte. Er hat mir die Farm für einen viel niedrigeren Preis angeboten, als er von jemand anderem bekommen hätte, und meinte, ich hätte die Differenz abgearbeitet, da ich seinem Vater über die Jahre geholfen hatte."

„Das war sehr nett von ihm."

„Allerdings." Er ließ seinen Blick über die umliegenden Felder schweifen. „Der Gedanke, hierhin zurückzukommen, hat mich in so manchen schlimmen Zeiten über Wasser gehalten. Sobald ich wusste, dass ich hier gebraucht wurde, konnte ich gar nicht schnell genug aus dem Krankenhaus rauskommen." Er lenkte seine Schritte zu dem Apfelgarten auf der anderen Seite der Scheune.

„Um zum Tatort zurückzukehren?", neckte sie.

„Sowas in der Art."

Ein hüfthoher Zaun umschloss eine kleine Fläche zwischen der Scheune und der ersten Reihe von Bäumen. Als sie näherkamen, sah sie ein Dutzend weißer Grabsteine darin.

„Dein Freund ist hier begraben?", fragte Des.

Seth nickte. „Henry Paul Bisler und seine Frau, Nancy. Der kleine Stein ist für ihre Tochter, Ellen. Die anderen sind von seinen Eltern, Großeltern, und einer Schwester, die jung verstorben ist.“

Sie versuchte, die angemessen Worte zu finden, aber ihr fiel nichts anderes ein als: „Nun, ich schätze, es ist gut, dass er hier ist.“

„Henry war der netteste Mann, den ich je getroffen habe. Oh, ich weiß, man sagt das über jeden, aber Henry war wirklich die netteste Person, die ich je getroffen habe. Mit ihm Zeit zu verbringen war ein Geschenk. Seine Freundschaft war ein Geschenk.“ Seth schluckte einen Kloß im Hals runter.

„Also wolltest du seinetwegen Farmer werden?“

„Ich wollte auf dieser Farm leben, weil ich wie er sein wollte. Er hat mir beigebracht, den Wechsel der Jahreszeiten wertzuschätzen. Hat mir viel über Erde beigebracht, und wie man ein guter Verwalter des Landes wird. Er hat mir alles beigebracht, was ich über Anbau weiß.“ Seth hielt inne, bevor er ergänzte: „Und er hat mir mehr darüber beigebracht, ein Mann zu sein, als mein Vater es je getan hat. Er hat seine Frau und Kinder nie geschlagen, und er hat nie jemanden schikaniert, beleidigt oder respektlos behandelt. Ich hab es geliebt, hier Zeit zu verbringen, weil es so ein fröhlicher, friedlicher Ort war. Ich hatte nicht vor, das gleiche wie er anzubauen – er hatte auf allen Feldern Mais und Sojabohnen – aber ich dachte, wenn ich meine Zeit damit verbringe, Sachen anzubauen, dann würde ich etwas anbauen, das interessant für mich ist. Ich kannte ein paar Leute, die gerade ins Restaurant-Business eingestiegen waren und nach vertrauenswürdigen Quellen für Bioprodukte suchten, und sie haben mich ein paar anderen vorgestellt. Ich dachte mir, ich könnte diesen

Bedarf decken. Ich habe mich letztes Jahr okay geschlagen, dieses Jahr werde ich's besser machen. Ich glaube, Henry hätte es gefallen."

Seth wandte sich etwas verlegen Des zu. „Tut mir leid. Das war sicher mehr, als du wissen wolltest."

„Nein, nein. Henry klingt wie jemand, den ich gemocht hätte. Ich wünschte, ich hätte ihn gekannt."

„Du hättest ihn gemocht. Er hätte dich auch gemocht." Er steckte seine Hände in die Hosentaschen. „Willst du den Rest sehen?"

„Klar."

Die Scheune beherbergte eine Reihe von Gerätschaften – die meisten hatte Seth zusammen mit dem Grundstück gekauft, andere Geräte hatte er bei einer Auktion ersteigert – und ein Monster von einem Motorrad. Die Traktoren und Ackerfräsen waren alle matschbespritzt, aber das Motorrad war makellos. Als Des diese Tatsache kommentierte, grinste Seth.

„Kann doch nicht mit einem dreckigen Motorrad gesehen werden. Das wäre ein grober Verstoß."

Es gab zwei weitere Nebengebäude, und vor einem von ihnen lag ein langer Hundezwinger und hinten ein großer, eingezäunter Hof.

„Henry hat Jagdhunde gezüchtet", erklärte Seth. „Er hat diejenigen, die er verkauft hat, hier draußen gelassen, bevor sie in ihr neues Zuhause gekommen sind. Seine Frau mochte Hunde, aber sie hatte es am liebsten, wenn sie draußen waren. Ich sag Ripley immer, dass er die Nacht im Zwinger verbringen wird, wenn er sich nicht benimmt."

„Das würdest du nicht machen."

„Nein, das würde ich nicht. Er ist ein Haushund.“ Seth fuhr mit den Knöcheln seinem Hund leicht über den Kopf. „Aber es ist ein ziemlich netter Raum, alles in allem. Henry hat das Gebäude geheizt, damit, wenn er einen Wurf im Winter hatte, sie es schön und gemütlich haben, und das Gebäude steht so, dass das Gehege am Nachmittag Schatten hat. Es ist geräumig und sauber, also hatten die Hunde und ihre Welpen es nicht besonders schwer.“

Er ging weiter, und Des und der Hund folgten ihm.

„Wie alles andere hier muss es gestrichen werden. Ich komm noch irgendwann dazu, aber es ist schwieriger, als gedacht, mit dem Anbau mitzuhalten und alles zu erledigen, was das Haus braucht.“

„Das Haus sieht gut aus.“

Seth zog eine Augenbraue hoch.

„Okay, vielleicht braucht es außen ein bisschen Farbe.“

„Und innen.“

Des nickte. „Ja, das auch. Aber du schaffst das. Ich hatte Glück, dass das Haus, das ich in Cross Creek gekauft habe, komplett fertig war. Ich musste nur noch einziehen.“

„Du hattest Glück. Es ist eine Plage, das Zuhause zu renovieren, in dem du lebst.“

„Das Bad sieht großartig aus“, sagte sie, als sie auf das Haus zugingen.

„Das habe ich letzten Winter zusammen mit dem Bad oben gemacht. Ich habe viel mehr Freizeit im Winter. Im Jahr davor habe ich zwei Schlafzimmer renoviert. Diesen Winter ist die Küche geplant. Ich hatte gehofft, sie fertig zu kriegen, bevor es Zeit für die Aussaat wird, aber der Moment kam und ging. Ich musste viele Dinge auf Eis legen. Ich mache das hier einfach noch nicht lange genug, um meine Routine perfekt im Griff zu haben"

„Wie lange bist du schon hier?"

„Erst drei Jahre. Ich musste ein bisschen am Haus arbeiten, bevor ich einziehen konnte, weil es für eine Weile leer stand. Ich hatte genug gespart, um mich um die Mechanik zu kümmern, aber das war's dann auch."

„Ich fühle mit dir. Ich habe es selbst mit einem Monster zu tun, das für eine lange, lange Zeit leer stand."

Seth lenkte ihre Schritte in Richtung der Felder auf der anderen Seite des Farmhauses. Des konnte Holzkonstruktionen sehen, die aus dem Boden ragten, aber erst als sie näherkam, erkannte sie, was sie waren.

„Du baust Trauben an." Sie schaute zu Seth hoch. „Reihen über Reihen von Trauben. Ich schätze, du steigst nicht ins Marmeladengeschäft ein."

„Und du hast recht. Was du hier siehst, ist der Anfang von Willow Lane Vineyards. Und hoffentlich, irgendwann, Willow Lane Weine."

„Ich wusste nicht, dass man in Pennsylvania Weintrauben anbauen kann."

Er nickte. „Oh doch. Es ist hier ein milliardenschweres Geschäft. Es gibt Weintouren, Weinfeste, alles Mögliche. Manche der Weingute sind B&Bs, und an manchen kann man heiraten."

„Tut mir leid. Ich bin in Kalifornien aufgewachsen. Es war mir nur nicht bewusst, dass andere Staaten auch so begeistert davon sind", sagte sie verlegen.

„Naja, dir sei verziehen, weil du aus Kalifornien kommst", neckte er sie. „Ich schätze, wenn die meisten

Leute an Weine aus den Vereinigten Staaten denken, denken sie zuerst an Kalifornien, dann vielleicht an New York. Pennsylvania macht Fortschritte darin, aufzuholen.“

Sie gingen die Reihen entlang, und Seth blieb hier und da stehen, um eine verirrte Rebe am Spalier zu befestigen.

„Warum Wein?“

„Ich hatte mir das nicht vorgenommen, als ich die Farm gekauft habe. Aber ich bin vor zwei Jahren in Urlaub gefahren – mein erster richtiger Urlaub seit ich klein war, glaube ich.“ Wieder dieses schiefe Lächeln. „Jedenfalls war ich in Deutschland, Nordfrankreich und Österreich. Ich hab all diese wunderschönen Weinberge gesehen und habe gedacht, wie cool es wäre, Trauben anzubauen und vielleicht meine eigene Winzerei zu haben. Als ob das so einfach wäre.“ Er verdrehte die Augen. „Aber als ich nach Hause kam, habe ich ein paar Weingute in der Gegend besucht, mit den Besitzern gesprochen, und ein Gespür dafür bekommen, was dazugehört. Dann musste ich mich natürlich entscheiden, ob ich mich etwas verschreiben will, das so viel von meiner Zeit und Aufmerksamkeit erfordern würde, von der finanziellen Investition ganz zu schweigen. Aber nachdem ich darüber nachgedacht hatte, habe ich beschlossen, dass ich es versuchen wollte. Ich hatte das Land. Ich hatte die Zeit. Ich musste mir nur Wissen aneignen, was ich über den Winter getan habe. Dann habe ich letztes Jahr die Spaliere gebaut –“

„Du hast all diese Spaliere gebaut?“ Des klappte die Kinnlade runter, als sie über das Feld schaute, auf die Reihen über Reihen von weißen Spalieren.

Seth nickte. „Ich habe sie im Winter in der Scheune gebaut, und im Frühling habe ich sie in den Boden gesteckt."

„Das muss Knochenarbeit gewesen sein."

„Ja, es wurde schwer nach einer Weile. Aber all diese Arbeit hat mich darauf vorbereitet, tatsächlich die Reben zu pflanzen."

„Du hast das alles selber gemacht?"

„Mit ein bisschen Hilfe von Joe und Ben, ja."

„Was bist du, Superman?"

Er lachte. „Nein, nur entschlossen. Ich hatte einen Zeitplan und ich würde ihn einhalten, komme, was wolle."

„Wie viele Hektar Reben hast du?"

„Momentan, nur den einen, den du hier siehst. Ich werde diesen Herbst mehr pflanzen, aber die Spaliere sind noch nicht fertig."

„Würdest du denn etwas total Revolutionäres in Betracht ziehen, wie zum Beispiel, oh, vielleicht schon fertige Spaliere zu kaufen?"

„Wenn ich mir das leisten könnte, ja. Aber im Moment muss ich sparen, weil mein Einkommen von den Produkten stammt, die ich an Restaurants verkaufe, und das ist nicht allzu viel."

„Was ist mit Investoren?"

„Joe und Ben haben beide angeboten, sich einzukaufen, aber ich weiß nicht ..."

„Ich würde in deinen Weingarten investieren. Sobald das Theater fertig ist und ich meine Erbschaft bekomme, investiere ich gerne in dich."

„Ah, aber sobald das passiert, bist du auf dem Weg zurück nach Montana."

„Naja, ja, aber …“ Sie hatte nicht an die Abreise gedacht, als sie das Angebot gemacht hatte. „Ich würde
trotzdem in den Weingarten investieren wollen. Das
gibt mir eine Entschuldigung, um nach Hidden Falls
zurückzukommen.“

„Ist das das Einzige, was dich zurückbringen würde,
Des?“, fragte er.

„Naja, nein, es gibt ja noch Barney. Und das Theater.
Ich würde es gerne sehen, wenn es wieder läuft.“ Sie
stockte. Las sie da Enttäuschung in seinem Blick? Sie
fügte hastig hinzu. „Und natürlich würde ich dich sehen wollen. Und Joe und Ben … und, naja, dich, natürlich.“ Ihre Stimme versiegte, während der Moment immer unangenehmer wurde.

„Du bist hier immer willkommen, Des“, sagte er leise.
„Rip und ich werden uns immer freuen, dich zu sehen.“

Sie suchte nach einer Antwort, aber Seth schnipste
mit den Fingern, und wechselte so schnell das Thema.

„Du bist für die Fotos hergekommen. Lass uns reingehen und ich hol sie dir.“

„Wäre es irgendwie möglich, dass ich einen zweiten
Stapel bekommen könnte? Allie braucht sie für die
Kunstfakultät am Althea.“

„Klar.“

Des musste sich beeilen, um mit Seths langen Schritten mitzuhalten, während sie den Weg von dem frisch-
gebackenen Weingarten zum Haus zurücklegten. Sie
wartete in der Küche, während Seth nach oben in sein
Büro ging. Sie setzte sich auf einen der Küchen-
stühle – einen alten Eichenstuhl mit gerader Lehne
ohne Armlehne oder Kissen, der nicht zu den anderen

dreien passte. Des brauchte nur eine Minute, um zu erkennen, dass keiner der Stühle zusammenpasste, obwohl sie ungefähr gleich groß und aus dem gleichen Eichenholz waren. Es machte den Raum noch gemütlicher, als ob die Stühle auf dem Dachboden gefunden und runtergebracht worden waren, wie sie gerade gebraucht wurden.

„Bitte schön. Zwei Stapel.“ Seth kam in die Küche zurück und reichte ihr zwei Umschläge.

„Danke, Seth, das weiß ich zu schätzen.“ Sie stand auf, nahm ihren Sweater von der Stuhllehne, wo sie ihn vorhin abgelegt hatte, und hob ihre Tasche auf. „Ich muss mich auf den Weg zurück machen. Wahrscheinlich fragen sich alle schon, was mit mir passiert ist.“

„Du wirst in dieser Hitze nicht nochmal diesen Fußmarsch machen. Ich fahre dich.“

„Schon in Ordnung. Du hast sicher andere Dinge zu tun.“

„Nichts, was wichtiger wäre. Außerdem kann ich ein paar Sachen in der Stadt besorgen. Bist du bereit?“, fragte er, und der Hund spitzte die Ohren.

Sie schaute runter auf ihr Shirt, das sie geborgt hatte. „Gib mir nur eine Minute zum Umziehen.“

„Nee. Behalt das Shirt. Amy wird’s nicht vermissen.“

„Ich wasche es und gebe es dir zurück.“

„Das bedeutet, dass du wiederkommst.“

„Ich würde gerne wiederkommen. Ich möchte gerne sehen, wie deine Pflanzen wachsen und ein bisschen über Landwirtschaft lernen.“

„Kulturpflanzen. Wenn man ein ganzes Feld davon hat, nennt man sie Kulturpflanzen.“

„Richtig. Kulturpflanzen.“

Sie steckte die Umschläge in ihre Tasche, und ging dann mit Seth durch die Hintertür nach draußen. Ripley rannte zwischen ihnen umher, als sie zu dem blauen Pickup neben der Scheune liefen. Seth öffnete die Beifahrertür für sie, und sie sprang hinein.

„Tut mir leid, dass es keinen Gurt gibt", sagte er. „Das Baby hier kam vom Band runter, bevor sie vorgeschrieben wurden."

Das erste, was Des auffiel, war die halb aufgerauchte Zigarre in dem offenen Aschenbecher. Sie kurbelte das Fenster nach unten in der Hoffnung, den Geruch zu vertreiben.

Es gab wenig, was sie mehr hasste, als den Geruch von Zigarren.

Ich wette, Greg raucht keine Zigarren, dachte sie.

Seth ging um die Kabine herum, und als er seine Tür öffnete, sprang zuerst der Hund rein, und begann dann, über Des zu klettern.

„Er ist daran gewöhnt, Beifahrer zu sein", erklärte Seth ihr.

„Oh, okay ..." Sie rutschte ungefähr dreißig Zentimeter näher zu Seth, um dem Hund seinen Platz am Fenster zu überlassen, weshalb sich ihr Bein neben dem Schaltknüppel befand.

„Könntest du das Fenster ungefähr bis zur Hälfte hochfahren?" Seth zeigte auf das Fenster, das sie gerade runtergefahren hatte. „Ich möchte nicht riskieren, dass Rip nach einem Eichhörnchen hechtet oder rausfällt, wenn ich um die Kurve fahre."

„Klar." Sie griff an dem Hund vorbei, um das Fenster hochzukurbeln.

Der Pick-up sprang mit einem Grollen und einem leichten Vibrieren an, aber sobald er losfuhr, beruhigte sich der Motor und das Vibrieren verschwand. Seth blieb am Ende der Einfahrt stehen und sah in beide Richtungen, bevor er auf die Straße fuhr. Als er den Gang wechselte, traf sein Handballen Des' Bein.

„Entschuldige", sagte er.

„Schon in Ordnung. Ich bin im Weg." Sie versuchte, ihre Beine ein bisschen nach rechts zu drehen, aber dort war der Hund schon.

Seth schaltete in den dritten, dann in den vierten Gang, seine Hand fast auf ihrem Knie.

„Entschuldige", sagte er wieder. „Ich will nicht ..."

„Nein, ist in Ordnung. Ich bin dir im Weg. Ich würde mich ja anders hinsetzen, aber Ripley ist da."

Jedes Mal, wenn seine Hand ihr Bein berührte, fühlte sie wieder dieses leichte Kribbeln.

Hör auf, wies sie das im Stillen an, was auch immer sie dazu brachte, seine Berührung so intensiv zu spüren.

Sie sah aus dem Fenster, während sie an einer weiteren Farm vorbeikamen, dann an noch einer, während sie zur Innenstadt fuhren. Sie kamen an der Polizeistation und dem Bullfrog Inn vorbei, die örtliche Bar auf der linken Seite, und an der Bücherei und dem Sugarhouse auf der rechten.

„Zur Vorwarnung, ich schalte in den dritten." Seth fuhr um die Ecke auf die Hudson Street und sie schwang die Beine nach rechts. „Und in den zweiten", als er vor dem Haus der Hudsons anhielt.

„Und in den Leerlauf."

„Du fährst mit Schaltung?"

„Klar. Danke, dass du mich zurückgefahren hast. Und für die Fotos. Bleib da, Ripley." Sie griff an dem Hund vorbei nach dem Türgriff. „Oh, und danke für das Shirt. Ich werde es dir wiedergeben."

„Du kannst jederzeit kommen. Bring Buttons das nächste Mal mit."

„Das werde ich. Und ich werde in Willow Lane Vineyards investieren, Seth. Egal, wo ich bin."

Seth nickte, und hielt Ripley am Halsband fest, während Des ausstieg. Sie stand auf dem Bürgersteig, bis er weggefahren war.

Sie warf ihren Sweater über die Schulter, während sie über den Rasen zur Veranda lief und nach drinnen ging. Stimmen wehten durch das offene Küchenfenster vom Hinterhof herein. Sie spähte durchs Fenster und sah Allie und Cara auf der Terrasse sitzen, die sich mit Barney unterhielten. Des ging nach oben und schälte sich aus der dreckigen, warmen schwarzen Hose und zog weiße Shorts an. Sie schlüpfte in Sandalen und nahm den Umschlag aus ihrer Handtasche heraus, dann ging sie nach unten, wo sich ihre Familie auf der Terrasse unterhielt, die durch die Bäume im Schatten lag.

„Da bist du ja. Ich war schon drauf und dran, Ben anzurufen und ihn zu bitten, einen Fahndungsaufruf aufzuhängen." Barney saß auf einem Schaukelstuhl mit grün-weiß gestreiftem Gewebe, das die Sitzfläche und die Lehne bildete. Buttons saß unter einem Stuhl und wedelte mit dem Schwanz, aber machte sich nicht die Mühe, aufzustehen.

Des erzählte von ihrem Fußmarsch zu Seths Farm, um die Fotos abzuholen.

„Das ist nicht dein Shirt." Natürlich würde es Allie auffallen.

„Es gehört Seths Schwester."

„Warum trägst du es dann?", bohrte Allie nach, ein leichtes Funkeln in den Augen.

„Weil ich vor Hitze gestorben bin, als ich ankam."

„Also wie hat er dich dazu gebracht, deinen Sweater auszuziehen?" Allie schmunzelte immer noch.

„Er hatte Mitleid mit mir und hat mir dieses Shirt gegeben. Ich habe mich im Bad umgezogen." Sie lehnte sich zu Allie rüber und sagte mit einem Lächeln: „Seth hat eine zentrale Klimaanlage."

„Oh mein Gott, hat er gesagt, du sollst sofort nach Hause gehen und deine ganze Familie mitbringen, um diese Hitzewelle zu überstehen?" Allie packte Des' Hand.

„Nein, hat er nicht. Aber ich muss sagen, es war wundervoll." Des lehnte sich zurück und schloss die Augen. „Jetzt bin ich erschöpft. Aber die kleine Brise aus dem Wald tut gut."

„Deshalb sind wir hier draußen. Ehrlich, wenn ich für eine Sekunde dächte, dass das Wetter in dieser Woche auf den ganzen Sommer hindeutet, würde ich ernsthaft darüber nachdenken, eine Klimaanlage zu installieren." Barney neigte den Kopf, um an der hinteren Seite des Hauses hochzuschauen. „Es ist aber so ein Monster. Ich glaube, es wäre kein einfacher oder billiger Job. Ich sollte Joe fragen, was er denkt."

„Er kommt zum Abendessen", sagte Cara. „Du kannst ihn bitten, einen Blick drauf zu werfen, bevor wir ausgehen."

„Lass mich raten." Allie richtete ihren Blick auf sie. „Ihr werdet ins Kino gehen in dieses neue Triplex zehn Meilen die Straße runter, dann geht ihr raus zum See und knutscht rum wie Sechzehnjährige. Wonach ihr zurück zu ihm fahrt und es wie die Affen treibt."

„Neidisch?" Cara hob eine Augenbraue.

„Pfft." Allie gab vor, die Idee von der Hand zu weisen.

„Ich bin neidisch", sagte Des.

„Das wäre ich auch, wenn Joe nicht wie ein Enkel für mich wäre", fügte Barney hinzu. „Als ich jünger war, war er genau der Typ Mann, den ich mochte."

„Hat Gil wie Joe ausgesehen?", fragte Cara.

„Er war so gebaut wie er, aber das ist die einzige Gemeinsamkeit", antwortete Barney.

„Naja, dann war er wohl ziemlich heiß", sagte Cara. „Joe ist ziemlich schmuck."

„Apropos heiße Typen", wandte sich Allie Des zu. „Was ist eigentlich mit dem Süßen, den du heute Morgen durchs Theater geführt hast?"

„Welcher Süße?", sagten Barney und Cara gleichzeitig.

„Greg Weller."

Allie wandte sich Cara und Barney zu. „Er meinte, er würde ihre Unterhaltung gerne beim Abendessen weiterführen. Und er würde sie anrufen."

„Allie, du hast gelauscht?" Cara tat schockiert.

„Er hat es direkt vor mir gesagt." Allie sah zu Des rüber und sagte: „Er ist wirklich süß, und er schien sehr nett, und er war definitiv interessiert. Und sehr dein Typ. Nicht meiner, natürlich, aber ganz sicher deiner."

„Mondän?", fragte Cara.

„Soweit ich das beurteilen kann, ja“, antwortete Des. „Aber auf eine gute Art.“

„Offensichtlich akademisch“, sagte Cara.

Des nickte. „Offensichtlich.“

„Keine Tinte?“, fuhr Cara fort.

„Keine, die ich sehen konnte.“ Im Gegensatz zu den Motiven, die sich über Seths Unterarme bis zu seinem Bizeps erstreckten. Sie hatte ein paar Blicke erhascht, aber konnte nicht genau erkennen, was diese Bilder darstellen sollten.

„Zigarren?“

„Habe nicht das kleinste bisschen gerochen.“ Anders, als in Seths Auto.

„Definitiv, per Definition, dein Typ“, schloss Cara. „Und Allie sagt, er sei süß.“

„Er ist sehr süß. Jungenhaft süß.“

„Na also. Ein Paar wie aus dem Bilderbuch.“ Allie stand auf. „Oder zumindest aus dem Sugarhouse.“ Sie wandte sich in Richtung des Hauses. „Ich hole mir was zu trinken. Will jemand was?“

Sie entschieden sich alle für eisgekühltes Wasser. Cara ging mit Allie nach drinnen, um beim Tragen all ihrer Getränke zu helfen.

„Also, was wissen wir noch über deinen süßen Professor?“ Barney rückte ihren Stuhl tiefer in den Schatten.

„Außer der Tatsache, dass er nicht mein Professor und sein Name Greg Weller ist?“ Des dachte einen Moment lang nach. „Ich schätze, alles was ich wirklich weiß, ist, dass er echt nett zu sein scheint. Und schlau. Er interessiert sich für die Geschichte des Theaters. Oh, und er hat mich gefragt, ob ich weiß, wer der Architekt war, der das Gebäude entworfen hat, und wer der Maler hieß, der die Verzierungen gemalt hat. Weißt du das?"

Barney schüttelte den Kopf. „Aber es steht bestimmt etwas in einem der Aktenschränke im Büro. Mein Großvater hat nie irgendetwas weggeschmissen. Du darfst gerne nachsehen."

„Danke."

„Gern geschehen." Barney verstummte, und für einen Moment dachte Des, dass sie vielleicht weggedöst war. Aber dann fragte sie: „Was hat Cara gemeint, als sie gefragt hat, ob dein Professor Tinte hat?"

„Sie meinte, ob er Tattoos hat."

„Und die Bemerkung mit der Zigarre?"

Des zuckte die Schultern. „Ich habe einmal erwähnt, dass ich den Geruch nicht mag."

„Verstehe."

Ich habe das Gefühl, das tust du, dachte Des.

Des wurde etwas bang ums Herz. Selbstverständlich hatte Barney eins und eins zusammengezählt und begriffen, mit wem Cara Greg verglichen hatte. Sie war sich sehr bewusst, dass Seth einer von Barneys Lieblingen war. Des fühlte sich leicht beschämt, dass sie dabei erwischt worden war, Seth in ein schlechtes Licht zu rücken.

„Ich gehe duschen. Ich bin immer noch staubig." Des erhob sich und ging zum Haus.

„Äußerlichkeiten trügen manchmal, Des." Barney lehnte ihren Kopf gegen die Lehne ihres Stuhls, die Augen geschlossen.

Des wollte etwas entgegnen, aber irgendwie war die einzige Antwort, die ihr einfiel: Das weiß ich. Sie brachte es nicht über sich, die Worte auszusprechen.

Warum etwas anfangen, wenn man nicht mehr da sein wird, um es durchzuziehen?, dachte sie, als sie die Stufen in den ersten Stock erklomm. Wie unangenehm würde das werden, wenn sie zurückkam, um Barney zu besuchen, und Seth über den Weg lief?

Und außerdem, wenn ihre Beziehung nie über Freundschaft hinausging, würde sie seine Farm ohne Entschuldigen besuchen können. Sie könnte Buttons mitnehmen, um mit Ripley zu spielen. Sie könnte ihm dabei zusehen, wie er das heruntergekommene Grundstück in eine wunderschöne Oase verwandelte, und sie hatte keinerlei Zweifel, dass er genau das tun würde. Sie könnte investieren, und über die Jahre zusehen, wie sich sein Weinberg in eine erfolgreiche Winzerei verwandelte.

Des' Meinung nach lautete das Fazit, dass ein Freund für immer in ihrem Leben bleiben konnte, wie ein Exfreund es nie könnte. Ein guter Grund, ihr Angebot nochmal zu überdenken, sich in Seths Weinberg einzukaufen.

Ein Grund mehr, flüsterte eine kleine Stimme in ihrem Inneren, und erinnerte sie, dass ihr in letzter Zeit eine Vielzahl von Gründen eingefallen war, Seth strikt nur als Freund zu behalten. Vielleicht, wisperte die Stimme, ist es Zeit, herauszufinden, ob es Gründe waren oder Ausreden.

Kapitel Sechs

Die Renovierung der Küche war fast fertig. Ein paar Leisten mussten noch gestrichen werden, und Cara hatte entschieden, dass die Fensterbank neue Kissen brauchte, die zum hübschen, neuen Dekor des Raums passten. Die Schwestern hatten Barney zu einem Stoffgeschäft mitgenommen, um etwas Helles und Hübsches auszusuchen, und während sie da waren, gab man ihnen den Namen einer Frau, die die Kissen für sie nähen könnte.

„Die Fensterbank wird der gemütlichste Ort im ganzen Haus", sagte Des zu Barney auf dem Nachhauseweg.

„Ich liebe diesen gelben, weißen, und hellblauen Stoff. Ich glaube, es wird umwerfend aussehen. Ich kann euch Mädchen gar nicht genug danken, dass euch dieses Projekt eingefallen ist, vor allem, da ihr euch ja noch um das Theater kümmern müsst." Barney strahlte. „Ich kann's kaum erwarten, neue Jalousien an den Fenstern zu bekommen. Und vielleicht ein paar Bilder an die Wand zu hängen. Etwas Hübsches, denke ich."

„Vielleicht ein paar Fotos vom Theater", schlug Des vor.

„Oder vielleicht ein oder zwei alte Filmposter", ergänzte Cara.

„Apropos, Des, hat sich der Händler in Las Vegas gemeldet, den du kontaktieren wolltest?“, fragte Allie.

„Noch nicht. Ich frage mich, ob er nicht vielleicht nach einem Käufer sucht, bevor er ein Angebot macht.“

Des war der Gedanke gekommen, dass der Händler, den sie angesprochen hatte, das vielleicht sogar tun würde. Es war ihr egal, solange er am Ende ein fettes Angebot machen würde. Wie viele Originalposter von Alles für dein Glück könnte es noch geben, mit einem jungen Clark Gable und Joan Crawford als Hauptdarsteller? Oder von dem originalen Frankenstein mit Boris Karloff, oder Dracula mit Bela Lugosi? Entweder würden Fans von alten Filmen oder Sammler von Fanartikeln von Horrorfilmen an denen interessiert sein.

„Ehrlich, ich muss zugeben, als das ganze Ding anfing, dachte ich, es klingt wie etwas, das wir in sechs Monaten schaffen könnten, vielleicht ein bisschen mehr. Ich meine, wir hatten eine Million Dollar dafür, stimmt’s?“

„Ja, wer hätte gedacht, dass das Geld so schnell weg sein würde?“ Allie seufzte.

„Oder, dass wir ziemlich nah dran kommen würden, nur damit uns das Dach einstürzt.“ Des hielt inne. „Naja, mehr oder weniger.“

„Oder, dass wir diese prachtvolle Decke reparieren müssen. Das würden wir zumindest, wenn wir jemanden finden könnten, der dafür qualifiziert ist.“ Caras Seufzer echote den von Allie.

„Wie läuft die Suche nach Handwerkern, Cara?“, fragte Des.

„Drei Schritte vorwärts, zwei Schritte zurück“, antwortete Cara. „Ich habe ein Dutzend historische Theater angerufen und ein Dutzend verschiedene Namen von Kunsthandwerkern bekommen, die an ihnen arbeiten. Ich rufe dann diese Restaurierungsspezialisten an und merke, dass keins der anderen Theater die Art von Schaden gehabt hat wie wir. Beschädigte Decken, ja. Dass Verzierungen wiederhergestellt werden müssen, nein. Und die Gebühren, die sie berechnen, nur um vorbeizukommen und einen Blick drauf zu werfen, sind astronomisch. Ich gebe nicht auf – ich weiß, wir werden die richtigen Leute finden – aber es ist entmutigend. Jeder, den ich anrufe, scheint eine Nummer zu groß für uns zu sein."

„Vielleicht hat jemand bei der Cocktailparty dieses Wochenende ein paar Empfehlungen für uns", sagte Barney. „Zumindest hoffe ich das."

„Jetzt gerade werde ich komplett oberflächlich sein und beichten, dass ich an diese Cocktailparty denke, weil ich wirklich überhaupt nichts zum Anziehen habe. Joe und ich gehen danach essen, und ich möchte richtig schick aussehen", sagte Cara, als sie in die Auffahrt einbogen.

„Ich glaube, du willst mehr als schick aussehen, Cara. Ich glaube, du möchtest vielleicht umwerfend aussehen." Allie wartete, bis Barney aus dem Beifahrersitz gestiegen war, bevor sie aus dem Rücksitz kletterte. „Ich sage, wir tun all diese Schwarzmalerei, uaaaah, uns geht das Geld aus und die Decke blättert ab-Zeug zur Seite und shoppen. Online. Alle, die dafür sind –"

Es war ein einstimmiges „Ja."

„Wir treffen uns dann in unserer wunderbaren, frisch umdekorierten, fast fertigen Küche." Allie ging zur Hintertür, den Haustürschlüssel in der Hand.

„Ich mag das Schwarze hier, aber das gibt es nicht in meiner Größe." Allie zeigte auf das Bild eines kurzen, ärmellosen Kleids auf Caras Laptop, der offen auf dem Küchentisch stand.

Des beugte sich über Allies Schulter. „Es ist hübsch. Einfach, aber schön. Oh, aber das gibt es in meiner."

„War ja klar", murmelte Allie.

Cara klickte auf die nächste Seite. „Allie, vielleicht das da. Es ist auch mehr dein Stil, findest du nicht?"

Allie studierte den Bildschirm. „Könnte ein Kandidat sein. Geh mal zurück zur Hauptseite, wo die ganzen Kleider sind."

„Ich kann mich nicht an diese Idee gewöhnen, Kleidung online zu kaufen." Barney hatte sich eine Tasse Kaffee eingeschenkt und auf die Fensterbank gesetzt. „Zu meiner Zeit sind wir nach Clarks Summit oder Scranton gegangen, um Schulkleidung oder elegante Kleider zu kaufen. Ein Ausflug zu John Wanamker's in Philly oder Lord & Tylor in New York bei speziellen Anlässen. Wir würden nie in Erwägung ziehen, etwas zu kaufen, was wir nicht anprobiert hätten, um es bei einem wichtigen Anlass zu tragen."

„The times they are a-changing", sang Cara. „Also, was wirst du bei der Cocktailparty anziehen, Barney?"

„Oh, ich bin sicher, ich habe etwas. Ich habe nicht wirklich darüber nachgedacht."

Cara sah vom Bildschirm auf. „Ich schätze, es wäre hilfreich für uns zu wissen, wie vornehm diese Dinge wirklich sind."

„Ja, eine Cocktailparty hier draußen im Nirgendwo ist wahrscheinlich nicht dasselbe wie eine Cocktailparty in L.A.“ Allie griff an Cara vorbei, um zu der nächsten Seite mit Kleidern zu wechseln.

„Allie, nimmst du an, dass wir ‚hier draußen im Nirgendwo‘ nicht wissen, wie man sich kleidet, oder dass wir nicht wissen, wie man eine anständige Cocktailparty feiert?“

„Vielleicht ein bisschen von beidem.“ Allie grinste schamlos. „Nicht als Beleidigung gemeint, Barney. Ich denke nur nicht, dass die Dinge hier so formell sind. In L.A. tragen die Leute viel Glamour. Wie viel Glamour können wir bei einer Fete am Althea College erwarten?“

„Oh, wahrscheinlich keinen, außer, du trägst es“, gab Barney zu. „Für gewöhnlich machen wir uns nicht so fein, aber lass dich davon nicht abhalten, wenn du in Stimmung dafür bist, zu strahlen.“

„Ich bin immer in Stimmung zu strahlen.“

„Nicht in letzter Zeit.“ Des zeigte auf ein blaues, ärmelloses Kleid auf dem Bildschirm. „Das würde großartig an dir aussehen, Cara.“

„Was meinst du, nicht in letzter Zeit?“ Allie tippte Des auf den Arm.

„Nur, dass du irgendwie missmutig und launisch warst.“ Des zuckte die Schultern. „Schwer, zu strahlen, wenn du launisch bist.“

„Wovon redest du da? Ich war nicht launisch.“

Allie seufzte voller Entrüstung und einem Hauch Genervtheit. „Mir geht viel im Kopf rum, okay?“ Mit leicht errötetem Gesicht wandte sie ihre Aufmerksamkeit wieder auf den Bildschirm. „Klick auf dieses Blaugrüne da am Ende, bitte.“

Cara klickte darauf und das gewünschte Kleid erschien.

„Das könnte zu tief ausgeschnitten sein für die Collegefakultät“, sagte Cara, als Allie anfing, durch die verfügbaren Größen zu scrollen.

„Bin ich die Einzige, die denkt, dass es flüstert: ‚Nimm mich‘?“, fragte Des.

„Wirklich?“ Allie sah hoch.

Des und Cara nickten beide.

„Oh, naja, dann vergesst das hier. Ich bin nicht daran interessiert, hier irgendwen zu nehmen.“ Allie schloss das Fenster und klickte zum nächsten.

„Die Party ist nicht nur für die Fakultät“, sagte Barney. „Es ist für Alumni, Stifter, ehemalige Mitarbeiter. Es ist eine Benefizveranstaltung, also versuchen sie, so viele Leute wie möglich mit einzubeziehen.“

„Das hier ist auch tief ausgeschnitten.“ Des zeigte auf das leuchtend pinke Kleid in dem aktuellen Fenster.

„Ich wette, es wäre nicht zu tief mit dieser Smaragdkette, die Großtante Wer-auch-immer auf dem Porträt in der Diele trägt. Mit diesen Schönheiten um deinen Hals – Ausschnitt? Was für ein Ausschnitt?“ Allie sah kaum von der Seite auf. „Wenn wir sie finden könnten, heißt das. Ich bräuchte Schuhe, die dazu passen. Riemchensandalen mit zehn Zentimeter-Absätzen.“

„Deine Schuhe können warten. Cara und ich müssen auch etwas zum Anziehen finden. Also kauf das Kleid oder lass es, aber hör auf, den Computer zu monopolisieren.“

„Auch wenn wir je diese Halskette finden, würde das in einem Streit enden“, bemerkte Cara.

„Nein, Barney hat gesagt, wer’s findet, darf’s behalten, stimmt’s, Barney?“ Allie ging vom Tisch weg.

„Das habe ich gesagt. Ich habe weiß Gott überall gesucht. Ich würde vermuten, dass meine Mutter sie in etwas reingetan hat, dann dieses Etwas auf den Dachboden gebracht und es in etwas anderes getan hat."

„Bist du sicher, dass sie sie nicht weggegeben hat, oder vielleicht wurde sie gestohlen? Oder vielleicht ist sie in einer alten Handtasche oder einer Hutschachtel oder sowas?" Des dachte nicht das erste Mal an all die Orte in dem großen Haus, an denen so ein Gegenstand versteckt sein könnte.

„Sie hat nicht wirklich jemanden getroffen, sobald sie Demenz bekommen hat. Sie wollte nie Besuch, und als wir jemanden eingestellt hatten, um uns mit ihr zu helfen, war die Halskette schon eine ganze Weile verschwunden." Barney schüttelte den Kopf. „Sie ist in diesem Haus, da bin ich mir sicher. Es ist nur die Frage, wo." Ein leichtes Lächeln zog über ihre Lippen. „Was natürlich heißt, dass das Haus mindestens so lange in der Familie bleiben muss, bis das verdammte Ding gefunden wurde. Wenn es immer noch weg ist, nachdem ich den Löffel abgegeben habe, nun, dann müsst ihr alle wohl einfach weitersuchen." Immer noch lächelnd nahm sie einen Schluck Kaffee. „Ich glaube, ich werde Pete diese Woche anrufen und das in mein Testament setzen lassen."

„Glaubst du nicht, dass Onkel Pete genug von den dämlichen testamentarischen Verfügungen der Hudsons hat?", fragte Allie.

„Ich denke eher, dass er einfach nur an unsere Kreativität gewöhnt ist."

„Mir ist gerade eingefallen, dass du deine Mutter fragen kannst, was sie mit der Halskette gemacht hat, wenn du auf die andere Seite hinübergehst, dann kannst du Zeichen im Haus hinterlassen", schlug Cara vor.

„Aber es müsste ein Zeichen sein, dass wir alle zur selben Zeit bekommen, damit wir alle dieselbe Möglichkeit haben, danach zu suchen."

„Typisch Des, mit Regeln für das Jenseits zu kommen." Allie suchte in ihrer Tasche nach ihrem Portmonee, und öffnete es dann, um nach einer Kreditkarte zu suchen.

„Vielleicht sollten wir ein Ouijaboard besorgen, Mädchen, und ich könnte auf diesem Wege mit euch kommunizieren." Der Gedanke schien die normalerweise vernünftige Barney zu amüsieren.

„Was für eine prima Idee", murmelte Allie.

„Kaufst du dieses Kleid?", fragte Cara, ihr Finger schon bereit, auf eine andere Seite zu klicken.

„Wenn ich nichts Besseres finde. Ich möchte noch einmal nachschauen." Mit der Kreditkarte in der Hand ging Allie auf den Bildschirm zu, und Cara stand auf, um ihr Platz zu machen." „Aber ich sollte euch Mädels warnen – Nikki hat eine To-Do-Liste für diesen Sommer, und sofort an erster Stelle: die Smaragdkette finden."

Während Allie den Computer in Beschlag nahm, schlenderte Des hinaus in die Diele, wo Porträts von einem Dutzend oder mehr Vorfahren über das Familienhaus wachten. Althea Brookes Hudson – Des' Ururgroßmutter, nach der ein College ihr zu Ehren benannt worden war – war die dritte von rechts bei der Haustür.

Sie trug ein dunkelgrünes Gewand, was sie ohne Zweifel gewählt hatte, um die Smaragde zu betonen, die in Gold gefasst und um ihren Hals drapiert waren.

„Mein Vater hat diese Steine mal als so groß wie die Daumennagel eines Holzfällers beschrieben." Barney kam hinter Des in die Diele. „Nicht, dass ich weiß, wie die Daumen eines Holzfällers aussehen, aber das war wahrscheinlich eine treffende Beschreibung. Die Kette wurde einmal geschätzt, aber ich habe vergessen, wie viel Karat es waren. Ich weiß allerdings noch, dass die Steine alle identisch waren in Karat, Reinheit, Farbe und Schliff. Sie war definitiv ein Kunstwerk." Sie lächelte. „Ich habe mich oft gefragt, was die Eltern von dem spanischen Prinzen dachten, als sie rausgefunden haben, dass er dieses wundervolle Stück – wahrscheinlich ein Erbstück – einem jungen, amerikanischen Mädchen gegeben hat, die durch Sevilla mit ihren Eltern gefahren ist."

„Ich wette, er hat gelogen und gesagt, er hätte keine Ahnung, was damit passiert ist."

„Alles, was ich von der Geschichte weiß, habe ich euch Mädchen schon erzählt. Dass Lydia – sie war meine Urgroßmutter – achtzehn war, und anscheinend sehr bezaubernd. Während einer großen Tour durch Europa mit ihren Eltern, verliebte sich ein spanischer Prinz Hals über Kopf in sie und hielt um ihre Hand an. Er gab Lydia die Halskette, und ihre Eltern verlangten, dass sie sie zurückgeben sollte, weil sie davon überzeugt waren, dass es der erste Schritt zur Verführung war. Lydia sagte ihnen, dass sie sie zurückgegeben hätte, und sie brachten sie blitzschnell zurück nach Hause nach Pennsylvania. Ein paar Jahre später traf und heiratete sie Jefferson Hudson, und kurz darauf begann sie, die Kette zu tragen. Man sagt, es war das Gesprächsthema in Hidden Falls, weil sie sie bei jeder möglichen Gelegenheit trug."

„Wenn wir sie finden würden, könnten wir sie wahrscheinlich verkaufen und das Geld für das Theater verwenden", sinnierte Des. „Vorausgesetzt, du stimmst zu."

„Ich sagte, dass sie das Eigentum desjenigen wird, der es findet, und das habe ich auch so gemeint. Ich bin so weit in meinem Leben ohne sie gekommen. Also wenn du sie findest, kannst du damit machen, was auch immer du willst." Barney kicherte. „Auf der anderen Seite, wenn Allie sie findet – nun, viel Glück dabei, sie dazu zu überreden, sie zu verkaufen und den Gewinn dafür zu verwenden, was auch immer das Theater zu dem Zeitpunkt brauchen mag."

„Guter Punkt." Der Gedanke, dass Allie die Kette alleine finden würde, war ernüchternd.

„Hey, Des, komm her", rief Cara aus der Küche. „Wir haben das perfekte Kleid für dich für Samstagabend gefunden."

„Geh nur, sieh nach, was sie gefunden haben. Ich bin sicher, du wirst wundervoll aussehen, egal, was du trägst." Barney ging in Richtung ihres Wohnzimmers. „Komm, Buttons. Lass uns eine Weile lesen."

„Was habt ihr gefunden?", fragte Des, als sie zurück in die Küche kam.

„Nur das perfekteste KS." Allie stand auf und bot Des den Platz an. „Für diejenigen von euch, die bei Modeabkürzungen nicht auf dem Laufenden sind–"

„Stimmt. Kleines Schwarze. Du wirst staunen, aber wir kriegen die Vogue in Montana." Des setzte sich und starrte auf das Kleid auf dem Bildschirm.

„Siehst du, es ist perfekt, oder? Stilvoll, aber gerade sexy genug, um Greg umzuhauen." Allie verschränkte offenkundig zufrieden mit sich die Arme vor der Brust.

Des nickte. „Das gefällt mir. Ich würde das definitiv tragen."

„Alles, was du tun musst, ist dir deine Kreditkarte zu schnappen und auf diesen kleinen Button zu klicken, und es ist innerhalb von vierundzwanzig Stunden auf dem Weg zu dir. Heute und morgen versandkostenfrei", sagte Allie. „Und du kannst den Versand upgraden, damit es in vierundzwanzig Stunden da ist."

„Wie wär's, wenn wir all unsere Kleider zusammen bestellen und sie per Expressversand schicken lassen? So können wir uns die Versandkosten teilen. Bei Expressbestellungen gilt der Deal mit dem Gratisversand nicht, aber ich möchte nicht riskieren, dass das Paket nicht bis irgendwann nächste Woche da ist."

„Super Idee, Des. Hast du was gefunden, Cara?"

„Ich nehme das blaue, das wir uns vorhin angeschaut haben. Wir können alles über deine Karte machen, und Des und ich können dir Schecks von unserem Anteil geben."

„Perfekt. Los geht's." Allie übernahm die Bestellung für sie alle. „Ich nehme auch schwarz, aber einen anderen Ausschnitt." Allie tippte ihre Kreditkartennummer ein und klickte auf „Jetzt kaufen", bevor sich irgendwer umentscheiden konnte. Dann schickte sie Nikki eine Nachricht, um ihr zu zeigen, was sie alle gekauft hatten.

„Ich habe ihr von der Cocktailparty erzählt“, erklärte Allie. „Sie wollte wissen, was jeder trägt.“

„Sie ist definitiv die Tochter ihrer Mutter“, bemerkte Des.

„Wir können Samstagabend Fotos machen und sie ihr schicken“, bot Cara an, aber Allie war schon auf dem Weg zur Tür, und schrieb beim Gehen. Cara drehte sich auf ihrem Stuhl um, um Des anzusehen, die aus dem hinteren Fenster sah. „Ich freue mich irgendwie auf diese Party. Wir haben sowas noch nicht gemacht, seit wir hier sind. Glaubst du, dein Professorenfreund wird da sein?“

Als Des nicht antwortete, wiederholte Cara die Frage.

„Was? Oh, ich weiß nicht.“ Des zuckte die Schultern. „Vielleicht.“

„Okay.“ Cara schaltete den Laptop aus und klappte ihn zusammen. „Was geht dir im Kopf rum?“

„Was, wenn wir niemanden finden können, um die Decke zu restaurieren? Was dann? Übermalen sie dann dieses ganze wunderschöne Kunstwerk?“

„Ich würde das sicherlich nicht gutheißen. Wenn es niemanden gibt, der sie restaurieren kann, würde ich sie so lassen, wie sie ist, bevor ich den Rest zerstöre, aber du überstürzt es. Es muss jemanden geben. Wir müssen vielleicht eine Weile suchen, um sie oder ihn zu finden, aber es gibt jemanden dort draußen.“

„Immer die Optimistin.“ Des lächelte und ging zur Spüle, um sich ein Glas Wasser zu holen.“

„Du musst dran glauben, um dieses T-Shirt zu zitieren, dass du letztens getragen hast.“ Cara wühlte in der Obstschale nach einer Weintraube und schob sich eine in den Mund. „Willst du wissen, wo der Ausdruck herkommt?“

„Es ist nur ein Ausdruck. Jeder sagt das. Man sieht es überall. Sowohl auf Tassen als auch auf Shirts.“

Cara nickte. „Mag sein, aber es wurde erst eine richtige Sache als es 1973 von einem Werfer von den Mets benutzt wurde.“

Des hob eine Augenbraue.

„Es stimmt. Die Mets waren Ende August in dem Jahr auf dem letzten Platz. Bei einer Teambesprechung kam jemand vom Management rein, um sie zu motivieren. Einer der Werfer, Tug McGraw, hat gerufen: ‚Ihr müsst dran glauben‘, und es wurde zu einer Art Mantra für das Team. Lange Rede kurzer Sinn, die Mets kamen zurück, um die Liga zu gewinnen und es bis ans Ende zur Weltmeisterschaft gegen Cincinnati zu schaffen.“

„Haben sie gewonnen?“

„Nein. Cincinnati hat gewonnen, fünf zu zwei. Aber wären sie überhaupt bis zur Meisterschaft gekommen, wenn sie sich nicht alle entschieden hätten, an sich selbst und ihre Teammitglieder zu glauben?“

„Warum weißt du das überhaupt?“

Cara lachte. „Meine Mom war ein großer Mets Fan. Ich kenne sogar noch ihren Theme Song. Willst du ihn hören? ‚Meet the Mets, Meets the Mets. Step right up and–‘“

“Ist schon in Ordnung. Ich verzichte mal auf den Rest.“ Des trank das letzte bisschen Wasser in ihrem Glas aus. „Ein anderes Mal vielleicht.“

„Aber du hast verstanden, worum es geht, oder? Dass wir alle glauben müssen, dass wir die richtige Person finden werden, die Decke restauriert wird und wir mit der restlichen Arbeit fertig werden, und dass das Theater bereit sein wird, loszulegen.“

„Womit loszulegen, Cara?“ Des stand auf. „Was passiert dann?“

„Das habe ich mich auch gefragt. Und ich habe keine Antwort.“

„Denkst darüber nach, zu bleiben? Hier, in Hidden Falls?“

„Manchmal. Aber dann denke ich an mein Leben in Devlin’s Light. Meine Freunde. Das Haus, in dem ich aufgewachsen bin. Mein Yogastudio.“ Cara zuckte die Schultern. „Ich weiß nicht, was ich mehr vermissen würde, Devlin’s Light oder Hidden Falls.“

„Oder Joe.“

„Oder Joe. Stimmt. Ich weiß nicht, wohin das läuft. Ich frage mich immer wieder, was ist, wenn wir uns total verlieben – also, richtig verlieben, nicht-ohne-einander-leben-können verlieben – und er mich bittet, zu bleiben?“

„Was würdest du tun?“

„Ich habe keine Ahnung. Auf der einen Seite glaube ich, dass er wahrscheinlich der beste Mann auf der Welt ist. Ich wäre die glücklichste Person überhaupt, wenn er mich bitten würde, hier bei ihm zu bleiben. Aber Devlin’s Light ist meine Heimatstadt. Ich habe da mein ganzes Leben lang gelebt. Es ist hart, daran zu denken, wegzugehen. Sogar mit der schwierigen Sache mit meinem Ex und seiner neuen Familie.“

„Das kann ich verstehen.“

„Was ist mit dir? Denkst du an dein Zuhause in Montana?“

„Jeden Tag. Oh, nicht so sehr an mein Haus. Ich bin nicht darin aufgewachsen. Ich habe keine tiefe emotionale Bindung, aber ich frage mich schon manchmal, ob ich da hingehöre. Aber ich habe mich darauf eingelassen, und ich werde es durchziehen.“

„Du könntest mit dem Geld von Dad eine Menge Tierheime leiten, sobald wir alles mit dem Vermögen klären können. Das motiviert dich sicherlich.“

„Ein bisschen. Aber das ist nicht der Grund, warum ich hergekommen bin.“

Cara zog eine Augenbraue hoch.

„Um ehrlich zu sein, ich wollte sehen, ob ich irgendwie meine Beziehung zu Allie in Ordnung bringen kann. Ich wollte sehen, ob wir all den alten Groll und den Schmerz beiseite tun und einfach Schwestern sein könnten.“ Des’ Augen füllten sich mit Tränen. „Das war – ist es immer noch – Grund Nummer eins. Grund Nummer zwei? Ich wollte dich kennenlernen. Ich wollte sehen, ob wir, wenn nicht Schwestern, dann wenigstens Freunde sein könnten. Ich wollte sehen, ob ich rauskriegen könnte, wie ich verpassen konnte, dass mein Vater eine andere Familie hatte, die er geliebt hat. Eine andere Frau, die er mehr geliebt hat als meine Mutter. Eine andere Tochter ...“

„Ich glaube, er hat uns alle drei gleich geliebt, Des.“

„Vielleicht. Jetzt, wo ich dich kenne, und etwas über deine Mutter weiß, muss ich mich fragen, ob er euch nicht vielleicht doch ein kleines bisschen mehr geliebt hat. Er hat mehr Zeit mit euch verbracht in den letzten paar Jahren seines Lebens. Das hatte einen Grund.“

Als Cara begann, zu protestieren, unterbrach Des sie.

„Das ist okay. Er hat offensichtlich einen Frieden mit deiner Mutter gefunden, den er mit meiner nie gehabt hat. Das ist nicht deine Schuld und auch nicht meine. Ich bin nicht dafür verantwortlich, meinen Vater zu vergraulen. Ich bin für die Tatsache verantwortlich, dass ich nie allzu sehr versucht habe, ein Teil seines Lebens zu sein, nachdem er und meine Mutter sich getrennt hatten. Ich war zufrieden damit, meinen eigenen Weg zu gehen. Zwischen uns hat sich eine Distanz entwickelt, und ich habe nichts dafür getan, sie zu überbrücken. Ich bereue das jetzt, aber ich kann es nicht ändern."

„Warum, glaubst du, hast du das getan? Diese Distanz zwischen euch gelassen?"

„Ich bin mir nicht sicher. Vielleicht habe ich ihm die Schuld dafür gegeben, nicht für mich einzustehen, als ich gesagt habe, dass ich diese Fernsehserie nicht machen will, zu der mich meine Mutter gezwungen hat. Ich habe das Seth erzählt, und er hat mich gefragt, ob ich sicher wüsste, dass Fritz nicht versucht hat, mit ihr darüber zu reden, mich von der Angel zu lassen." Eine Träne aus jedem ihrer Augen rann parallel ihre Wangen herunter. „Und ich musste zugeben, ich weiß nicht, ob er es versucht hat. Ich habe einfach nur angenommen, dass er es nicht getan hat. Und die ganze Zeit über, die ich hatte, um ihn zu fragen, habe ich damit verschwendet, wütend auf ihn zu sein. Und jetzt werde ich es nie wissen." Sie sah zu Cara auf. „Es ist mir nie eingefallen, zu fragen."

„Seth ist ein helles Köpfchen."

Des nickte. „Jedenfalls, ich kann das genauso wenig ändern, wie ich ändern kann, wie Allie über mich denkt, aber ich bin dankbar für die Gelegenheit, dich zu kennen. Ich werde das Zerwürfnis mit Allie vielleicht nie vollständig in Ordnung bringen können, damit die Vergangenheit nicht mehr zwischen uns steht, aber ich weiß, dass ich eine Schwester an dir habe."

„Das hast du." Cara stand auf und schlang ihre Arme um Des. „Ich bin und werde immer deine Schwester sein. Daran musst du nie zweifeln, Des."

Haben irre viel Spaß! Waren heute wieder in der Innenstadt von Chicago shoppen! Gramma liebt Shoppen fast so sehr wie du! Juhu! Nur noch eine Woche und dann bin ich auf dem Weg zu euch für den ganzen Rest des Sommers! Kann's kaum erwarten! Hdl!

Die überschwängliche Nachricht von Nikki hob Allies Laune enorm. Die Tatsache, dass ihre Tochter bald bei ihr sein würde, war die beste Neuigkeit, die Allie bekommen hatte, seit ihre Tochter nach Kalifornien zurückgekehrt war, nachdem sie ihre Osterferien in Hidden Falls verbracht hatte. Mit einem Seufzer der Erleichterung ging Allie in ihr Badezimmer, goss sich den zweiten Drink des Abends ein und nahm ihn mit ins Schlafzimmer, um zu entspannen und zu feiern.

Es war fast eine Stunde her, seit sie gehört hatte, wie die anderen ihre Türen geschlossen hatten, und dreißig Minuten, seit sie gehört hatte, wie Des die Dusche in ihrem Zimmer gegenüber abgestellt hatte. Das Haus lag ruhig und still vor ihr, und aus einer Laune heraus stand sie auf und öffnete ihre Zimmertür. Aus Caras und Des' Zimmern kam kein Lebenszeichen, und scheinbar kam das einzige Licht im Haus von dem

Nachtlicht am Ende des Flurs. Allie nahm ihren Drink und die Zigarettenschachtel, die sie am vorigen Tag bei der Drogerie geholt hatte, und ging auf Zehenspitzen auf den Flur. Sie schlich zur Treppe, auf der sie sich auf einer Seite hielt, um die Stufen zu vermeiden, die quietschten, und schaffte es ins Erdgeschoss.

Die Haustür würde eine Herausforderung sein, aber was wäre das Leben ohne diese kleinen Herausforderungen?

Sie schloss die Tür auf und öffnete sie Zentimeter um Zentimeter. Sie ließ sie leicht angelehnt, tappte barfuß auf die Veranda und setzte sich im Dunkeln auf einen der Schaukelstühle. Amüsiert, dass sie es derart heimlich nach draußen geschafft hatte, zündete sie eine Zigarette an, versuchte, nicht zu husten, und legte ihre Beine aufs Geländer. Sie hatte sich vor langer Zeit nach einer kurzlebigen Phase das Rauchen abgewöhnt, aber von Zeit zu Zeit kaufte sie eine Packung einer Marke, die sie nicht wirklich mochte, damit sie nicht das ganze Ding rauchen wollen würde. Sie wusste, dass es eklig war und sie umbringen würde, wenn sie es sich wieder angewöhnte, aber heute Nacht dachte sie an nichts davon. Heute Nacht wollte sie einfach nur in der Nachtluft sitzen und alles Negative vergessen, dass ihr in den letzten paar Jahren passiert war. Ihr allgegenwärtiger Groll Des gegenüber. Die Scheidung von dem Mann, den sie von ganzem Herzen geliebt hatte. Die Trennung von Nikki. Der Tod ihres Vaters. Die Erkenntnis, dass er sie alle über fünfunddreißig Jahre lang angelogen hatte. Sie wollte, dass alles einfach mit dem Rauch wegtrieb und für immer verschwand.

Wenn sie in dieser Stimmung war, brachte ihr Kopf sie immer zum selben Ort, dem Teil ihres Hirns, der sich fragte, wie Fritz sein Geheimnis so lange bewahrt hatte.

Andererseits, wer würde ein Elternteil verdächtigen, ein Doppelleben zu führen? Das war ja nicht etwas, was man online nachschlagen würde. Was würde man in die Suchmaschine eingeben? Franklin „Fritz" Hudson – Doppelleben?

Sie konnte Cara als Schwester akzeptieren, aber sie weigerte sich, Susa als die Frau ihres Vaters anzusehen. Aber Allie konnte nicht leugnen, dass sie einen gewissen Anteil von Neugier gegenüber Susa verspürte. Sie war offenkundig das genaue Gegenteil von Allies eigener Mutter, und das allein ließ sie sich fragen, wie es gewesen wäre, so eine Mutter zu haben, wie Cara sie beschrieben hatte. Eine Mutter, die sich immer dafür interessierte, was man tat. Die positiv und lustig war, und die so viele Sachen zusammen mit einem machte. Zugegeben, ein paar dieser Dinge beinhalteten Batik, Stricken und Macramé lernen, Biogärtnerei, Marmelade machen und Töpfern, und Allie hatte an keiner dieser Sachen je das geringste Interesse gehabt, aber trotzdem, Susa klang nach einer lustigen Person.

Allie würde es niemals zugeben, aber manchmal war sie neidisch auf Cara und das Leben, das sie mit ihrer entspannten Mutter gehabt hatte, die anscheinend das Beste in ihrem Vater hervorgebracht hatte.

Sie rauchte die Zigarette zu Ende und ging die Stufen runter, um sie im Gras auszutreten. Dabei ging sie sicher, dass sie erloschen war, bevor sie sie auf die Stufe legte. Sie würde dran denken müssen, sie mit nach drinnen zu nehmen und in ein Taschentuch zu wickeln, bevor sie sie in den Müll warf.

Die Brise wurde etwas kräftiger. Sie saß im Schaukelstuhl, ihren Kopf zurückgelehnt, ihr Gesicht nach oben zur kühleren Luft gewandt. Über ihr funkelten die Sterne durch die Blätter der Bäume, und alles war unglaublich still. Sie würde noch eine Zigarette rauchen, ihren Drink austrinken, und wieder hoch ins Bett gehen. Es gab Nächte, in denen sie trank, bis sie ohnmächtig wurde, aber diese würde keine davon sein. Die süße Nachtluft tröstete sie, die Bewegung des Schaukelstuhls entspannte sie, und die Nachricht von ihrer Tochter hatte sie beruhigt.

Sie zündete die Zigarette mit einem alten Feuerzeug an, das ihrer Mutter gehört hatte, eins der wenigen Habseligkeiten von Nora, die Allie behalten hatte. Es war blau emailliert mit einer dreidimensionalen pinken Blume vorne. Ein durchsichtiger Kristall war einmal in der Mitte eingesetzt gewesen, aber der Kristall war schon lange verschwunden. Sie machte das Feuerzeug an und sah seiner Flamme einen oder zwei Augenblicke lang zu, und zündete dann die Zigarette an. Sie hatte gerade beschlossen, dass sie nicht wirklich rauchen musste, und stand vom Stuhl auf, um sie auszutreten, als sie bemerkte, dass ein Auto vorm Haus geparkt hatte.

Allie erstarrte kurz, als die Autotür aufging und ein Mann ausstieg. Er hatte zehn Schritte auf die Vordertür zugemacht, als sie begriff, dass das Auto ein Polizeiwagen war. Was bedeutete, dass der Mann nur eine Person sein konnte.

Natürlich würde er es sein. Es war immer er.

Trotzig nahm sie einen langen Zug an der Zigarette, unterdrückte das Husten, das sich in ihrem Hals bildete, lehnte sich gegen das Geländer und blies den Rauch langsam aus.

„'Nabend, Sheriff“, flüsterte sie, als er den Fuß der Stufen erreichte. Sie war sich bewusst, dass er Polizeichef war, aber es hatte ihrer widerspenstigen Natur gefallen, so zu tun, als würde sie seine Position vergessen, da es ihn immer zu ärgern schien. Heute Nacht schien es ihm nicht aufgefallen zu sein.

„Ms. Monroe“, flüsterte Ben zurück.

„Schöne Nacht.“

Er nickte. „Hmh.“

„Also, was führt dich zur Hudson Street um ... oh, halb zwei Uhr morgens?“ Sie nahm noch einen Zug von der Zigarette, weil sie vermutete, dass es ihm missfiel, drehte ihm dann den Rücken zu, setzte sich auf den Stuhl und begann, sanft hin und her zu schaukeln.

„Nur meine normale Streife“, sagte er. „Und es ist zwei.“

„Und du hast angehalten, weil ich irgendein obskures Gesetz breche? Oh warte, lass mich raten. Illegaler Gebrauch eines Schaukelstuhls? Schaukeln über der Geschwindigkeitsbegrenzung? Oder ist es vielleicht TWS? Trinken während des Schaukelns? Oder wäre das fahrlässiges Schaukeln? Schaukeln ohne Führerschein?“

„Bist du fertig, dich zu amüsieren?“

„Weiß nicht genau.“ Sie schüttete den Rest ihres Drinks hinunter. „Warum bist du hier? Schaukelwitze beiseite, ich muss annehmen, dass es nicht gegen das Gesetz ist, einen Drink auf seiner eigenen Veranda zu jeder Tages- und Nachtzeit zu trinken. Habe ich Recht?“

Ben nickte. „Absolut.“

„Also warum bist du hier?“

„Ich habe deine Zigarette leuchten sehen, und ich weiß, dass Barney nicht raucht, und würde Geld darauf verwetten, dass weder Des noch Cara rauchen, also wollte ich die Möglichkeit ausschließen, dass jemand versucht, das Haus in Brand zu stecken.“

„Du hast gesagt, du dachtest, dass Des und Cara nicht rauchen. Also dachtest du, ich würde es tun?“

Ben seufzte. „Allie ... bei dir kann man niemals etwas annehmen.“

„Was soll das heißen?“

„Das heißt, dass du unberechenbar bist.“

Aus irgendeinem Grund war Allie überaus zufrieden. „Mensch, Sheriff, das ist das Netteste, was du je zu mir gesagt hast. Das war ja schon fast ein Kompliment.“

„Ja, naja, bild dir nichts drauf ein.“ Er setzte sich auf die oberste Stufe, sein Rücken an den Geländerpfosten gelehnt. „Wie geht’s deiner Tochter? Kommt sie irgendwann her diesen Sommer?“

„Sie wird in ein paar Tagen da sein.“ Nett von ihm, sich an Nikki zu erinnern, das musste sie ihm lassen.

„Das wird dir guttun. Und uns anderen auch.“

„Was soll das heißen?“

„Du bist immer viel netter, wenn sie da ist.“

„Mensch, wenn ich empfindlich wäre, würde ich denken, dass du andeuten wolltest, dass ich sonst keine nette Person bin.“

„Hey, wenn du dich angesprochen fühlst.“

Fühlte sie sich angesprochen? Ben war nicht der Einzige, der andeutete, dass sie nicht immer die netteste Person war.

„Ich werde diese Bemerkung mal übergehen.“

„Nett von dir.“

„Siehst du? Das meine ich. Und Nikki ist noch nicht mal hier.“

„Warum bist du so?“ Ausnahmsweise schien er sie nicht herauszufordern.

„Wie, so?“

„Naja. Du gibst immer vor, bei allem knallhart zu sein.“

„Vielleicht bin ich knallhart.“

„Ich glaube das nicht. Ich glaube, das bist nicht wirklich du.“

„Warum kümmert dich mein wahres Ich?“

„Ich habe nicht gesagt, dass es mich kümmert. Ich bin nur neugierig.“

„Na, siehst du? Du hast gerade genau das getan, wofür du mich beschuldigst.“

„Vielleicht bringen wir einfach das Schlimmste in einander hervor.“ Ben stand auf.

Allie dachte an ihre Unterhaltung mit Des. „Vielleicht ist das das Beste in uns.“

„Das wäre traurig, wenn das das Beste wäre, was wir zu bieten hätten.“

„Was würde das für dich für einen Unterschied machen?“

„Ich versuche nur, es zu verstehen, das ist alles.“ Er hob die Hand und tat so, als würde er sich an den Hut tippen. „Bin froh, dass du dein Trinken zu den Bequemlichkeiten deines Zuhauses beschränkst, Ms. Monroe. Man sieht sich.“

Ben drehte sich um und ging die Stufen runter, und Allie sah ihm bei jedem Schritt zu.

„Ich werde diesen Mann nie verstehen", murmelte sie. „Es ist eine Schande, dass ein Typ, der so gut aussieht wie Ben Haldeman, gleichzeitig so ein gigantischer Arsch ist. Möglicherweise der allergrößte Arsch, der mir je begegnet ist."

Ben drehte mitten auf der Hudson Street, und fuhr dann Richtung Stadt. Allie wartete, bis die Lichter des Streifenwagens verschwunden waren, bevor sie die Stufen runterging, um die Zigarette auszutreten, die sie vergessen hatte. Sie war bis zum Filter heruntergebrannt, ihre Asche im Gras verstreut. Sie hob ihr leeres Glas auf und die Reste der ersten Zigarette, die sie geraucht hatte. Sie schlich zurück ins Haus und schloss die Tür so leise wie sie konnte ab, und ging dann auf Zehenspitzen in ihr Zimmer.

Im Badezimmer zögerte sie, die Flasche in der einen Hand und ihr Glas in der anderen. Sie spülte das Glas aus und stellte es zusammen mit der Flasche ins Regal im Wandschrank zurück, wo sie sie hinter den Handtüchern aufbewahrte. Nikki würde bald da sein. Alles andere war unwichtig.

Sogar ein Duell mit Ben Haldeman konnte dem nicht den Glanz nehmen.

„Ich weiß nicht, warum du denkst, dass du mitkommen musst", grummelte Allie, als Des ihr aus der Haustür folgte. „Ich bin vollkommen imstande, Dr. Lindquist allein zu treffen. Und außerdem, ich soll beim Innendesign und der Ausstattung das Sagen haben, oder?"

„Du hast das Sagen beim Innendesign und der Ausstattung." Des schloss die Tür hinter ihnen und folgte Allie die Stufen runter. Um zehn Minuten vor zehn war die Sonne hinter den Kiefern aufgegangen, die die Auffahrt säumten, aber den Bürgersteig immer noch im Schatten der Eichen und Ahornbäumen ließen, und die Temperatur war für die Jahreszeit gemäßigt. Perfekt für einen angenehmen morgendlichen Spaziergang.

„Dann erklär mir nochmal, warum du denkst, dass ich das heute nicht alleine schaffe."

„Ich habe keinen Zweifel, dass du die nötige Unterhaltung mit Dr. Lindquist führen kannst. Das ist komplett deine Abteilung. Absolut." Des beschloss, gefasst zu bleiben, obwohl sie sehen konnte, wie die Wut in ihrer Schwester aufstieg. „Meine Abteilung, dagegen, ist das Geld, und ich muss rausfinden, was wir an Kosten für einen Maler erwarten können, wenn es tatsächlich einen gibt, und dann rauskriegen, wie wir sie oder ihn bezahlen."

Des schloss zu Allie auf und versuchte, ihre kurzen Schritte an die längeren ihrer Schwester anzupassen.

„Kurze Beine", murmelte Des.

„Was?"

„Ich versuche, mit meinen kurzen Beinen mit dir Schritt zu halten, die deinen langen Beinen echt unterlegen sind."

„Du weißt, was man über kleine Leute sagt." Allie grinste, aber ging langsamer. Sie begann, einen alten Randy Newman Song zu singen. "Short people got no reason, no reason ..."

„Ja, ich weiß. Irgendwas darüber, dass kleine Leute keinen Grund zum Leben haben." Die Hänseleien, denen sie ausgesetzt gewesen war, waren nur ein Grund, warum Des „Des Does It All" gehasst hatte. Sie war die jüngste, die dünnste, und ja, die kleinste Person in der

Serie, und wegen der Feindseligkeiten von anderen, eifersüchtigen Kollegen waren die meisten Tage unschön gewesen. Damals hatte es so gewirkt, als jeder einen Grund hatte, sie nicht zu mögen.

„Das weiß ich noch. Brandon ... wie hieß er nochmal?" Allies Gesicht knautschte sich leicht zusammen, als sie versuchte, sich zu erinnern.

„Whitman." Es tat Des weh, seinen Namen laut auszusprechen.

„Stimmt. Brandon Whitman. Er war ein paar Jahre älter als ich. Er hat dieses Lied jedes Mal gesungen, wenn du ans Set gekommen bist, weil du die Kleinste der Kids warst. Das hatte ich ganz vergessen."

„Er war fünf Jahre älter als ich", sagte Des leise.

„Weshalb er zwei Jahre älter als ich ist, stimmt. Weißt du noch, wie er dachte, dass er so ein geiler Typ wäre? Süß, aber ein Arsch. Die meisten der anderen Mädchen am Set fanden das aber nicht. Ich habe gehört, er hat bei allen gepunktet." Allie lachte. „Habe ich dir je erzählt, wie er mir mal während einer Pause gefolgt ist und versucht hat, mich zu küssen? Okay, ich habe zwar ein bisschen aus Spaß mit ihm geflirtet, aber er war nicht so dumm, sich richtig mit mir anzulegen. Ich hätte ihn umgehauen."

„Ja, hast du erzählt." Des biss die Zähne zusammen. Sie hasste es, über diese Zeit nachzudenken, aber sie hasste es besonders, an Brandon Whitman zu denken.

Und ja, er hatte begriffen, mit welcher der Hudsons er sich anlegen konnte, und welche er in Ruhe lassen sollte. Des hatte jahrelang davon Albträume gehabt, mit ihm in einem kleinen, dunklen Raum gefangen zu sein, wo seine grapschenden Hände überall waren und seine Stimme sie verspottet hatte, als sie anfing, zu weinen. Gott sei Dank gab es Therapie. Sie hatte es Allie nie erzählt – niemandem, außer ihrer Therapeutin. Es war die schlimmste Erfahrung ihres Lebens, und war zu erniedrigend und erschreckend gewesen, um darüber zu reden.

„Ich habe gehört, dass er sogar Cathy Jacobs angemacht hat", machte Allie weiter. „Kannst du dir vorstellen, deine eigene Serienmutter anzumachen?"

„Ja, er war echt ein Hund." Des versuchte, das Thema zu wechseln. „Welche Uhrzeit hast du mit Dr. Lindquist ausgemacht?"

„Zehn. Also, hat er dich je angemacht? Brandon?"

Sie erreichten die Straßenecke gegenüber des Theaters.

„Es ist schon fast zehn. Oh hey, guck mal, da stehen Autos vorne. Ich wette, sie ist schon da." Des' Geist schnappte zu wie ein Fußeisen, und sie überquerte die Straße, ohne auf Allie zu warten.

„Dr. Lindquist?" Des ging auf die Frau zu, die mit dem Rücken zu ihr stand und scheinbar das Buntglas am Eingang betrachtete.

„Ja." Die Frau drehte sich langsam um, als ob sie zögerte, die Augen vom Glas abzuwenden. Sie trug ein rotes Shirt, was in den Bund ihrer Khakihose gesteckt war, Dansko Sandalen und eine Sonnenbrille. Ihre weißen Haare waren schulterlang und hinter ihre Ohren gesteckt. „Sind Sie Allie Monroe?"

„Nein, ich bin ihre ..."

Allie machte zwei Schritte an Des vorbei und streckte ihre Hand zur Besucherin aus.

„Ich bin Allie. Vielen Dank, dass Sie gekommen sind, Dr. Lindquist. Das ist meine Schwester, Des Hudson."

„Es freut mich, Sie beide kennenzulernen. Und nennen Sie mich Teresa. Dr. Lindquist klingt so steif, sobald ich nicht mehr auf dem Campus bin." Sie wies auf die Fassade des Theaters. „Ich bin ein bisschen eher gekommen, um mich mit Ihrem Theater vertraut zu machen. Der Stil ist ziemlich interessant. Art déco, aber mit etwas beinahe Maurischem im Design." Dr. Lindquist ging zum Bürgersteig und deutete nach oben. „Insbesondere das Design des Dachs. Wissen Sie, wer der Architekt war?"

Allie blickte zu Des, die antwortete: „Wir sind dabei, das zu recherchieren."

„Sollen wir reingehen?" Allie wies auf die Tür, die Teresa untersucht hatte, als sie ankamen.

„Ich habe noch nie Buntglas wie dieses gesehen. Ich nehme an, Sie wissen nicht, wer der Künstler war." Teresa blieb vor der Tür stehen.

„Das forschen wir auch nach." Allie öffnete die Tür, um die Frau nach innen zu geleiten, und warf Des einen Blick zu. Diese zuckte nur mit den Schultern. Sie hätten diese wichtige Information recherchieren sollen, bevor sie sich mit der Leiterin der Kunstfakultät trafen, und sie beide wussten es.

„Das Innere ist so eine Überraschung", sagte Teresa, als sie ins Foyer trat und sich lange umsah, bevor sie ihren Blick zur Decke richtete. „Ich habe nicht so eine Pracht erwartet. Der Trinkbrunnen, die Malereien ... man kommt sich so vor, als wäre man in einem Hof an irgendeinem sonnigen Ort, finden Sie nicht? Sogar mit den Fotos – die übrigens ausgezeichnet waren – sind die Farben erstaunlich. Großartig. Aber ja. Ja, Sie brauchen wirklich Hilfe." Sie ging zum Gerüst und sagte: „Würde es Ihnen etwas ausmachen ...?"

Des und Allie schüttelten beide den Kopf.

Teresa schlüpfte aus ihren Sandalen, stellte ihre Tasche ab, und fing an, zu klettern.

„Oh Mann, mir dreht sich immer der Magen um, wenn ich jemandem bei sowas zusehe." Allie sah für einen Moment hoch, und dann auf den Boden.

„Ich auch. Es ist so weit bis nach oben." Des sah der Frau mit klopfendem Herzen beim Klettern zu. „Ich glaube, so ziemlich jeder außer uns beiden war schon da oben." Ihre Höhenangst war eines der sehr wenigen Dinge, die sie und Allie gemeinsam hatten.

Fünfzehn Minuten später kletterte Teresa nach unten und schlüpfte wieder in ihre Sandalen.

„Sie brauchen mehr als einen Künstler, um die fehlende Malerei wiederherzustellen." Teresa wischte ihre Hände an der Rückseite ihrer Hose ab. „Sie müssen zuerst den Putz von jemandem reparieren lassen, der weiß, was er tut. Damit meine ich nicht Ihren örtlichen Handwerker, der Trockenwände hochzieht und ab und an Risse in den Wänden von alten Häusern in der Umgebung repariert. Ich meine einen Handwerksmeister, der die Wichtigkeit von sorgfältiger historischer Restaurierung kennt. Es ist in der Tat eine Kunst für sich."

„Gibt es jemanden, den Sie empfehlen könnten?", fragte Des.

„Ich rate Ihnen, James Ebersol von der Balfour Group zu kontaktieren. Sie sind eine der führenden Firmen für historische Restaurierungen an der East Coast. Sie

haben alle, die Sie brauchen würden, von ihren Putz-
künstlern bis zu den Künstlern, die sich auf historische
Malerei spezialisieren. Sie können die Farben analysie-
ren und sie so anpassen, dass niemand das Neue vom
Originalen unterscheiden kann." Sie hob ihre Tasche
vom Boden auf, öffnete sie, und nahm ein Kartenetui
heraus. Sie gab Allie eine Visitenkarte und ließ ein Lächeln aufblitzen. „Rufen Sie James an und sagen ihm,
dass ich Sie geschickt habe."

„Wir hatten gehofft, dass Sie jemanden aus der Umgebung kennen würden. Ein Student in der Kunsterhaltung, oder ein örtlicher Künstler." Des wurde bang ums
Herz, dass es nicht so einfach werden würde.

„Oh nein, nein, nein. Dafür brauchen Sie hochqualifi-
zierte Fachleute. Ich kenne niemanden in der Nähe, der
die Motive an der Decke nachbilden oder sachgemäß
den Putz reparieren und vorbereiten könnte. Sie können diese Sanierung keinen Amateuren anvertrauen."

„Haben Sie eine Ahnung, was ein Auftrag wie dieser
kosten würde?"

Teresa sah zurück zur Decke. „Das ist schwer zu sagen. Ich bin sicher, James wird jemanden schicken, um
die Reparaturen einzuschätzen, und sie werden Ihnen
einen Kostenvoranschlag geben. Von nichts kommt natürlich nichts." Sie machte ein paar Schritte in Richtung der Vorderseite des Gebäudes. „Macht es Ihnen
was aus, wenn ich mir das Buntglas in der Tür näher
anschaue?"

Eine ernüchterte Allie zuckte die Schultern. „Nur zu."

„Danke. Oh, und ich nehme an, Sie wissen nicht, wer
der Künstler war, der die Decke bemalt hat."

Bevor Allie oder Des antworten konnten, ergänzte Teresa: „Lassen Sie mich raten. Das recherchieren Sie auch noch?"

Des nickte.

„Danke, dass ich einen Blick darauf werfen durfte. Ich liebe Ihr Gebäude. Ich hoffe, Sie können es richtig restaurieren. Es ist sicherlich wert, bewahrt zu werden."

„Ich begleite Sie nach draußen", sagte Allie.

„Ich finde den Weg schon." Teresa winkte, ohne sich umzudrehen, und verschwand im Eingang.

„Tja, das lief ..." Des rang nach Worten.

„Ja, oder?" Allie stieß einen entnervten Seufzer aus und drehte die Karte um, die Teresa ihr gegeben hatte. „Außer, dass sie uns auf James von der Balfour Group verwiesen hat – sogar der Name klingt teuer – war sie nicht sehr hilfreich."

„Also, was denkst du?" Des folgte Allie zum Ausgang.

„Ich denke, ich werde Cara den Namen von diesem Balfour Typen geben und sie den Anruf machen lassen."

Des ging geradewegs ins Büro und sah, dass die Tür offen und das Licht an war.

„Hi." Cara schaute von den Papieren auf, die sie gerade gelesen hatte. „Brauchst du deinen Schreibtisch? Ich kann –"

„Nein, bleib ruhig. Ich wollte an die Aktenschränke." Des stellte ihre Tasche auf einen der Stühle und ging zum ersten Schrank.

„Was brauchst du?"

„Erstmal muss ich die originalen Gebäudepläne vom Theater finden."

„Im unteren Regal sind Pläne.“ Cara zeigte auf das Bücherregal. „Zusammengerollt in dieser Röhre. Joe hat sie mir vor einem Monat oder so gegeben.“ Cara schob ihre Papiere in der Mitte des Schreibtischs beiseite, damit Des die Werkzeichnungen ausrollen konnte.

„Wo hat Joe sie gefunden?“ Des breitete die Blätter auf dem Schreibtisch aus.

„In der Garage seiner Mutter, ausgerechnet. Sein Dad hat ein bisschen am Theater gearbeitet für den Typen, dem Dad es verkauft hatte. Keiner hat nach ihnen gesucht, nachdem sein Dad gestorben ist, also lagen die Pläne einfach auf seiner Werkbank.“

„Ha. Hier ist der Name des Architekturbüros drauf – Jones, Latham and Matthews – aber nicht der einzelne Architekt. Die Adresse ist Spruce Street 14, Scranton.“ Des sah auf. „Damit haben wir eine Frage beantwortet. Ich schätze, du weißt nicht zufällig, wo wir den Namen des Künstlers finden, der das Buntglas gemacht hat.“

„Sorry. Da kann ich dir nicht helfen.“

Es dauerte noch eine Stunde und zehn Minuten, bevor Des die Identität des Buntglaskünstlers entdeckte.

„Colin Patrick McManus!“ Sie rief den Namen schon beinahe. „Das ist er! Colin Patrick McManus!“

„Was? Echt? Du hast ihn gefunden?“ Allie ließ die Akte in ihrer Hand in den Aktenschrank fallen. „Wie hast du ihn gefunden?“

„Die Rechnung für zwei Buntglasfenster. ‚Voll einbezahlt, an Colin Patrick McManus, der Betrag von 92$ für den Entwurf und Herstellung von zwei Stücken Buntglas zur Einsetzung am obersten Teil der Eingangstür des Theaters.‘ Das muss viel Geld gewesen sein während der Depression." Sie sah hoch zu Des. „Sie wurde von Reynolds Hudson und C.P. McManus unterzeichnet. Ich kann ihn recherchieren und schauen, ob er irgendeine nennenswerte Arbeit geleistet hat."

„Zwei geschafft, bleibt noch einer." Des beschloss, eine Pause zu machen und wie jede Woche Fran anzurufen, die Leiterin des Tierheims in Cross Creek, um sich bei ihr zu melden und zu hören, wie es ohne sie erging. Sie ging in ihr Zimmer, um ihr Handy aus ihrer Handtasche zu nehmen, und sah, dass sie mehrere verpasste Anrufe hatte, aber nur eine Nachricht auf der Mailbox.

„Hi, Des. Hier ist Greg. Greg Weller." Sie konnte hören, wie er tief Luft holte. „Ich weiß, es ist echt kurzfristig, aber ich wollte fragen, ob du vielleicht heute Abend Zeit hast zum Essengehen. Wenn nicht heute Abend, dann vielleicht ein andermal. Vielleicht morgen? Ich würde dich wirklich gerne sehen. Also. Ja. Wenn du das hier bald hörst, könntest du mich vielleicht anrufen. Jederzeit. Echt. Jederzeit. Ruf ... einfach an."

Des setzte sich auf die Bettkante und hörte sich die Nachricht erneut an. Er klang schon interessiert. Und mehr als nur ein bisschen vorsichtig, was ihr gefiel, so, als ob er nicht erwartete, dass sie gleich ausflippte, nur weil er sie angerufen und nach einem Date gefragt hatte.

Sie diskutierte still mit sich selbst. Anrufen, oder nicht anrufen?

Des war schon oft beschuldigt worden, zu viel nachzudenken. Sie tippte auf das Rückrufzeichen und hörte zu, wie das Telefon klingelte.

„Ich hoffe, du magst asiatisches Essen." Greg lächelte Des über die Mittelkonsole seines SUVs zu.

„Ich mag so ziemlich alles. Ich bin leicht zufrieden zu stellen." Des lehnte sich auf dem Beifahrersitz zurück, und wünschte, er würde die Lautstärke des Autoradios nur ein kleines bisschen runterdrehen. Es war schwer, seiner von Natur aus leisen Stimme zu folgen, wenn NPR ein Interview mit Will Farrell übertrug.

„Kann mich nicht erinnern, wann eine Frau das das letzte Mal gesagt hat." Er lächelte wieder, als ob sein kleiner Witz nicht nur sie, sondern auch ihn selbst amüsierte.

Obwohl sie nicht amüsiert war, zwang sich Des zu einem Lächeln, und fragte sich dann, warum sie das tat.

„Also, wohin fahren wir?" Sie blickte aus dem Fenster, während das Auto von der Hauptstraße von Hidden Falls abbog und auf die Autobahn fuhr.

„Ich dachte, wir gehen nach High Bridge. Das heißt, wenn das in Ordnung für dich ist?"

„Ist in Ordnung. Ich wollte auch dorthin. Da ist das College." Sie sah aus dem Fenster auf die vorbeiziehende Landschaft, die dichten Wälder und endlosen Hügel.

„Stimmt. Eine Verbindung zu deiner Familie, richtig?"

„Althea Hudson war meine Ur … ich glaube, Ururgroßmutter."

Des erzählte, was Barney ihnen über Althea und die Smaragdkette gesagt hatte.

„Das ist mal eine Geschichte. Nicht jeder kann von sich behaupten, dass er königlichen Familienschmuck hat."

„Ich weiß. Unsere Familie ist wirklich eine bunte Mischung. Wir – meine Schwestern und ich – wissen immer, dass wir uns auf etwas Großartiges freuen können, wenn unsere Tante anfängt, eine Familiengeschichte zu erzählen.“

„Du hast sie über die Jahre bestimmt alle schon hundertmal gehört, oder?“

Des hielt inne, und fragte sich, wie viel sie ihm über ihren Hintergrund erzählen sollte.

„Ja, wir haben sie alle mehr als einmal gehört.“ Sie konnte nicht sagen, warum, aber Des fühlte sich nicht wohl damit, jemandem die ganze Geschichte zu erzählen, den sie nicht wirklich kannte. Vielleicht, wenn sie sich besser kannten, vorausgesetzt, dass sie sich näher kennenlernten. Ihr Bedürfnis, die Geschichte ihrer Familie zu schützen, war größer, als ihr bewusst gewesen war, und sie war defensiver, als sie es gewesen war, als sie mit Seth darüber gesprochen hatte. Allerdings war Seth ein Freund der Familie. Er hatte Barney viel länger gekannt als sie.

Der Gedanke an Seth erinnerte sie an die Fotos, die er ihr gegeben hatte.

„Bevor ich's vergesse, ich habe die Fotos, um die du mich gebeten hast. Die, die im Innern vom Theater gemacht wurden?“

„Oh, super. Ja, die werden hilfreich sein, wenn wir unseren Antrag für Fördergelder zusammenstellen.“ Greg hielt an einer roten Ampel an. Als sie umschaltete, bog er rechts ab, und fuhr dann nach der Hälfte des Weges auf einen kleinen Parkplatz neben einer Reihe von Läden.

„Wir sind da?" Des sah sich um, nachdem er das Auto geparkt hatte. „Das ist High Bridge?"

„Ja."

Greg stieg aus dem Auto und ging zur Beifahrerseite, aber Des hatte die Tür bereits geöffnet. Er hielt sie offen, während sie hinauskletterte.

„Ich hoffe, du magst Lotus", sagte er, als er sie zum Bürgersteig geleitete. In seiner anderen Hand trug er eine Weinflasche. „Das ist mein Lieblingsrestaurant."

„Ich bin sicher, das werde ich."

Er führte sie mit einer Hand auf ihrem Rücken ins Restaurant, eine Geste, die sie schon immer nervig gefunden hatte. Fehler Nummer eins.

„Das ist ein hübscher Raum", sagte sie, und schaute sich die hellgrauen Wände an, an denen Gemälde von Landschaften, blühenden Bäumen und bunten Gärten Akzente setzten, während sie sich hinsetzten. Die Möbel waren alle schwarz lackiert, und das Geschirr stand strahlend weiß auf polierten Holztischen.

Der lächelnde Kellner führte sie zu einem Tisch und zog ihren Stuhl heran.

„Das stimmt." Greg nickte, als er ihrem Blick zu den Kunstwerken folgte. „Das sind alles Originale, wurde mir gesagt. Künstler, die hier in der Umgebung in den letzten hundert Jahren gelebt und gearbeitet haben. So unwahrscheinlich es auch klingt, der Besitzer – ein Freund von mir – sagte, er hätte sie spontan in einem Lagerschuppen gekauft. Man hört immer die Geschichten von Leuten, die solche gebrauchten Sachen kaufen und etwas Wertvolles darin finden, aber man erwartet nie, dass es jemandem passiert, den man kennt."

„Oh, du meinst, wie die Geschichten von Leuten, die ein altes Gemälde für fünf Dollar bei einem Garagenverkauf kaufen und die fehlende Kopie der Unabhängigkeitserklärung im Rahmen versteckt finden?" Des grinste. „Aber schön für deinen Freund, dass er so ein Glück gehabt hat. Ich bin keine Expertin, aber von hier sehen die meisten der Bilder jedenfalls ziemlich gut aus."

„Apropos Bilder, schauen wir uns mal die Fotos an."

„Oh. Stimmt." Das nahm ihre Tasche und suchte nach dem Umschlag, den Seth ihr gegeben hatte. „Bitte schön. Schau sie dir an, ob sie euch helfen."

Er nahm die Ausdrucke einen nach dem anderen heraus. „Das sind ausgezeichnete Fotos. Wer ist dein Fotograf?"

„Ein Freund."

„Ist er ein Profi?"

„Nein. Nur ein Freund."

„Er hat super Arbeit geleistet." Als er den Stapel durchgegangen war, steckte er sie in den Umschlag und in seine Jackentasche. „Die werden nützlich sein, wenn wir mit unserer Arbeit anfangen."

„Soll ich Ihnen den Wein öffnen, Sir?", bot der Kellner an.

„Ja, danke." Greg gab ihm die Weinflasche. Als sie offen war, schenkte der Kellner ihnen ein Glas ein und reichte ihnen die Speisekarte.

„Ist Jason heute Abend hier?", fragte Greg.

„Nein, Dr. Waller. Er ist früh gegangen, aber ich werde ihm ausrichten, dass Sie hier waren."

„Bitte sagen Sie ihm, dass ich es bedaure, dass wir ihn verpasst haben." Greg wandte sich Des zu, die sich die Speisekarte durchlas. „Irgendwas, was dir zusagt?"

„Ein paar Gerichte klingen interessant."

„Ich kann die gebratene Regenbogenforelle mit Mango, Äpfeln und Chilipaste auf Nudeln mit Ingwersauce empfehlen", schlug er vor. „Eins meiner Lieblingsgerichte."

„Hmmm, das klingt wirklich gut, aber ich glaube, ich probiere vielleicht die Garnelen- und Tintenfischpfanne mit der Limettenvinaigrette." Sie klappte die Speisekarte zu. „Mit Klebreis als Beilage."

Nachdem sie bestellt hatten, fragte er sie nach ihrem Leben in Montana, und sie zeigte ihm Fotos von ihrer Blockhütte auf dem Handy und erzählte ihm vom Tierheim.

„Das ist also, was du machst? Du findest Streuner und suchst ihnen dann ein Zuhause?"

„Sie kommen auf viele verschiedene Arten zu uns. Ich spreche gerade von dem Heim in Montana. Wir haben Streuner, die der Sheriff uns bringt, und Hunde, deren Herrchen sich nicht mehr kümmern können oder sie nicht mehr wollen. Wir haben Problemtiere und ungewollte Würfe. Wir behalten sie im Tierheim, bis wir ein Zuhause für sie finden können."

„Und wenn ihr nie ein passendes Zuhause findet?"

„Dann bleiben sie bei uns im Tierheim." Des fühlte eine Welle von Melancholie bei dem Gedanken an die Hunde, die viel zu lange im Heim blieben, diejenigen, die zu alt waren oder gesundheitliche Probleme hatten, oder einfach nicht niedlich genug waren, um adoptiert zu werden.

Er musste es ihr angesehen haben, denn Greg sagte: „Ich finde, es ist wirklich großartig, was du machst. Ich wette, jeder Hund, für den du einen Platz gefunden hast, würde dir danken, wenn er könnte."

„Das tun sie, auf ihre eigene Art." Sie schob den Rest ihrer Meeresfrüchte auf dem Teller hin und her, da sie keinen Appetit mehr hatte. Jedes Mal, wenn sie an das Schicksal all der Hunde dachte, die sie nicht retten konnte, wurde ihr übel.

„Wolltest du schon immer Tiere retten?", fragte Greg.

„Als ich jünger war, wollte ich Tierärztin werden. Ich wollte jedes kranke Tier retten, was es gibt", gab sie zu. Es war Jahre her, dass sie daran gedacht hatte, dass sie Tiermedizin studieren wollte, bis ihr jemand gesagt hatte, dass sie Tiere operieren müsste.

„Was du machst, ist wichtig", sagte er, als ob er entschied, dass es so war. „Du hilfst, den Geist all dieser verlorenen Hunde zu heilen, oder? Und machst gleichzeitig auch noch andere Menschen glücklich."

„Danke, dass du das verstehst." Sie legte ihre Gabel nieder. „Nicht jeder tut das."

„Was gibt es da zu verstehen?" Er zuckte die Schultern. „Scheint mir simpel genug."

Sie strich gedanklich seinen ersten Fehler von der Liste.

Er bot Des noch etwas Wein an, und sie nickte. „Nur einen Schluck."

Der Kellner blieb stehen, um nach ihnen zu sehen, und da alles in Ordnung war, gab er ihnen die Dessertkarte.

„Oh, übrigens", sagte Des, „wir haben den Namen des Architekturbüros gefunden, das das Gebäude entworfen hat. Es war Jones, Latham und Mathews aus Scranton. Und der Künstler, der das Buntglas gemacht hat, war Colin Patrick McManus. Dr. Lindquist war an dem Buntglas hochinteressiert, und wir hatten ihn nicht rechtzeitig gefunden."

„Ich sehe Teresa Lindquist morgen früh bei einem Meeting. Ich werde es ihr ausrichten." Er nahm sein Handy heraus und schrieb die Namen auf, die sie ihm genannt hatte, und hielt einmal inne, um sie zu bitten, MacManus zu buchstabieren.

„Ich bin sicher, wir sehen sie am Samstag auf der Cocktailparty."

„Oh, ihr kommt zur Party?"

„Barney geht jedes Jahr dorthin, und sie dachte, es wäre eine gute Idee, wenn wir mitkommen, den Campus sehen, ein paar Leute von der Fakultät treffen, so was. Sie ist im Stiftungsrat."

„Das macht Sinn, eine Hudson im Rat zu haben." Er trank seinen Wein aus. „Möchtest du Nachtisch? Das Grünteeeis ist gut, und die Sesambällchen sind interessant. Klebreis mit roter Bohnenpaste gefüllt ..."

„Danke, aber nein. Ich bin satt."

Greg winkte dem Kellner. „Nur die Rechnung, bitte."

Auf dem Weg nach draußen blieb Des stehen, um einen schnellen Blick auf die Gemälde zu werfen. Die Landschaften fielen ihr besonders ins Auge, aber sie wollte nicht unhöflich sein und sich über die Gäste an den Tischen beugen. Sie machte sich eine mentale Notiz, zurückzukommen. Sie wollte sie sich wirklich gerne näher ansehen.

„Dein Freund hatte großes Glück", sagte sie zu Greg auf dem Weg zum Auto. „Ein paar dieser Gemälde sind wundervoll. Es sah aus, als ob einige signiert wurden, aber ich konnte nicht nah genug ran, um die Namen zu lesen. Hat dein Freund mal irgendeinen der Künstler nachgeschlagen?"

„Gute Frage. Ich werde ihn fragen, wenn ich ihn das nächste Mal sehe."

„Er könnte da ein oder zwei Prachtstücke hängen haben." Sie kamen am Auto an, und Greg öffnete ihr die Tür. Des stieg ein und schnallte sich an, während Greg zur Fahrerseite ging. „Irgendwas an den Landschaften kommt mir bekannt vor, aber ich kann nicht sagen, warum."

„Dann werde ich ihn definitiv dazu ermutigen, zu versuchen, die Künstler herauszubekommen. Ich habe mir zugegeben ein paar der Signaturen angeschaut, aber konnte die Namen nicht wirklich erkennen."

„Gleichfalls."

„Sag mal, soll ich mit dir eine Fahrt über den Campus machen, wenn wir schon hier sind?", sagte Greg. „Obwohl, du wirst wahrscheinlich nicht viel sehen können, weil es dunkel geworden ist."

„Guter Punkt. Ich warte bis zum Wochenende, aber danke."

Er ist wirklich sehr attraktiv, dachte sie, als sie zurück nach Hidden Falls fuhren. Und er ist wirklich sehr nett. Ich mag, dass man einfach mit ihm klarkommt, dass er eine Unterhaltung führen kann, dass ihm Dinge auffallen, die ich sage, und er sie sich merkt.

Aber die Unterhaltung war ziemlich einseitig nur über sie gewesen.

„Und wo warst du zuhause? Wo bist du aufgewachsen?"

„Nördlich in einem Ort, von dem du noch nie gehört
hast."

„Versuch's mal."

„Millstone."

„Du hast Recht. Ich habe nie davon gehört."

„Kleine Stadt, nicht so klein wie High Bridge oder Hidden Falls, aber klein genug, dass du deine Nachbarn
kanntest und sie dich. Der Arzt und der Polizeichef der
Stadt kannten jeden beim Namen, und du kanntest jedes Kind in der ganzen Schule, oder eins seiner Ge-
schwister."

„Lebt deine Familie da noch?"

„Oh ja. Mein Dad ist Vorsitzender des Schulrats und
meine Mom unterrichtet in der ersten Klasse. Meine
Schwester, Melissa, ist die Schulschwester. Sie ist mit
ihrem Freund von der Highschool verheiratet und sie
haben drei echt coole, kleine Kinder."

„Wieso hast du dich entschieden, aufs Althea College
zu gehen?"

„Für mich verstand sich das von selbst. Sie haben mir
ein Stipendium fürs Fußballspielen angeboten und sie
haben eine hervorragende Geschichtsfakultät. Schon
immer."

„Du hast ein Sportstipendium bekommen?" Aus irgendeinem Grund überraschte sie das.

„Ja." Wieder dieses jungenhafte Grinsen. „Meine glor-
reichen Tage. Scheint lange her zu sein." Greg lachte.
„Naja, es ist lange her."

Er fuhr langsamer, als sie ins Stadtzentrum von Hidden Falls kamen, wo die Geschwindigkeitsbegrenzung

fünfundzwanzig Meilen pro Stunde betrug. Er wurde erneut langsamer, als sie auf die Hudson Street abbogen, und noch einmal, als er in die Einfahrt von Nummer 725 fuhr.

„Möchtest du mit reinkommen?", fragte Des, als er auf der Hälfte der Auffahrt parkte.

„Ich habe ein frühes Meeting, also ein andermal. Aber ich bring dich noch hoch." Er stieg aus, ging ums Auto herum zur Beifahrerseite, und öffnete ihre Tür. „Das hat Spaß gemacht. Ich bin froh, dass du mich zurückgerufen hast. Ich habe mich dafür entschuldigt, dass ich so spät angerufen habe, oder?"

„Hast du, aber ist in Ordnung. Es hat mir nichts ausgemacht."

Sie gingen den Pfad entlang zur Veranda. Er blieb am Fuß der Treppe stehen und berührte sie am Arm.

„Hör mal, da wir beide zu der Cocktailparty am Samstag gehen, wie wär's, wenn ich dir im Anschluss den Campus zeige? Wir könnten Essen gehen oder einen Film sehen oder ... oder so etwas."

„,So etwas' klingt gut."

„Super. Soll ich dich abholen und wir gehen zusammen hin?"

Des zögerte. „Ich glaube, meine Tante wollte, dass wir alle zusammen hinfahren. Aber ich muss nicht wieder mit ihnen nach Hause."

„Gut, dann, schätze ich, sehen wir uns da."

Sie nickte, und er legte eine Hand um ihren Nacken und küsste sie auf den Mund. Sie küsste ihn zurück, und wartete auf Glockengeläut und ein oder zwei fliegende Funken.

Keine Glocken. Keine Funken.

Erstes Date, sagte sie sich, als der Kuss endete. Wer hört schon Glockenläuten beim ersten Date?

„Dann bis Samstag." Greg sah ihr zu, als sie die Stufen zur Tür hochstieg.

„Bis dann. Und danke für den schönen Abend." Sie stand im Türrahmen und sah zu, als er rückwärts von der Auffahrt auf die Hudson Street fuhr, und dann auf die Main Street verschwand. Sie machte die Tür auf und ging nach drinnen. Sie hörte Stimmen in der Küche und hielt inne, während sie überlegte, ob sie zu ihnen stoßen sollte. Ihre Schwestern würden sich nach dem Abend erkundigen. Sie würden sie aufziehen und sie über jedes Detail ausfragen, wie es Schwestern eben so machten. Was eine komplett neue Erfahrung für Des wäre.

Sie lächelte und ging den Stimmen entgegen.

Kapitel Sieben

Des' Bauchgefühl war genau richtig gewesen. Allie und Cara hatten sie gutmütig eine Stunde lang ausgehorcht, nachdem sie nach Hause gekommen war, und sie vermutete, dass sie gleich morgen früh wieder loslegen würden. Sie stand extra früh auf, zog sich an, und schlich die Treppe runter. Sie nahm ihren Kaffee mit ins Büro, wo sie ihre Suche nach etwas fortsetzte, dass ihnen dabei helfen würde, den Künstler zu identifizieren, der die Wände und die Decke des Theaters bemalt hatte. Sie war ein halbes Dutzend Akten sorgfältig durchgegangen, als sie ein Knuspern bei der Bürotür hörte.

„Also nicht mal ein kleines Kribbeln, als er dich geküsst hat?" Allie biss von dem englischen Muffin in ihrer Hand ab.

„Es war ein sehr kurzer Kuss. Es war überhaupt kaum ein Kuss." Des blickte hoch und sah, wie beide ihrer Schwestern das Zimmer betraten, Allie in Shorts und einem T-Shirt, Cara in einem langen Nachthemd. „Gott, Allie, du bist komplett angezogen und es ist noch nicht einmal Mittag."

„Ich muss ein paar Sachen erledigen." Allie wandte sich Cara zu. „Kann ich dein Auto nehmen?"

„Klar. Ich muss heute nirgendwohin."

„Danke." Allie lächelte Cara zu, und fragte dann: „Das erste Mal, als du Joe geküsst hast, wie war das?"

„Ein Gefühl, wie ein elektrisches Kabel anzufassen und durch den Raum geschmissen zu werden.“

„Da stimmt die Chemie.“ Allie wackelte mit den Augenbrauen und nahm noch einen Bissen von ihrem Muffin.

„Und wann hast du das letzte Mal jemanden geküsst, Chemie hin oder her?“ Des verschränkte die Arme auf der Schreibtischplatte.

„Oh Gott, welches Jahr haben wir?“ Allie legte dramatisch den Kopf in den Nacken. „Es ist so lange her, dass ich es nicht mal mehr weiß. Aber“, sie richtete ihren Blick auf Des, „ich weiß, wie es sich anfühlt, wenn die Chemie stimmt. Glaub mir, wenn du einmal dieses Kribbeln spürst, vergisst du's nicht. Und entweder ist es da oder nicht. Das kann man nicht erzwingen.“

Des verdrehte die Augen. „Ich glaub's nicht, dass ich von zwei geschiedenen Frauen belehrt werde.“

„Die Scheidung war nicht meine Idee“, protestierten Allie und Cara gleichzeitig. Sie mussten lachen und gaben einander ein High-Five.

„Ich will nur sagen, dass Anziehung wirklich wichtig ist, und wenn sie nicht da ist, wird die Beziehung nicht funktionieren.“

„Es gibt noch keine Beziehung, Allie. Du bist zu voreilig. Ich war einmal mit Greg essen. Wer weiß, was sich entwickelt?“ Des hob die Tasse an ihre Lippen. „Nur weil ich wegen einem kurzen Kuss nicht gleich geschmolzen bin, heißt das nicht, dass das nie passieren wird.“

„Ich werde jedenfalls nicht drauf warten“, sagte Allie.

„Es klingt, als würdest du diesen Mann mögen“, bemerkte Cara.

Des seufzte. „Das tue ich. Er ist interessant und er ist genau mein Typ.“

„Okay, das ist gut. Ich hoffe, dass es klappt.“

„Und was ist dein Typ, Desdemona Hudson?“, fragte Allie.

„Ääääähm, ich mag süß lieber als attraktiv. Adrett. Schlau.“

„Ahhh, stimmt.“ Allie nickte. „Khakihosen. Blaue – oder im Notfall weiße – Baumwollhemden bis zum Ellenbogen hochgekrempelt. Marineblaue Poloshirts und Docksiders. Brille optional.“

„Ja. Solche Sachen. Und ich mag jemanden, der mich auf Trab hält. Mich überrascht.“

„Und was an Greg überrascht dich?“, fragte Allie.

„Dass er ein Sportstipendium fürs Althea College hatte.“ Des nahm gerade einen Schluck von ihrem Kaffee, als es klingelte.

„Ich mach auf.“ Des ging den Flur runter und sah durch das Glas in der Tür, bevor sie sie öffnete.

„Hey, Ben. Was gibt’s?“, sagte Des, als sie runter auf den großen, braunen Hund schaute, der am ganzen Leib zitterte, aber neben Ben hockte. „Oh, wer ist denn dein Freund hier?“

„Keine Ahnung. Jemand hat sie hinterm See aufgesammelt und zur Polizeistation gebracht. Sie hat ein Halsband, aber keine Marke. Ich habe sie zum Tierarzt gebracht, aber Doc Trainor meinte, sie hat keinen Chip und hat sie nicht erkannt. Er hat allerdings gesagt, dass die Ballen an ihren Pfoten abgewetzt aussehen, als ob sie einen weiten Weg gerannt wäre oder eine Weile alleine draußen war. Also bringe ich den Hund zu dir.“

„Hey, Kleines. Du musst keine Angst vor mir haben." Des kniete sich hin und streckte ihre Hand aus, aber die Hündin ließ nur den Kopf hängen. „Sie ist ein schokoladenbrauner Labrador, eine Rasse, die normalerweise ziemlich freundlich ist. Aber sie wirkt schrecklich zaghaft."

„Das dachte ich auch. Als ob sie nicht sicher ist, ob du ihr hilfst oder wehtust."

„Du bist ein hübsches Mädchen", sagte Des der Hündin mit ihrer sanftesten Stimme, aber die Hündin hielt den Kopf gesenkt. „Ohje, war jemand fies zu dir, Süße?"

„Nun, nun. Gibt nichts Besseres als einen frühmorgendlichen Besuch des örtlichen Gesetzeshüters, um den Tag mit einem Lächeln zu beginnen." Allie stand in der Tür. „Wie geht's, Sheriff? Führst du einen neuen Freund vor?"

„Sie ist ein Streuner, und Ben hat das Richtige getan und sie hierher gebracht", sagte Des über ihre Schulter, während sie weiterhin versuchte, den Hund zu beruhigen.

„Und wie geht's Girl heute?" Allie lehnte sich gegen den Türrahmen, ihre Kaffeetasse in der Hand.

„Sie heißt nicht mehr Girl. Ich habe endlich den richtigen Namen für sie gefunden." Ben machte keine Anstalten, zu verbergen, dass er Allies nackte Beine anstarrte.

„Wirklich? Erzähl."

„Sie heißt jetzt Lulu."

„Lulu", wiederholte Allie trocken, und hob fast unmerklich eine Augenbraue.

„Ja. Ein toller Name. Als ich klein war, hatte unser Nachbar einen schwarz-weißen Hund namens Lulu."

„Ah, es mangelt immer noch an Originalität, hm?"

Ben warf ihr einen finsteren Blick zu. „Ich wollte eine alte Freundin ehren."

„Naja, ich schätze, das ist verständlich, da wahrscheinlich die meisten deiner Freunde vierbeinig sind."

Ein Lächeln breitete sich langsam und sicher auf Bens Gesicht aus. „Hey, bei einem Hund weiß man immer, woran man ist."

Allie lachte, dann drehte sie sich um und schloss die Tür.

„Ben, beachte sie einfach gar nicht." Des sah auf. Ben hatte die Hände in die Hüften gestemmt und starrte auf die geschlossene Tür. „Allie hat diese Wirkung auf eine Menge Leute. Also, was sollen wir mit diesem kleinen Mädchen machen?"

„Nicht so klein. Sie wiegt über achtzehn Kilo. Aber der Tierarzt meinte, sie wurde sterilisiert."

„Sie ist untergewichtig. Sie sollte zwischen fünfundzwanzig und zweiunddreißig Kilo wiegen." Des stand auf. „Ich muss eine Bleibe für sie finden, bis wir ein dauerhaftes Zuhause finden können."

Sie biss sich auf die Unterlippe, denn ihr war bewusst, dass sie nicht nur eine Pflegestelle, sondern auch ein dauerhaftes Zuhause finden musste. Eine schwere Aufgabe ohne Netzwerk, und sie wollte Barney nicht darauf ansprechen, noch einen Streuner aufzunehmen. Während mit Buttons alles wunderbar funktioniert hatte, würde sie ihr Glück wohl überstrapazieren, wenn sie darum bat, noch einen Hund mitzubringen, und dann auch noch einen großen.

„Ich schätze, es wäre zu viel verlangt, wenn du sie für eine Weile nimmst?" Des war sich ziemlich sicher, dass sie die Antwort kannte, bevor sie überhaupt fragte.

„Keine Chance. Meine Wohnung ist schon überfüllt genug mit dem letzten obdachlosen Hund, der mir eingeredet wurde." Ben fügte hastig hinzu: „Nicht, dass ich etwas bereue. Ich mag meinen Hund wirklich sehr. Sie ist gute Gesellschaft. Es ist schön, jemanden um sich zu haben, besonders abends, selbst, wenn dieser Jemand ein Hund ist."

Des nickte. Ben hatte vor ein paar Jahren seine Frau und sein Kind wegen eines betrunkenen Autofahrers verloren, und der tragische Unfall wurde sogar noch schrecklicher durch die Tatsache, dass der Fahrer des Wagens, der sie umgebracht hatte, Joe Domanskis alkoholsüchtiger Vater war, der ebenfalls bei dem Unfall starb.

„Seth hat eine Menge Platz bei sich. Vielleicht könnte er sie aufnehmen, bis du rausgefunden hast, was du mit ihr machen sollst", schlug Ben vor.

„Er hat wirklich eine Menge Platz", wiederholte sie, und dachte an das Gebäude, das der Vorbesitzer der Farm für die Hunde gebaut hatte, die er züchtete und verkaufte. „Ich schreib ihm."

Des schrieb Seth eine kurze Nachricht, in der sie fragte, ob er vorübergehend einen weiteren Hund aufnehmen könnte, und wartete dann hoffnungsvoll auf Seths Antwort. Des brachte der Hündin Wasser und eine Handvoll von Buttons' Trockenfutter, um zu sehen, ob sie hungrig war. Normalerweise wäre ein Hund, der herumstreunte und so offensichtlich unterernährt war, begierig darauf, zu essen und zu trinken;

aber dieser hier hielt den Kopf gesenkt, als ob sie Angst hätte, es sich ohne Erlaubnis zu nehmen, obwohl ihr Blick auf dem Futter in Des' Hand ruhte.

„Hey, es ist okay, Kleines. Das ist für dich." Des streckte ihre Hand näher zu der Hündin aus, die nun endlich mit den traurigsten Augen zu Des aufschaute, die sie je gesehen hatte. „Diese Kleine wurde gequält. Ich wette, irgend so ein Trottel mit einem kranken Sinn für Humor hat Futter für sie hingestellt, und sie dann dafür bestraft und gepiesackt, dass sie es sich nehmen will. Kein Wunder, dass sie untergewichtig ist."

„Ich werde die Leute nie verstehen." Ben nickte nachdenklich. „In meinem Gefängnis ist Platz für denjenigen, der sie misshandelt hat."

„Es wäre schwer, das zu beweisen, besonders, da wir keine Ahnung haben, woher sie kommt, aber es ist ziemlich offensichtlich, dass diese Kleine hier misshandelt wurde. Sie zittert immer noch." Des schob den Wassernapf näher ran, aber die Hündin zögerte immer noch, bevor sie ihren Kopf senkte und trank. „Zumindest nimmt sie Wasser. Das ist ein gutes Zeichen."

Ben wartete, bis der Hund fertig war, und versuchte dann, sie zu streicheln, aber sie zuckte zurück.

Des' Handy pingte, und sie wischte über das Display, um die Nachricht zu lesen. „Seth sagt, ich soll sie zu ihm bringen, und wir schauen, ob sie sich mit Ripley versteht." Des sah zu Ben rüber. „Ist er der Beste oder nicht?"

„Des, ich glaube, du könntest Seth bitten, fünfzig Hunde aufzunehmen, und er würde es tun, nur um dir eine Freude zu machen."

Des ignorierte die offensichtliche Andeutung und entgegnete: „Seth ist ein Hundeliebhaber und er hat viel Platz, das ist alles."

„Wenn du das sagst."

„Ich hole kurz meine Tasche und eine Handvoll Leckerli ... oh Moment, ich habe ja kein Auto."

„Ich fahr dich hin. Hol deine Sachen und los geht's. Ich springe aber um zehn für einen meiner Streifenpolizisten ein, und es ist schon zwanzig nach neun, also müssen wir uns beeilen."

„Bin sofort zurück." Des ging ins Haus, erklärte Cara, wohin sie ging, und schnappte sich ihre Tasche und ein paar Leckerli.

Zusammen schafften es Des und Ben, den Hund auf den Rücksitz des Autos zu bewegen. Des saß neben ihr und redete ihr die ganze Fahrt zu Seths Farm über leise zu.

„Ich sehe, Seth hat heute Morgen seine vielen männlichen Spielzeuge draußen", sagte Ben, als sie auf die Auffahrt zur Farm fuhren. Er zeigte aus dem Fenster. „Der Mann liebt diesen Aufsitzmäher. Ich schwöre, er mäht jedes Mal den Rasen, sobald er auch nur einen halben Zentimeter gewachsen ist."

Der Rasenmäher fuhr auf die Auffahrt zu, und Seth winkte, als er näherkam. Des winkte zurück, stieg aus dem Auto und atmete tief den Duft von frischgemähtem Gras ein.

„Hey, Leute." Seth fuhr mit dem Rasenmäher zum Rand der Auffahrt und stellte dann den Motor ab. Er hüpfte herunter und spähte auf den Rücksitz von Bens Auto. „Das ist der neue Hund?"

Des nickte. „Ich weiß nicht genau, ob sie Angst hat oder stur ist, aber sie will nicht aus diesem Auto raus." Sie wandte sich dem Hund zu. „Komm schon, Süße", redete ihr Des leise zu. „Du bleibst hier für eine kleine Weile."

Seth pfiff, und einen Moment später peste Ripley um die Ecke des Hauses.

„Oh schau mal, da ist Ripley", sagte Des zu der Hündin, die sich weigerte, sich zu rühren. „Er wird dein neuer Freund sein."

Ripley, dem die Zunge aus dem Mundwinkel hing, rannte wie wildgeworden auf Des zu, und blieb dann vor der offenen Autotür stehen, als er den Geruch des Labradors aufschnappte. Mit fröhlich wedelndem Schwanz kletterte er halb ins Auto, um den Neuankömmling zu begrüßen. Als die Hündin ihren Kopf wegdrehte, stupste er sie sanft an, wie um zu sagen: „Hey, guck mich an! Ich bin ein lustiger Typ! Lass uns spielen!" Schließlich drehte die Hündin ihren Kopf zurück und jaulte leise.

„Sie hat Angst und weiß nicht, wo sie ist oder was passiert", stellte Seth fest. Er stand hinter Des und sah zu, wie sein Hund versuchte, den Labrador aus dem Auto zu locken. Schließlich, als ob sie sich ihrem ungewissen Schicksal beugte, sprang die Hündin nach draußen und stand neben Des auf dem Gras. Ripley tat sein Bestes, um die Hündin zum Spielen zu bewegen, rannte um sie herum und bellte, aber sie rührte sich nicht von der Stelle.

„Es ist okay, Kleines. Du darfst spielen", ermutigte Des sie. Sie sah zu Seth hoch und sagte: „Sie ist wahrscheinlich müde und schwach, und ich weiß, dass sie hungrig sein muss, aber sie schien zu viel Angst zu haben, um zu fressen."

Seth schaute den Labrador einen Moment lang an. „Ich habe genau das Richtige." Er drehte sich um und joggte zum Haus.

Augenblicke später kehrte er mit einer Plastikdose in der Hand zurück. Er öffnete den Deckel und blieb vor dem Hund stehen. „Hühnchen", erklärte er Des und Ben.

„Gute Idee, erst Ripley zu füttern", stellte Des fest, „damit der Labrador wusste, dass es okay ist, es sich zu nehmen. Ich glaube, du bist ein Naturtalent." Sie kniete sich neben die Hündin, die diesmal nicht zurückscheute, obwohl sie bei Des' Berührung beklommen zitterte.

„Danke. Ich habe alles, was ich weiß, von Ripley gelernt." Seth streichelte seinem Hund den Kopf. „Und von dir."

„Tja, freut mich, dass das geklappt hat", sagte Ben, „aber ich muss zurück in die Stadt."

Des zögerte. Der Hund hatte Fressen angenommen und begann, etwas die Deckung fallen zu lassen, aber Des war nicht sicher, wie der Labrador reagieren würde, wenn sie so bald wieder verlassen werden würde.

„Ich bringe dich zurück, Des, wenn du eine Weile bei ihr bleiben möchtest", bot Seth an.

„Bist du sicher? Ich weiß, du hast bestimmt andere Dinge zu tun."

„Nichts, das nicht warten kann", versicherte er ihr.

„Also gut. Dann wär das geklärt." Ben machte die Autotür zu, die Des offen gelassen hatte. „Des, viel Glück.

Ich hoffe, du findest ein dauerhaftes Zuhause für sie, aber ich glaube, du brauchst einen Plan, wenn du darauf bestehst, dass Streuner zu dir, statt zu dem Heim drüben in Churchill gebracht werden sollen."

„Ich habe mich darüber erkundigt." Des stand auf. „Es ist überfüllt, die Mitarbeiter sind schlecht ausgebildet, und wenn sich nach dem ersten Monat niemand für ein Tier meldet, wird es eingeschläfert. Ich würde niemals ein Tier dorthin geben."

„Naja, dann lass dir eine Alternative einfallen. Du kannst nicht ewig erwarten, dass Seth dir aus der Patsche hilft, jedes Mal, wenn ein Streuner nach Hidden Falls kommt."

„Ich glaube, ich kann für mich selbst sprechen, aber danke, Kumpel." Seth ging zum Auto.

„Ich weise nur auf das Offensichtliche hin, mein Freund", murmelte Ben. Er schloss die Autotür und startete den Motor.

„Er hat Recht, weißt du", sagte Des, als sie zusahen, wie Ben von der Auffahrt fuhr. „Ich brauche einen Plan. Ich kann mich nicht immer jedes Mal an dich wenden, wenn jemand einen Streuner aufsammelt."

Seth verschränkte die Arme vor der Brust. „Warum nicht?", fragte er.

„Weil ... weil es eine große Verantwortung ist. Ein großes Unterfangen."

„Jetzt gerade ist es nur ein weiterer Hund." Er wies mit dem Kopf in Richtung des Vorgartens, wo der Labrador und Ripley etwas verhalten Fangen spielten. „Und sie scheint okay zu sein."

„Es geht ihr besser, aber sie ist immer noch ein bisschen unsicher. Siehst du, wie sie zögert, bevor sie

Ripley nachläuft? Aber du hast Recht. Rip tut das, was wir nicht können. Er beruhigt sie auf eine Art, auf die wir es nicht können."

„Er ist ein guter Hund", sagte Seth leise.

„Ich kann dir nie genug danken, dass du ihn aufgenommen hast", sagte sie. „Ich weiß ehrlich nicht, was ich mit den Hunden gemacht hätte, wenn du ihn nicht genommen und Ben dazu überredet hättest, das Weibchen zu nehmen." Sie lächelte. „Er hat ihr übrigens endlich einen Namen gegeben. Lulu."

„Ich wette, nach der Lulu von den Hoffmans. Bens Nachbarn, als wir klein waren." Seth grinste. „Na, das war vielleicht ein Hund. Lulu war ein Chihuahua und Jack Russell Mischling. Fieses kleines Hündchen. Das streitlustigste Ding auf vier Beinen."

„Ich hatte bei Ben den Eindruck, dass sie ein lieber Hund war."

Seth schnaubte. „Sie hatte eine gemeine Ader, und man wusste nie, wann sie auf einen losgeht."

Des schoss der Gedanke durch den Kopf, dass Bens frühe Erfahrungen mit dem Nachbarshund ihn vielleicht darauf vorbereitet hatten, mit Allie umzugehen, aber bevor sie ihn Seth mitteilte, berührte er ihren Arm.

„Schauen wir mal, wie es dem neuen Mädchen drinnen geht", sagte Seth, als er sie beide zum Farmhaus führte. „Dann werden wir sehen, ob sie stubenrein ist."

„Du willst das Risiko eingehen, dass sie es nicht ist?"

„Klar. Gibt nur einen Weg, das herauszufinden. Und wenn du versuchen willst, ein Zuhause für sie zu finden, ist das eines der Dinge, die du wissen solltest, oder?"

„Stimmt. Trotzdem ..."

„Ich mach mir da keine Sorgen. Schauen wir mal, wie's läuft." Seth pfiff nach Ripley, der mitten im Spiel innehielt, und dann zu seinem Herrchen rannte. Nachdem sie fast eine Minute gezögert hatte, folgte der Labrador ihm.

„Gutes Mädchen." Seth machte die Tür auf und sah zu, wie der Hund mit Ripley die Schwelle überquerte.

Sobald sie im Haus waren, blieb der Labrador an Des' Seite.

„Sieht so aus, als hättest du eine Freundin", sagte Seth.

Des war Seth ins Wohnzimmer gefolgt, wo er ihr mit einer Geste bedeutete, sich einen Platz auszusuchen. Der Raum war eine fröhliche Mischung aus den Siebzigern und der Gegenwart. Die Möbel waren ein bunter Mix aus förmlichen Beistelltischen mit Marmorplatten und einem Mischmasch von Lampen, und gepolsterten Sesseln, die schon seit ein oder zwei Jahrzehnten nicht mehr in Mode waren. Ein großer, grauer, steinerner Kamin nahm eine komplette Ecke ein, und darüber hing ein Foto von der Farm zu besseren Zeiten: das Haus und die Scheune waren gestrichen und ordentlich, die Veranda gerade, Blumenbeete blühten, der Mais stand hoch auf den Feldern, und die Apfelbäume waren schwer mit Früchten.

Die Fenster standen an zwei Wänden offen und eine kühle Brise wehte herein. Des setzte sich auf das grünweiß-karierte Sofa, den Labrador zu ihren Füßen. Seth nahm einen der Clubsessel und drehte ihn so, dass er ihr gegenüber stand.

„Also, nun erzähl mal", sagte er. „Wie wirst du ein Zuhause für unsere neue Freundin finden?"

„Ich kann die Lokalzeitung anrufen und schauen, ob sie etwas schreiben möchten. So was wie ‚Hübscher Labrador braucht ein gutes Zuhause, vielleicht deins.‘ Das könnte helfen. Ich könnte auch mit Doc Trainor reden und fragen, ob ich ein paar Flyer in seiner Praxis auslegen könnte.“

Seth nickte nachdenklich.

„Was?“, fragte sie.

„Ich habe nur nachgedacht. Sagen wir, der Besitzer des Hundes sieht den Zeitungsartikel und meldet sich. Könntest du sie ihm übergeben, trotz der Vermutung, dass sie misshandelt wurde?“

„Ich weiß nicht, wie ich verhindern könnte, sie zurückzugeben, wenn jemand beweisen könnte, dass sie ihm gehört.“ Des biss sich auf die Unterlippe. Sie mochte die Aussicht nicht, dass das passieren könnte. „Wir könnten ihren Zustand dokumentieren, die Tatsache, dass sie so unterernährt ist, aber das könnte man dadurch erklären, dass sie für eine Weile frei rumlief.“

„Und das Verhalten, das sie an den Tag gelegt hat? Wie kann man das erklären?“

Des schüttelte den Kopf. „Es wäre ihr Wort gegen meins.“

„Aber du kennst dich mit Hundeverhalten aus, oder?“

„In Montana, aber das heißt hier draußen nichts.“ Des seufzte. Sie wusste, dass sie den Advocatus Diaboli spielte, aber die Einwände, die er erhob, waren legitim.

„Das Heim, was du in Montana hast, behält die Hunde, die nicht vermittelt werden können, richtig?“

„Richtig“, sagte sie. „Wir lehnen keine Tiere ab.“

„Vielleicht solltest du irgendwann so ein Tierheim wie das hier in Hidden Falls errichten.“

„Es ist nicht so einfach. Ich kann hier nicht ein Tierheim gründen und es dann zurücklassen, wenn ich zurück nach Montana ziehe.“

„Dann hast du schon beschlossen, dass du gehst?“, fragte Seth.

„Ich habe gar nichts beschlossen. Ich sage nur, dass es eine große Entscheidung ist. Ich war glücklich dort. Ich habe dort gute Arbeit geleistet. Ich weiß nicht, ob ich bereit bin, endgültig fortzugehen.“

„Des, früher oder später wird das Theater fertig sein. Du wirst dich entscheiden müssen.“

Des runzelte die Stirn. „Mich dafür entscheiden oder es sein lassen, und dich nicht mehr stören, ist es das, was du meinst?“

„Ja, außer dem Teil mit dem stören.“ Er reichte über die Distanz, die sie trennte, und nahm eine ihrer Hände. „Ich werde dich niemals abweisen. Aber irgendwann könnten die Hunde darunter leiden. Sie werden mehr Zuwendung brauchen, als nur gefüttert zu werden und ein Dach überm Kopf zu haben. Rip und ich kommen super klar. Und vielleicht kommen wir sogar mit ihr gut klar.“ Seth nickte in Richtung des Labradors. „Aber ich weiß nicht, wie toll es wäre, wenn es hier ein Dutzend oder mehr von ihnen geben würde, ohne dass wir vorausgeplant haben. Im Moment ist es kein Problem. Hidden Falls wurde noch nie von Streunern überrannt. Ich habe hier schon etwas Platz, also wenn du herkommen würdest, um mit ihnen zu arbeiten, könnten wir es zusammen schaffen.“

„Du hast hier schon so viel Verantwortung. Ich will nicht noch was oben drauflegen“, sagte sie. „Heute Morgen warst du der Erste, an den ich gedacht habe. Vielleicht hätte ich nicht ...“

„Ich möchte, dass du als Erstes an mich denkst. Immer, und bei allem. Ich meine nur, du brauchst einen Plan. Ich würde gerne mit dir an einem arbeiten.“ Er drückte ihre Hand, ließ sie dann fallen und stand auf. „Fürs Erste lassen wir dieses hübsche Mädchen mal hier bei Ripley und ich bring dich zurück in die Stadt.“

„Du willst sie hier unbeaufsichtigt in deinem Haus lassen?“ Des zog eine Augenbraue hoch. „Das ist ein bisschen riskant. Du weißt nicht, ob sie stubenrein ist, oder ob sie Ängste hat und deine Möbel zerkauen wird. Im Ernst, Seth. Das könnte sein.“

Seth schien darüber nachzudenken. „Ich weiß nicht, was ich sonst mit ihr machen soll.“

„Was ist mit dem Zwinger, den du hinten hast? Könnte sie da nicht für eine Weile bleiben?“

„Finden wir raus, was sie davon hält, eingesperrt zu sein.“ Seth rief seinen Hund, und der Labrador folgte Ripley von sich aus durch das Haus und aus der Hintertür raus zu dem Zwinger, den sein Freund für die Würfe seiner Jagdhunde gebaut hatte.

Seth schloss den alten Zwinger auf und ging hinein, gefolgt von den zwei Hunden.

„Sieht aus, als ob Ripley bei seiner neuen Freundin bleiben wird“, sagte Des.

„Ich hole ihnen eine Schale Wasser, und wir werden sehen, wie sie reagieren, wenn ich weg bin.“

Den Hunden schien es nichts auszumachen, eingesperrt zu sein, und sie machten es sich im Schatten bequem, obwohl Seth und Des weggingen.

„Wie lange, glaubst du, dauert es, bis sie zu bellen oder zu jaulen anfangen?", überlegte Des laut.

„Das würde Rip nicht tun. Er wartet darauf, dass ich zurückkomme, und das sollte den Labrador auch ruhig halten."

„Ich hoffe, du hast recht." Sie blickte über ihre Schulter, während sie weggingen.

„Und selbst wenn sie bellen, wen, glaubst du, würden sie hier draußen stören? Es ist ja nicht so, dass ich Nachbarn hätte, die sich beschweren könnten."

„Guter Punkt."

„Irgendeine Idee, wie alt sie ist?"

„Nicht viel älter als zwölf bis achtzehn Monate, würde ich schätzen. Sie sieht wirklich jung aus, aber der Tierarzt könnte das besser einschätzen."

Seths Pick-up stand in der Einfahrt, und Des ging darauf zu. Aber nach ein paar Schritten bemerkte sie, dass er in eine andere Richtung lief. Verwirrt sah sie zu, wie er das Scheunentor öffnete. Einen Moment später hörte sie ein Dröhnen, und eine erschrockene Des zuckte zusammen, als das Motorrad zum Vorschein kam, stotternd und rauchend wie ein angriffslustiger, schwarzer Drache. Seth fuhr damit zur hinteren Veranda, wo er es in den Leerlauf schaltete, und stieg ab.

„Ich bin gleich zurück", sagte er zu Des, als sie auf ihn zuging. „Du brauchst einen Helm."

Er nahm zwei Stufen auf einmal und verschwand im Haus. Des blieb drei Schritte vor dem glänzenden schwarzen Biest stehen, das sogar im Leerlauf leise knurrte. Sie war noch nie so nah an einem Motorrad gewesen, und es war ein formidabler Anblick. Sie umrundete es und beäugte die Maschine, als ob sie befürchtete, dass sie beißen könnte.

„Hier. Probier den mal an." Seth kam in eine Lederjacke gekleidet die Stufen herunter und trug zwei Helme und eine zweite Lederjacke bei sich. Er gab Des einen Helm und sie schnallte ihn fest. Sie war sich sicher, dass sie die schlimmste Helmfrisur auf der Welt haben würde, aber es gab schlimmere Dinge, die auf einem Motorrad passieren könnten.

„Und du brauchst die Jacke, denn wenn wir stürzen – was unwahrscheinlich ist – wären die Schürfwunden unerträglich schmerzhaft."

„Klingt, als sprichst du aus persönlicher Erfahrung."

Er nickte. „Nichts, was ich wiederholen möchte. Aber du hast Glück, weil Amy ihre Jacke übers Wochenende hiergelassen hat."

Sie schlüpfte in die Jacke, die, wie das Shirt seiner Schwester, um einiges zu groß war, aber sie machte den Reißverschluss zu und krempelte die Ärmel weit genug hoch, um die Hände frei zu haben.

„Hast du schon mal auf einem Motorrad gesessen?", fragte er, als er seinen Helm zurechtrückte.

„Nee."

„Zu viel Abenteuer für dich?" Er schob sich seine Sonnenbrille auf die Nase, was erfolgreich das Funkeln in seinen Augen verdeckte.

„Hatte nur nie die Gelegenheit."

„Und du bist wie alt?" Das neckende Grinsen konnte er nicht verdecken.

„Fünfunddreißig."

Immer noch lächelnd stieg Seth auf das Motorrad. „Setz dich auf den Sitz hinter mir. Keine Sorge. Du wirst nicht runterfallen, aber du würdest dich vielleicht etwas sicherer fühlen, wenn du dich an mir festhältst.“

Sie kletterte auf das Motorrad, schlang ihre Arme um seine Taille, und setzte sich hin. Sie fühlte ihr Herz in ihrer Brust hämmern, aber sie war sich nicht sicher, ob das daran lag, dass sie etwas ausprobierte, womit sie nie gerechnet hätte – etwas, was sie nie wirklich hatte tun wollen – oder an der Nähe zu Seths steinhartem Körper.

Er drehte sich um und sah über seine Schulter. „Bereit?“

Des nickte. Besser wird's nicht.

Er legte den Gang ein, und das leise Knurren wurde zu einem Grollen, als er langsam auf die Einfahrt fuhr. Am Ende hielt er wegen des einen Autos an, das Richtung Stadt fuhr. Des erwartete, dass Seth links abbiegen würde, um dem Auto nach Hidden Falls zu folgen, aber überraschenderweise fuhr er nach rechts.

„Wohin fahren wir?“, fragte sie.

„Ich dachte, wir nehmen den langen Weg nach Hause. Halt dich fest.“

Das Motorrad fuhr los und nahm langsam Fahrt auf. Des zog ihren Kopf hinter Seths Schultern ein, um ihr Gesicht vor dem Wind zu schützen, aber nach ein paar Minuten sah sie hoch, um die vorbeiziehende Landschaft anzuschauen. Es war wie eine Diashow. Seth nahm die Kurven und Neigungen der Straßen wie ein Profi, und ehe sie sich's versah, lehnte sie ihr Gesicht gegen seine Schulter, um die frische Luft zu genießen.

Es ging Hügel hoch und an Farmen vorbei, an Feldern, auf denen Mais grün hervorlugte, an Teichen, die von Enten und Gänsen umringt wurden, und Zäunen, über die Pferde ihren Kopf hingen, um zu sehen, was es mit dem Tumult auf sich hatte, und dann davonstoben, als das Motorrad vorbeifuhr. Sie lehnte sich gegen Seths lederbedeckten Rücken, als sie um die Kurven fuhren, und sie bemühte sich wirklich sehr – erfolglos – zu ignorieren, wie fest und stark sich sein Körper an ihrem anfühlte.

Sie begriff, dass sie die Hudson Street von der entgegengesetzten Richtung erreicht hatten, als sie an dem Haus vorbeifuhren, das laut Barney das Haus war, wo ihre verlorene Liebe, Gil Wheeler, gelebt hatte. Seth wurde langsamer, bog dann auf Barneys Einfahrt und fuhr geradewegs zur Remise. Er stellte den Motor ab und drehte sich dann um.

„Also, wie fandest du deine erste Fahrt auf einer Harley?" Sein Gesicht war ihrem so nah, dass sie seinen Atem auf der Wange spüren konnte. Er nahm seine Sonnenbrille ab, sodass sie Auge in Auge dasaßen.

Des wusste, eine Frau könnte für immer verloren sein, wenn sie zu lange in diese dunklen Seen starrte. Eine kluge Frau würde wegsehen.

Ein langer Augenblick verstrich, bevor Des ihren eigenen Rat beherzigte.

„Sie hat Spaß gemacht", sagte sie wahrheitsgemäß. „Es hat mir gefallen. Zuerst war ich ein bisschen unsicher, aber es hat Spaß gemacht."

Sie stieg vom Motorrad und nahm gerade ihren Helm ab, als Cara und Barney die Treppe runterkamen.

„Wow, guck dich an“, rief Cara Des zu. „Schwarzes Leder, cooler Helm. Ich muss sagen, der Biker-Chick-Look steht dir sehr gut.“

Des lachte und zog die Jacke aus, und gab sie Seth, der äußerst belustigt aussah.

„Ich habe bestimmt eine extreme Helmfrisur, und ich bezweifle, dass mir das steht, aber danke. Glaube ich.“

„Gottchen, ich habe seit Jahren keine davon gefahren“, sagte Barney, als sie zu ihnen in die Auffahrt kam.

„Du bist mal Motorrad gefahren?“ Des machte große Augen.

„Oh ja. Euer Vater hatte mal eine Phase, in der er sich für James Dean gehalten hat. Sie war sehr kurzlebig, weil Mutter entsetzt war, aber für diese paar Monate hatten wir Spaß.“ Barney tätschelte den Lenker. „Nichts so Maskulines und Gefährliches wie diese Kleine hier, aber genug, dass es viele Mädchenherzen entflammt hat, wenn Fritz damit durch die Stadt gefahren ist, glaubt mir.“

„Genau das, was Dad gebraucht hat. Noch etwas, um Mädchen zu bezirzen.“ Des fragte sich, ob J eines dieser Mädchen war, das von dem Klang des Motors angezogen wurde, und dem Hauch Gefahr, die er repräsentierte.

„Ich wage zu behaupten, dass es bei mehr als einer der Anwohnerinnen Wunder bewirkt hat.“

„Also, Barney. Willst du draufhüpfen, eine Runde um den Block drehen?“, fragte Seth.

„Heute nicht. Ich bin kaum für einen Ausflug angezogen, aber danke dir.“ Barney wies auf ihre flachen Schuhe und ihr hübsches Hemdblusenkleid. „Ich gehe mit Freunden Mittag essen. Aber ein andermal, ja, dann würde ich sehr gerne."

„Sag mir wann, und ich werde da sein." Seth wandte sich Des zu. „Ich sag dir Bescheid, wie die Dinge mit dem neuen Hund laufen."

„Ich bin dir wirklich dankbar, dass du sie aufgenommen hast. Ich weiß wirklich nicht, was ich sonst getan hätte." Sie gab ihm die Jacke, die er in einer Tasche hinter dem Mitfahrersitz verstaute, und den Helm, den er dort befestigte, wo Des gesessen hatte. „Danke nochmal."

„Ich würde ja sagen, jederzeit, aber am Ende kommst du noch drauf zurück." Seth grinste. „Nein, das war nur Spaß. Es ist immer okay. Barney, vergiss nicht, jederzeit gilt auch für dich. Und Cara, du darfst auch gerne."

„Ich würde auf dieses Ding steigen. Definitiv." Cara nickte.

„Dieses Ding"", wiederholte er, als ob er verletzt wäre.

„Dein hübsches Motorrad", korrigierte Cara sich, und streute unbeabsichtigt noch mehr Salz auf die Wunde.

„Cara, eine Harley ist nicht hübsch." Er legte seine Hand aufs Herz.

„Ich sollte aufhören, zu reden." Cara lachte und wandte sich zum Haus. „Man sieht sich."

„Danke nochmal, Seth", sagte Des. „Für alles."

„Gern geschehen." Er setzte wieder seine Sonnenbrille auf, die die Sanftheit in seinem Blick verbarg, als er Des ansah. Er startete den Motor und legte den Gang ein.

„Ich melde mich", sagte sie. „Wegen der Hündin."

Seth nickte, warf Barney eine Kusshand zu, die den Kopf schüttelte und laut auflachte, als sie ihm eine zurückwarf.

„Gute Güte“, sagte Barney, als Seth auf die Hudson Street einbog und hinter den Bäumen verschwand. „Das hat Erinnerungen geweckt.“

„Du hast uns nie erzählt, dass Dad ein Motorrad hatte.“ Des wandte sich von der Straße ab, während der Klang des Motorrads leiser wurde.

„Ich hatte diese Zeit vergessen. Das war eines der Dinge, die man einfach nicht machte, weißt du.“ Sie hakte sich bei Des ein, als sie zum Haus gingen. „Zu meiner Zeit wurden Männer, die Motorrad fuhren, als waghalsig und gefährlich angesehen, was den Reiz ausmachte, vermute ich.“ Barney lächelte. „Was ihn immer noch ausmacht, schätze ich. Diese Aura von Gefahr kann sehr anziehend sein.“

Sie erreichten der Fuß der Treppe.

„Oder sie kann furchteinflößend sein, wenn man der Herausforderung nicht gewachsen ist, die sie vielleicht darstellt.“

Barneys Worte klangen Des für den Rest des Tages in den Ohren. Des war sich nicht sicher, ob sie die Fragen, die dieser einfache Kommentar aufwarf, beantworten konnte.

Beantworten wollte.

Versteckte sie sich hinter der Wand von Freundschaft, benutzte jede Ausrede, die sie finden konnte, um eine tiefere Beziehung mit einem Mann wie Seth zu vermeiden?

Kein Risiko, keine Belohnung? War sie wirklich zufrieden damit?

Fühlte sie sich mit einem Typen wie Greg besser, weil er so viel sicherer wirkte? Weil sie tief im Innern wusste, dass sie niemals solche tieferen Gefühle für ihn haben könnte?

Und wenn die Antwort ja und ja lautete, was sagte das über sie aus? Warum machte ihr der Gedanke an eine Beziehung mit ihm, eine, die über Freundschaft hinausging, Angst?

Sie wusste, wieso. Was sie nicht wusste, war, was sie dagegen tun wollte, wenn überhaupt.

Des schlenderte am folgenden Morgen ins Büro und fand Cara am Schreibtisch vor, ein Blatt Papier vor sich, einen Stift in der Hand, und einen finsteren Ausdruck im Gesicht.

„Warum so niedergeschlagen?"

„Ich habe gerade mit James Ebersol von der Balfour Group gesprochen." Cara sah zu Des auf. „Diese Zahlen sind entsetzlich."

Des ging um den Schreibtisch und beugte sich über die Schulter ihrer Schwester.

„Zweihundert Dollar pro Stunde?" Sie nahm das Blatt, auf dem sich Cara Notizen gemacht hatte. „Bist du sicher, dass du ihn richtig verstanden hast?"

„Mit meinem Gehör ist alles in Ordnung, Des. Diese Jungs kosten mehr, als wir je bezahlen könnten. Die zweihundert Dollar beginnen, wenn sie ihr Büro verlassen. Sie fliegen von Columbus, Ohio – Business-Class. Wenn sie hierbleiben, aus welchen Gründen auch immer, müssen wir für ihre Unterkunft bezahlen, plus ihren Stundenlohn."

„Also machen sie zweihundert Dollar in der Stunde, während sie schlafen? Wer wird denn so bezahlt?"

„Anscheinend James Ebersol und Mannschaft. Sie reisen übrigens normalerweise zu zweit. Ebersol inspiziert gerne persönlich jedes potenzielle Projekt. Und natürlich wird er von einem seiner Kunsthandwerker begleitet. Er meinte, für das Theater würde er wahrscheinlich seinen besten Stuckateur mitbringen.“

„Mein Kopf hängt immer noch an den zweihundert Dollar pro Stunde fest. Ist das für jede einzelne Person?“

„Ich war so geschockt, dass ich nicht gefragt habe. Aber es ist nicht wichtig, weil wir es uns nicht leisten können, das für eine Person zu bezahlen. Oh, und das Minimum, das sie für ihren Bericht berechnen, ist fünftausend Dollar. Wir sind so am Arsch.“ Cara drehte sich mit dem Stuhl um die eigene Achse.

„Okay, also brauchen wir einen Plan B.“ Des setzte sich auf die Ecke des Schreibtischs.

„Ich arbeite an einem. Gib mir ein bisschen Zeit, um das zu durchdenken. Zuerst muss ich Joe anrufen. Er kennt jeden.“

Um zwei Uhr nachmittags trafen sich alle drei Hudsonschwestern auf Caras Bitte hin mit Joe im Foyer des Theaters.

„Also, erzähl ihnen, was du mir erzählt hast.“ Cara stupste Joe an. „Als ich dich gefragt habe, wen du anrufen würdest, wenn du richtig alten Putz reparieren müsstest.“

„Denselben, den ich immer anrufe“, antwortete Joe. „Giovanni Marini.“

Cara machte eine ungeduldige Handbewegung. „Sag ihnen, warum.“

„Zuerst einmal ist er uralt – sagt Barney nicht, dass ich das gesagt habe. Er ist Mitte siebzig. Er arbeitet seit über sechzig Jahren als Verputzer. Er hat mir einmal erzählt, dass er seit seinem achten Geburtstag, als er in Italien aufwuchs, von seinem Großvater gelernt hat, der ein Meisterstuckateur war."

„Und du glaubst, dass er das reparieren kann?" Allie zeigte auf die Decke.

„Ja, ich glaube, das könnte er." Joe wandte sich Cara zu. „Hast du nicht gesagt, dass diese Truppe in Ohio empfohlen hat, so einen überheblichen Verputztypen zu engagieren? Einen ‚Künstler?'"

„Ja. Wir brauchen einen ‚Meister in der Kunst des Putzes.' Also habe ich mich gefragt, wer ist dieser Typ, dieser Künstler. Und woher hat er seine Erfahrung? Ich habe Ebersol zurückgerufen und ihn gefragt: Was macht Ihren Mann so gut, so viel besser, als jeden anderen? Und er meinte, naja, er hat in Italien bei einem Handwerksmeister gelernt."

Cara sah von Allie zu Des.

„Denkt ihr, dass Mr. Marinis Großvater und Handwerksmeister nicht vielleicht genauso gut wie der der Balfour Group sein könnte?"

Joe schnaubte. „Ich würde ohne Zweifel jederzeit auf Marini setzen."

„Definitiv einen Versuch wert", stimmte Allie zu.

„Wir sollten zumindest mit ihm reden", sagte Des.

„Das werden wir." Cara nahm ihr Handy aus der Hosentasche und schaute auf die Uhrzeit. „In etwa zwei Minuten."

Noch bevor diese um waren, kam Giovanni Marini ins Theater, während er ein Lied pfiff, das Des vage als einen alten Frank Sinatra-Song erkannte. Er war klein, drahtig, und trug ein T-Shirt und Shorts, die seine O-

Beine zeigten. Er stellte sich fröhlich vor, und zeigte dann ohne Zeit zu verlieren nach oben.

„Das ist der Patient?“

„Ganz genau.“ Joe stand neben dem Mann, was ihn winzig wirken ließ.

Ohne zu zögern kletterte Giovanni das Gerüst hoch. Er schritt die oberste Planke nonchalant entlang, als ob er zu seinem Auto ging, und ließ sich Zeit, während er unverwandt direkt nach oben schaute. Ab und an berührte er die Decke und fuhr mit der Hand über die beschädigten Stellen. Nach ungefähr zwanzig Minuten bahnte er sich seinen Weg genau so lässig nach unten, wie er hochgeklettert war.

„Sieht wie die Arbeit von Jack O’Brien aus“, meinte er zu Joe. „Jack und sein Bruder haben viele Putzarbeiten übernommen, als ich hierherkam.“

„Woher wissen Sie das?“, fragte Des.

„Die Hand eines Meisterstuckateurs ist wie eine Unterschrift. Er benutzt ein bestimmtes Maß an Druck, mischt seinen Putz auf seine eigene Art. Ich habe über die Jahre viel von O’Briens Arbeit repariert. Ich bin mit seiner Mischung vertraut.“

Cara fragte: „Wenn wir Sie bitten würden, die Reparaturen dort oben vorzunehmen, was würden Sie tun?“

„Vorausgesetzt, Sie wollen, dass ich mich dem Original anpasse, würde ich ein Stück Putz abnehmen, schauen, was für eine Mischung er benutzt hat. Jack hatte drei Mischungen, die er mochte. Eine für Wände, die er hier nicht benutzt hätte. Die anderen zwei“, er zuckte die Schultern, „könnten alles sein.“

„Wie könnten Sie sie unterscheiden?“ Cara folgte seinem Blick, als er nach oben schaute.

„Manche haben mehr Gips, andere mehr Wasser oder weniger, je nachdem, was er haben wollte. Manchmal mehr Gips, manchmal mehr Kalk, manchmal andersrum.“

„Was ist der Unterschied?“, fragte Des.

„Bei einer höheren Konzentration von Kalk würde es länger dauern, ihn anzubringen. Gibt dir eine andere Oberfläche.“

„Warum wählt man eine über die andere?“, beharrte Des.

Giovanni zuckte die Schultern. „Persönliche Entscheidung ist die beste Antwort, die ich Ihnen geben kann. Man erkennt, was ein Job verlangt, wenn man es lange genug gemacht hat.“

„Und wie würden Sie an dieses Chaos da oben rangehen?“, fragte Cara.

„Naja, zuerst muss man alles abschaben, was lose ist, und dann entscheidet man, was man für eine Mischung möchte. Man trägt sie auf, glättet sie. Man kann seine Hände oder einen Spachtel benutzen, was auch immer das gewünschte Ergebnis bringt, egal wie viele Schichten man braucht.“

„Jetzt die große Frage, Mr. Marini. Was würden Sie für die Arbeit an der Decke berechnen?“ Des hatte beinahe Angst, zu fragen, aber sicherlich konnte es nicht so viel wie Ebersols Stuckateur kosten.

Giovanni starrte einige Augenblicke auf die Decke. „Nun, wissen Sie, sie ist dort in der Mitte gewölbt, wo sich ein paar der Schäden befinden. Ich werde einen Zimmerer bestellen müssen, um an der anderen Seite der Decke zu arbeiten, die Putzträger zu ersetzen, wenn sie nass sind.“ Er wandte sich Joe zu. „Du könntest das doch wahrscheinlich für mich machen, oder, mein Sohn? Die Putzträger überprüfen?"

„Die Dachdecker haben sie sich schon angeschaut. Da oben ist es jetzt trocken. Das Dach war nur dieses eine Mal undicht, und wir haben uns direkt darum gekümmert."

„Gut, gut." Giovanni nickte „Aber sei nicht beleidigt, wenn ich selber noch einmal nachsehe."

„Ich wäre enttäuscht, wenn du es nicht tun würdest." Joe lächelte.

„Also sagen wir, wir haben nur diese eine gewölbte Fläche, und diesen flachen Teil dort drüben rechts ... vielleicht fünfundachtzig die Stunde. Das berücksichtigt natürlich, dass ich die Putzmischung genau dem Original anpasse."

„Fünfundachtzig Dollar die Stunde", wiederholte Des.

„Zu viel?", fragte Giovanni.

„Nein, nein, das wäre okay." Des blickte zu Cara und Allie. „Was denkt ihr?"

„Ich denke, wir haben unseren Künstler gefunden." Cara klopfte Giovanni auf den Rücken. "Wann können Sie anfangen?"

Sie verabschiedeten sich von Giovanni, der versprach, übers Wochenende einen Vertrag für den Auftrag aufzusetzen. Cara blieb zurück, um sich mit Joe zu unterhalten, und Allie und Des machten sich auf den Weg zum Haus.

„Das war eine brillante Idee von Cara", sagte Des.

„Hoffen wir, dass Giovanni genauso gut ist wie Mr. Putzkünstler aus Ohio." Allie stieß sich den Zeh an der Bürgersteigkante und jaulte auf, und blieb kurz stehen, um sich über die schmerzende Stelle zu reiben, bevor sie Des einholte.

„Ich wette, das ist er." Des war ziemlich zuversichtlich, dass Giovanni genau das sein würde. „Er muss es sein, weil er der Einzige ist, den wir uns leisten können. Wir brauchen aber immer noch einen Maler." Der Putz mochte die Torte sein, aber die Malereien waren definitiv das Sahnehäubchen. „Und ich habe keine Ahnung, wo wir einen finden, wenn wir Ebersol und seine Leute weglassen. Dr. Lindquist hatte keine zweite Wahl, oder?"

„Nein, aber ich habe eine Idee."

„Die da wäre?"

„Ich arbeite dran, Des. Belassen wir's dabei."

Als sie an ihrer Einfahrt ankamen, fuhr ein Auto vorbei und parkte in der Auffahrt des Hauses auf der gegenüberliegenden Straßenseite. Ein großer Mann mit dichtem, weißem Haar stieg aus und verschwand hinter der Wand aus Kiefern, die das Grundstück verdeckten.

„Hat Barney nicht gesagt, dass die Frau, die hier gelebt hat, letztes Jahr gestorben ist?" Des blieb auf der Hälfte des Weges stehen und drehte sich um.

„Hat sie." Allie hielt einen Moment lang Ausschau, aber der Mann kam nicht zurück zum Auto. „Vielleicht ist er eines der Kinder."

„Es ist nur eines in der Gegend, hat Barney gesagt. Der eine Sohn ist gestorben, die Tochter ist in London, und der andere Sohn war in der Armee."

„Das könnte also er sein."

„Oder es könnte jemand sein, der das Haus ausrauben will", schlug Allie vor.

„Nicht am helllichten Tag.“

„Machst du Witze? Es werden dauernd Leute am helllichten Tag überfallen.“

Als sie reingingen, erzählten sie Barney, dass das leere Haus über der Straße scheinbar einen Besucher hatte.

„Oh.“ Barney schaute von ihrem Buch auf. „Das könnte Thomas sein.“ Sie schien über die Möglichkeit nachzudenken, bevor sie ihr Lesezeichen in die Seiten legte und das Buch zuklappte. “Vielleicht sollte ich nachsehen.“

„Wir kommen mit dir“, sagte Des.

„Nicht nötig.“ Barney erhob sich aus ihrem Stuhl und schlüpfte in die Sandalen, die sie ausgezogen hatte.

„Was, wenn er, naja, ein Räuber ist?“ Allie lehnte sich über die Lehne des Zweiersofas. „Es könnte gefährlich sein.“

„Ich nehme meinen getreuen Wachhund mit.“ Sie schnipste mit den Fingern und Buttons hüpfte vom Hocker, wo sie sich für ein Nickerchen zusammengerollt hatte.

„Wiegt sie überhaupt neun Kilo?“, fragte Allie.

„Eher sieben, das letzte Mal, als sie beim Tierarzt war.“ Barney ging aus dem Raum, den Hund auf ihren Fersen. „Ich hole nur noch ihre Leine und dann gehen wir rüber und schauen, was dort los ist.“

„Nimm wenigstens dein Handy mit, damit du um Hilfe rufen kannst.“

„Natürlich. Ich habe euch beide auf Kurzwahl.“ Barneys Stimme verklang im Flur.

„Wenn du nicht in zehn Minuten zurück bist, kommen wir rüber“, rief Des ihr zu.

„Wenn es Thomas ist, wie ich vermute, macht zwanzig draus", rief Barney zurück.

„Woher sollen wir das wissen?", fragte Allie, als die Haustür ins Schloss fiel.

„Wir warten fünfzehn Minuten, dann sehen wir nach."

„Einverstanden." Allie legte ihr Handy auf den Schreibtisch. „Ich achte auf die Zeit. Fünfzehn Minuten. Dann gehen wir rüber, nur für den Fall, dass sie Verstärkung braucht. In der Zwischenzeit können wir ein paar Akten durchgehen und schauen, ob wir eine Spur von unserem Maler finden."

Sie warteten die vollen fünfzehn Minuten.

„Ich glaube, wir sollten einfach los und sichergehen, dass da drüben nichts Merkwürdiges vor sich geht, Allie."

„Alles in allem glaube ich, dass Barney sich gut um sich selbst kümmern kann. Aber sie ist schon eine Weile weg. Es schadet ja nichts, zu klingeln." Allie schloss die Akte, die sie gerade durchgesehen hatte, und stand auf. „Ich glaube so langsam, dass wir niemals rausfinden werden, wer der Maler am Theater war."

„Ich kann mir nicht vorstellen, dass er – oder sie – nirgends erwähnt wird. Wir haben einfach nur nicht am richtigen Ort gesucht. Es muss doch etwas geben–" Des war als Erste an der Haustür, öffnete sie, und blieb dann stehen. „Glaubst du, Cara möchte mitkommen?"

„Ihr Auto ist nicht da, also ist sie wahrscheinlich noch nicht vom Souvenirshop zurück. Sie hat was von einem Geburtstagsgeschenk für eine Freundin von ihr in Devlin's Light erwähnt." Allie schob sich ihre Sonnenbrille auf die Nase und schloss zu Des auf, die ihre Hand ausstrecke, um Allie anzuhalten, als ein Auto an ihnen vorbeifuhr, anscheinend ohne die Fußgänger gesehen zu haben. Als sie die gebogene Tür des Hauses gegenüber erreichten, drückte Allie ohne zu zögern auf die Klingel.

„Ich höre nichts, du?", fragte Des

Allie neigte den Kopf nach links, als ob sie genau hinhörte. „Nein, ich ... warte, doch. Ich höre Buttons bellen. Wenn niemand die Tür aufmacht, werden wir ..."

Die Tür ging leise auf, und ein großer, dünner Mann mit einem dicken, weißen Haarschopf stand vor ihnen.

„Kann ich Ihnen helfen?", fragte er.

„Wir sind Barney Hudsons Nichten", entgegnete Des. „Wir glauben, dass sie vorbeigekommen ist ..."

„Ja, sie ist hier." Er öffnete die Tür etwas weiter. „Kommen Sie rein, kommen Sie rein. Wir waren gerade draußen."

Er führte sie durch den Flur, der geradewegs von vorne nach hinten führte. „Sie ist hier draußen. Bonnie", rief er, als er die Terrassentür aufmachte – gebogen, wie die Haustür – „deine Nichten sind hier, um für deine Sicherheit zu sorgen."

„War es so offensichtlich?" Des spürte, wie ihr die Farbe ins Gesicht stieg.

„Ich fürchte, ja." Er reichte erst Des, dann Allie die Hand. „Tom Brookes."

Des und Allie stellten sich vor.

„Hallo, Mädchen." Barney stand am Ende einer steinernen Terrasse, die von einer niedrigen, willkürlich zusammengesetzten Steinmauer umgeben war. Sechs Meter hinter der Terrasse stand eine Remise, die fast komplett mit Efeu überwuchert war. „Gott sei Dank seid ihr hier. Ihr habt mich gerade gerettet vor … naja, was auch immer Thomas mir Abscheuliches antun wollte.“

„Ich überlege noch, ob ich dich mit Geschichten von meinen Erlebnissen im Krieg zu Tode langweilen soll, oder mit einer Diashow von meiner Islandreise letztes Jahr“, meinte Tom trocken.

„Sie waren in Island?“, fragte Des.

Er nickte.

„Wie war es?“

„Kalt. Und nicht so eisbedeckt, wie es mal war. Vieles davon ist geschmolzen.“ Er lächelte leicht. „Eure Tante und ich haben uns gerade über alte Zeiten unterhalten. Und über die Zeit, seit wir uns das letzte Mal gesehen haben. Möchtet ihr ein Bier?“

Des lehnte sofort ab, aber Allie dachte scheinbar einen Moment darüber nach, bevor sie sagte: „Wir bleiben nicht lange, aber danke.“

„Ihr dürft gerne bleiben“, versicherte Tom ihnen.

„Danke, ist schon in Ordnung.“ Des beugte sich vor, um Buttons zu streicheln. Sogar der Hund schien in Toms Gegenwart entspannt zu sein.

Allie lächelte Tom an. „Schön, Sie kennen zu lernen. Bleiben Sie eine Weile in Hidden Falls?“

Er nickte. „Ich hätte letztes Jahr zurückkommen sollen, als meine Mutter verstorben ist, aber ich hatte schon ein paar Reisepläne, auf die ich mich gefreut habe. Emily, meine Schwester, wollte herkommen und anfangen, das Haus auszuräumen, aber ihre Tochter hatte eine schwierige Schwangerschaft und sie wurde gebraucht. Aber jetzt bin ich hier, und hoffentlich bringen wir das Haus in null Komma nichts in Ordnung.“

„Sie verkaufen es also?“, fragte Des.

„Ich sehe keinen Grund, es zu behalten.“ Er schaute auf die efeubedeckte hintere Wand des Hauses, von nicht halb so beeindruckender Größe wie das Hudsonhaus, aber stattlich auf seine eigene Art. „Emily wird nicht herziehen, wo schließlich ihre Kinder und Enkel in London wohnen.“

„Und Sie wohnen wo?“, fragte Des

„Im Moment hier.“ Er lächelte. „Meine Frau und ich haben unsere Kinder in Boston aufgezogen. Sie ist nun vor fast vier Jahren von uns gegangen, und unser Sohn und seine Frau wollten unser Familienhaus kaufen. Ich habe darüber nachgedacht, es zu verkaufen, aber konnte es nicht übers Herz bringen, es aus der Familie zu geben. Charlie und Jeannie sind dort glücklich, und ich bin froh, dass ich es an sie weitergegeben habe. Win-win.“

„Also sind Sie jetzt mehr oder weniger obdachlos.“

Er lachte. „Ich schätze, so könnte man es sagen.“

„Nun, willkommen zurück in Ihrer alten Nachbarschaft“, sagte Des. „Wenn wir Ihnen irgendwie helfen können, beim Schleppen oder was auch immer, sagen Sie uns Bescheid. Wir sind direkt gegenüber.“

„Bonnie hat schon erzählt, dass sie aktuell eine volle Bude hat.“ Er drehte sich um und lächelte ihr zu. „Ich freue mich für dich. Es ist schön, dass Fritz’ Mädchen hier sind, um dir für eine Weile Gesellschaft zu leisten.“

„Naja, der Widerling hat ihnen ja auch kaum eine Wahl gelassen, aber das ist eine andere Geschichte.“ Barney lächelte zurück.

„So wie ich Fritz kenne, kann ich es mir denken.“ Er zog eine Augenbraue hoch. „Ich kann es kaum erwarten, davon zu hören.“

„Sie müssen einen Abend zum Abendessen kommen“, sagte Allie. „Die Story ist der Hammer.“

„Ich freue mich drauf.“

Des schoss der Gedanke durch den Kopf, dass es immer noch einen Teil der Geschichte gab, den Allie noch nicht gehört hatte. Das erste Mal seit Jahren kamen sie gut miteinander aus – meistens – und Des wollte nichts ansprechen, das eventuell zu einem Streit führen könnte. Da sie nicht wusste, wie Allie reagieren würde, dachte sie, dass die Briefe zwischen Fritz und J wohl ein Thema für ein anderes Mal waren.

„Ich nehme an, man sieht sich.“ Allie wandte sich zur Tür. „Wir sehen uns drüben, Barney. Vergiss nicht, dass wir heute Abend zur Cocktailparty müssen.“

„Ich komme gleich nach“, versicherte Barney ihr.

„Dieser Spitzname.“ Er verzog das Gesicht. „Definitiv etwas, mit dem ein kleiner Bruder seine große Schwester betiteln würde. Sie war schon immer Bonnie für mich.“ Er schaute über seine Schulter zu Barney. „Ich weiß noch, dass ich schon als Junge dachte, dass ein hübsches Mädchen einen hübschen Namen verdient.“

Des fand, dass sein Gesichtsausdruck tatsächlich jungenhaft war, so, als ob er sich gerade an diese Zeit erinnern würde.

Oh mein Gott, wurde Barney etwa rot? Des musste zweimal hingucken.

Tom machte ein paar Schritte vorwärts, als ob er Des und Allie zur Tür geleiten wollte.

„Alles gut“, sagte Des. „Wir finden den Weg schon.“

„Es macht mir nichts aus." Er begleitete sie zur Haustür. „Ich kann es gar nicht erwarten, zu sehen, was ihr im Theater macht. Ich habe schöne Erinnerungen an diesen Ort. Bonnie wollte gerade erzählen, was dort los ist."

„Sie müssen vorbeikommen und sich unseren Fortschritt ansehen." Allie war als Erste aus der Tür, nachdem Tom sie geöffnet hatte.

„Das werde ich ganz sicher machen. Schön, euch beide kennenzulernen. Wir sehen uns bestimmt noch einmal."

Des folgte Allie den Weg zur Auffahrt runter. Sobald sie auf der anderen Seite der Kiefern waren, packte Des ihre Schwester an der Hand und sagte: „Sie wurde rot, hast du das gesehen?"

„Als er das mit ihrem Namen gesagt hat? Ja, das war ein süßer Moment. Er ist süß." Allie wackelte mit den Augenbrauen, während sie die Straße überquerten. „Da gibt es eine Geschichte hinter, glaub mir."

„Barney war in Gil verliebt. Sie sagte, er war die Liebe ihres Lebens, der einzige Mann, den sie je geliebt hat, bla bla."

„Ja, tja, ich wette, dass Toms Gefühle für Barney – Entschuldigung, Bonnie – damals nicht platonisch waren."

„Du glaubst, er mochte sie?"

Allie nickte. „Unerwidert, vielleicht, aber ja. Ich glaube, er war total verknallt in sie. Ich wette, das ist er immer noch."

„Könnte sein. Denk dran, Barney meinte, dass Tom und Gil gut befreundet waren. Vielleicht wollte Tom seine Freundschaft mit Gil nicht aufs Spiel setzen, also

hat er nichts gesagt und einfach Gil das Mädchen überlassen.“

„Besonders, wenn er wusste, wie Barney für Gil emp-
funden hat, könnte ich verstehen, dass ein Typ seine eigenen Gefühle beiseiteschiebt.“

Sie erreichten die Veranda, wo sich Allie dramatisch
in einen Schaukelstuhl fallen ließ und Des sich auf das
Geländer setzte.

„Es ist irgendwie romantisch, findest du nicht?“ Allie
knibbelte an ihrem Nagellack.

„Es könnte romantisch sein. Sie kann nicht – sollte
nicht – den Rest ihres Lebens um Gil trauern. Vielleicht
ist Tom der richtige Weg, damit sie in wichtigeren Dingen mit ihrem Leben weitermacht, als nur ihre Küche
zu erneuern.“

„Das wäre ‘ne Sache, oder? Eine verliebte Barney?
Kannst du dir das vorstellen?“

„Ich weiß nicht, ob es so weit gehen muss.“

„Warum nicht? Tom ist ein schicker Mann, er wirkt
interessant und schlau, und definitiv an Barney interessiert.“ Allie lächelte. „Ich liebe zweite Chancen für
eine Lovestory.“

„Du bist viel zu voreilig. Er ist nur hier, um das Haus
seiner Familie auszuräumen und es zu verkaufen.“

„Stimmt. So sagt er. Pläne können sich ändern.“

Kapitel Acht

„Ich glaube, ich sollte vorne sitzen", sagte Allie, als Barney Lucille aus der Garage fuhr. „Mein Kleid ist kürzer und enger als eure."

„Deine Entscheidung, nicht unsere", antwortete Des.

„Das war nicht geplant. Ich bin nur groß und meine Beine sind echt lang", sagte Allie.

Das Auto hielt neben ihnen und Barney fuhr das Fenster runter.

„Hüpft rein, Mädchen. Wir sind spät dran."

„Wir waren fertig", erinnerte Cara sie. „Wir mussten ja auf dich warten."

„Man trifft ja nicht jeden Tag einen alten Freund wieder, den man seit ... oh, ich weiß nicht mal, wie lange es her ist." Barney sah zu, wie Cara und Des auf den Rücksitz schlüpften. „Wir glauben, seit Gils Beerdigung."

Allie setzte sich auf den Vordersitz, zog die Tür zu, glättete den Saum ihres Kleides auf ihren Oberschenkeln, und drehte sich dann zu ihrer Tante.

„Barney, du siehst heiß aus, wenn ich das sagen darf."

„Du darfst." Barney lächelte, als sie auf die Hudson Street fuhr.

„Du siehst in weiß wirklich gut aus", fügte Des hinzu. „Es passt zu deinen blonden Haaren, und du wirst langsam braun."

„Das Braunwerden kommt von der Zeit, die ich im Garten verbracht habe, aber heutzutage kommt das Blond aus einer Tube. Das gebe ich gerne zu."

„Warum auch nicht? Nichts Schlimmes daran, mit etwas Chemie nachzuhelfen, sage ich." Allie warf sich das Haar über eine Schulter.

„Nicht, dass du je auf sowas zurückgreifen musstest", sagte Des. „Dein Haar hatte schon immer diesen schönen Blondton."

„Meins war damals auch so", bemerkte Barney. „Fast der gleiche Ton wie Allies." Sie sah in den Rückspiegel. „Ihr seht alle wundervoll aus. Ich bin stolz, dass ich euch als meine Verwandten vorstellen darf."

„Danke, Barney", begann Cara. „Wir –"

„Warte." Barney trat aufs Gas, und Caras Gedanke ging durch Lucilles V-8 Motor unter, als sie auf die Autobahn fuhren.

Des neigte ihren Kopf zurück und unterdrückte ein Lachen. Sie wussten nie, was sie genau erwartete, wenn Barney erst einmal hinter dem Steuer ihres geliebten Cadillacs saß. Sie strich ein paar Locken beiseite, die den Weg in ihre Stirn gefunden hatten, dankbar, dass Barney das Dach nicht runtergefahren hatte. Ihre Haare waren schon schwer genug zu bändigen ohne den Wind, der erfahrungsgemäß Schaden anrichten würde.

Es war ein perfekter früher Juniabend. Die Luft war mit dem Duft von Rosen erfüllt, als sie durch den hohen steinernen Eingang zum College fuhren, und an mehreren, gut gepflegten Kalksteingebäuden vorbei, die von hinten von der untergehenden Sonne beschienen wurden. Die Straße über den Campus war von voll belaubten Ahornbäumen gesäumt, die die Wege überschatteten. Beim Haupteingang flossen hohe, schwarze Vasen aus Eisen mit Efeu und Geranien über. Der Campus war still, da die meisten Studenten am Ende des Semesters abgereist waren, und die Sommerkurse noch nicht begonnen hatten. Barney parkte Lucille im – wo sonst? – Parkverbot vor dem Gebäude, in dem die Cocktailparty stattfinden sollte. Sie hängte ihren Ausweis vom Stiftungsrat an den Rückspiegel und stieg aus dem Auto. Sie winkte ihren Nichten, ihr einen gepflasterten Weg runter zu folgen, der zu einem weiten Rasen führte, und wies dann auf die Statue der Frau, nach der das College benannt worden war.

„Da ist sie, Mädchen. Eure Ururgroßmutter."

Des, Allie und Cara blieben wie angewurzelt stehen und folgten Barneys ausgestrecktem Finger. Die Statue war knapp über zwei Meter hoch und stellte eine Frau in einem langen, fließenden Kleid dar, die einen Hut mit breiter Krempe trug, und etwas in ihrer ausgestreckten, rechten Hand hielt.

„Mensch, war sie aber groß", witzelte Cara.

„Umso besser, um ein Auge auf die Studenten zu haben, meine Liebe", entgegnete Barney.

„Warum ist sie wie eine Pionierin gekleidet?" Des runzelte die Stirn. „Und was hält sie da in der Hand?"

„Sie soll den Pioniergeist repräsentieren, der unsere Vorfahren in die Allegheny Mountains gelockt hat." Sogar Barney wirkte belustigt. „Sie hält einen Klumpen Kohle, was das Gestein symbolisiert, das dieses hochgeschätzte Lernzentrum hier in der Wildnis der Poconos finanziert hat."

„Glaubst du, sie hat tatsächlich je ein Stück Kohle gesehen?" Allie ging auf die Statue zu. „Und ich bezweifle, dass sie jemals etwas wie diesen Kittel getragen hat, den sie anhat. Kaum etwas, das man zu Smaragden trägt."

„Oh, das ist die künstlerische Interpretation des Bildhauers." Barney lachte. „Sie hätte ganz sicher nie im Leben zugelassen, dass man sie in so etwas sieht, und es hieß, sie habe nie einen Hut getragen, weil sie so gerne ihre wunderschönen Haare zur Schau stellte." Sie stupste Allie den Ellbogen in die Seite. „So ähnlich wie unsere."

„In welchem Gebäude ist die Party, Barney?" Des sah sich um, peinlich bewusst, dass das blonde Gen komplett an ihr vorbeigegangen war.

„Hudson Hall, direkt hinter uns. Sollen wir?"

Barney scheuchte ihre Nichten ins Gebäude und eine kleine Treppe hoch in ein Foyer, wo mehrere Menschen versammelt waren.

„Wir melden uns an, holen unsere Namensschilder, und gehen zum Champagner", wisperte Barney aus dem Mundwinkel, als sie zu einem langen Tisch gingen.

„Ms. Hudson, so schön, Sie wiederzusehen." Eine grauhaarige Frau in einer ordentlichen, weißen Bluse, die bis oben zugeknöpft war, und einem grauen Rock, der mehrere Zentimeter zu lang war, begrüßte die Gruppe. Sie strömte geradezu Effizienz und Ordnung aus. „Und das müssen die Nichten sein."

„Margaret, auch schön, Sie zu sehen. Das sind Allie, Des und Cara. Die Töchter von Franklin, meinem Bruder." Barney nahm die erste von vielen Vorstellungen an diesem Abend vor.

Des trat vor, um der Frau die Hand zu schütteln.

„Margaret ist Dr. Posts rechte Hand“, erklärte Barney, „und das schon seit vielen Jahren.“

„Dr. Post ist die Präsidentin des Colleges.“ Des erinnerte sich an die Hierarchie der Uni, wie Barney sie ihnen auf dem Weg nach High Bridge erklärt hatte.

Des steckte sich das Namensschild an, das Barney ihr gegeben hatte, und sah sich im Foyer um. Kunstwerke von unterschiedlicher Kompetenz hingen an den Wänden, und eine Flagge der Vereinigten Staaten stand zwischen der des Commonwealth und dem Collegebanner vor einer gläsernen Doppeltür. Ein weiteres Paar Türen führte rechts in einen Raum, aus dem Des leise unter dem Klang von lebhaften Unterhaltungen Geigen spielen hörte.

„Hier lang, Mädchen.“ Barney ging voraus in Richtung der Musik. „Sehen wir mal, wen wir sehen können, wen wir abpassen können, um das Theaterprojekt zur Sprache zu bringen. Man weiß nie, wann sich eine alltägliche Unterhaltung als vorteilhaft erweisen könnte.“

Im Laufe der nächsten vierzig Minuten war Des überzeugt, dass Barney sie jedem anwesenden Fakultätsmitglied, Ratsmitglied und Geldgeber vorstellte. Sie schlenderte zu dem verlockenden Buffet und schaute sich gerade ein Tablett mit in Teig gewickelten Häppchen an, als sie eine leichte Hand auf der Schulter spürte.

„Des.“

Sie drehte sich um und lächelte, als sie Seths Blick begegnete. „Was machst du denn hier?“, fragte sie.

„Alumnus." Er zuckte die Schultern. „Ich bin nur ein
weiterer treuer Sohn von Althea, was soll ich sagen?"

„Du hast dich schick gemacht", sagte sie grinsend.

Das hatte er. In einer dunklen Hose und einem hellgrauen Shirt gekleidet, hatte er die Ärmel seines mari-
neblauen Sportjacketts aus Leinen fast bis zum Ellbogen hochgeschoben, was das Tattoo entblößte, das sich
von seinem Handgelenk hoch zu seiner Schulter wand.
Seine Sonnenbrille hing in dem V-Ausschnitt seines
Shirts, und er sah besser als gut aus. Er sah heiß aus. Er
sah süß aus. Männlich und süß gleichzeitig. Allein, ihn
anzusehen, brachte sie zum Lächeln.

„Danke. Du auch." Er sah sie schräg an. „Nicht, dass
du sonst aussiehst, als ob du etwas Schickmachen gebrauchen könntest. Ich meine, du siehst immer gut
aus."

„Danke." Sie lachte. „Das weiß ich zu schätzen."

„Gut, dass wir das geklärt haben." Er verdrehte die Augen und sah leicht verlegen aus.

„Ich wollte dich heute anrufen", sagte sie. „Wie geht's
dem Neuling?"

„Läuft immer noch Ripley hinterher, aber es scheint
ihm nichts auszumachen. Sie ist okay."

„Also keine Probleme?"

„Nee. Überhaupt keine."

Des starrte ihn einen langen Augenblick an. „Du
willst sie behalten, stimmt's?"

Er zuckte die Schultern. "Es ist nur ein weiterer Hund,
und Rip scheint ein bisschen hündische Gesellschaft zu
gefallen. Außerdem ist sie ein guter Hund, ein lieber
Hund. Ich finde es schrecklich, was ihr passiert sein
muss. Sie ist schreckhaft und das macht mir Sorgen. Sie

muss lernen, dass nicht jeder Mensch ihr wehtun oder sie auf irgendeine Art misshandeln wird.“

„Du musst vorsichtig sein. Du hörst dich langsam wie jemand an, der bei der Tierrettung arbeitet“, zog sie ihn auf. „Hast du ihr schon einen Namen gegeben?“

„Ich arbeite dran.“ Er lehnte sich zurück, als ob er sie betrachtete, und lächelte. Des fühlte, wie ihr Puls unter seiner Wärme raste. „Ich bin offen für Vorschläge.“

„Sie ist ein hübsches Mädchen, also sollte es etwas Hübsches sein.“ Argh. Habe ich gerade wirklich sowas Lahmes gesagt? Was ist los mit mir?

Seth schien es nicht zu bemerken.

Allie kam zu ihnen mit Champagner in der Hand.

„Also, Seth. Ich hab gehört, du hast meiner kleinen Schwester wieder aus der Patsche geholfen. Pass besser auf, ehe du dich’s versiehst, bringt sie dich noch dazu, ein Tierheim zu leiten.“

Seth zuckte die Schultern. „Da könnte Schlimmeres passieren.“

Allie wirkte, als ob sie noch etwas sagen wollte, aber ihre Aufmerksamkeit wurde anscheinend auf den Eingang gelenkt. Des drehte sich um, als Cara, Joe und Ben auf sie zuliefen.

„Kann ich eigentlich irgendwohin gehen, ohne, dass die örtliche Polizei auftaucht?“, grummelte Allie.

„Bild dir nichts ein, Prinzessin. Ich bin nur für die Feierlichkeiten hier.“ Ben prostete ihr zu und schaute Des an. „Siehst gut aus, Des.“

„Danke, Ben. Du siehst selbst ziemlich schnieke aus.“ Des prostete zurück. Man konnte nicht leugnen, dass der dunkelhaarige Ben in seinem hellblauen Shirt und einem Seersucker-Anzug umwerfend aussah.

Allie verdrehte die Augen. „Mit Feierlichkeiten meinst du kostenlosen Wein und Essen?“

„Wenn du das sagst.“ Bens Gesichtsausdruck war unergründlich, aber Des meinte, einen Hauch eines Lächelns in seinen Augen funkeln zu sehen.

„Was ist das mit den beiden?“, murmelte sie an Seth gewandt zu, der leise lachte. Eine Bewegung im Raum zog ihren Blick auf sich, und sie tippte Cara auf den Arm. „Da ist Dr. Lindquist. Willst du ihr von der Unterhaltung mit ihrem Freund bei der Balfour Group erzählen oder soll ich?“

Teresa Lindquist trug ein langes, fließendes, gelbes Kleid, ihre Haare in einem strengen Dutt, und eine Brille aus Schildpatt auf ihrem Kopf. Sie schien im Raum Ausschau zu halten, und als sie Des und Allie sah, kam sie auf sie zu.

„Ich rede mit ihr.“ Cara machte ein paar Schritte vorwärts.

„Bitte, lass mich das machen.“ Allie streckte eine Hand aus, um Cara zurückzuhalten. „Ich kann das.“ Sie drehte sich um und sie und die Frau trafen sich in der Mitte des Raums.

Sie sahen zu, wie sich Allie und die Vorsitzende der Kunstfakultät des Colleges begrüßten, und für einige Augenblicke wirkte ihre Unterhaltung herzlich. Allerdings erkannte Des Minuten später daran, als sich Allies Rücken plötzlich aufrichtete und ihre Hände auf ihren Hüften ruhten, dass etwas nicht stimmte. Dr. Lindquists ehemals freundlicher Gesichtsausdruck wurde überheblich.

„Oh, Gott, Allie, was machst du da?“ Des biss sich auf die Unterlippe, und verzog dann das Gesicht, als Allie

Teresa Lindquist den Rücken zudrehte und einen Kellner in der Nähe heranwinkte, um ihr leeres Glas gegen ein volles zu tauschen. Sie stürmte mit vor Wut funkelnden Augen zurück zu Des und den anderen. Des übersah die Tatsache nicht, dass Ben Allie aufmerksam betrachtete, während sie näherkam, und sie von Kopf bis Fuß musterte.

Des stöhnte innerlich. Nein, Ben. Tu das nicht. Denk nicht mal dran. Jeder außer Allie. Sie fragte sich, wie sie Ben beibringen sollte, dass das keine gute Idee wäre.

„Ich nehme an, das lief nicht allzu gut", sagte Cara.

Allie nahm zuerst einen Schluck von ihrem Champagner, dann noch einen, bevor sie antwortete.

„Sie denkt, wir sind Idioten", grollte Allie.

„Warum? Was hast du zu ihr gesagt?" Des sah in Allies Augen immer noch Blitze zucken.

„Sie hat mich gefragt, ob ich Ebersol angerufen hätte, und ich meinte, ja, meine Schwester hat das, aber wir haben rausgefunden, dass er viel zu teuer für uns ist, und außerhalb von allem, was wir finanziell hinkriegen würden."

„Alles richtig." Des zuckte die Schultern. „Was hat sie gesagt?"

„,Wie schade für Sie', war das Erste, das sie gesagt hat", sagte Allie, bevor sie mehr Champagner hinunterschüttete. „Ich meinte, nicht wirklich, weil wir einen Meisterstuckateur aus der Umgebung finden konnten, der quasi die gleiche Ausbildung wie Ebersols Mann hatte–"

„Joe hat Seth und mir schon von der Situation erzählt, also lass mich raten", unterbrach Ben sie. „Sie meinte, dass ein örtlicher Handwerker unmöglich dem Mann das Wasser reichen könnte, den sie empfohlen hat, und wenn ihr irgendjemand anderen nehmt, würde die Decke ruiniert und euer Projekt verdammt sein, ihr werdet nie einen Zuschuss bekommen, und ihr hättet auf sie hören sollen.“

„Das ist fast Wort für Wort. Woher wusstest du das?“ Allie runzelte die Stirn.

„Das ist Dr. Lindquist. Sie war schon immer etwas versnobt“, antwortete Joe.

„Ja, ich hatte sie in Kunst, als sie nur Mrs. Lindquist war. Sie war eine Nervensäge damals, also klingt es, als hätte sich nichts geändert.“ Den Blick auf Allie gerichtet, fügte Ben hinzu: „Sie gehört zu den Leuten, die es hassen, wenn man sie herausfordert, und will, dass alles, was sie sagen, für bare Münze genommen wird. Tut mir leid, dass sie dich so angegangen hat.“

„Danke“, murmelte Allie.

Des hatte das Gefühl, dass noch mehr an der Unterhaltung dran war, da sie länger gewirkt hatte als das, was Allie ihnen erzählt hatte, aber Allie hatte sich schon abgewandt, um einige Häppchen zu probieren. Des würde sie später zuhause ansprechen und schauen, ob sie den Rest herausfinden konnte.

„Des, hi.“

Greg war außerhalb ihres Blickfelds auf sie zugekommen. Sie hatte vergessen, dass er hier sein würde.

„Tut mir leid, dass ich zu spät bin. Ich habe nicht auf die Zeit geachtet.“ Er berührte sie am Arm, und zeigte dann auf ihr leeres Glas. „Kann ich dir Nachschub bringen?“

„Äh, nein, ich möchte nichts. Danke, Greg." Sie sah Seth an und sagte: „Greg Weller unterrichtet Geschichte hier. Er wird versuchen, uns dabei zu helfen, einen Zuschuss zu bekommen, um die Renovierungen am Theater abzuschließen."

„Das wäre super." Seth bot Greg seine Hand an, der Seth mit einigem Interesse zu mustern schien. „Seth MacLeod."

Des stellte die anderen vor, aber Greg schien mehr an Seth interessiert zu sein, der entspannt neben Des stand.

„Dein Name kommt mir bekannt vor", sagte Greg. „Haben wir uns schon mal gesehen?"

„Möglich", antwortete Seth. „Ich komme hier aus der Gegend."

Greg zuckte die Schultern, als wäre es ihm egal, und nahm dann Des' Arm. „Ich wollte dich Sarah Stevens vorstellen, eine meiner Kollegen, die ein paar Ideen zu mehreren Fördergeldern hat, die wir vielleicht ins Auge fassen sollten. Hast du kurz Zeit, sie kennenzulernen?"

„Sicher." Des schaute zuerst zu Seth, dann zu Cara. „Entschuldigt mich, während ich gerade kurz ..."

„Geh nur. Das ist eine gute Gelegenheit." Seth trat zurück, um ihr Platz zu machen.

„Schön, euch alle kennenzulernen." Greg lenkte Des zu der anderen Seite des Raums.

Sie konnte bei jedem Schritt spüren, wie Seths Blick auf ihr ruhte.

„Also, wie läuft die Suche nach einem Maler?", fragte Greg, während sie durch die Menge liefen.

Des erklärte, was sich mit der Balfour Group zugetragen hatte, und ergänzte dann: „Aber Allie sagt, sie hätte eine Idee, die sie noch nicht verraten will. Ich hoffe, sie ist gut."

„Kennt Allie denn einen Maler, den sie einspannen könnte?"

„Sie hat zwar viel Kunstunterricht genommen, als wir jünger waren, aber ich bezweifle, dass sie irgendwen von dem Kaliber kennt, das wir brauchen."

„Ah, da ist Sarah." Greg führte Des zu der Seite des Raums, wo sich eine kleine Gruppe versammelte. „Sarah, das ist meine Freundin Des Hudson." Er stellte die anderen vor, und erzählte ihnen dann: „Des und ihre Schwestern restaurieren das historische Theater in Hidden Falls, und hoffen, dass sie einen Zuschuss erhalten können, der bei den Renovierungen helfen könnte. Ich bin diese Woche vorbeigefahren, und glaubt mir, das Gebäude ist es eindeutig wert, erhalten zu werden."

Sarah begann sofort, sich über das Sugarhouse zu erkundigen. Wie alt ist das Gebäude? Wer hat es gebaut? War es schon immer ein Theater? Des antwortete, so gut sie konnte, dankbar, dass sie die Antworten zu fast jeder Frage kannte, während ihr Blick immer wieder zurück zu ihren Schwestern und Seth wanderte. Bildete sie es sich ein, oder tauschte Allie ein weiteres leeres Glas für ein volles aus? Wie viel Champagner hatte sie schon getrunken?

Ihre Aufmerksamkeit driftete während der Unterhaltung immer wieder ab, und ab und zu begegnete sie Seths Blick. Sie fühlte sich unwohl, so als hätte sie ihn irgendwie im Stich gelassen, und sie wusste, dass es daran lag, dass er sich fragte, welche Rolle Greg in ihrem Leben spielte. Wie konnte sie es ihm erklären, wenn sie es nicht einmal selber wusste? Greg hatte damals wie eine tolle Idee gewirkt. Jetzt vielleicht nicht mehr ganz so sehr.

„Hey, ich habe dir eine Tour über den Campus versprochen", sagte Greg gerade. „Sollen wir rausgehen, solange es noch hell ist?"

Sie machte den Mund auf, um zu antworten, aber in diesem Moment bat Dr. Post um jedermanns Aufmerksamkeit an der Stirnseite des Raums. Sie stand auf einer kleinen Bühne umringt von mehreren Leuten, die sie nach einer Einleitung als Geldgeber und Verwaltungsangestellte am College vorstellte, darunter der Finanzdirektor, der das Mikrofon nahm, um eine Ankündigung zu machen.

„Es freut mich, Ihnen mitteilen zu können, dass unsere Ziele für die Spendensammlung für das kommende Jahr erreicht und weit übertroffen wurden." Der Direktor war mittleren Alters und glatzköpfig, und sah Des' Meinung nach wie eine Karikatur eines fröhlichen Gesichts aus: runde Augen, eine kleine Knopfnase, ein dauerhaftes, breites Lächeln. „Unser Stipendienfonds ist gewachsen und dank vieler großzügiger Geschenke werden wir mehr Studenten größere finanzielle Unterstützung anbieten können als jemals zuvor."

Daraufhin applaudierte die Menge enthusiastisch.

„Ich freue mich besonders, die Finanzierung von neuen Stipendien anzukündigen, die die Bildung von zwei außergewöhnlichen Studenten im Feld der Mathematik komplett abdecken werden. Ich weiß, dass es diese Woche Gerede und Spekulationen dazu gab, also lassen Sie mich einfach sagen, dass das Komitee nach Studenten aus dem Poconogebiet Ausschau halten wird, die in Mathematik brillieren und die ohne diese

Unterstützung ein College nicht besuchen könnten. Wenn Sie also Jugendliche kennen, die vielversprechende Leistungen zeigen, jedoch ohne Hoffnung, sich eine vierjährige Ausbildung leisten zu können, sagen Sie uns bitte Bescheid. Diejenigen von Ihnen mit Kontakten zu den örtlichen Highschools, verbreiten Sie bitte die Nachricht, dass wir ab sofort Bewerbungen für die Seth A. MacLeod Stipendien annehmen. Mr. MacLeod ist ein Alumnus, ein ehemaliger Mathematikstudent und Sportstar hier am Althea. Manche von Ihnen mögen ihn als den Bürgermeister vom nahe gelegenen Hidden Falls und unseren Co-Trainer im Basketball kennen. Er ist heute hier, also scheuen Sie sich nicht, Ihren Dank für seine Großzügigkeit auszudrücken."

Er deutete in der Menge auf Seth, der beim Applaus bescheiden nickte.

Dr. Post nahm das Mikro und betonte erneut die Dankbarkeit des Colleges, und nach ein paar Bemerkungen zum Studienaustauschprogramm im Sommer, dankte sie jedem für sein Erscheinen und scheuchte ihre Kollegen von der Bühne.

Des hatte mit offenem Mund dagestanden, seitdem Seths Name das erste Mal gefallen war. Irgendwann hatte sich Greg zu ihr rüber gelehnt und gesagt: „Sag mal, ist das nicht dein Freund ...?"

Sie hatte genickt, und Greg hatte leicht geschnaubt und dann hinzugefügt: „Er sieht nicht wie jemand aus, der sich viel für Mathe interessieren würde. Basketball, ja, aber Mathe?" Er runzelte die Stirn und schüttelte den Kopf.

„Warum sagst du sowas?" Stirnrunzelnd trat Des einen Schritt zurück.

Greg zuckte die Schultern. „Sieh ihn dir an. Sieht er wie ein akademischer Typ aus?"

„Äußerlichkeiten können täuschen, Greg", sagte Des, obwohl sie sich an ihren eigenen Kommentar über Seth erinnerte, als sie mit Cara gesprochen hatte, der Gregs so ähnlich gewesen war. Beschämend ähnlich. Ihre Wangen röteten sich bei der Erinnerung. Sie dachte daran zurück, was Joe ihr über Seth erzählt hatte. „Er hat jedes Jahr an der High School die Forschungsausstellung gewonnen", war alles, was ihr einfiel.

„Hat er?" Greg starte Seth einen Moment lang an. „Deswegen kam mir sein Name so bekannt vor. Der Typ hat mich zwei Jahre in Folge geschlagen. Verdammt. Unglaublich, dass ich das noch weiß."

Der Applaus verebbte und Greg nahm sie wieder beim Arm, eine Geste, die ihr langsam auf die Nerven ging, obwohl sie nicht genau sagen konnte, warum. „Lass mich dir den Campus zeigen."

Als er sie zum Ausgang führte, schaute sie zurück und traf Seths Blick. Er zwinkerte, lächelte ein wenig unsicher und wandte sich ab. In ihrem Magen schien sich langsam ein Loch aufzutun. Sie folgte Greg durch die Tür und hinaus in einen wunderschönen Sommerabend, an dem die ersten Sterne langsam am dunkler werdenden Himmel erschienen und die Luft von dem Duft der Wildrosen und frühem Geißblatt erfüllt war, das überall wuchs. Die Atmosphäre war Romantik pur, und sie hätte sich leicht fühlen sollen, wie die Nacht und die Brise, die über den hübschen Campus auf dem Hügel strich.

Aber Gregs Hand fühlte sich unangenehm schwer auf ihrem Rücken an, und das Gefühl nagte an ihr, dass etwas fehlte, etwas, das sie zurückgelassen hatte, und zu dem die Distanz mit jedem ihrer Schritte größer wurde.

Allie verließ das Haus kurz nach Tagesanbruch und ging die ruhige Hudson Street zu der Main Street entlang, wo sie zum Theater rüberging. Sie schloss die Tür auf, schlüpfte herein, und schaltete alle Lichter an, an denen sie vorbeikam, bis sie das Foyer erreichte. Sie stand am Fuß des Gerüsts und sah nach oben.

Bis ganz nach oben.

Ihr Magen schlingerte, bereits jetzt angeschlagen von zu viel Champagner und ein bisschen Wodka zum Nachspülen, als sie letzte Nacht vom Althea nach Hause gekommen war. Sie hätte definitiv ein paar Stunden mehr Schlaf gebrauchen können, aber seitdem sich die Idee erstmal festgesetzt hatte, war sie davon besessen. Sie hatte sie in der Morgendämmerung geweckt, und Kopfschmerzen hin oder her, sie musste es durchziehen.

Ihr Herz begann, etwas schneller zu klopfen, und ihre Hände zitterten. Sie warf ihre Tasche über die Schulter und hielt inne, und fragte sich, ob sie barfuß gehen oder ihre Sneaker anlassen sollte. Sie beschloss, dass sie die Sneaker wenn nötig jederzeit ausziehen konnte, zog sich auf die erste Sprosse hoch und kletterte dann zu der Planke darüber.

Sieh nicht nach unten. Sieh. Nicht. Nach. Unten.

Allie kletterte langsam, und ihre Tasche schwang leicht hin und her, als sie langsam eine Sprosse nach der anderen ergriff. Angst zwang sie dazu, sich Zeit zu lassen, und ihr Mantra wiederholte sich immer und immer wieder in ihrem Kopf: Du schaffst das. Du kannst das.

Auf der Hälfte des Weges verlor sie fast den Mut. Sie hielt für einen Moment an und atmete mehrmals tief durch. Sie schwitzte aus jeder Pore, ihre Handflächen waren nass und glitschig auf dem Geländer, was es noch unsinniger machte, dass sie darauf bestand, sich voranzukämpfen. Aber sie konnte nicht aufgeben. Das war ihre Chance, zu beweisen, dass sie wirklich etwas zu bieten hatte. Das würde ihre Gelegenheit sein, um zu glänzen.

Du schaffst das. Du kannst das.

„Ja. Ich kann. Ich werde." Sie wischte sich ihre schwitzigen Handflächen hinten an ihrer Jeans ab.

Es war ein langer Weg bis nach oben, und es dauerte länger, als sie gedacht hatte. Aber als sie endlich auf der obersten Planke stand, atmete sie tief aus, und sah dann nach oben.

Wenn die Decke schon von unten fantastisch war, so war sie aus der Nähe herrlich. Die Farben waren so lebendig, das geometrische Muster so kompliziert, das vom Kronleuchter ausging, dass es ihr den Atem raubte. Wer auch immer das entworfen hatte, war ein wahrer Künstler gewesen, und für einen Moment überkam sie ein Gefühl von Ehrfurcht und Demut, etwas so Prächtigem so nahe zu sein. Sich zu fragen, was zur Hölle sie da machte.

Sie schob die leise Stimme weg, die sie piesackte und wissen wollte, wie sie darauf kam, dass sie je einer solchen Aufgabe würdig war.

Dann erinnerte sie sich daran, wo sie war, und ihre Hände begannen erneut zu zittern. Sie verdrängte jeden Gedanken aus ihrem Kopf, jedes kleine bisschen Selbstzweifel und Furcht, und konzentrierte sich auf die Aufgabe, die sie sich selbst gegeben hatte.

Sie wischte sich mit dem Saum ihres Shirts den Schweiß von der Stirn, öffnete dann ihre Tasche und holte das kleine Schälmesser und eine der kleinen Plastikbeutel heraus, die sie aus der Küche mitgenommen hatte. Sie hielt sie unter einen Fleck, wo die pfauenblaue Farbe an der Decke kleine Blasen warf.

Mit immer noch zitternden Händen kratzte sie geduldig einen so großen Splitter der leuchtenden Farbe ab, wie es ihr möglich war, ohne die Decke noch weiter zu beschädigen, und verschloss den Beutel. Sie wiederholte diesen Prozess, bis sie Splitter von allen Farben des Designs an der Decke hatte, zusammen mit ihren Variationen in Schatten und Tiefe – das Rot, das Grün, das Gold, das Cremefarbene, das Braune, die vom Boden aus nicht sichtbar gewesen waren. Zufrieden, dass sie alles hatte, was für die Farbherstellung nötig sein würde, ließ sie die eingetüteten Splitter in ihre Handtasche fallen, und nahm eins von mehreren Blättern Transparentpapier und den weichen Bleistift heraus, den sie vom Schreibtisch genommen hatte.

Allie platzierte das Papier vorsichtig auf einem intakten Bereich des Musters und begann, das verschlungene Design nachzuzeichnen. Als sie fertig war, markierte sie jedes Detail hinsichtlich seiner Farbe, und hielt die vollständige Zeichnung über die beschädigte Stelle.

Nachdem sie zufrieden festgestellt hatte, dass sie ihr Bestes gegeben hatte, um das Original zu kopieren, steckte sie die Skizze in ihre Tasche, und fuhr dann mit einem leeren Blatt Papier fort, den nächsten Teil des Musters nachzuzeichnen. Jedes Mal, wenn sie einen Bereich fertiggestellt hatte, legte sie die Zeichnung über das fehlende Stück, bis sie zufrieden war. Bald hatte sie eine Vorlage für jeden beschädigten Zentimeter der Decke.

Sie hatte vergessen, wo sie war, bis sie ihren Abstieg vom Gerüst begann, und wiederholte immer und immer wieder: Sieh nicht nach unten.

Als sie die unterste Planke erreicht hatte, sprang sie auf den Boden und führte einen Freudentanz auf.

Ich hab's geschafft! Ich habe es bis ganz nach oben geschafft, und ich bin nicht runtergefallen, und habe keine Panik gekriegt! Ich hab's geschafft.

Stolz auf sich, dass sie etwas getan hatte, was sie nicht für möglich gehalten hatte – etwas, bei dem sie nicht sicher war, es noch mal tun zu können – schaltete Allie das Licht im Foyer aus, als sie sich auf den Weg zum Ausgang machte. Sie hielt die Tasche dicht an ihren Körper gedrückt, die kostbaren Beutel mit Farben und ihre Skizzen fürs Erste ihr Geheimnis.

Sie kehrte so leise zum Haus zurück, wie sie es verlassen hatte, und ging für einen Kaffee in die Küche. Trotz des leichten Katers fühlte sie sich prächtig. Sie nahm ihren Kaffee mit nach draußen auf die Terrasse, setzte sich auf ihren Lieblingsstuhl, wo sie die Augen schloss und ihren triumphalen Morgen im Kopf noch einmal durchging.

„Du bist heute Morgen echt früh auf." Des stand in der Tür. „Bist du krank?"

„Nein. Bin nur aufgewacht und habe mich entschieden, aufzustehen." Allies Augen waren immer noch geschlossen.

Des kam auf die Veranda, eine Schale mit Müsli in der Hand, und lehnte sich übers Geländer. „Es überrascht mich, dass du keinen Kater hast."

Allie riss die Augen auf. Sie drehte sich um und sah ihre Schwester an. „Wovon redest du?"

„Es sah so aus, als hättest du gestern Abend beim Champagner ordentlich zugelangt."

„Erstens, wie ich mich erinnere, habe ich dich nicht darum gebeten, darauf zu achten, wie viel ich trinke. Und zweitens, ich weiß nicht, woher du das wissen kannst, wo du doch gegangen bist, bevor die Party überhaupt zur Hälfte um war."

„Tut mir leid. Es erschien mir einfach so, dass du sie runterkippst, wie man so schön sagt." Des kam die Stufen runter und setzte sich auf den Stuhl ihrer Schwester gegenüber. „Vielleicht habe ich falschgelegen."

„Vielleicht hast du das." Allie lehnte ihren Kopf gegen die Stuhllehne und schloss wieder ihre Augen. Sie war ziemlich zufrieden mit sich, und sie würde nicht dem vertrauten Drang nachgeben, sich mit Des zu duellieren. Nicht heute. „Also, wie war dein Date mit dem Geschichtstypen?"

„Es war okay."

„Das ist das Beste, was dir einfällt? Okay?" Allie reckte den Hals, um Des anzusehen.

„Der Campus ist wunderschön. Ich hatte Glück, dass ich ihn sehen konnte. Die Gebäude sind alle so hübsch, und die Pflege der Grünflächen muss ein Vermögen kosten. Die Sportfelder sind erste Klasse, und sie bauen ein neues Studentenwohnheim."

Allie setzte sich auf und machte die Augen auf. „Des, du klingst wie ein Tourguide."

„Naja, du hast gefragt." Des widmete sich ihrer Müslischale, mit mehr Aufmerksamkeit, als sie verdiente.

„Ich lehne mich mal aus dem Fenster und vermute, dass Greg dich nicht wirklich angemacht hat."

Des zögerte. „Er ist ein netter Typ. Wirklich. Aber er ist nicht …"

Allie lächelte. Sie war sich ziemlich sicher, dass sie wusste, wer Greg nicht war. „Und hat er dich zum Abschied geküsst?"

Des nickte.

„Mehr als ein Küsschen?"

Noch ein Nicken.

„Und … ?"

„Und nichts."

Allie grinste. „Hab ich's dir nicht gesagt? Habe ich nicht gesagt, entweder stimmt die Chemie oder nicht? Und offensichtlich stimmt sie nicht."

„Ich hab ein schlechtes Gewissen. Ich weiß, dass er mich mag. Ich wollte ihn ja auch mögen. Aber …" Sie streckte die Hände aus, die Handflächen nach oben. „Eigentlich mag ich ihn ja. Nur nicht auf diese Art."

„Chemie – Anziehung – zwischen zwei Leuten ist kein ‚tu so, als ob' Ding. Man sucht sich nicht bewusst aus, wer einen anturnt mit der Art, wie sie sich kleiden oder aussehen. Du denkst vielleicht, dass du das tust, aber entweder fühlst du's oder nicht."

„Das ist eins der Male, wo ich zugeben muss, dass du Recht hast."

Allie lächelte in sich hinein. Die Chancen standen gut, dass Des einen weiteren Grund haben würde, ihrer großen Schwester auf den Rücken zu klopfen, noch bevor der Tag zu Ende ging.

Sie stand auf und trank den nun kalten Kaffee in ihrer Tasse aus. „Weißt du, ob Cara schon auf ist?"

„Sie ist letzte Nacht bei Joe geblieben."

„Dann schätze ich mal, dass es ihr nichts ausmachen wird, wenn ich heute Morgen ihr Auto nehme." Allie hob ihre Tasche hoch und ging zum Haus.

„Wohin gehst du?"

„Ich muss nur was erledigen."

„Übrigens, an welchem Tag kommt Nikki?", rief Des ihr nach.

„Mittwoch." Allies Lächeln wurde allein bei dem Gedanken daran breiter, ihre Tochter wiederzusehen. Noch eine Sache, die sie heute Morgen glücklich machte.

Sie ging rein, nahm Caras Autoschlüssel vom Haken und wusch ihre Tasse aus, bevor sie wieder nach draußen ging.

„Bin bald zurück", rief Allie Des zu, als sie zur Einfahrt ging.

Die Fahrt von der Hudson Street zu dem Shoppingcenter, zu dem Allie wollte, dauerte zwanzig Minuten. Sie parkte vor dem noch geschlossen Laden, und las zwanzig Minuten ihre Mails, bis sie sah, wie die Eingangstür aufschwang.

„Sie sind ein früher Vogel." Der Mann mittleren Alters trug ein hellblaues Hemd mit einem Namensschild, auf dem ‚Howard‘ stand. „Können wir Ihnen helfen?"

„Auf ihrem Schild steht, dass sie jede Farbe anmischen können." Sie hatte es im Fenster bemerkt, als sie Wodka in dem Spirituosengeschäft vier Türen weiter eingekauft hatte, was sie mittlerweile zweimal die Woche tat.

Er nickte. „Ja, Ma'am, das können wir. Das ist unser Spezialgebiet. Hebt uns von jedem anderen Farbengeschäft im Tal ab, sogar von den Kaufhäusern."

„Wer ist der Beste in ihrem Personal, was das Mischen von Farben angeht?"

„Sie schauen ihn an."

„Was ist mit sehr alter Farbe auf sehr alten Splittern?"

„Kommt drauf an, wie viel ich zur Verfügung habe." Sein Lächeln verriet ihr, dass er Lust auf eine Herausforderung hatte. „Zeigen Sie mal her, was Sie haben."

Allie folgte ihm zum hinteren Tresen und holte die Farbsplitter aus ihrer Tasche. Sie schob sie über das glatte Holz, und sagte: „Jede davon muss so perfekt nachgeahmt werden, wie nur möglich."

Mit einer hochgezogenen Braue untersuchte er den ersten, dann einen anderen. „Sie geben mir hier nicht viel, mit dem ich arbeiten kann."

„Tut mir leid. Mehr habe ich nicht hinbekommen."

„Da soll noch einer sagen, dass ich keine Herausforderungen liebe." Er rieb sich einen Moment den Nacken, und griff nach einem der Beutel.

„Mal schauen, was wir hier haben." Er bedeutete ihr zu warten, während er im Hinterzimmer verschwand. Als er zurückkam, hielt er etwas, was wie ein großes

Handy aussah. Er hielt es hoch und fragte: „Wissen Sie, was das ist?“

„Ja, Sir. Das ist ein Spektrofotometer.“

Er schien erfreut, als er einen der blauen Farbsplitter aus seinem Behälter nahm. „Wissen Sie, wie es funktioniert?“

„Auf einem sehr rudimentären Level. Ich weiß, dass man den Splitter hineinlegt, ihn dann mit Licht beflutet, und das Licht wird innen reflektiert, wo die Farbe analysiert wird.“

„Stimmt. Hier drinnen ist ein Filter, der jede Farbe außer der Farbe des Präparats rausfiltert, und die übrig gebliebene Farbe in ein elektronisches Signal umwandelt, das zu der Computersoftware hier drin wandert“ – er tippte auf das Spektrofotometer – „und die genaue Pigmentmenge anzeigt, die man braucht, um die Farbe anzumischen.“

Allie lächelte. „Das war die Kurzversion, oder?“

„Mehr oder weniger.“ Er lächelte zurück, als er den Chip einsetzte. Er summte, während er arbeitete, und fragte sie irgendwann: „Sie wissen, dass man die heutzutage auch für Zuhause kaufen kann, oder?“

„Ja. Aber ich habe gehört, dass die nicht so präzise sind wie die professionellen Modelle.“ Sie deutete auf das, was er benutzte.

„Soweit ich weiß.“ Er speicherte etwas auf dem Bildschirm, entfernte dann den Splitter und tat ihn in den Beutel zurück.

„Haben Sie ein Ergebnis?“ Sie reckte den Hals, um besser sehen zu können.

„Hmh. Mal schauen, was wir noch haben.“ Er testete den zweiten Splitter, dann den dritten. Als er mit allen

Splittern fertig war, hüpfte Allie beinahe schon auf und ab vor Aufregung.

„Sie haben sie alle." Sie strahlte, und musste sich zwingen, ihm nicht um den Hals zu fallen und ihn zu umarmen.

„Ich habe für jeden etwas gefunden. Drucken wir's aus und schauen, wie nah dran wir gekommen sind." Er sah über den Tresen. „Wie viele von jeder Farbe wollten Sie?"

Allie überlegte, wie viele Prototypen sie herstellen würde, bevor sie sich tatsächlich daran versuchte, die Decke zu bemalen.

Sie zeigte mit den Fingern die Anzahl der Farbtöpfe an, die sie wollte.

„So viel, hm?", zog er sie auf.

„Wenn mit ihnen alles so funktioniert, wie ich glaube – wie ich hoffe – komme ich zurück, um mehr zu holen."

„Deal. Ich werde Sie für sie anmischen."

„Sie wissen nicht zufällig, wo ich ein Bastelgeschäft irgendwo in der Nähe finden könnte, oder?"

„Es gibt einen Laden in High Bridge an der Main Street neben dem Campus vom College dort. Althea College, sagt Ihnen das was?"

„Ja."

„Nette Schule. Hab meinen Jüngsten dorthin geschickt. Hatte ein ROTC Stipendium. Er ist jetzt im Irak und zahlt die vier Jahre zurück, die ihm die Regierung hier bezahlt hat."

Sie bezahlte die kleinen Probegläser und bedankte sich überschwänglich bei Howard für seine Zeit.

Sie war so gut gelaunt, dass sie das Radio voll aufdrehte, einen Achtzigerjahre Sender fand, und den ganzen Weg nach High Bridge aus voller Kehle mitsang, was sie selten tat.

Wie das Farbengeschäft öffnete der Bastelladen am Sonntag spät, daher bummelte sie durch die kleine Universitätsstadt, die wie jede andere Universitätsstadt aussah, die sie schon gesehen hatte. Hübsche Läden für Geschenke und Bücher, ein gehobenes Lebensmittelgeschäft und ein Discounter, eine teure Boutique und ein Secondhandladen, dessen Schaufenster mit Sommerartikeln überfüllt waren. Bei einem adretten Café holte sie sich einen Kaffee zum Mitnehmen und schlenderte über einen grünen Marktplatz, und stellte sich vor, wie aufgeregt Des sein würde – wie erstaunt sie sein würde – wenn Allie ihr zeigte, wie die Arbeit an der Decke erledigt werden könnte. Erledigt werden würde.

Sie trank ihren Kaffee aus und ging in den nun geöffneten Laden, wo sie die Pinsel und das Papier kaufte, das sie brauchen würde. Allie klemmte sich ihre Tasche unter den Arm, ging mit beschwingtem Schritt zum Auto und machte sich auf den Weg nach Hidden Falls, ihre Laune so sonnig, wie sich der Tag zu entwickeln schien.

Sie sah eine Gelegenheit, den Tag zu retten, und sie ergriff sie. Vielleicht half es sogar, ihre Beziehung zu Des zu retten.

„Desdemona, warte nur, bis du siehst, was deine große Schwester für ein Ass im Ärmel hat.“

Des saß auf der Bettkante, die Box mit den Briefen zwischen ihrem Vater und der mysteriösen J in den Händen. Sie hatte es aufgeschoben, sie Allie zu zeigen, aber als Allie und sie sich scheinbar etwas annäherten, hatte sie mehr und mehr das Gefühl, dass sie etwas zurückhielt, von dem Allie das Recht hatte, es zu erfahren. Sie hatte Allie nicht mehr gesehen, seit sie morgens Caras Auto zurückgebracht hatte, aber sie war sich ziemlich sicher, dass sie in ihrem Zimmer war.

Des klopfte an Allies Tür, die Box immer noch in der Hand.

Allie kam zur Tür, aber machte sie nur einen Spalt weit auf.

„Was gibt's?", fragte sie.

„Ich muss mit dir reden."

„Jetzt?" Allie runzelte die Stirn.

Des nickte.

„Kann es warten?"

„Nicht wirklich." Mit der Befürchtung, sonst den Mut zu verlieren, drückte Des die Tür ganz auf und betrat Allies Zimmer. Sie ging ums Bett herum und setzte sich auf den Ohrensessel neben dem Fenster.

„Mach's dir gerne bequem." Allie stand am Bett und zog die helle Sommertagesdecke über die Matratze. „Was ist in der Box?"

Des öffnete sie und holte den Stapel von Briefen heraus. „Cara hat sie in der Remise gefunden. Lies den hier zuerst, dann den hier." Sie gab ihr den Brief von J, danach den, den ihr Vater geschrieben hatte.

Allie machte sie einen nach dem anderen auf, und zog nur eine Augenbraue hoch. Als sie fertig war, gab sie sie Des zurück.

„Ich kann nicht behaupten, dass ich überrascht wäre, Des. Wir haben schon rausgefunden, dass Dad ein Frauenheld erster Klasse war."

Des' Einschätzung nach schien Allie angesichts dieser Enthüllung eher zerstreut, als verstört.

„Nette Art, über deinen Vater zu reden, Allie."

„Wie würdest du ihn nennen? Sogar Barney hat gesagt, dass er alles auf Beinen in der Stadt genagelt hat."

„Das hat sie nie gesagt", protestierte Des.

„Das meinte sie aber, als sie davon geredet hat, was für ein Frauenschwarm er war, wie die Mädchen in Hidden Falls Schlange standen für ihn." Allie zuckte die Schultern. „Also was ist das Problem mit dieser J? Du tust so, als wären das Neuigkeiten. Als wäre das etwas, worüber man sich ärgern müsste."

„Stört es dich nicht, dass er das getan hat, obwohl er und Mom gerade erst am Anfang ihrer Beziehung waren? Sie hatten noch nicht mal geheiratet, sie haben sich darauf vorbereitet, miteinander abzuhauen, und hier ist ein Beweis, dass er eine andere Freundin hatte, von der er behauptet, sie wäre das ‚tollste Mädchen, das er kannte'. Stört dich das nicht?"

„Nein, weil ich von nichts überrascht bin, was er getan hat. Also, wenn das alles ist …" Sie rutschte zum Fußende des Bettes, als ob sie Des entlassen wollte.

„Allie, vielleicht wusste Mom davon. Vielleicht war sie deswegen so, wie sie war."

Allies Lachen war hart und kurz. „Des, Mom war so, weil sie eine selbstverliebte Narzisstin war, die nie eine verdammte Sache getan hat, die nicht in ihrem besten Interesse war. Ich wäre nicht überrascht, dass sie von Dads Betrug gewusst, aber sich nicht drum geschert hat, solange er sie nach Hollywood gebracht und ihr geholfen hat, ein Star zu werden."

„Wie kannst du nur sowas sagen?"

„Oh, bitte. Sag nicht, dass du noch nie daran gedacht hast.“

„Nein. Zu der Zeit hätten sie verliebt sein sollen.“

„‚Sein sollen‘“, sagte Allie sarkastisch. „Vielleicht, weil es Mom dahinbrachte, wo sie hinwollte.“

„Du glaubst, dass sie Dad nicht wirklich geliebt, dass sie ihn nur benutzt hat?“

„Des, wann hat Mom je Mitgefühl oder Sorge für irgendjemanden gezeigt, sogar für Dad? Sie hat dich zu etwas genötigt, was du nicht wolltest, sie hat mich weggeschoben. Und schlussendlich, glaube ich, hat sie Dad genau in die Arme von Caras Mutter getrieben. Also wenn du erwartest, dass ich den Tod dieses Märchens betrauere, dass sie verliebt waren und nach Hollywood abgehauen sind, zwei verrückte Kids, die mit glänzenden Augen einem Traum nachjagten, nein, danke. Ich glaub da nicht dran.“

Allie schaute aufs Bett und zog dann eine Tasche zurecht, die auf der Tagesdecke lag, als ob sie etwas verstecken wollte.

„Was ist das?“ Des bemerkte eine Farbprobe unter der Tasche.

„Was ist was?“ Allies Blick zuckte zur Seite.

„Das Ding unter der Tasche.“ Sie erhob sich aus dem Stuhl und streckte die Hand aus, um die Tasche hochzuheben. Allie packte sie am Handgelenk, um sie zu stoppen, aber Des hatte schon mehrere Blätter Papier gesehen, die halb von der Tagesdecke und halb von der Tasche versteckt wurden.

„Was ist das? Es sieht aus wie das Muster an der Decke im Theater.“

„Genau das ist es auch.“

Allies Gesichtsausdruck, der nur Sekunden vorher genervt gewesen war, veränderte sich komplett. Sie strahlte fast, als sie auf den Stuhl zeigte und Des bat, sich wieder hinzusetzen.

„Ich wollte es dir nicht zeigen, bis ich es nicht perfekt drauf habe, aber da du schon hier bist und es eh schon gesehen hast ...“ Allie war sichtlich begeistert, und umso mehr, als sie den Papierstapel aus seinem Versteck zog und ein Blatt hochhielt.

„Das ist das Design von dem gewölbten Teil der Decke, wo das Muster gerade beginnt, sich zu biegen.“ Sie hielt ein zweites Blatt hoch. „Und das ist der Teil von diesem geometrischen Strahl, der von der Mitte ausgeht. Und das hier ist–“

„Warte, Allie, woher stammen die? Woher hast du diese Skizzen?“

„Ich habe sie gemacht. Und sie sind nicht wirklich Skizzen, sie sind eigentlich Nachzeichnungen von den intakten Bereichen.“ Allie hielt nacheinander den Rest hoch.

„Wie meinst du das, du hast sie gemacht? Wie hast du sie gemacht?“ Des beugte sich vor und eine selbstbewusste Allie gab ihr den Stapel.

„Ich bin das Gerüst hochgeklettert und habe unbeschädigte Stellen nachgezeichnet, die mit den beschädigten übereinstimmen, damit ich–“

Des war sich unsicher, ob sie richtig gehört hatte. Verwirrt hob sie die Hand. „Warte. Stopp. Du bist auf das Gerüst geklettert?“

Eine offenkundig stolze Allie nickte. „Bin ich.“

„Das muss ... oh mein Gott, ich weiß nicht mal, wie hoch die Decke ist." Des' Handflächen fingen beim bloßen Gedanken daran an, zu schwitzen. „Wie konntest du ... hattest du nicht ..."

Allie lachte. „Ich hatte wahnsinnige Angst, um ehrlich zu sein. So weit war ich noch nie über dem Boden, aber ich habe mir immer wieder gesagt: sieh nicht nach unten, sieh nicht nach unten. Und ich hab's geschafft. Bis ganz nach oben."

„Wofür? Ich versteh's nicht. Warum hast du das gemacht?"

„Ich hab es gemacht, weil ich musste. Das war der einzige Weg, um ... guck mal." Allie nahm Des die Nachzeichnungen wieder ab und breitete sie so auf dem Bett aus, wie sie an der Decke aussehen mochten. „Die meisten der Muster sind ziemlich geometrisch, stimmt's? Also dachte ich, wenn wir Zeichnungen hätten, könnten wir sie originalgetreu nachbilden."

„Es tut mir leid, ich kann dir nicht folgen."

„Ich habe die Muster nachgezeichnet, damit ich sie auf die fehlenden Stellen an der Decke aufmalen kann." Sie hielt die Beutel mit den Farbsplittern hoch. „Ich habe abgekratzte Splitter zu einem Farbengeschäft gebracht und die Farben mischen lassen. Siehst du, hier ist das Pfauenblau von der Kuppel, und hier ist das–"

„Du machst Witze. Bist du wahnsinnig?"

„Warum?" Allie sah hoch.

„Du bist kein Künstler, Allie. Wir brauchen einen Künstler – einen echten Künstler – und du bist keiner."

Allie starrte ihre Schwester an, während ihr die Farbe aus dem Gesicht wich. „Ich kann das, Des", sagte sie leise.

„Nein, kannst du nicht. Wir haben es hier mit einem historischen Gebäude zu tun. Ein echter Künstler hat dieses Meisterwerk an der Decke geschaffen und ein echter Künstler wird es reparieren.“

„Des, ich habe jahrelang Kunst studiert. Ich habe mal gemalt, ich weiß, wie –“

„Nein. Du bist ein Amateur. Was ist das Größte, das du je gemalt hast? Ein paar Stillleben damals am College? Ein Wandgemälde im Schlafzimmer deiner Tochter? Allie, du könntest diese Decke total ruinieren.“ Sie schüttelte den Kopf. „Wir finden einen anderen.“

Allie starrte sie immer noch an, ihr Gesichtsausdruck wurde düster, ihre Augen verengten sich.

„Des, darf ich dich daran erinnern, dass wir nicht das Geld haben, um jemanden einzustellen, der die Qualifikation hat, von der du redest?“

„Dann warten wir, bis wir es haben. Aber wir lassen keinen Amateur die Arbeit eines Profis machen.“

„Des, ich glaube wirklich, dass ich es so gut wie jeder andere hinkriegen könnte.“

„Das machst du woran fest?“

Allie explodierte. „Weißt du, wir haben hier ein Problem, und ich habe die Lösung. Ich habe es gut durchdacht, ich habe jedes kleinste Detail geklärt. Ich dachte, du würdest mich unterstützen, oder wenigstens sagen: ‚Allie, das ist eine großartige Idee. Super um die Ecke gedacht.‘ Oder allermindestens: ‚Ein Versuch kann nicht schaden.‘“ Sie holte tief Luft. „Aber stattdessen kommst du hier rein und sagst mir, wie inkompetent ich bin, und dass ich kein Talent habe, und –“

„Ich habe nichts davon gesagt.“

„Aber du meintest es so. Dass ich nicht das Talent oder die Fähigkeit habe. Genauso, wie ich nicht das Talent oder die Fähigkeit hatte, eine größere Rolle in deiner blöden Fernsehserie zu kriegen."

„Das war nicht meine Entscheidung und das weißt du."

Allie machte weiter, als hätte sie nichts gehört. „Du hättest meine Rolle nehmen können, hättest dich für mich einsetzen können, sie bitten können, mir eine größere Rolle zu geben, aber das hast du nicht. Und jetzt tust du es auch nicht. Ich bitte dich, an mich zu glauben, mir eine Chance zu geben, zu zeigen, was ich kann. Von dem ich weiß, dass ich es kann. Aber du bist so negativ, was mich betrifft, und das schon mein ganzes Leben lang."

„Nichts davon ist wahr!", widersprach Des.

„Alles davon ist wahr."

„Ist es nicht. So habe ich nie über dich gedacht."

„Dann beweis es. Unterstütz mich. Du bist meine Schwester, Des. Du solltest hinter mir stehen –"

Etwas, das sich über zwanzig Jahre lang in Des aufgestaut hatte, brach plötzlich aus ihr hervor. „Sag mir nichts von hinter dir stehen. Als ich dich gebraucht habe, hast du weggeschaut."

„Wann hast du mich je gebraucht, Des?"

„Als Brandon ... als Brandon ..." Die Kälte entstand in ihrer Brust und breitete sich dann in ihrem ganzen Körper aus. Sie merkte kaum, dass sie weinte.

„Brandon? Brandon Whitman? Was hat er damit zu tun?"

Tränen strömten Des über die Wangen, und in ihrer Panik schnürte sich ihr Hals zu. „Als er …“, würgte sie hervor.

„Als er was? Wovon redest du?“ Offenkundig immer noch wütend auf Des, weil diese ihre Pläne für die Decke zerstört hatte, stemmte Allie die Hände in die Hüften. „Warte, lass mich raten. Er hat versucht, dich zu küssen? Er hat jeden versucht, zu küssen. Das war der große Witz am Set. Jeder wusste davon.“ Sie warf die Hände in die Höhe und schrie beinahe: „Was hat das denn damit zu tun?“

Als Des ihre Stimme fand, flüsterte sie durch ihre Tränen: „Er hat versucht, mich zu vergewaltigen.“

Allie fiel die Kinnlade herunter. Sie blinzelte, als ob sie sich verhört hätte. „Er …“

„Hat versucht, mich zu vergewaltigen. Während ihr anderen darüber geredet habt, wie süß er war, was für ein lustiger Typ er war, ist er in meine Garderobe gekommen und hat versucht, mich zu vergewaltigen.“

„Des, du hast nie gesagt …“ Allies Gesicht war weiß vor Schock. „Du hast es niemandem gesagt?“

„Ich hab versucht, es dir zu sagen!“, schluchzte Des, und ihr ganzer Körper zitterte vor Wut.

„Des, wenn du mir gesagt hättest, dass er dich vergewaltigen wollte …“

„Ich habe es versucht“, beharrte sie.

„Hast du gesagt: ‚Er hat versucht, mich zu vergewaltigen …?‘“

„Ich wusste nicht, was ich sagen sollte, Allie. Ich war zwölf Jahre alt und völlig verängstigt. Und jeder dachte, er wäre so cool. Und was sollte ich sagen? Dieser Typ, der die große Angel für diese Show war – mein großer

Serienbruder – der Typ, den sie reingeholt haben, um vorpubertäre Mädchen dazu zu bringen, jede Woche reinzuschalten, um die Quote zu erhöhen, der Typ, dessen Vater einer der größten Stars im Universum war." Sie stand zitternd und mit brüchiger Stimme auf. „Was hätte ich machen sollen? Wer hätte mir geglaubt, auch wenn ich den Mut gehabt hätte, es jemandem zu erzählen?"

„Oh, Des ..." Allies Augen füllten sich mit Tränen. „Oh, Liebes, es tut mir so, so leid."

„Also erzähl mir nichts von hinter dir stehen, weil als ich dich gebraucht hab, warst du nicht da."

Des knallte Allies Tür zu, rannte blindlings über den Flur, und suchte in ihrem eigenen Zimmer Zuflucht vor dem Albtraum, den sie seit mehr als zwei Jahrzehnten versuchte, wegzuschieben und aus ihrem Gedächtnis zu verbannen.

Kapitel Neun

Des stand mit dem Rücken an ihre Zimmertür gelehnt und versuchte, zu zittern aufzuhören. Zu erzählen, was geschehen war, hatte sie zu diesem Tag zurückgebracht, zu der Verwirrung und der Furcht und dem Gefühl, erstarrt zu sein, unfähig, sich zu bewegen, als Brandons Hände ihre Handgelenke festhielten und ihren Körper zu Boden gedrückt hatten. Rückblickend hätte sie schreien können, sie hätte treten können, aber als eine Zwölfjährige, die keine Erfahrung mit Leuten hatte, die ihr körperlichen Schaden zufügen wollten – besonders jemand, den sie gemocht und dem sie vertraut hatte – war sie stumm geworden. Als der Regieassistent an die Tür geklopft hatte, um ihr Bescheid zu sagen, dass sie unverzüglich gebraucht wurde, hatte Brandon sein nettestes Lächeln aufblitzen lassen, ihr einen Finger auf die Lippen gelegt und „Pssssst" gewispert, bevor er sie freigab.

Am nächsten Tag am Set hatte Brandon so getan, als ob nichts passiert wäre. Er war sein normales, frotzelndes Selbst, aber er hatte Des angegrinst, wie um sie herauszufordern, ihn zu verraten, was sie natürlich nicht tat. Und sie hatte sich nie gefragt, warum ausgerechnet sie, weil sie es tief im Innern wusste. Er hätte sowas nie bei Allie versucht, deren Schönheit einschüchternd war. Allie war durchsetzungsfähig – nie passiv – und hätte ihn ausgelacht, bevor sie sich die Lunge aus dem

Leib geschrien hätte. Sogar in dem jungen Alter, in dem Des zu der Zeit war, war es nicht schwer für sie gewesen, zu begreifen, dass sie das perfekte Ziel war.

Des hatte weitergemacht, als wäre nichts passiert, aber sie sorgte dafür, dass sie nie wieder allein mit ihm war, und von diesem Tag an hatte sie nie vergessen, ihre Garderobe abzuschließen.

Jetzt war es raus, zumindest zwischen ihr und Allie. Die Worte, die sie so lange runtergeschluckt hatte, waren ausgesprochen worden. Sie hatte es erzählt. Und Allie hatte so reagiert, wie Des es sich vor all den Jahren von ihr gewünscht hatte, mit dem gleichen Schock und der Ungläubigkeit, die Des selbst gefühlt hatte. Und doch empfand sie immer noch dasselbe Gefühl von Scham, welches sie damals fast erstickt hatte, das Gefühl, dass es irgendwie ihre Schuld gewesen war, obwohl sie wusste, dass das nicht stimmte.

Des ging ins Badezimmer und spritzte sich kaltes Wasser ins Gesicht. Sie hyperventilierte nicht länger, aber sie fühlte sich immer noch wund. Ausgebrannt.

Sie nahm ihr Handy vom Nachttisch und, ohne nachzudenken, schrieb eine Nachricht an Seth.

Bist du beschäftigt?

Nie zu beschäftigt für dich. Was gibt's?

schrieb Seth zurück.

Könntest du mich abholen?

Wo bist du?

Zuhause.

Bin auf dem Weg

schrieb er.

Auf dem Motorrad, hoffe ich.

„Das klingt nach Seth." Barney hatte von dem Reisemagazin aufgeschaut, das sie las, und aus dem Fenster geblickt, als die Harley in die Einfahrt fuhr.

„Es ist Seth. Er kommt, um mich abzuholen." Des schnappte sich ihre Handtasche.

„Oh?"

„Ich bin später wieder da", sagte Des, bevor Barney noch etwas sagen konnte.

Seth stand neben dem Motorrad und hielt in einer Hand die schwarze Jacke, die Des das letzte Mal getragen hatte, und einen Helm in der anderen.

Er hielt Des die Jacke hin. „Meine Schwester könnte anfangen, Miete zu verlangen."

„Das ist es wert." Sie lächelte ihn an, und zum ersten Mal seit ihrem Streit mit Allie hob sich ihre Laune.

Sie schnallte sich den Helm um, schlüpfte mit den Armen in die Ärmel, und sah Seth an. „Können wir fahren?"

„Klar." Seth stieg aufs Motorrad und wartete, während sich Des hinsetzte, bevor er fragte: „Irgendein bestimmtes Ziel?"

„Nein. Fahr einfach."

Er startete den Motor und fuhr zur Straße. Des schlang die Arme um ihn. Die Stärke seines Körpers tröstete sie, und sie spürte, wie die Spannung aus ihrem Rücken und ihren Schultern wich, wie Sprühnebel, der am Wasserfall hinter Barneys Haus hochstieg.

Seth trat aufs Gas und fuhr los, in Richtung der Landstraßen außerhalb von Hidden Falls. Die Straße, die er wählte, hatte mehr als nur ein paar Kurven und Hügel, und von Zeit zu Zeit merkte Des, dass sie sich festklammerte, als ob ihr Leben davon abhinge. Aber gleichzeitig fühlte sie sich frei, und nur für eine Weile vergaß sie die wütenden Worte und tränenreichen Geständnisse. Sie schloss die Augen und ließ den Wind in ihr Gesicht peitschen, und wünschte sich dabei, dass es genauso einfach wäre, schlimme Erinnerungen und verletzende Anschuldigungen davonzupusten.

Seth wurde etwas langsamer, und das Röhren des Motors wurde ein Schnurren.

„Warst du schon mal in Rose Hill?", rief er.

„Nein. Was ist Rose Hill?"

Er beschleunigte wieder und fuhr in die Richtung von zwei Kirchtürmen, die in der Ferne sichtbar waren. Zehn Minuten später begrüßte sie die freundliche Nachricht WILLKOMMEN IM DORF ROSE HILL, als Seth den Hügel hinunterrollte, wo sich die Hauptstraße über drei Blocks erstreckte.

Seth sah über die Schulter und fragte: „Hunger?"

„Ein bisschen."

„Die Straße runter ist ein nettes Restaurant, aber es gibt auch einen richtig guten Supermarkt. Wenn du Lust auf ein Steak hast, kann ich dir das Beste versprechen, was du je gegessen hast. Niemand grillt Rind besser als ich. Ich will nicht angeben, das ist nur eine einfache Tatsache." Er hielt am Bordstein und drehte sich zu ihr um. „Deine Entscheidung."

„Abgemacht."

„Du wirst es nicht bereuen, versprochen."

Er parkte und sie gingen an drei Läden vorbei zum Supermarkt, wo Seth eins der größten Steaks kaufte, das Des je gesehen hatte, sowie ein paar Kartoffeln.

Er blieb vor dem Regal mit den Milchprodukten stehen. „Saure Sahne oder keine saure Sahne?"

„Für mich nicht."

„Für mich auch nicht. Ich bin Purist, was meine Kartoffeln angeht. Außer natürlich beim Kartoffelsalat. Da geht alles." Er tat sein Bestes, um die Unterhaltung um ihretwillen leicht zu halten, und sie war dankbar für sein Feingefühl. „Oh. Nachtisch."

Er nahm sie bei der Hand. „Sie haben eine Backabteilung. Richtig gutes Baklava. Ausgezeichneten Schokokuchen."

„Ich hatte kein Baklava seit ... ich kann mich gar nicht mehr ans letzte Mal erinnern."

„Baklava also." Er bestellte zwei Portionen, und machte dann vier draus. „Wenn ich schon hier bin, kann ich auch gleich Frühstück besorgen."

„Du isst Baklava zum Frühstück?"

„Hey, es sind Honig, Nüsse, und ein bisschen ‚Fast-Brot'. Also ist es fast wie ein Honigtoast."

„Filoteig ist nicht ‚Fast-Brot'." Sie lachte über die Grimasse, die er zog.

„Was brauchen wir noch?" Er sah sich im Laden um.

„Nichts. Wir sind fertig."

Sie näherten sich der Kasse, als er stehenblieb und sagte: „Nicht ganz."

Er nahm einen Strauß gelber Rosen von einer Auslage und gab sie Des wortlos. Sie merkte, wie ihr Herz schmolz, und sie lächelte.

Er steckte die Pakete in die Packtasche und sie machten sich auf den Weg nach Hidden Falls.

Die Hunde waren froh, Seth zu sehen, und noch mehr, Des zu sehen. Sie lobte Ripley und den Labrador mit leiser, sanfter Stimme dafür, dass sie brav waren, während Seth fort war. „Keine zerkauten Möbel. Keine Unfälle", sagte sie, als sie ins Wohnzimmer blickte. Zu Seth sagte sie: „Du bist entweder sehr gut darin, deine Erwartungen klarzumachen, oder du hattest großes Glück bei den Hunden, die du aufgenommen hast."

„Vielleicht ein bisschen von beidem." Er lächelte und ging in die Küche, wo er beide Hunde fütterte. „Außerdem schlafen sie hauptsächlich, wenn ich weg bin."

„Wie kann ich dir helfen?", fragte Des.

„Gut, dass du fragst." Seth machte eine Schranktür auf und zog ein Sieb heraus. „Weißt du noch, wo der Garten ist?"

Des nickte.

„Während ich den Grill anmache, kannst du rausgehen und ein paar grüne Bohnen fürs Abendessen pflücken."

„Klar."

Sie fand die Bohnen, die an kleinen Büschen in sehr geraden Reihen wuchsen. Des schob die Blätter beiseite und begann sie zu pflücken, und füllte das Sieb, während sie sich zwischen den Reihen bewegte. Es war früh am Abend, und die Sonne stand gerade tief genug, um die Felder sanft erglühen zu lassen, und die Luft war schwer mit dem Duft von Klee. Sie spürte, wie der Stress des Tages von ihr abfiel, und sie war dankbar, dass sie in diesem Augenblick an diesem Fleck sein konnte.

„Ich mag deine Farm", meinte Des zu ihm, als sie zurück zur Terrasse ging. Die Hunde lagen nebeneinander und sahen Seth beim Zubereiten des Steaks zu, angelockt von dem Geruch nach Fleisch. „Sie ist wunderschön und friedlich. Danke, dass du mich hergebracht hast."

Seth hatte eine Weinflasche geöffnet, aus der er etwas in zwei Weingläser eingoss.

„Danke. Sie passt zu mir. Sie war schon immer ein Zuhause für mich, sogar schon als Kind." Er reichte Des eins der Gläser.

„Es ist viel Arbeit", dachte sie laut, als sie auf die Felder hinter seiner Scheune und den Obstgarten links vom Haus schaute.

„Es hält mich auf Trab." Das Steak lag auf einer großen runden Platte, und er hob es mit einer langen Gabel hoch, um es auf den Grill zu legen. „Gibt mir das Gefühl, einen Platz in dieser Welt zu haben." Er sah zum Himmel, wo die ersten Sterne langsam zum Vorschein kamen. „Jeder braucht eine Bestimmung. Diese Farm wieder zum Laufen zu bringen, Sachen anbauen, das ist meine."

Des dachte für einen Moment nach, was wohl ihre Bestimmung sein könnte. Bis jetzt hatte sie nicht viel mehr beigetragen, als verirrte Hunde zu retten, was sie auch laut zu ihm sagte.

„Das ist deine Art, die Dinge besser zu machen." Er wandte sich um und lächelte.

„Manche Leute sagen, sie sind nur Hunde."

„Manche Leute sind dumm", sagte er, ohne sich umzudrehen. „Wir sind alle Geschöpfe des Universums, Des. Wir sind alle im selben Boot."

Sie schaute ihn an und lächelte, da sie wusste, dass er sie auf eine Art verstand, die jedem anderen Mann gefehlt hatte, den sie kennengelernt hatte.

„Du kannst die Blumen in eine Vase tun – da ist eine auf dem Buffet im Esszimmer – und sie nach draußen zum Tisch bringen. Dann kannst du dich um diesen Wein hier kümmern, während du die Bohnen wäschst. Auf dem Herd steht ein Topf, wenn es dir nichts ausmacht, sie reinzuwerfen."

„Das macht mir gar nichts aus."

Es hatte sie gefreut, dass Seth ihr eine Aufgabe gegeben hatte. Ja, sie war sein Gast, aber dadurch, dass er sie beim Kochen mit einbezog, hatte sie das Gefühl, dass er ihr einen Platz hier angeboten hatte, und der Gedanke wärmte sie. Es gefiel ihr, sich als Teil seiner Welt zu fühlen.

Seth hielt sein Wort und das Steak, was er servierte, war das Beste, das sie je gegessen hatte. Sie aßen draußen auf der Terrasse an einem kleinen, runden Tisch unter einem Ahornbaum und tranken ein zweites Glas Wein. Sie aßen das Baklava auf, was genauso lecker war, wie Seth versprochen hatte.

Die Sonne war so gut wie untergegangen, und Seth hatte zwei dicke Kerzen auf den Tisch gestellt und sie mit einem langen Streichholz angezündet. Eine leichte Brise ließ die Flammen leicht flackern, und in ihrem

Licht schien seine Haut fast zu glühen. Sie mochte es, ihn anzusehen, und sie wusste, dass es nicht nur am Wein lag.

„Ich wette, die Felder sind richtig hübsch, wenn die Glühwürmchen rauskommen."

„Komm in ein paar Wochen zurück und sieh es dir selbst an. Es war noch nicht ganz warm genug für sie."

„Ich schätze, du vermisst das Stadtleben nie."

„Ich mag es, Freiraum zu haben. Es gefällt mir, dass ich Blechdosen von meinem Zaun schießen kann, wenn mir danach ist, ohne mir Sorgen zu machen, ob ich jemandem störe. Oder, Gott bewahre, jemanden treffe. Es gefällt mir, dass ich früh aufstehen und mit einer Tasse Kaffee und meinen Hunden in den Morgen gehen kann, um den Tag zu begrüßen." Er stellte sein Glas auf den Tisch. „Ich glaube, jeder muss wissen, wo er hingehört, dann diesen Ort finden und dort hingehen." Sein Blick durchbohrte sie und er fragte: „Wo gehörst du hin, Des?"

„Ich bin mir nicht sicher. Ich wusste es mal. Zumindest dachte ich das."

„Was hat deine Meinung geändert?" Er lehnte sich auf seinem Stuhl zurück, einen Arm über die Stuhllehne gelegt.

„Hierher zu kommen. Familie zu finden, von der ich nicht wusste, dass ich sie hatte. Cara, Barney. Sie bedeuten mir alles. Ich will nicht, dass sie jemals wieder aus meinem Leben verschwinden."

„Und Allie?"

„Das ist etwas komplizierter." Sie spielte mit dem Stiel ihres Glases. „Als wir Kinder waren, hatten wir so ein verkorkstes Leben. Ich habe dir von meinen Eltern erzählt, und dass meine Schwester es hasste, dass ich diese Serie hatte und sie nicht. Das Ding ist, sie wollte immer im Mittelpunkt stehen, und sie konnte nicht verstehen, warum ich das nicht tat.“

„Ich schätze, du hast dich aber nach einer Weile dran gewöhnt.“

Des schüttelte den Kopf. „Nein. Du wusstest nie, wer dein Freund war, und wer versucht hat, dich für etwas zu benutzen. Ich hatte diese eine Freundin, sie war eine Mitschülerin von meinem Charakter in der Serie. Ich mochte sie sehr. Wir haben jeden Tag am Set zusammen Mittag gegessen, und es war schön. Ich hatte endlich eine Freundin. Dachte ich.“

Seth hob fragend eine Augenbraue. „Dachtest du?“

„Es hat sich rausgestellt, dass sie auf Geheiß ihres Vaters unsere Unterhaltungen aufgezeichnet hat. Ich habe nie rausgefunden, warum, aber wie gruselig ist das denn? Wen kümmert's, worüber zwei Dreizehnjährige reden?“

„Hat er nach Klatsch gesucht oder sowas?“

„Ich weiß nicht.“ Der Gedanke an ihre alte Freundin ließ sie an Brandon denken, und der Gedanke an Brandon wiederum an ihren Streit mit Allie.

„Ich habe meiner Schwester wehgetan“, erzählte sie Seth. „Ich habe heute schreckliche Dinge zu ihr gesagt. Sie hat sich so viel Mühe gegeben, und ich habe ihr etwas sehr Schweres aufs Gewissen gelegt.“

Sie konnte Seths Blick auf sich spüren, und dann, wie er seine Hand nach ihrer ausstreckte. Er zog an ihrer Hand, zog Des näher zu sich, und führte sie dann von ihrem Stuhl zu seinem Schoß.

„Red mit mir, Des." Sie lehnte den Kopf an seine Schulter, und er hörte ihr zu, ohne sie zu unterbrechen.

Sie erzählte ihm alles, von Brandon, und dass Allie geschworen hatte, dass sie es nicht gewusst hatte.

„Warte. Moment. Willst du mir sagen, dass dieser Typ echt versucht hat, dich zu vergewaltigen?"

Sie nickte.

„Und du warst wie alt?"

„Ich war zwölf." Sie lehnte sich zurück und sah, wie sich sein Gesicht verhärtete und sich von einem verständnisvollen Freund in einen Mann mit Feuer hinter seinen Augen verwandelte.

„Er hat versucht, eine Zwölfjährige zu vergewaltigen." Er wiederholte die Worte tonlos. „Wo ist dieser Kerl jetzt?"

„Als ich ihn das letzte Mal gesehen habe, war er in einer Sitcom. Das war vor etwa zwei Jahren."

„Er ist ein Straftäter. Er sollte im Gefängnis sitzen, Des."

„Wenn du mir damit vorschlagen willst, jetzt über ihn auszupacken – keine Chance", sagte sie mit einem Kopfschütteln. „Es war schwer genug, meiner Schwester zu gestehen, was passiert war, und noch schwerer, die Geschichte am selben Tag dir gegenüber ein zweites Mal zu wiederholen. Ich könnte auf keinen Fall einem Fremden davon erzählen, was er mir angetan hat. Wenn man darüber redet, ist es wieder so real."

„Des, es ist immer real, egal, ob du darüber redest oder nicht."

Sie schüttelte erneut den Kopf. „Nein."

„Was, wenn er es immer noch tut?"

Sie hob ihre Hand. „Stop. Mach mir kein schlechtes Gewissen, um mich zu etwas zu bringen, von dem ich weiß, dass ich es momentan nicht tun kann. Vielleicht eines Tages, aber nicht heute."

Er nickte langsam. „In Ordnung. Ich versteh das. ‚Vielleicht eines Tages' ist besser als nie."

„Warum spielt das eine Rolle für dich?"

„Weil es für dich eine Rolle spielt. Weil es ein schreckliches Ereignis für eine unschuldige Zwölfjährige war, und weil du diese Last für sehr lange Zeit allein getragen hast. Manchmal hilft es, sie einfach mit jemand anderem zu teilen. Manchmal braucht es mehr als das. Manchmal scheint es, als ob man nicht frei davon sein könnte, bis man nicht die Person konfrontiert, die einem das angetan hat. Aber es ist deine Entscheidung – immer. Niemand kann dir sagen, wie du dich fühlen solltest oder was das Beste für dich ist. Du bist eine sehr kluge Frau. Du wirst das tun, was richtig ist, und was für dich richtig ist, da bin ich mir sicher."

„Du bist wirklich mein bester Freund, Seth."

„Das werde ich immer sein." Er drückte sie wieder an sich. „Aber nichts davon erklärt, wie du Allie wehgetan hast. Was war da los?"

Sie erzählte ihm von dem Plan, den Allie sich ausgedacht hatte, um die Malereien der Decke wiederherzustellen, und wie sie mit ihrem Spott Allies Ego zerschmettert hatte.

„Ich hab ihr gesagt, dass sie wahnsinnig ist, wenn sie denkt, dass sie gut genug wäre. Ich hab ihr gesagt, dass sie keine echte Künstlerin ist, und ich hatte kein Recht dazu."

„Hat sie denn künstlerisches Talent?"

„Vielleicht. Ich weiß es nicht wirklich genau. Und weil ich es nicht weiß, hätte ich den Mund halten sollen. Und was schlimmer ist, ich hätte ihr nicht einreden sollen, dass sie inkompetent und dumm ist, wenn sie es für eine gute Idee hält." Sie drehte sich um, um ihn direkt anzusehen. „Besonders weil es sich gar nicht so blöd anhört, jetzt wo ich drüber nachdenke."

„Hast du das Allie gesagt?"

„Noch nicht. Ich war so aufgewühlt, dass ich aus dem Haus musste. Dann habe ich dir geschrieben. Ich wollte einfach nur weglaufen." Sie hielt inne. „Eigentlich wollte ich hinten auf deinem Motorrad in den Sonnenuntergang fahren, mit dem Wind in den Haaren."

„Sorry, Beifahrer ohne Helm sind nicht erlaubt. Aber ich bin froh, dass du an mich gedacht hast."

„Du warst der einzige, an den ich gedacht habe."

„Und, fühlst du dich nach der Fahrt durch die Landschaft und dem Steak besser?"

Des nickte. „Die Fahrt war super, aber das Steak war fantastisch. Und es geht mir wirklich besser."

„Siehst du? Deshalb ist es immer gut, die Dinge mit einem Freund zu bequatschen."

„Wir sind wirklich gute Freunde, oder?"

„Ja."

„Ich glaube, das reicht mir nicht mehr. Für eine Weile dachte ich, das sei alles, was ich wollte, aber jetzt ..." Sie nahm sein Gesicht in ihre Hände und küsste ihn unerwartet. Sie wartete darauf, dass er sie zurückküsste, aber als er es nicht tat, machte sie die Augen auf und stellte fest, dass er sie anstarrte.

„Warum hast du mich nicht zurückgeküsst?", fragte sie.

„Ich steh noch unter Schock. Das war das Letzte, was ich von dir erwartet hätte. Mit all diesem Beste-Freunde-Gerede, dachte ich, dass du mich wirklich nur als Kumpel siehst. Was nicht wirklich meine erste Wahl war, was dich angeht, aber es schien deine zu sein, und ich wollte das akzeptieren.“

„Das war wohl ziemlich dumm von mir.“

„Wollen wir's nochmal versuchen?“

Im Kerzenlicht sah sie, wie sich sein Mund zu einem schiefen, neckenden Lächeln verzog.

Sie küsste ihn erneut, und dieses Mal küsste er sie zurück, zuerst langsam, als ob er es genießen wollte, sie zum ersten Mal zu spüren. Seine Arme umarmten sie fester, und seine Lippen eroberten die ihren, als ob sie schon immer ihm gehört hätten. Er schmeckte nach Honig und Rotwein und roch nach frischer Luft und Frühsommer, und als seine Zunge in ihren Mund glitt, seufzte sie auf. Plötzlich erschien ihr alles so klar, so richtig.

Einen Moment später beendete sie den Kuss und sagte: „Hast du das gespürt?“

„Ähhh – ich weiß nicht, ob du mich fragst, ob wir das Gleiche gespürt haben.“

Sie lachte in seinen Nacken. „Dieses kribbelnde Gefühl. Hast du das nicht gefühlt?“

„Es kribbelt jedes Mal, wenn ich dich ansehe. Ich wollte dich seit dem Abend im Bullfrog küssen, als ich dich zum ersten Mal gesehen habe.“ Er strich ihr eine verirrte Locke hinters Ohr. „Aber ein einfaches Dankeschön fürs Abendessen hätte auch gereicht.“

„Das Steak war sehr lecker. Dankeschön.“

„Vergiss, was ich gesagt habe. Das war viel besser als Dankeschön.“

Sie setzte sich in seiner Umarmung etwas anders hin. „Ich kann mich an den Abend im Bullfrog erinnern. Das war der erste Abend, an dem wir alle zusammen ausgegangen sind. Barney hat uns mit Lucille gefahren und sie hat illegal geparkt – wie sie es ja so gerne tut – damit niemand das Auto zerkratzen konnte. Allie und Ben hatten die erste Rauferei von vielen und ich weiß noch, wie Cara mit Joe getanzt hat und ich dachte, wie perfekt sie zusammen aussehen.“

„Da hattest du Recht. Sie gehören wirklich zusammen. Ich hoffe, Cara bleibt. Ich glaube, es würde ihn echt fertigmachen, wenn sie weggehen würde.“

„Wir reden nie viel darüber, ob wir gehen oder bleiben, wenn das Theater fertig ist. Nicht wirklich. Ich glaube, wir sind beide hin und hergerissen.“ Sie dachte einen Moment nach. „Allie nicht. Sie würde gleich morgen abreisen. Aber Cara ...“

„Du hast gesagt beide. Beide hin und hergerissen.“ Er drehte ihr Kinn sanft in seine Richtung. „Bist du's?“

„Irgendwie. Ich liebe es hier. Ich liebe die Stadt und mit meinen Schwestern und Barney hier zu sein, war so besonders, dass ich nicht an die Zeit denken will, wo wir alle nicht mehr zusammen sind.“

„Sag mir Bescheid, wenn du dich entschieden hast, okay?“

An seinem Blick erkannte sie, dass er sie erneut küssen wollte, als ihr Handy klingelte.

Sie stand auf und kramte ihr Handy aus ihrer Jeans. Es war Cara.

„Was gibt's?“, fragte Des.

„Ich hab mich nur gefragt, was los ist. Allie weigert sich, aus ihrem Zimmer zu kommen, und du bist wie ein harley-schwarzer Blitz verschwunden. Ist alles okay?“

„Ziemlich.“ Sie wusste, was Cara sich fragte, also ergänzte sie: „Ich bin bei Seth. Ich komme später nach Hause.“

„Entschuldigung. Ich wollte dich nicht kontrollieren. Ich habe mir nur Sorgen gemacht, weil ich vorhin eure Auseinandersetzung gehört habe.“

„Ja, naja, also dazu ...“

„Du schuldest mir keine Erklärung, Des. Ich wollte nur sichergehen, dass es dir gut geht.“

„Mir geht's gut, danke.“

„Gut. Oh, und übrigens, Nikki hat angerufen. Ihr Flug wurde geändert. Sie wird morgen früh da sein, statt übermorgen.“

„Warum die Planänderung?“, fragte Des.

„Ich weiß es nicht. Ich hab nicht mit ihr gesprochen.“

„Ich bin bald zuhause“, sagte Des. „Wir sind gerade mit dem Essen fertig.“

„Oh. Cool. Du bist mit Seth Essen gegangen?“

„Nein. Wir haben zuhause gekocht.“ Des schaute auf, als er das Geschirr vom Tisch räumte. „Es war super“, wisperte sie.

„Kann's kaum erwarten, davon zu hören“, flüsterte Cara zurück.

„Warum flüsterst du?“, fragte Des.

„Weil du angefangen hast.“ Cara lachte. „Ich werde dann jetzt auflegen.“

„Bis bald.“

„Lass dir Zeit. Klingt, als hättest du eine schöne Zeit.“

„Hab ich." Des legte auf und schob ihr Handy wieder in die Hosentasche. Zu Seth sagte sie: „Lass mich beim Aufräumen helfen."

„Ich bring die Sachen nur gerade nach drinnen, und gebe den Hunden ein paar Reste."

Er trug die Teller, sie nahm den Servierteller und folgte ihm ins Haus.

„Alles okay zuhause?" Die Hunde saßen zu seinen Füßen und warteten geduldig auf ein Leckerli von dem Teller in seiner Hand.

„Nikki kommt einen Tag früher her."

„Das habe ich auch gehört."

„Woher konntest du das vor mir wissen?", fragte sie.

„Sie und der Sohn meines Cousins, Mark, sind in Kontakt geblieben, seit sie in den Osterferien hier war. Er hat heute Morgen angerufen, um zu fragen, ob er sie hierher bringen und ihr die Farm zeigen kann, während sie da ist."

„Das ist schön. Ich wusste, dass sie ein paar Kinder in ihrem Alter getroffen hatte, aber ich wusste nicht, dass sie in Kontakt geblieben sind."

„Jeden Tag über Social Media, wie ich's verstanden hab." Er spülte den Teller ab und ließ ihn in der Spüle. „Bringen wir dich nach Hause."

Sie schlossen ab und gingen zum Ende der Auffahrt, wo er das Motorrad abgestellt hatte. Er stieg auf und wartete, bis sie hinter ihm saß und sich festhielt, bevor er den Motor anließ.

„Des", sagte er, bevor er den Gang einlegte. „Dieser Typ vom Althea."

„Greg Weller."

„Genau. Er. Muss ich mir seinetwegen Sorgen machen?“

Sie lehnte ihre Stirn gegen seinen Nacken und lächelte.

„Nee, du musst dir wegen niemandem Sorgen machen“, sagte sie ihm. „Außerdem ist er nicht mein Typ.“

Des hatte an Allies Tür geklopft, als sie nach Hause kam, aber es kam keine Antwort, und die Tür war abgeschlossen. Ob Allie sie ignorierte, oder tatsächlich schlief, konnte Des nicht genau sagen. Es war nach halb elf abends, also wäre es nicht unüblich für Allie, im Bett zu sein. Sie ging oft früher schlafen als die anderen.

War sie eingeschlafen, immer noch verletzt?

Des bereute ihre Worte bei dem Gedanken daran, was sie alles gesagt hatte, um diese Wunde zu verursachen.

Ihre Reaktion auf Allies sorgfältig durchdachten Plan war unnötig harsch gewesen, wie wenn man einen Kuchen mit einer Axt zerschnitt. Sie hätte die Idee ihrer Schwester mit netteren Worten ablehnen können, hätte sanfter in ihrer Meinung von Allies künstlerischen Fähigkeiten sein sollen. Aber sie hatte nie irgendein Anzeichen gesehen, dass ihre Schwester ein ernstes Faible für Kunst hätte. Sie hatte angenommen, dass es für Allie einfach nur eine weitere ihrer vielen Launen war.

Die Tatsache, dass Allie sich gezwungen hatte, auf das Gerüst zu klettern, hätte Des zeigen müssen, dass es mehr als eine Laune war. Sie hatten beide, seit sie denken konnten, Höhenangst, auch wenn sie nicht wusste, weshalb.

Rückblickend war Allies Idee gar nicht so schlecht, und je mehr Des darüber nachdachte, desto mehr war sie überzeugt, dass sie wertvoll sein könnte. Warum würde eine Nachzeichnung oder eine Schablone, vom Original kopiert, nicht genauso gut sein? Okay, vielleicht nicht ganz so gut, aber so gut wie das Original des Künstlers, und es könnte trotzdem klappen, oder? Besonders, wenn die Farben perfekt gemischt wurden und man von neun oder zehn Metern unter der Kuppel aus hinsah?

Sie schuldete Allie eine Entschuldigung dafür, eine gute Idee herzlos abgetan zu haben – sicherlich eine Idee, die einen Versuch wert war. Wenn auch sonst nichts, so bewies es, dass Allie sich sehr viel Gedanken über eine Lösung gemacht hatte, nach der Des selber nicht gesucht hatte.

Sie hörte ein Geräusch auf der anderen Seite des Flurs – ein Husten vielleicht? – also stand sie auf und klopfte an Allies Tür. Allie war definitiv wach, aber machte erst nach dem dritten Klopfen die Tür auf. Die Schwestern starrten sich einen langen Augenblick an.

„Des, es tut mir leid. Ich wusste es nicht. Ich schwöre dir, wenn ich es gewusst hätte –“ Allies Stimme war so leise, dass sie fast ein Flüstern war. „Gütiger Gott, wenn ich es gewusst hätte, hätte ich ihn umgebracht. Ich schwöre es dir, ich hätte das nie durchgehen lassen. Ich hätte es dem Produzenten gesagt, ich hätte Dad angerufen, wir hätten die Polizei gerufen ...“

„Ich weiß, ich weiß. Ich hätte schon vor langer Zeit etwas sagen sollen. Es war so schwer, es in Worte zu fassen, Al. Es war so schwer, mich zu zwingen, anzuerkennen, was passiert ist.“ Sie stockte. „Aber ich bin froh, dass ich es dir gesagt habe. Ich wünschte nur, ich hätte es auf eine andere Art getan, und unter anderen Umständen. Ich wünschte, ich hätte mich dir anvertraut, aber ich war so verwirrt. Besonders, da Mom immer um ihn rumgeschwänzelt ist, und ihn den Sohn genannt hat, den sie nie hatte." Des kämpfte gegen die Bitterkeit an. Zu spät dafür, erinnerte sie sich.

„Mom wollte, dass sein Vater sie für einen Film engagiert, darum ging es. Ich glaube, sie dachte, dass es die Aufmerksamkeit des Vaters auf sie ziehen würde, wenn sie sich beim Sohn einschmeichelt." Allie schüttelte den Kopf. „Wie gesagt, Mom hat sich nur für Mom interessiert. Wir beide tun mir leid, dass wir nie etwas Besseres hatten."

„Ich habe es damals nicht auf die Art verstanden, aber im Rückblick glaube ich, dass du Recht hast. Es ist schrecklich, das zu sagen, aber das wirklich Schreckliche daran ist, dass es stimmt."

„Und ich war dir keine Hilfe, aber ich hätte es sein sollen. Ich war drei Jahre älter und ich hätte es besser wissen müssen. Ich war so mit mir beschäftigt. So wütend, dass ich nicht du sein konnte." Sie schien sich einen Moment in Gedanken zu verlieren. „Es tut mir so leid, dass du das alleine durchmachen musstest. Dass ich nicht gesehen habe …" Allie schluckte schwer. „Du hast damals immer so unglücklich ausgesehen. Ich hätte versuchen sollen, die Dinge ein bisschen besser für dich zu machen."

„Sei nicht so hart zu dir. Du warst auch ein Kind. Wie hättest du es wissen können? Außerdem hatten wir beide damals gute Gründe, unglücklich zu sein. Es ist ja nicht so, dass wir zuhause ein schönes Leben hatten."

„Unsere verkorkste Familie mal beiseite, du hattest recht. Ich hätte hinter dir stehen sollen. Ich war älter und kannte Brandons Ruf, Mädchen in Situationen zu bringen, in denen sie nicht sein sollten." Sie schüttelte den Kopf. „Ich hätte am Set auf dich aufpassen sollen. Du hattest Recht damit, mich zur Rede zu stellen. Du hättest es schon viel eher machen sollen."

„Es ist vorbei. Vielleicht kann ich anfangen, darüber hinwegzukommen, jetzt, wo es raus ist. Seth glaubt, dass ich vielleicht–" Sie stockte, da sie die Sollte sie es öffentlich machen oder nicht-Debatte nicht zur Diskussion stellen wollte.

„Du hast mit Seth darüber gesprochen?"

„Ja."

Allie nickte. „Er steht sowas von auf dich, Des. Ich hoffe, du kannst das sehen. Er ist ein guter Mann. Vielleicht sogar gut genug, dass er deiner würdig ist."

„Er ist ein außergewöhnlicher Mann", stimmte Des zu. „Ich weiß nicht, warum ich so lange gebraucht habe, das zu erkennen."

Allie rang sich ein Lächeln ab. „Naja, weißt du, er ist wirklich nicht konservativ genug für dich."

Des stöhnte. „Unfassbar, dass ich diese Sachen über ihn gesagt habe. Wen kümmert's, ob er Zigarren raucht, solange er das nicht in meiner Gegenwart tut? Und wen kümmert ein bisschen Tinte? Er ist der beste Mensch, den ich kenne." Des griff nach Allies Hand. „Jedenfalls, ich wollte, dass du weißt, dass ich dir nicht die Schuld daran gebe, was vor so langer Zeit passiert ist. Und dass ich es dir nicht vorhalte."

„Das ist sehr großzügig von dir. Danke." Allie sah etwas beschämt aus. „Wenn du mich jetzt entschuldigen würdest …"

„Nicht, bis ich fertig bin." Des stellte den Fuß in die Tür, damit Allie sie nicht schließen konnte. „Hör mal, was ich über deine Idee gesagt habe, über die Decke …"

Allie hob ihre Hand. „Lass es. Lass es einfach. Ich will nicht darüber reden."

„Al, ich denke …"

„Ich weiß schon, was du denkst. Ist in Ordnung." Allie wirkte so niedergeschmettert, wie Des sie noch nie zuvor gesehen hatte.

„Allie, hör zu …"

„Ich habe dir zugehört. Und du hattest Recht. Danke, dass du mich davon abgehalten hast, mich vor allen anderen zum Narren zu machen." Sie machte sich daran, die Tür zu schließen, aber ergänzte noch: „Es war eine blöde Idee."

„Allie, das ist nicht, was ich sagen wollte."

„Das ist, was du schon gesagt hast. Fall geschlossen", sagte Allie emotionslos. „Vergiss es. So wie ich."

Naja, offensichtlich nicht, dachte Des, als sie zurückwich. Von der anderen Seite der Tür hörte sie, wie sich das Schloss verriegelte, und sie wusste, dass Allie alles gesagt hatte, was sie zu dem Thema sagen würde. Aber was Des anging, hatte sie dem noch nicht den Riegel vorgeschoben. Die Idee war zu gut, um sie zu verwerfen. Es musste einen Weg geben, damit Allie wieder an sich glaubte. Sie musste ihn nur finden.

Kapitel Zehn

Nikki Monroe fegte wie ein Hurrikan in die alte viktorianische Villa, und umarmte und küsste und redete mit Lichtgeschwindigkeit.

„Es ist eine Schande, dass sie so gar keine Persönlichkeit hat", witzelte Des, als sich Nikki Barney um den Hals warf.

„So schüchtern und ungelenk. Schade", stimmte Cara zu.

„Tante Des!" Nikki hatte die Arme voll mit einem zappelnden, flauschigen, weißen Knäuel von Hund, aber sie versuchte trotzdem, Des zu umarmen.

„Nikki, wir sind mehr als froh, dass du hier bist." Des legte beide Arme um ihre Nichte und Buttons leckte gleichzeitig über ihre beiden Gesichter.

„Ich auch! Ich freu mich so auf diesen Sommer. Ich konnte es gar nicht erwarten, bis die Schule vorbei war. Natürlich musste ich meine Großeltern besuchen, aber das hat Spaß gemacht, weil ich mit Gramma shoppen und zum Pool in ihrer Anlage gehen durfte." Der Hund wand sich, und Nikki setzte sie auf dem Teppichboden ab.

Es faszinierte Des immer wieder, dass Nikki kaum Luft zu holen schien.

„Sie leben in so einem Komplex mit anderen alten ..." Sie sah Barney entschuldigend an. „Äh ... Senioren, also Rentnern? Sie haben einen wunderschönen Pool, aber es war fast niemand drin, während ich da war, also konnte ich jeden Tag fürs Schwimmen üben. Ein Cousin von Grampa ist gestorben, und sie wollten zurück nach Indiana für die Beerdigung fahren, also durfte ich ein bisschen früher herkommen."

Nikki knuddelte den Hund erneut. „Buttons, ich habe dich auch vermisst." Der Hund leckte ihr wieder übers Gesicht, und Nikki lachte. „Siehst du, Tante Barney, sie kennt mich noch. Sie hat mich vermisst."

„Natürlich kennt sie dich noch", versicherte Barney ihr.

Des beobachtete Allie, während Allie Nikki zusah. So nervtötend ihre Schwester auch manchmal sein konnte, Des wusste, dass Allie alles für ihre Tochter tun würde, dass sie sie so aufrichtig und innig liebte, wie es ihr nur möglich war. Die Ähnlichkeit zwischen Mutter und Tochter war so groß, dass Des fast meinte, Allie als Vierzehnjährige zu sehen, wenn sie Nikki anschaute. Nikki war etwas größer als Allie damals gewesen war, aber sie hatten das gleiche lange, glatte, blonde Haar, die auffallend hellblauen Augen, lange Beine, den gleichen perfekt geformten Körper, und das gleiche Engelsgesicht. Was Nikki unterschied war die Tatsache, dass ihr die Bitterkeit fehlte, die ihre Mutter selbst als ein junges Mädchen schon mit sich herumgetragen hatte. Nikkis Lächeln ließ einen Raum erstrahlen, und ihre positive Energie umgab sie wie ein magischer Mantel. Sie teilte gerne ihren Sonnenschein mit jedem, der in ihre Nähe kam.

Des dachte, dass die Jungs an ihrer Schule sie wohl für eine Göttin halten mussten. Und sie hätten recht.

„Ich kann's kaum erwarten, zu sehen, was am Theater passiert. Erzähl mir nochmal von der Decke. Ist sie schon repariert?" Nikki plapperte weiter, während sie ihre Reisetasche hochhob. „Die Airline konnte meinen großen Koffer nicht finden. Der mit all meinen neuen Sachen drin." Sie rollte mit den Augen. „Sie meinten, sie würden ihn losschicken, sobald sie ihn gefunden haben. Wahrscheinlich haben sie ihn zurück nach L.A. geschickt. Ich möchte das Zeug hier in mein Zimmer bringen. Können wir früh zu Abend essen? Ich verhungere." Sie ging die Stufen hoch, und blieb nur stehen, um ihrer Mutter einen Schmatzer auf die Wange zu drücken, bevor sie weiter in den ersten Stock ging. „Sie hatten nur diese kleinen Tüten mit Brezeln im Flugzeug, und uff. Kohlenhydrate. Tante Cara, könntest du morgen früh Granola zum Frühstück machen?"

Sie verschwand oben an der Treppe, während sie immer noch fröhlich vor sich hin plapperte, und die vier Erwachsenen, die sie zurückgelassen hatte, lachten leise.

„Willkommen zurück, Nikki." Barney strahlte. „Oh, wie wir dich vermisst haben."

Des bemerkte, dass Allie sich nicht von ihrem Fleck auf der Stufe gerührt hatte.

„Bist du okay?", fragte sie.

Allie nickte langsam. „Sie ist … sie ist alles."

„Ja", stimmte Des zu. „Das ist sie wirklich."

Zu Ehren ihres California Girls gab es Hühnchen und Avocadoquesadillas zum Abendessen, und einen großen Krug von Barneys Limonade, die Nikki zu ihrem Lieblingsgetränk ernannt hatte.

„Wow, die Küche sieht so schön aus! Ich liebe das neue Kissen auf der Fensterbank! Aber das Efeu ist weg. Ich mochte es irgendwie. Aber das ganze Weiß ist so rein und hübsch, und die Schränke sehen super aus. Courtneys Mom guckt dauernd HGTV. Sie würde das hier lieben. Und oh! Ich hätte es fast vergessen!" Sie schlug mit einer Prise Drama zur Betonung die Hand vor die Stirn. „Ich hab ja diesen Aufsatz für Englisch über das Theater geschrieben? Es ging darum, dass meinem Urur ..." Sie stockte und sah Barney an. „Wie viele Urs für denjenigen, der das Theater gebaut hat?"

„Ich glaube, für dich sind es drei", sagte Barney.

„Also, dass ihm all diese Kohleminen gehört haben und dass er das Theater gebaut hat und dort Stücke gezeigt wurden und jeder in der Stadt kostenlos hingehen konnte." Nikki ließ ein zufriedenes Lächeln aufblitzen. „Mein Lehrer hat ihn für den regionalen Schreibwettbewerb eingereicht, und ratet mal, wer den ersten Preis gewonnen hat? Die hier." Sie zeigte mit dem Daumen auf sich.

Inmitten der Rufe von „Juhu, Nikki" und „Weiter so, Nik", klingelte es an der Tür.

„Ich mach auf!" Nikki sprang auf und rannte in den Flur, Buttons auf den Fersen, bevor irgendjemand auch nur einen Finger rühren konnte.

„Man würde denken, sie erwartet jemanden", kommentierte Allie. Sie war zum Abendessen zu ihnen gestoßen, aber hatte nur darin rumgestochert, ihr Magen immer noch launisch.

Nikkis fröhliches Schnattern kam auf die Küche zu, und einen Moment später kam sie mit Tom herein.

„... also bin ich über den Sommer hier", erzählte Nikki ihm gerade. „Ich bin heute erst angekommen."

„Das habe ich gehört." Tom konnte sich ein Lächeln nicht verkneifen. Nikkis Fröhlichkeit hatte ihn anscheinend sofort angesteckt.

„Entschuldigung, dass ich euch beim Abendessen störe", sagte er. „Ich wollte Bonnie nur etwas vorbeibringen."

„Wir waren gerade fertig. Können wir dir etwas Kaltes zu trinken anbieten?" Barney stand auf. „Was bringst du mir denn vorbei?"

„Du hast erwähnt, dass du immer noch im Gartenverein bist, also dachte ich, ein paar alte Akten von meiner Mutter könnten interessant für dich sein. Sie war die erste Sekretärin des Vereins, und sie hat viele Notizen aufgehoben."

„Oh, ich bin sicher, der Verein würde sie liebend gern haben."

Tom gab Barney die Akte, während Nikki hinter ihm ihre Hände hochhielt und mit den Fingern ein Herz formte, womit sie offenkundig andeuten wollte, dass Tom und Barney etwas Romantisches am Laufen hatten.

Jeder versuchte mit gemischtem Erfolg, sie zu ignorieren.

„Gehen wir in das andere Zimmer und schauen, was da drin ist." Barney nahm die Akte in die linke Hand, und als sie und Tom den Raum verließen, gab sie Nikki einen spielerischen Klaps auf den Hintern, und murmelte dabei: „Du kleine Hexe."

„Tante Barney hat einen Freund?", flüsterte Nikki mit großen Augen, als das Paar aus dem Raum ging. „Und er hat sie Bonnie genannt. Warum hat er das gemacht?"

„Er ist in dem Haus gegenüber aufgewachsen, also kennen sie sich seit Jahren. Er findet, dass Bonnie besser zu ihr passt als Barney", erklärte Allie. „Er war lange Zeit weg, aber er ist hier, um das Haus seiner Eltern auszuräumen, damit es verkauft werden kann."

„Also wird er für eine Weile hier sein?", fragte Nikki.

„Mindestens für den nächsten Monat oder so, würde ich schätzen."

„Cool."

Es klingelte wieder, und Nikki rannte wieder den Flur runter, während ihr Buttons kläffend hinterherjagte.

„Für ein Haus, das selten Gäste nach achtzehn Uhr empfängt, scheint hier heute Abend ziemlich viel los zu sein." Allie erhob sich. „Ich frage mich, wer das ist."

Sie hatten erwartet, dass Nikki in die Küche zurückkommen würde, aber die Minuten vergingen, während Cara und Allie den Tisch abräumten und Des das Geschirr abspülte und es in die Spülmaschine räumte. Als sie hörten, wie Nikki durch den Flur zurückkam, hörten sie ein zweites Paar Schritte.

„Mom, schau mal, wer hier ist." Nikki kam in den Raum mit einem großen, dunkelhaarigen Jungen in ihrem Alter an ihrer Seite. „Du erinnerst dich an Mark."

„Mark?" Allie runzelte die Stirn. Sie konnte sich offensichtlich nicht an Mark erinnern. Des konnte förmlich die Fragen hören, die ihrer Schwester durch den Kopf schwirrten: Wer war er, und woher wusste er, dass ihre Tochter hier?

„Weißt du noch, als ich im April hier war, und wir zum Schützenverein gegangen sind, wo Bluegrass gespielt wurde? Ich habe ein paar Leute kennengelernt und wir haben ein bisschen miteinander rumgehangen?" Nikki versuchte sichtlich, das Gedächtnis ihrer Mutter wachzurütteln, aber Allies Gesichtsausdruck gab keine Anzeichen, dass sie irgendeine Erinnerung daran hatte, dass Nikki einen Jungen – oder sonst irgendwen – an dem Abend kennengelernt hatte.

„Oh, na klar", sagte Des. „Du bist der Sohn von Seths Cousin, stimmt's?"

„Genau. Meine Mutter ist seine Cousine Roseanne", sagte Mark, dankbar, dass sich jemand an ihn erinnerte und etwas gesagt hatte, um das Eis zu brechen.

Nikki sah mit sichtbar verliebtem Blick zu dem jungen Mann auf.

Des bemerkte Allies Gesichtsausdruck.

Oh-oh.

Stille erfüllte den Raum.

Cara sprang ein, um den unbehaglichen Moment zu retten. „Also, lebst du in Hidden Falls, Mark?"

„Ja. Drüben in der Third Street. Gegenüber der alten Kirche."

„Arbeitest du diesen Sommer?", fragte Des.

„Ich helfe Onkel Seth auf seiner Farm aus. Er ist nicht wirklich mein Onkel, aber wir alle nennen ihn so, also ..." Mark zuckte die Schultern.

„Es ist eine wunderschöne Farm. Wenn du es magst, draußen zu sein, solltest du einen schönen Sommer haben", sagte Des.

„Ja, Ma'am."

„Lass uns Limonade holen und uns auf die Veranda setzen." Nikki war anscheinend lange genug still gewesen. Sie füllte Eis in zwei Gläser, schenkte dann Limonade ein und gab eins davon Mark. „Meine Tante Barney macht die beste. Ich werde sie den ganzen Sommer lang trinken. Gehen wir nach draußen."

Mark nickte den Schwestern zu, dann folgte er Nikki.

„Sie hat mir nichts von ihm erzählt." Allies Gesicht war angespannt. „Ich hatte keine Ahnung, dass es einen Kerl gab ..." Sie wandte sich Cara und Des zu. „Habt ihr gesehen, wie er sie angeguckt hat?" Allie kreischte fast. „Hundeblick."

„Natürlich sieht er sie so an. Welcher Teenager würde sie nicht vergöttern? Sie ist umwerfend und lustig und schlau und lebhaft und ..."

„Ich kenne die Eigenschaften meiner Tochter, danke." Allie setzte sich auf die Fensterbank. „Sie ist zu jung dafür, dass Jungs sie ‚vergöttern.'"

„Sie ist fast fünfzehn, Allie", wies Des sie hin.

„Ich kenne ihr Alter, Des", blaffte Allie. „Und sie ist immer noch erst vierzehn. Wie alt denkst du, war er? Achtzehn?"

„Er ist so alt wie sie", sagte Des.

„Wie willst du das wissen?"

„Seth hat es mir letzten Abend erzählt."

„Die Geschichte müssen wir immer noch hören", erinnerte Cara sie. „Wo seid ihr hingegangen? Was ist mit euch beiden los?"

Bevor Des antworten konnte, sagte Allie: „Könnten wir bitte beim Thema bleiben? Meine Tochter ist keine vier Stunden hier und schon taucht ein fremder Typ auf und sucht nach ihr? Wie kann sowas sein?"

„Nicht zufällig. Seth meinte, sie sind über Social Media in Kontakt geblieben, und dass Mark wusste, dass Nikki heute statt morgen ankommen würde."

„Tja, ist das nicht außergewöhnlich? Sie hätte es mir gegenüber mal erwähnen können."

„Es ist kein Drama, Allie. Er ist ein guter Kerl, und–"

„Woher weißt du, dass er ein guter Kerl ist? Weil Seth das gesagt hat?"

„Seth hat es gesagt, und ich glaube ihm. Allie, du tust so, als ob der Typ mit einer grünen Punkfrisur und einem Joint hier reingekommen wäre und ihr an den Arsch gefasst hätte."

„Nur weil er das nicht getan hat, heißt das nicht, dass ich ihm vertraue, was meine Tochter angeht."

„Dann vertrau ihr ein bisschen. Vertrau ihrem Urteil. Früher oder später wirst du es müssen."

Des stützte sich auf die Lehne des Stuhls neben der Fensterbank, auf der Allie saß, und berührte die Hand ihrer Schwester.

Allie schüttelte den Kopf. „Sie ist so jung."

„Irgendwann muss sie anfangen, erwachsen zu werden, Al. Sei froh, dass es hier passiert, wo du auch bist, und jetzt, wo sie von Leuten umgeben ist, die alles für sie tun würden. Du hast Nik alles Nötige mitgegeben. Vertrau ihr. Du hast keinen Grund, es nicht zu tun."

Allie sah Des mit traurigen Augen an und seufzte laut. Für einen Moment befürchtete Des, dass sie anfangen würde zu weinen.

„Ich bin nicht bereit dafür, dass sie einen Freund hat."

„Niemand von uns ist das. Aber sei einfach dankbar, dass der Junge, auf den sie scheinbar ein Auge geworfen hat, nicht der grünhaarige, kiffende, grapschende–"

„Okay, okay, ist ja gut." Allie knüllte eine Serviette zusammen und warf sie nach Des.

Allies Meinung nach war Mark zu lange geblieben, und Nikki hatte zu viel Zeit mit ihm auf der Veranda im Dunkeln verbracht. Sie war einmal unter dem Vorwand nach draußen gegangen, ihnen mehr Limonade anzubieten, und während sie da war, knipste sie das Verandalicht an. Sie überlegte, ob sie mit Des und Cara Fernsehen gucken sollte – was ihr eine Tarnung geben würde, während sie darauf wartete, dass Nikki reinkam. Oder sie könnte schlafen gehen.

Als ob das passieren würde, wenn ihre vierzehnjährige Tochter mit einem Jungen draußen auf der Veranda saß.

Allie verabschiedete sich in der Küche und ging die Hintertreppe hoch in ihr Zimmer. Sie sammelte Handtücher auf, die auf dem Boden liegen geblieben waren, nachdem sie geduscht hatte, und ein Glas, das vom Nachttisch zu Boden gefallen war. Sie faltete den Überwurf, der auf den Sessel gehörte, und bezog das Bett neu. Sie schmiss mehrere leere Wodkaflaschen weg und öffnete beide Fenster in der Hoffnung, den muffigen, leicht widerlichen Geruch in der Luft zu vertreiben. Der Durchzug war gerade stark genug, dass die Brise die verbrauchte Luft fortwehte.

Sie schnürte ihren Müll zusammen und brachte ihn nach unten in die große Tonne, und ging dann zurück nach oben, um auf ihre Tochter zu warten.

„Mom? Bist du wach?" Nikki pochte nicht lange darauf leicht an Allies Tür.

„Komm ruhig rein."

„Was du machst hier allein? Alle gucken unten Staffel eins von The Blacklist."

„Nur ein bisschen müde heute Abend, das ist alles."

Nikki holte ihr Handy raus und setzte sich neben ihre Mutter aufs Bett. „Ich muss dir Bilder zeigen. Hier ist der Osterball, zu dem Courtney und ich gegangen sind."

Sie hielt das Handy hoch. Nikki und Courtney standen mit dem Arm um die andere gelegt nebeneinander, in Kleidern von ähnlichem Stil aber unterschiedlichen Farben.

„Das hast du mir geschickt. Ich weiß noch, dass ich wegen des Kleids nachgehakt habe, weil ich es nicht erkannt habe." Allie zwang sich zu einem Lächeln. „Du hast erwähnt, dass Courtneys Mutter euch mitgenommen hat, um Kleider zu kaufen." Sie suchte Nikkis Gesicht nach einem Zeichen ab, dass die Mutter ihrer besten Freundin und ihr Vater zusammen waren, aber sie fand keines.

„Stimmt. Das hier –" Nikki wischte über den Bildschirm. „Das ist von unserem Klassenausflug nach Sacramento zum Capitol."

Nikki hatte eine scheinbar endlose Flut von Fotos, und sie zeigte Allie jedes Einzelne, und erzählte ihr von den Highlights ihres Lebens, seit Nikki nach Kalifornien zurückgekehrt war, nachdem sie die Osterferien in Hidden Falls verbracht hatte.

Nikki ging von der Bettkante zum Stuhl, wahrscheinlich, um auf eine Nachricht zu antworten. Sie stieß mit dem Zeh gegen die Tüte, die Allie weggeräumt hatte.

„Oh, tut mir leid, Mom." Nikki bückte sich nach der Tüte, aber als sie sie hochhob, hing sie schief, und mehrere der Zeichnungen fielen heraus. „Mom, was ist das alles?"

Sie hielt Allies Zeichnungen hoch.

„So hübsch." Nikki starrte sie einen Moment an. „Die sehen aus wie die Decke vom Theater."

„Das sind sie, in gewisser Weise." Allie griff nach der Tüte, aber Nikki hielt sie fest.

„Warum hast du die?" Nikki holte den Rest der Zeichnungen aus der Tüte und sah sie durch.

„Ich hatte eine Idee, wie man die fehlenden Stellen der Malereien wiederherstellen könnte, aber rückblickend war es keine sehr gute Idee." Sie griff wieder nach der Tüte, aber Nikki ignorierte sie.

„Hast du sie gemacht?"

„Nicht frei Hand, aber ja, ich habe sie nachgezeichnet. Wie gesagt, es war eine unausgegorene Idee."

„Was war deine Idee?"

„Keine sehr gute. Ich hab sie verworfen, also ist es sinnlos, darüber zu reden. Nik, tu alles zurück in die Tüte und ich werde sie wegwerfen. Ich wollte das gestern schon machen, aber ich habe es vergessen."

„Kann ich sie haben?"

Allie lachte. „Warum würdest du sie haben wollen?"

„Weil sie hübsch sind. Ich wette, wenn die wie die Decke gemalt werden würden, würden sie genauso aussehen."

„Fraglich. Schmeiß sie weg." Allie hielt ihr den Mülleimer hin.

„Nein. Du willst sie nicht, jetzt sind sie meine." Nikki gähnte. „Ich geh schlafen. Ich wollte nur reinkommen und dir sagen, wie sehr ich dich vermisst hab und wie froh ich bin, hier bei dir und allen anderen zu sein."

„Alle plus Mark?"

„Klar. Er ist ein cooler Typ."

„Warum ist er cool?", fragte Allie.

Sie schien einen Moment darüber nachzudenken. „Er versucht nicht wirklich, cool zu sein. Er ist einfach er selbst. Er ist nicht aufdringlich oder gemein oder sowas. Er ist einfach nur nett. Wir haben viel geschrieben, als ich zuhause war. Er hatte interessante Ideen, und wenn wir über Sachen reden, fragt er mich immer, was ich denke. Courtney findet, er ist– " Sie stockte und sah weg.

„Courtney findet, er ist was?"

„Sie findet, er ist altmodisch und dämlich, weil er studiert und irre schlau ist und weil er nicht raucht ... überhaupt nicht. Sie findet, das macht ihn uncool, aber ich denke genau das Gegenteil. Es ist so, als ob er weiß, dass er nicht wie alle anderen sein muss. Es ist okay für ihn, er selbst zu sein."

„Was macht Courtney diesen Sommer?"

Nikki zog eine Schulter hoch, aber antwortete nicht.

„Ist sie nicht deine beste Freundin?"

„Nicht mehr so sehr." Nikki gähnte wieder. „Ich gehe ins Bett, Mom. Wir sehen uns morgen früh."

„Wie wär's, wenn ich mitkomme und dich zudecke?"

Nikki verdrehte die Augen. „Ich bin fast fünfzehn. Ich decke mich heutzutage selbst zu." Sie gab ihrer Mutter einen Kuss, und Allie umarmte sie lange und fest, bevor sie ihr einen Kuss auf die Wange gab.

„Süße Träume, Schatz."

„Dir auch, Mom. Bis morgen früh."

Nikki tappte barfuß aus dem Raum. Allie hörte gelegentlich eine Diele quietschen, während ihre Tochter über den Flur und um die Ecke zu ihrem Zimmer lief.

Allie hob eine Zeichnung auf, die unter den Sessel gefallen war und legte sie auf den Nachttisch, und fragte sich dabei, was zwischen Courtney und Nikki los war, die beste Freundinnen gewesen waren, noch bevor Nikki bei Clint eingezogen war, um näher an der schicken Privatschule zu sein, bei er sie angemeldet hatte, ohne Allie vorher überhaupt zu fragen. Entweder die Mädchen vertrugen sich wieder oder nicht. Allie hatte Courtney nie wirklich gemocht, aber hatte das nie ihrer Tochter gesagt, da sie wusste, dass es eine der goldenen Regeln der Elternschaft war, nie starke Abneigung gegenüber den Freunden seines Kindes auszudrücken. Allies Meinung nach hatte Courtney immer ein bisschen zu zickig gewirkt. Sie hatte gehört, wie Courtney über andere Mädchen gelästert hatte, als sie nicht in der Nähe waren. Sie hatte Nikki einmal gefragt, wie sie sich fühlen würde, wenn sie rausfinden würde, dass Courtney solche Sachen hinter ihrem Rücken gesagt hätte. Wie vorauszusehen war, war Nikki beleidigt gewesen.

„Mom, sie ist meine beste Freundin. Sie würde nicht über mich lästern."

„Ich wette, die anderen Mädchen denken auch, sie wäre ihre Freundin."

„Mom. Hör auf."

Allie hatte das Thema fallen gelassen, aber sie war nie mit dem Mädchen warm geworden.

Naja, nicht ihr Problem. Nikki war dreitausend Kilometer von Courtney und ihrer Mutter weg. Gut, Nikki war nur ein paar Blocks von einem Jungen entfernt, der sie mit Hundeblick anschaute. Allie schlüpfte ins Bett und knipste das Licht aus, unsicher, wer – Courtney oder Mark – die größere Gefahr für das Herz ihrer Tochter darstellte.

Am nächsten Nachmittag saß Des zwischen Barney und Nikki im Hinterhof, löffelte Eis und genoss das Geplauder. Es waren Zeiten wie diese, wenn sie alle zusammen waren, die dieses Haus, diese Frauen, diesen Ort, sich wie ein Zuhause anfühlen ließen.

„Ich brauche einen Job", verkündete Nikki. „Alle meine Freunde haben Sommerjobs. Ich sollte auch meinen Beitrag leisten."

„An welche Art von Job denkst du?", fragte Des.

„Ich weiß nicht. Was gibt's hier denn so?"

„Naja, ich weiß nicht, was in Hidden Falls ist, aber ich kenne jemanden, der ein Buch schreibt und eine Assistentin braucht." Des zwinkerte Barney zu.

„Tante Des, das wäre perfekt für mich." Nikki legte mit leuchtenden Augen ihren Löffel beiseite. „Ich kann echt gut schreiben."

„Ich glaube, der Job, der Tante Des vorschwebt, wäre mehr eine Forschungsposition für den Anfang, habe ich Recht, Des?", fragte Barney.

„Hast du."

„Das kann ich. Ich bin sehr gut darin, Sachen nachzuschlagen." Nikki freundete sich offensichtlich mit der Idee an.

„Nicht so sehr Dinge nachschlagen, sondern eher nach Quellenmaterial suchen", berichtigte Barney ihre Bemerkung.

„Oh mein Gott, noch besser! So wie ein Detektiv, oder?" Nikki fügte selbstbewusst hinzu: „Ich habe nie bei Clue verloren."

„Nun, diese Fähigkeiten würde man sicherlich brauchen." Barneys Lächeln strahlte bis in ihre Augen.

„Wo muss ich mich bewerben? Wer ist der Autor?"

„Ich", sagte Barney. „Ich schreibe ein Buch über das Theater, und ich brauche Hilfe dabei, Fotos aufzutreiben und Geschichten von Leuten in der Stadt zu sammeln, die dort waren, als es geöffnet wurde. Es gibt nicht mehr allzu viele von ihnen, aber ich weiß, wer sie sind und wo man sie findet."

„Was würde ich machen müssen?" Nikki war ganz Ohr.

„Du würdest sie interviewen, sie bitten, ihre Fotos und ihre Geschichten, ihre Erinnerungen, mit uns zu teilen. Ich habe ein Dutzend von ihnen aufgespürt, aber ich weiß, dass es mehr gibt. Denkst du, du kannst mit vielen alten Leuten über alte Zeiten reden? Sogar mit Leuten, die älter als ich sind?", fragte Barney.

„Oh ja, sehr gerne. Denkt nur an all die Geschichten, die ich hören könnte." Nikki schaute in die Ferne, als ob sie genau daran dachte. „Aber es klingt nicht wie ein Vollzeitjob."

„Ich denke, er könnte so halbtags oder Vollzeit sein, wie du ihn dir einrichtest. Bist du dabei?"

Nikki nickte. „Ich bin dabei. Ich verspreche, ich werde super Arbeit leisten. Wann fange ich an, Tante Barney?"

„Morgen, wenn du magst. Heute ist dein erster Tag hier, also entspannen wir uns heute. Aber wir fangen gleich morgen früh an. Ich möchte, dass du ein paar

Kisten mit alten Fotos durchgehst und alle rausholst, von denen du denkst, dass sie mit dem Theater zu tun haben. Dann versuchen wir, ein paar der Leute auf den Fotos zu identifizieren, schauen, ob sie noch hier sind, und wenn ja, fragen wir sie, ob sie über ihre Erinnerungen reden möchten."

„Kinderspiel", sagte Nikki selbstbewusst. „Werde ich dafür bezahlt?"

„Ich dachte mehr an eine praktikumsähnliche Position, aber wir können verhandeln."

Des hatte der Unterhaltung amüsiert zugesehen. Nikkis Enthusiasmus bei allem, was sie tat, war ansteckend.

„Und wenn du fertig damit bist, Barney zu helfen, kannst du zum Theater kommen und die alten Filme und Filmposter katalogisieren", schlug Des vor. „Wir werden einige davon verkaufen."

„Du hast schon ein paar Gebote für die Poster von diesen alten Horrorfilmen vom Händler in Las Vegas bekommen", erinnerte Cara sie.

„Nicht genug. Ich werde einen happigeren Preis aushandeln. Als ich heute Morgen mit ihm telefoniert habe war er interessiert, aber ich glaube, er hat unterboten, um zu sehen, ob ich weiß, was sie wirklich wert sind. Ich habe abgelehnt, aber er wird sich wieder melden."

„Welche Horrorfilme?", fragte Nikki.

„Frankenstein und Dracula. Die Originalen", sagte Des.

„Oh mein Gott, wirklich? Vampire sind so in jetzt, oder?" Nikki machte große Augen. „Wenn ihr die Filme hättet, könntet ihr an Halloween einen Gruselfilmabend machen."

„Das ist eine gute Idee“, sagte Barney.

„Wir haben die Filme vielleicht. Da liegen so viele Metallbüchsen, ich habe sie mir noch nicht alle anschauen können“, sagte Des.

„Das tu ich auf meine To-Do-Liste.“ Nikki holte ihr Handy heraus und machte sich eine Notiz. „Ich bin total dabei. Das Theater ist Teil meiner DNA, oder? Und außerdem, ich mag schauspielern. Ich hatte eine Rolle in dem Stück in der achten Klasse, weißt du noch, Mom?“

„Ja, in der Tat.“ Allie sah von ihrem Kaffee hoch. „Auntie Em in Der Zauberer von Oz.“

„Es wäre wirklich schön gewesen, wenn wir im Sommer Aufführungen im Sugarhouse gehabt hätten, aber mit dem Gerüst konnten wir das nicht riskieren“, sagte Des.

„Warum steht da ein Gerüst?“, fragte Nikki.

„Weil jemand zur Decke hochklettern muss, um sie zu reparieren“, erzählte Cara ihr. „Wir haben zwar jemanden, der ab nächster Woche den Putz repariert, aber wir suchen immer noch nach einem Maler.“

Nikki sah über den Tisch zu ihrer Mutter.

„Hast du sie ihnen nicht gezeigt?“, fragte Nikki.

„Nikki–“ Allie versuchte, sie zum Schweigen zu bringen.

„Meine Mom hat was total Cooles gemacht. Sie hat diese Zeichnungen von den Mustern an der Decke gemacht, damit sie damit die fehlenden Stellen der Motive vervollständigen kann.“ Nikki wandte sich ihrer Mutter zu. „Das meintest du doch, oder?“

„Nik, du hast die Decke noch nicht mal gesehen. Du weißt nicht, wie kompliziert es sein könnte." Allie erhob sich, drehte den anderen den Rücken zu und ging zur Spüle.

„Ich weiß nicht, ob das am Ende wirklich so kompliziert ist", sagte Des. Wenn sie Allie je die Anerkennung zollen sollte, die sie verdiente, dann jetzt. „Ich habe die Nachzeichnungen von Allie gesehen. Die Idee ist wirklich außergewöhnlich, aber ich glaube, es könnte funktionieren. Es ist definitiv einen Versuch wert."

„Des, du musst nicht –"

„Wo sind die Zeichnungen, die du gemacht hast?", fragte Des.

„Ich habe sie." Nikki sprang von ihrem Stuhl auf und flog die Treppe hoch.

„Du hast uns gar nicht erzählt, dass du an einer Lösung arbeitest", sagte Cara. „Warum hast du nichts gesagt?"

„Sie hat was gesagt." Des sprach, bevor Allie sich rausreden konnte. „Sie hat mir etwas gesagt, und ich habe sie abgeschmettert, ohne darüber nachzudenken. Ich habe sie beleidigt und ihr das Gefühl gegeben, dass es eine blöde Idee wäre, weil ich wegen etwas anderem sauer war. Aber das ist die beste Chance, die wir momentan haben, und Allie, es tut mir leid, dass ich dich fertiggemacht habe, ohne genügend darüber nachzudenken."

„Es ist okay, Des. Wie gesagt, es ist keine große Sache. Ich bin drüber hinweg."

„Hier, schaut euch an, was Mom gemacht hat." Nikki legte dir Zeichnungen auf den Tisch, und holte dann ihr Handy hervor. „Guck, das ist ein Bild, was ich von der

Decke gemacht hab, als ich das letzte Mal hier war." Sie vergrößerte die Verzierungen, so gut sie konnte, aber sie war verzerrt.

„Wir haben bessere Fotos." Des lief zum Büro. Als sie in die Küche zurückkam, hatte sie Seths Fotos in der Hand. „Seth hat ein paar Nahaufnahmen gemacht. Hier ist eine von den fehlenden Stellen, und hier ist eine von einem Bereich, der nicht vom Wasser betroffen war."

„Tante Cara, siehst du, wie ähnlich sich Moms Zeichnungen und die Fotos sind?" Nikki beugte sich über Caras Schulter.

Cara hob mehrere der Nachzeichnungen hoch und verglich sie mit den Fotos.

„Wisst ihr, Des hat Recht. Das könnte klappen." Cara warf die Fotos auf den Tisch. „Ich sage, Allie sollte mal schauen, was sie tun kann."

„Mom ist eine richtig gute Künstlerin", erzählte Nikki ihnen. „Sie hat ein Wandgemälde in meinem Zimmer gemalt, als ich klein war. Es war ein Wald, und sie hat all diese kleinen Tiere darin gemalt, aber sie waren irgendwie unter den Blättern und den Blumen versteckt, damit sie getarnt waren. Also wenn man von einer Seite geguckt hat, konnte man die Tiere sehen. Wenn man von einer anderen Stelle im Zimmer hingeschaut hat, waren sie versteckt. Es war die coolste Sache der Welt. Ich bin immer eingeschlafen und hab so getan, als wäre ich in diesem Wald mit all meinen kleinen Tierfreunden. Es war das Beste. Hier, schaut mal. Ich hab ein Foto." Sie scrollte wieder durch die Fotos auf ihrem Handy.

„Du hast ein Bild von deinem alten Kinderzimmer auf dem Handy?", fragte Allie offensichtlich gerührt.

„Ja. Ich schau es mir manchmal an, wenn ich Heimweh nach meinem alten Haus und meinem alten Zimmer hab.“

„Schatz, du hast mir gar nicht gesagt, dass du Heimweh hast.“

„Nur manchmal, Mom.“ Nikki lächelte. „Ist in Ordnung. Mein Zimmer bei Dad sieht erwachsener aus. Manchmal tu ich einfach gerne so, als wäre ich zurück bei meinen Tieren.“

Des vermutete, dass Allie nicht die Einzige war, die einen Kloß im Hals hatte.

„Wow. Das hast du frei Hand gemacht?“ Cara starrte auf das Bild auf dem Display, und Allie nickte.

„Dann sollte es ein Kinderspiel für dich sein, ein paar Schablonen zu machen und einem Muster zu folgen. Wann willst du anfangen?“ Cara reichte Barney die Zeichnungen und die Fotos, die sie sorgfältig untersuchte.

Barney gab Nikki die Zeichnungen zurück, aber ihr Blick wanderte immer wieder zu den Fotos zurück. Ihre Finger trommelten auf den Tisch.

„Was denkst du gerade?“, fragte Des, die bemerkt hatte, wie Barney die Fotos genau untersucht hatte.

„Irgendwas ist mit den Farben. Ich weiß nicht, was ich übersehe.“ Sie warf die Hände in die Luft und schien welchen Gedanken sie auch immer gehabt hatte abzutun.

Nach dem Frühstück ging jeder seiner Wege. Auf dem Weg von der Küche zur Diele passierte Des das Esszimmer, aber wurde vom Geruch von Pfingstrosen angelockt. Sie ging in den Raum und lehnte sich zur Vase, die in der Mitte des Tisches stand, und atmete tief ein.

Das waren die Blumen, die Cara vor ein paar Tagen gepflückt hatte.

„Was machst du hier drinnen?“ Allie stand im Türrahmen.

Des drehte sich um, damit Allie die Vase sehen konnte.

„Oh, wir sollten sie ins Wohnzimmer bringen, statt sie hier in einem Raum zu lassen, in den nie jemand geht und den Barney sich weigert, zu benutzen.“

„Es ist wegen des Wandgemäldes.“ Des deutete auf die Wand, wo der Mann einer entfernten Tante, ein Künstler, ein Motiv des Wasserfalls gemalt hatte, der der Stadt ihren Namen gab. Der gleiche Wasserfall, wo Barneys Verlobter in den Tod gestürzt war. „Ich kann Barney nicht verübeln, dass sie nicht jeden Tag draufschauen will. Es hängt wirklich keine angenehme Erinnerung daran.“

Allie hatte die Vase zu sich rangezogen, und vergrub das Gesicht in den Blumen.

„Des, du hast Recht. Wir bringen sie ins Wohnzimmer, wo wir alle etwas von ihnen haben.“

„Allie – schau dir das Wandgemälde an.“ Des stand davor, die Hände in die Hüften gestemmt.

„Oh, ich habe es schon gesehen. So sehr der Inhalt Barney auch verfolgt, es ist ein großartiges Kunstwerk. Es sieht fast so aus, als ob das Wasser über die Felsen fließt. Aber wenn es nicht von einem bekannten Künstler zu der Zeit gemacht worden wäre, hätte sie es schon vor langer Zeit übermalen lassen.“ Allie hob die Vase hoch. „Was heißt, dass wir ab und an im Esszimmer essen würden, statt dauernd in der Küche. Nicht, dass es mir etwas ausmacht, aber –“

„Wer war der Künstler nochmal?" Wo hatte sie vor Kurzem etwas Ähnliches gesehen?

„Oh. Alistair Cooper. Er hat in den frühen Dreißigern viele Landschaften gemalt. Er hat unsere Urgroßtante Josephine am College kennengelernt und sie haben sich verliebt, aber ihre Eltern hatten größere Pläne für sie als einen mittellosen Künstler. Die Eltern sind auf eine Reise gegangen, und als sie wiederkamen, stellten sie fest, dass Alistair dieses Wandgemälde an der Esszimmerwand gemacht hatte, und sie erkannten, dass er echtes Talent hatte, und dachten, er sei vielversprechend. Also haben sie Urgroßtante Jo erlaubt, den Typen zu heiraten. Zumindest habe ich es so in Erinnerung. Er wurde ziemlich berühmt, obwohl es etwas gedauert hat. Er war bekannt für seine fantastischen Farben, ihre Sättigung. Das war eines der Dinge, die seine Kunst von anderen abgehoben hat, seine Handschrift, sozusagen. Seine Arbeiten sind über die letzten zwanzig Jahre oder so begehrter geworden. Dieses Wandgemälde ist riesig viel wert." Sie verengte die Augen. „Was denkst du?"

Des machte die Deckenlampe an, und trat dann näher ans Wandgemälde. „Dass das Blau vom Himmel mich sehr an das Blau an der Decke im Sugarhouse erinnert. Dieses Pfauenblau? Guck, genau hier." Des zeigte auf den Himmel über dem Wasserfall.

Allie stellte die Vase ab und trat näher. „Ja, ich sehe es." Sie sprach langsam, während sie die anderen Farben des Wandbilds betrachtete. „Das Grün von den Bäumen ... das goldene Sonnenlicht. Das Rot von den Blumen neben dem Becken ..."

„Ich bin gleich zurück."

„Überfall mich nicht mit sowas, um dann abzuhauen. Wo gehst du hin?“

„Ich hole Seths Fotos.“

Des kam mit den Fotos zurück, in einer Hand eine klare Aufnahme der Decke. Sie hielt das Foto an die Wand. „Okay, lass uns für die Belichtung Abstriche machen, und für die Tatsache, dass es ein Foto ist. Trotzdem, ich finde, die Farben sind sich fürchterlich ähnlich.“

„Ich schätze, du denkst, was ich denke.“

„Wenn du denkst, dass Alistair Cooper die Decke vom Sugarhouse bemalt hat, dann ja.“

„Das Theater wurde in den 1920er-Jahren gebaut. Cooper hat das Gemälde mit Anfang dreißig gemalt. Er war zu dem Zeitpunkt wahrscheinlich aus dem College raus, hat sich vielleicht in Hidden Falls wegen Josephine aufgehalten.“

„Wir sollten es rausfinden. Er muss irgendwo erwähnt werden.“

„Wir haben mehrere Wochen nach dem Namen des Künstlers gesucht, und nichts gefunden“, erinnerte Des sie.

„Vielleicht wurde die Decke nicht bemalt, als das Theater errichtet wurde. Vielleicht kam das schicke Dekor später.“

Sie verstummten beide, als sie über die Möglichkeiten nachdachten.

„Vielleicht haben wir an der falschen Stelle geguckt“, schlug Des vor. „Vielleicht ist der Name des Künstlers nicht in den Originalakten, weil kein Künstler am Theater gearbeitet hat, als es gebaut wurde. Vielleicht ist er in einer späteren Akte, oder vielleicht hat jemand Buch geführt. Josephine, vielleicht, oder ihre Mutter."

Allie stöhnte. „Wenn es Geschäftsbücher gibt, weißt du ja, wo sie sind."

„Auf dem Dachboden. Wo Barneys Mutter alles versteckt hat, was sie nicht wollte oder nicht benutzte, aber niemals weggeschmissen hat. Aber es lohnt sich, danach zu suchen. Denk mal, wie viel wahrscheinlicher es wird, dass wir einen Zuschuss bekommen, wenn wir beweisen können, dass die Decke und das Foyer frühe Werke von Alistair Cooper waren."

„Nicht, wenn ich sie aufbessere." Allie lehnte sich gegen die Lehne von einem der Esszimmerstühle. „Ich könnte das ganze Ding ruinieren."

„Nein, wirst du nicht. Lass uns Barney fragen, ob sie weiß, wo irgendwelche Bücher sein könnten."

„Warte, du hast gesagt, dass dich das Wandgemälde an zwei Dinge erinnert. Die Decke war das eine. Was ist das andere?"

„Könnten wir den Tisch dort haben, an der hinteren Wand?", fragte Des den freundlichen Kellner.

„Natürlich." Er ging voran, und reichte beiden von ihnen eine Speisekarte, als sie sich gesetzt hatten. „Wir sind noch nicht ganz mit den Vorbereitungen für das Mittagessen fertig, da es früh ist, also nehmen Sie sich Zeit. Ich komme noch einmal, wenn sie Ihre Getränke bestellen."

Allies Blick lag auf den eingerahmten Kunstwerken, die an den Wänden des Lotus hingen.

„Was habe ich dir gesagt?", sagte Des.

„Lass uns ein bisschen rumgehen. Es ist niemand hier, also stören wir niemanden."

Sie fingen bei der nächstgelegenen Landschaft an.

„Guck dir die Signatur an." Des deutete auf die untere, rechte Ecke.

„Vergiss die Signatur, guck dir das Grün von diesem Feld an. Das ist genauso seine Unterschrift wie sein Name da in der Ecke. Die Qualität der Farbe, die Farbsättigung, sozusagen."

„Du hast wirklich Kunst am College studiert, oder? Warum hast du es nicht weitergemacht?"

Allie seufzte. „Weil ich dumm war. Ich habe Clint geheiratet, und er hat mich überzeugt, dass ich nie mit Malen Geld verdienen würde. Wir wollten ein Haus in einer bestimmten Nachbarschaft kaufen, und wir wussten beide, dass ich mehr Geld mit Fernsehen machen würde, weil ich mit meinem Nachnamen auftrumpfen konnte, was ich jahrelang getan habe."

„Verdammt. Es tut mir leid, Al. Er hat dich echt kleingehalten."

„Ich habe mich selbst kleingehalten. Ich hätte ihm die Stirn bieten können, oder ich hätte wieder mit Malen anfangen können, nachdem das Haus abbezahlt war. Ich habe nichts davon gemacht. Es ist meine Schuld."

Sie gingen langsam durch den Raum, von Rahmen zu Rahmen, wobei sie an manchen länger verweilten, als an anderen.

„Woran erinnern dich diese Felsen?", fragte Des.

„Das sind die gleichen Felsen wie die im Esszimmer, die Felsen, die über den Wasserfall ragen. Nur, dass die hier in einer Waldlandschaft stehen. Interessant, wie er Elemente von einem im anderen verwendet." Allie biss sich auf die Unterlippe. "Ich frage mich, welches er zuerst gemacht hat."

Als sie zum Tisch zurückkehrten, setzte sich Allie neben Des und sagte: „Ich habe acht Coopers gezählt. Sie sind alle zwischen 1924 und 1936 datiert. Es gibt drei andere, die in seinem Stil gemalt sind, aber keine Signatur haben.“

„Das habe ich auch bemerkt. Und es gibt die zwei, wo wir den Namen nicht lesen konnten, aber es ist definitiv nicht Coopers.“

„Jemand muss sich mit dem Besitzer unterhalten. Wenn er keine Ahnung hat, was er da an den Wänden hat, wie Greg dir erzählt hat, ist er grob unterversichert im Fall eines Brands oder Diebstahls.“

„Ich werde Greg anrufen.“

„Sagte sie widerwillig“, beobachtete Allie. „Hast du seit dem Wochenende was von ihm gehört?“

Des schüttelte den Kopf. „Nee. Macht nicht viel Sinn, ehrlich gesagt.“

„Also ist es Seth oder nichts?“

„So was in der Art.“

„Ich dreh mich einmal um, und meine kleine Schwester haut mit einem glatzköpfigen, tätowierten Riesen auf einer Harley ab. Was stimmt nicht an diesem Bild?“

Des lachte. „Eigentlich ist es das richtige Bild. Endlich.“

„Wie hast du das nur so verkorkst?“, fragte Allie.

„Ich glaube, ich wollte jemanden, bei dem ich mich nicht bedroht fühle. Ich wollte etwas Sicheres, nichts Gefährliches.“

„Du meinst physisch?“

Des schüttelte den Kopf. „Nein. Ich meine emotional.“

Der Kellner kam, um ihre Bestellung aufzunehmen.

„Ich habe nicht so viel Hunger, wie gedacht. Könnte ich bitte nur eine Tasse Kaffee haben?“, sagte Des.

„Das Gleiche für mich.“ Allie reichte ihm die Speisekarte.

„Zwei Kaffee“, murmelte der Kellner, während er wegging.

„Seth stellt schon eine Gefahr dar“, gab Des zu. „Er ist gefährlich, weil ich tief im Innern schon immer gewusst habe, dass er mir wichtig sein könnte, glaube ich. Aber wenn wir nur Freunde bleiben würden, könnte er mich nicht so verletzen, wie Clint dich verletzt hat und Drew Cara.“ Des schluckte schwer. „Und wie Dad und Mom einander verletzt haben. Ich habe ihn genug gemocht, dass ich ihn in meinem Leben behalten wollte, und für eine Weile dachte ich, dass der einzige Weg wäre, mit ihm nur befreundet zu sein.“

„Das hast du echt geglaubt?“

Des nickte. „Wie gesagt, für eine Weile.“

„Und das hat sich geändert, weil ...?“

„Sein Herz, seine Güte, seine Ehrlichkeit – das ist das, was zählt. Wenn jemand so gut, nett und lieb und fürsorglich ist wie er, ist es schwer, nicht mehr zu wollen. Und ich habe gemerkt, dass ich schon mehr will.“

„Wie viel mehr hast du zu deinem Steak noch gehabt?“

Des lachte bei der wenig subtilen Anspielung. „Ich habe ihn geküsst. Und er hat mich zurückgeküsst.“ Sie lächelte bei der Erinnerung. „Ich glaube, er war zuerst geschockt, aber hat sich recht gut angepasst.“

„‚Zing went the strings of your heart?‘“

„Total. Als ob man von einem elektrischen Kabel durch den Raum geschleudert wird, um Cara zu zitieren.“

„Und was ist mit Greg?“

„Er muss sich jemand anderen suchen, schätze ich. Weißt du, er ist wirklich ein netter Typ. Aber er ist derjenige, mit dem ich nur befreundet sein sollte.“

„Weiß er das schon?“

„Es ist keine große Sache, ehrlich. Ich bin nur zweimal mit ihm ausgegangen. Es ist ja nicht so, als ob zwischen uns irgendwas gewesen wäre, außer ein paar leblosen Küssen.“

„Du wusstest das schon, nachdem du das erste Mal mit ihm ausgegangen bist, also warum das zweite Date?“

„Ich hatte gehofft, dass ich mich irre, schätze ich. Ich dachte, dass es eine gute Idee wäre, mit Greg zusammen zu sein, weil ich instinktiv wusste, dass ich mich nie in ihn verlieben könnte, glaube ich.“

„Das ist einfach nur gemein.“

„Stimmt. Aber so war es eben zu dem Zeitpunkt in meinem verdrehten kleinen Kopf.“

„Was hat ihn gerade gerückt?“

„Seth,“ sagte Des. „Dass Seth einfach Seth war.“

„Ohhh, das ist so süß. Und er hat für dich gekocht.“

„Du spottest, aber es war ein sehr romantisches Dinner, draußen unter den Bäumen, Kerzenlicht, Blumen auf dem Tisch, Wein, eine leichte Brise, die über die Felder weht, Sterne.“ Sie seufzte bei der Erinnerung. „Oh, und unglaublich gutes Baklava.“

„Oh gütiger Gott, es ist ernster, als ich dachte.“

Des lachte. „Lass uns nach Hause gehen und Barney und Cara erzählen, was wir hier gefunden haben, und ich werde Greg anrufen, damit er seinen Freund darauf aufmerksam machen kann, dass er ein paar wertvolle Kunstwerke an den Wänden seines kleinen Restaurants hat."

Des rief Greg im Auto an und sprach ihm auf die Mailbox. Als er zwanzig Minuten später zurückrief, war sie bereits zuhause und mitten drin, Barney, Cara und Nikki zu erzählen, was sie und Allie entdeckt hatten.

„Ich dachte, vielleicht könnten wir diese Woche irgendwann noch mal Essen gehen", sagte Greg.

„Also eigentlich bin ich momentan sehr beschäftigt. Ich wollte eigentlich nur, dass du deinem Freund sagst, dem das Restaurant gehört, dass ein paar der Bilder wahrscheinlich viel Geld wert sind. Er muss einen vertrauenswürdigen Gutachter bestellen."

„Wow. Das wäre unglaublich, oder, nachdem er die ganzen Sachen in einem Lagerschuppen gefunden hat? Wie verrückt ist das denn?"

„Ich weiß. Aber das passiert. Der Punkt ist, er muss sie sicher verwahren und sichergehen, dass er sie sachgemäß begutachten und versichern lässt."

„Ich werde es ihm sagen. Also, wie wär's an diesem Wochenende? Hast du Zeit?"

„Ähm, nein, da habe ich schon was vor."

„Okay, könnte ich vorbeikommen und mit deiner Tante über die Hudsons und die Kohleminen reden? Du weißt schon, für den Kurs, von dem ich dir erzählt habe."

„Das wäre okay. Ich werde mit ihr reden und dir Bescheid sagen."

„Super. Danke. Ich freu mich drauf.“

„Ich habe keine Ahnung, wo die Geschäftsbücher meiner Urgroßtante sein könnten, wenn sie sie überhaupt geführt hat“, sagte Barney gerade, als Des zu ihnen ins Esszimmer zurückkehrte. „Außer, sie sind auf dem Dachboden.“

„Ich melde mich freiwillig zur Suche“, sagte Nikki. „Ich wollte da oben eh nach der Smaragdkette suchen. Wer’s findet, dem gehört’s, stimmt’s, Tante Barney?“

„So ist der Deal.“ Barney nickte.

„Also, wir wissen sicher, dass Cooper dieses Wandbild gemalt hat, und Allie und ich haben ein paar Werke von ihm heute gesehen, und manche davon waren datiert, also können wir beweisen, dass er ab den 1920er-Jahren bis mindestens Mitte der Dreißiger hier in der Gegend war. Die Farben im Wandbild sind sehr markant, und sie sind in der Qualität sehr ähnlich mit den Farben im Theater. Ich glaube, wir könnten argumentieren, dass er am Theater gearbeitet hat.“

„Ich nehme an, es wäre eine große Hilfe, um Zuschüsse und Denkmalschutz für das Sugarhouse zu erhalten, wenn wir beweisen würden, dass Alistair Cooper die Malereien gemacht hat“, sagte Barney.

„Das wäre es bestimmt. In der Zwischenzeit wird der Putz ab nächster Woche ausgebessert. Es wäre mir lieber gewesen, wenn es schneller gegangen wäre, aber Giovanni hatte noch andere Aufträge vor unserem und wollte sie nicht absagen. Allie, du musst bereit sein, mit der Arbeit anzufangen, sobald der Putz trocken ist.“

„Ich habe nicht gesagt, dass ich es mache. Ich bin mir immer noch nicht sicher, ob ich–“

„Alle, die dafür sind, dass Allie die beschädigten Stellen an der Decke neu bemalt, Hände hoch." Des überging sie, indem sie die Stimmen zählte. „Mal sehen, das wäre dann einstimmig."

„Ist es nicht. Ich habe nicht abgestimmt", protestierte Allie.

„Egal. Du hättest verloren."

Kapitel Elf

Des hatte Cara angeboten, ihr dabei zu helfen, die Blumenbeete und Blumentöpfe für Barney zu gießen, die für ein kurzfristiges Meeting für die Parade am vierten Juli unterwegs war. Der Gartenschlauch war bereits angeschlossen und lag in einem Haufen auf der Terrasse, weshalb es Des überraschte, dass sie Cara im Garten vorfand, die auf die Remise starrte.

„Du siehst schrecklich verträumt aus heute Morgen", bemerkte Des, als sie den Gartenschlauch hochhob und die Knickstellen entfernte.

„Ich liebe dieses Gebäude wirklich", seufzte Cara.

„Ich auch. Es ist schade, dass es heutzutage für nichts benutzt wird. Es wäre ein super Ort für, och, ich weiß nicht. Vielleicht ein Yogastudio?"

„Oder ein Zuhause für Hunde auf Abwegen?", konterte Cara.

„Es würde nie funktionieren. Zu laut. Und das Gebäude ist zu nah am Haus."

Des drehte das Wasser an und begann, die schwarzen Vasen aus Eisen zu bewässern, wo Barney leuchtend rote Geranien und Efeu gepflanzt hat. „Außerdem hattest du seit dem ersten Tag ein Auge darauf geworfen, und du hast recht. Es wäre perfekt für ein Yogastudio."

„Woher wusstest du das?" Cara runzelte die Stirn.

Des tippte sich an die Schläfe. „Hellsehen. Außerdem ist es ziemlich offensichtlich, dass du diejenige von uns dreien bist, die dableiben wird, wenn unsere Arbeit am Theater vorbei ist."

„Bin ich so leicht zu durchschauen?"

„Hey, wenn mir so ein Hottie wie Joe sabbernd hinterherlaufen würde, würde ich meine Pläne auch ändern."

„Er ist heiß, was." Es war eigentlich keine Frage.

„Total heiß. Und er steht so dermaßen auf dich."

„Das beruht auf Gegenseitigkeit."

„Also, habt ihr mal darüber geredet, dass du bei ihm bleibst?"

Cara nickte. „Aber mehr in der Form, wenn ich wirklich bleiben würde, könnte ich vielleicht dies machen, oder vielleicht würde ich das machen. Nur auf allgemeiner Ebene, weißt du?"

„So fangen diese Unterhaltungen immer an. Ehe du dich versiehst, steckt dir ein hübscher Ring am Finger und du guckst nach einem Caterer."

„Wow, mach mal langsam. Von Ringen oder Caterern war nicht die Rede." Cara begann, vertrocknete Blüten aus einem frühen Rosenstock zu pflücken. „Aber es war die Rede davon, dass ich dabei helfe, sein renovierungsbedürftiges Zuhause zu renovieren. Er hat ein entzückendes Cape Cod-Haus ein paar Blocks weiter, aber es ist total aus 1972, sobald man reingeht. Es ist schäbig und dunkel und wir brauchen alles Mögliche, um es aufzupeppen. Als Joe gehört hat, dass wir Barneys Küche neugemacht haben, dachte er, dass er und ich seine neumachen könnten."

„Hast du denn Lust auf ein weiteres Projekt?"

„Es würde Spaß machen. Es sind so viel kleinere Ausmaße als das Theater, und ich müsste mir keine Sorgen machen, dass mir das Geld ausgeht, weil ich nicht dafür zahlen würde."

„Also könnte man annehmen, dass man in unbestimmter Zukunft dort leben könnte. Wenn einem danach der Sinn stünde."

„Das könnte man annehmen. Natürlich müsste dieser Jemand immer noch seinen Lebensunterhalt verdienen."

Des nahm den Schlauch mit zum Rasen, um die Beete zu wässern, und Cara ging ins Haus. Sie tauchte einen Moment später auf und hielt einen Schlüssel hoch, während sie zur Remise ging. Sie schloss die Tür auf und verschwand im Inneren.

Sie wird Barney fragen, ob sie den zweiten Stock nutzen darf, und sie und Joe werden glücklich bis an ihr Lebensende in Hidden Falls leben, sinnierte Des.

Des war gerade fertig, als Lucille in die Einfahrt brauste. Barney ließ das Auto dort stehen und stürmte aufs Haus zu.

„Barney, was ist los?" Des lief zum Ende des Wegs.

„Diese verdammten Idioten. Wenn sie auch nur für eine Minute denken, dass sie mir vorschreiben werden, wer in meinem Auto mitfährt und wer nicht, nun, dann gebe ich ihnen etwas zu denken."

„Wovon redest du?"

Barney ließ sich auf einen der Stühle auf der Terrasse plumpsen.

„Ich rede von der Tatsache, dass das Komitee – und ich würde gerne wissen, wer dieser Bande das Sagen gegeben hat? – versucht hat, mir zu sagen, was mein Programm für die Parade ist. Ich habe mein ganzes Leben

in dieser Stadt gelebt, ich bin zu mehr Paraden am Unabhängigkeitstag gegangen, als jeder andere von diesem unfähigen Pack, und ich weiß ganz sicher, dass das
vorderste Auto sich aussuchen kann, wer auf dem
Rücksitz sitzt. Dan Hunter durfte immer aussuchen,
wer dieses Jahr geehrt wird, und bei Gott, wenn sie wollen, dass Lucille die Parade anführt, werde ich aussuchen, wen ich will."

„Weißt du, wer mit dir mitfahren soll?", fragte Des.

„Natürlich." Barney wedelte mit der Hand. „Und diese
Person wird am Mittwochmorgen auf meinem Rücksitz sitzen, oder es wird kein Oldtimer-Cabrio an der
Spitze der Parade geben." Sie hielt inne, als ob sie überlegte. „Vergiss das. Zur Hölle mit ihnen. Lucille und ich
werden mit wehenden Fahnen da sein."

Barney hatte sich genügend beruhigt, um einem Treffen mit Greg zuzustimmen, und als es um sieben an der
Tür klingelte, öffnete Des sie.

„Hey, Greg. Komm rein. Meine Tante ist im Wohnzimmer." Des zeigte ihm den Weg.

„Super. Ich freu mich über die Gelegenheit, mit dir
über deine Familie zu reden", sagte er, während er ihr
auf dem kurzen Weg zum Wohnzimmer folgte.

Des stellte ihn erneut Barney vor, und sagte dann:
„Barney, Nikki ist immer noch auf dem Dachboden,
aber sie geht später mit Mark und ein paar Freunden in
den Park. Allie ist unten am Theater und Cara ist zu einem Geburtstagsessen von Joes Mutter gegangen. Ich
würde nicht erwarten, dass sie heute Abend wieder-
kommt."

„Danke, Des." Barney lächelte Greg an. „Es ist so schwer manchmal, bei all meinen Mädchen den Überblick zu behalten. Komm ruhig rein und setz dich."

Greg trat beiseite, damit Des vorgehen konnte, aber sie schüttelte den Kopf. „Ich bin auf dem Weg nach draußen, aber ich bin sicher, Barney wird dich begeistern. Sie ist die Bewahrerin unserer Familiengeschichte und weiß alles. Naja, fast alles."

„Oh, du bleibst ..." Er sah verwirrt aus.

„Nein, tut mir leid. Ich habe was vor, wie ich am Telefon erwähnt habe. Aber wirklich, Barney ist viel interessanter."

Ein Donnern in der Einfahrt unterbrach sie.

„Da ist meine Mitfahrgelegenheit." Des gab Barney einen Kuss auf den Kopf und sagte: „Ich werde nicht zu spät kommen. Ein Farmer steht früh auf." Sie winkte Greg kurz zu und verließ das Haus.

„Wohin geht's?", fragte Des Seth, der auf seinem Motorrad sitzen blieb.

„Ich dachte, du könntest mir vielleicht helfen, ein paar Sachen für Mittwoch vorzubereiten", sagte er, als er ihr die Lederjacke reichte. „Sozusagen organisieren."

„Was organisieren?" Sie zog die Jacke an, setzte den Helm auf und kletterte an Bord. „Was ist am Mittwoch?"

„Die erste MacLeod Farm Unabhängigkeitstags-Fete."

„Du gibst eine Party am Vierten?"

„Große Grillparty." Er ließ den Motor an.

„Wie viele Leute?"

„Kommt drauf an, wie viele kommen werden."

„Naja, wie viele hast du eingeladen?"

Seth hielt inne. „Weiß nicht. Was ist die Einwohnerzahl von Hidden Falls?"

Er wendete das Motorrad und fuhr zur Hudson Street. Von dort bog er rechts ab und fuhr zur Farm.

„Also, was genau müssen wir tun?", fragte Des, nachdem sie auf die Einfahrt des Farmhauses eingebogen waren.

„Ich glaube, ich hatte noch nie eine Party", gestand er. „Also habe ich gehofft, dass du mir sagen könntest, was ich tun sollte."

„Das ist deine erste Party überhaupt und du hast die halbe Stadt eingeladen?" Sie hüpfte vom Motorrad. „Ich hoffe, du machst Witze."

„Eher den Großteil der Stadt." Er nahm seinen Helm ab und streckte eine Hand nach ihrem aus.

„Super. Guter Plan, Kumpel." Es war irgendwie süß, dass ein Typ jeden in sein Zuhause einlud, den er kannte, um einen Nationalfeiertag zu begehen, und gleichzeitig keine Ahnung hatte. „Mal schauen, ob wir einen Schlachtplan aufstellen können."

Die Hunde rannten fröhlich im Hof herum, als Seth sie rausließ. Sie sahen ihnen ein paar Minuten beim Spielen zu, dann pfiff er sie zurück und sagte Des. „Ich lasse sie nicht gerne draußen, wenn ich nicht dabei bin. Unser Neuling jagt gerne Autos."

„Hat der Neuling schon einen Namen?" Des folgte Seth in die Küche.

„Ja, sie heißt jetzt Belle. Sie hört noch nicht darauf, aber hoffentlich gewöhnt sie sich dran." Er prüfte die Wassernäpfe der Hunde und füllte sie wieder auf, als er sah, dass sie halb leer waren. „Wir können nicht wissen, wie sie vorher hieß. Andererseits, neues Zuhause, neues Leben, neuer Name.“

„Ich stimme dir voll und ganz zu.“ Sie zog einen Stuhl am Tisch zurück und griff in ihre Handtasche, wo sie nach einem Stift suchte. „Wir brauchen einen Notizblock.“

„Da ist einer auf dem Schreibtisch in der Diele.“

Sie ging durch den Flur, holte den Notizblock und kam zurück zum Tisch. Sie zog ihren Stuhl zurück, setzte sich und sagte: „Lass uns loslegen.“

„Was machen wir?“ Seth setzte sich auf den Stuhl ihr gegenüber.

„Wir machen Listen.“

„Listen“, sagte er tonlos. „Ich dachte, du hilfst mir dabei, rauszufinden, was ich tue.“

„Genau. Und das machst du, indem du Listen erstellst. Hilf mir hier mal, Seth.“ Sie streifte ihre Sandalen von den Füßen und zog ein Bein unter sich. „Wir müssen rausfinden, wie viele Leute da sein werden. Realistisch betrachtet, von wem weißt du sicher, dass er kommt, im Gegensatz zu Leuten, die ‚vielleicht‘ gesagt oder sich nicht festgelegt haben?“

Er begann, Namen runter zu rattern, die sie aufschrieb.

„Okay, also wie viele dieser Leute würdest du anrufen und bitten wollen, etwas mitzubringen?“

„Warum würde ich das tun?“

„Weil du Hilfe brauchst. Du hast eine grobe Idee, wie viele Leute du eingeladen hast, aber du weißt nicht, wie viele kommen. Du kannst dich nicht auf eine Anzahl X von Leuten einstellen, wenn du nicht weißt, was X darstellt. Also wenn du Leute bittest, etwas mitzubringen, weißt du, ob sie kommen, und du kannst ihnen sagen, was du brauchst." Sie wählte einen Namen auf der Liste aus. „Also, du rufst diesen Jim Lister an und sagst, hey, kommst du nach der Parade vorbei–"

„Nein, nach der Sache im Park", korrigierte er sie.

„Was passiert im Park?"

„Spiele und so für Kinder."

„Keine Spiele für Erwachsene?"

„Deshalb kommen wir alle hierher. Baseball. Hufeisenwerfen. Vielleicht sogar Football oder Rugby."

„Klingt nach Spaß. Also okay, du rufst an und sagst, könntest du einen Salat mitbringen? Oder könntest du ein paar Getränke mitbringen? Solche Sachen."

„Das krieg ich hin." Seth nahm den Notizblock und hakte die meisten der Namen ab. „Ich kann die Leute diese Woche anrufen."

„Warte aber nicht zu lange. Du hast nicht allzu viel Zeit."

„Alles klar."

Des starrte auf die Liste. „Du glaubst wirklich, dass alle davon kommen?"

Er nickte. „Das haben sie gesagt."

„Wie wär's, wenn wir überlegen, was sie mitbringen sollen? Du willst ja nicht, dass fünfzig Leute Salat mitbringen, aber niemand Nachtisch."

„Macht Sinn."

„Nachdem du jeden angerufen hast, wirst du eine bessere Einschätzung haben, wie viele du erwarten kannst, also wirst du wissen, wie viel Zeug du kaufen musst. Du glaubst, vielleicht, was, achtzig Leute höchstens?“

Er schnaubte belustigt. „Eher das Doppelte.“

„Du bist verrückt“, murmelte sie.

„Vielleicht, aber wir werden verdammt viel Spaß haben.“

Sie lachte und machte eine Liste mit Dingen, die er brauchen würde, und dann überlegten sie zusammen, was er kaufen musste und was er andere bitten sollte, beizusteuern.

„Glaub mir, du wirst froh sein, um Hilfe gebeten zu haben. Du könntest bankrott dabei gehen, all diese Leute durchzufüttern. Kennst du irgendwen, der zu einem dieser Warehouse Clubs gehört? Da, wo man größere Mengen kaufen kann?“

„Meine Schwester kennt jemanden, glaube ich.“

„Frag sie. Ich kann mit dir einkaufen gehen, wenn du willst.“

„Das würde mich sehr freuen. Danke.“ Er beugte sich vor und küsste sie, ein langer, langsamer, süßer Kuss der ihr Herz hüpfen und sie schaudern ließ.

„Ähhh – gern geschehen“, sagte sie, als er sich zurücklehnte.

Er nahm ihre Hand und zog sie auf die Beine. „Die Sonne geht bald unter“, meinte er. „Lass uns raus zum Weingarten gehen. Man hat da einen perfekten Ausblick, genau da, wo die Sonne hinter dem Hügel verschwindet und auf dem Teich neben dem Wald glitzert.“

Es war noch ein perfekter Abend, und Des dachte, dass es das Romantischste war, das sie je getan hatte,

Hand in Hand in der Dämmerung in den Weingarten zu gehen.

„Wie sich das Licht auf dem Gitter spiegelt, raubt mir echt den Atem. Du hast so viel Glück, dass du das jeden Abend sehen kannst."

„Normalerweise mit einem Bier in der Hand, statt einer schönen Frau, aber ja, gar nicht so schlecht. Und ich teile diesen Anblick gerne jederzeit mit dir. Es ist meine Lieblingstageszeit, und es ist eine offene Einladung, dass du sie hier mit mir verbringen kannst."

Sie standen am Rand der Reihen, wo er die Setzlinge gepflanzt hatte. Sie dachte daran, wie wundervoll es wäre, diesen Reben beim Wachsen zuzusehen, sich um die Gitter zu schlängeln, zu sehen, wie fette Trauben in der Sonne reiften. Sie wurde von einer Sehnsucht erfüllt, es mitzuerleben.

Er lief zwischen den Reihen entlang, wobei er ihre Hand hielt, um sie mitzunehmen, wies auf die verschiedenen Sorten von Trauben hin, die er gepflanzt hatte, teilte seinen Traum mit ihr, die Scheune eines Tages in eine Winzerei zu verwandeln, und den Namen MacLeod zu einem angesehenen Mitglied der Weinindustrie Pennsylvanias zu machen.

Der Gedanke, dass eventuell jemand anderes mit ihm über diese Felder gehen und seinen Traum erleben könnte, machte sie plötzlich überwältigend traurig, und das Gefühl verfolgte sie noch lange, nachdem er sie zurück zur Hudson Street gebracht hatte.

„Keine Smaragde, Nik?" Des saß am Dienstagmorgen am Schreibtisch im Büro, wo sie die Betriebskosten des Theaters bezahlte.

„Noch nicht, aber ich werde sie finden." Nikki tanzte ins Büro und hielt sich ein langes, weißes, viktorianisches Kleid an. „Wie schön ist das denn? Ich frag mich, wer es getragen hat. Glaubst du, es könnte ein Hochzeitskleid gewesen sein? Haben sie früher weiße Hochzeitskleider getragen?" Ohne inne zu halten sagte sie: „Weißt du, wenn wir je Theaterstücke im Theater zeigen, haben wir eine Menge Kleider und Sachen, die wir als Kostüme nehmen könnten. Natürlich müssten wir historische Sachen machen, wie Unsere Kleine Stadt, aber es würde so viel Spaß machen. Ich liebe Verkleiden."

„Barney hat gesagt, dass du gerne alles anprobieren darfst, was du findest", erinnerte Des sie.

„Oh, das hab ich auch. Da sind ein paar wunderschöne Ballkleider. Wir hatten ein paar ganz schön schicke Ladies in unserer Familie, weißt du."

„Das dachte ich mir, bei den Porträts in der Diele."

„Nicht nur die Ladies. Da sind auch schicke Anzüge für Männer. Und Zeug, von dem ich nicht mal weiß, wie man es tragen würde. Unterwäsche und so. Ich muss mal im Internet suchen."

„Diesen Sommer lernst du zumindest was über Mode, wenn auch sonst nichts."

„Ich mag Kleider und so, das geb ich zu, aber es gibt Wichtigeres im Leben als hübsche Sachen, weißt du?" Nikki setzte sich auf einen der Stühle vor dem Schreibtisch, das Kleid zusammengefaltet auf ihrem Schoß.

Des legte den Stift beiseite und fragte sich, worauf sie hinauswollte.

„Erzähl."

„Wusstest du, dass es Leute gibt, die nicht mal sauberes Wasser zum Trinken haben, oder um zu baden, oder um ihre Sachen zu waschen? Kannst du dir vorstellen, dein Baby in dreckigem Wasser baden zu müssen?“ Nikki verzog das Gesicht. „Warum sollte irgendwer so leben müssen?“

„Ausgezeichnete Fragen.“

„Diese Hurrikans, die all diese Inseln getroffen haben? Manche Leute haben immer noch kein Zuhause. Sie leben in Zelten.“ Nikki stockte. „Und andere Leute – sogar Kinder – gehen da hin, um die Häuser zu reparieren und neue Brunnen zu graben. Ich will auch da hin, aber Mom und Dad würden mich nie lassen.“

„Wen kennst du, der das freiwillig macht?“

„Naja, Mark und seine Schwester und ein paar andere Kinder in der Stadt. Sie fahren am Sonntag für zwei Wochen mit ihrer Kirchengruppe weg.“ Sie seufzte schwer.

Aha, also hatte Mark Nikkis Bewusstsein für soziale Ungerechtigkeit geweckt.

„Ich habe nie über sowas nachgedacht. Ich habe nie drauf geachtet.“ Nikki sah Des in die Augen und sagte: „Ich bin echt ein richtig oberflächlicher Mensch.“

„Nein, Schatz. Du bist ein Mensch, der vierzehn ist und von vielen Problemen der Welt beschützt wurde. Wenn du wirklich oberflächlich wärst, würdest du dich jetzt nicht darum sorgen.“

„Mark und seine Schwester wussten es schon. Sie sind letzten Sommer nach Haiti geflogen und haben dabei geholfen, ein Haus zu bauen.“

„Das ist sehr nett von ihnen. Aber weißt du, sie leben in einer anderen Umgebung als du.“

„Ich glaube, ihre macht mehr Sinn. Ich finde, es ist dumm, sich darüber Gedanken zu machen, wie viele Paar Schuhe man besitzt oder welches Auto deine Eltern fahren. Ich glaube, die Leute hier sind schlauer als die zuhause, egal, was Courtney sagt.“

„Und was genau sagt Courtney?“

„Sie denkt, dass Leute, die in Orten wie diesem leben, einfach zu dämlich sind, um an irgendeinen coolen Ort zu ziehen. Dass es wichtiger ist, in Städten wie L.A. zu leben, wo viel los ist. Sie meinte, sie würde nie im Leben in eine Stadt wie Hidden Falls wollen.“

„Und du hast gesagt …?“

„Ich habe ihr von dem Bluegrass-Konzert beim Schützenverein erzählt, zu dem wir im April gegangen sind.“ In Nikkis Lächeln lag der pure Schalk.

Des lachte. „Ich bin sicher, sie war so neidisch.“

„Sie war es, als ich ihr das Foto von Mark gezeigt habe, das ich an dem Abend gemacht hab, weil er so heiß ist.“ Nikki beugte sich näher zum Schreibtisch. „Du musst meiner Mom nicht sagen, dass ich Mark heiß finde, okay?“

„Dein Geheimnis ist bei mir sicher.“

„Mark hat gesagt, dass du und sein Onkel Seth zusammen seid.“

„Irgendwie zusammen“, korrigierte Des. „Oder vielleicht eher, wir denken darüber nach, zusammen zu sein.“

„Mark hat gesagt, er ist der beste Typ auf der Welt und er wünschte, dass er sein Vater wäre und nicht sein Onkel. Oder Cousin, was auch immer.“ Nikki stützte ihre Ellbogen auf den Schreibtisch. „Er hat gesagt, wenn sein Dad fies wurde und seine Mom geschlagen hat, ist

Seth da hingegangen, hat seinen Vater hochgehoben, ihn ins Auto gesetzt und gesagt, er soll fahren. Mark hat gesagt, dass Seth nur gesagt hat: ‚Fahr.‘ Das ist ziemlich mutig, oder? Aber Seth war in irgend so einer Sondereinheit in Afghanistan und wurde verletzt, als er versucht hat, ein paar Leute aus seiner Gruppe zu retten, also natürlich konnte er mutig sein. Das macht ihn zu einem Helden, oder?“

„Macht es, ja.“ Des konnte sich vorstellen, dass Seth seine eigene Sicherheit jemand anderem zuliebe beiseite tat.

„Naja, sie haben ihm jedenfalls einen Orden dafür gegeben. Mark hat ihn gesehen. Er sagte, er ist die Bombe.“

„Ich wette, das ist er.“

„Jedenfalls, ich werde zu der Party auf der Farm am vierten Juli gehen. Alle meine Freunde gehen da hin, weil ihre Familien alle Seth kennen. Wir werden so viel Spaß haben. Ich kann’s kaum erwarten. Wir haben in L.A. nie sowas am vierten Juli gemacht. Dad und Mom wollten sich meistens nur entspannen, weil sie an dem Tag nicht arbeiten mussten.“

„Also, ich bin überzeugt, dass du in der Tat viel Spaß haben wirst. Ich habe jedenfalls genau das vor.“

„Ich find’s toll, dass unsere ganze Familie da sein wird. Ich mag es, wenn wir was zusammen machen.“ Nikki hielt das weiße Kleid hoch. „Ich glaube, ich bring das hier zurück auf den Dachboden. Und vielleicht denk ich mal ernsthaft drüber nach, wie ich da oben im Sommer nach Sachen suchen soll. Nicht nur die Halskette. Ich möchte ein paar Geschäftsbücher der Familie finden, wenn welche da oben sind, und Barney hat gesagt, dass irgendwo eine Kiste mit Fotos vom Theater ist. Ich brauche einen Plan. Wir haben schon damit angefangen, die Bilder durchzugehen, die ein paar Leute Barney gegeben haben. Alle sehen so festlich und schick aus. Das Buch übers Theater wird spitze."

Nikki stand auf und ging immer noch plappernd aus dem Zimmer in den Flur.

„Des!", hörte sie Cara rufen.

„Hier", rief Des zurück.

„Barney braucht uns draußen", sagte Cara.

„Was gibt's denn?"

Cara zuckte die Schultern. „Das hat sie nicht gesagt. Sie meinte nur zu mir, hol deine Schwestern und bring sie hier nach draußen."

Des folgte Cara in die Diele, wo sie auf Allie trafen. Die drei Frauen gingen hintereinander durch die Terrassentür.

Barney hatte Lucille so hingestellt, dass das Auto halb in der Einfahrt und halb auf dem Gras parkte, und das Dach war hochgefahren.

„Was ist los?", fragte Des.

„Ich rekrutiere euch drei, Lucille zu waschen. Die Parade ist morgen, und sie muss gut aussehen."

„Barney, nicht, dass es mir was ausmacht, aber du weißt schon, dass es Waschanlagen gibt, oder? Es gibt eine an der Autobahn hinter dem …" Allies Worte schienen ihr im Hals stecken zu bleiben, als Des sie in die Seite stieß und auf Barney wies, deren Gesichtsausdruck selbst Tote erschrecken konnte.

„Denkst du bitte darüber nach, was du gerade gesagt hast? Du schlägst vor, dass ich Lucille einem Haufen

Fremden anvertrauen soll, mit diesen riesigen Bürsten und all diesen aggressiven Chemikalien?“

„Tut mir leid“, entschuldigte sich Allie. „Ich habe den Kopf verloren.“

„Ich schätze, das hast du.“ Barney zeigte auf den Rasen neben dem Auto. Eine von euch kann den Schlauch übernehmen, eine Seife, Eimer und Schwamm, und eine von euch kann sich um das Chrom kümmern. Es ist mir egal, wie ihr die Arbeit aufteilt, aber ich wäre so dankbar, wenn ihr das für mich machen würdet.“ Barney rieb ihre Hände, und ihr Gesichtsausdruck wurde weicher. „Die Arthritis in meinen Händen war ein Geschenk von meiner Mutter. Ich hoffe, die Götter der Genetik haben euch drei von diesem Familienfluch verschont.“

„Hey, wir machen das gerne, Barney. Stimmt’s, Mädels?“ Des hob den Schlauch hoch.

„Total. Wir lieben Lucille, und ich stimme zu, keine Waschanlage für sie.“ Cara ging zu den Lappen, um das Chrom zu polieren.

„Ich übernehme die Schwämme.“ Allie zeigte auf den Eimer. „Des, sprüh etwas Wasser hier rein und lass uns anfangen.“

„Hey, ich auch!“ Nikki stürmte aus der Terrassentür. „Ich möchte auch helfen. Mom, schmeiß mal einen Schwamm rüber.“

„Ich dachte, du bist auf dem Dachboden auf der Jagd“, sagte Des.

„War ich auch, aber das macht mehr Spaß. Der Dachboden ist auch später noch da.“

Als sie fertig waren, war es schwer zu sagen, wer die Kontrolle über den Schlauch gehabt hatte. Alle vier waren klitschnass und hatten Spuren von weißem Schaum im Haar und auf ihrer Kleidung. Lucille blitzte, ihr Chrom war poliert und glänzte. Sie hatten ihre Reifen geschrubbt und nirgendwo war auch nur ein Fleckchen Dreck übrig.

„Ihr Mädchen seid sagenhaft, wisst ihr das?" Eine strahlende, beifällige Barney begutachtete ihr Werk. „Sie sieht so gut aus, wie an dem Tag, als Mutter sie vom Hof gefahren hat. Tatsächlich sieht sie besser aus. Ich kann euch gar nicht genug danken."

„Wir haben es gerne getan. Es hat Spaß gemacht." Des grinste.

„Ich weiß nicht, wann ich das letzte Mal so gelacht habe." Caras Gesicht war immer noch zu einem Lächeln verzogen.

„Ich gebe es ungern zu, aber ja, es war lustig." Allie drückte das letzte bisschen Seife aus dem Schwamm über Des Rücken aus. Als Gegenschlag zielte Des mit dem Schlauch und traf Allie mitten auf den Oberkörper mit einem langen Strahl von kaltem Wasser. Die zwei jagten einander über den Rasen, bis sie bemerkten, dass Cara langsam trocken wurde, und Des fühlte sich genötigt, den Schlauch auf sie zu richten.

„Kommt rein, wenn ihr fertig seid mit Spielen, Kinder."

Barney lief zum Haus, aber Des zielte auf ihren Rücken.

„Oh, du –" Barney brach in Gelächter aus. „Ich hätte es besser wissen müssen, als dir den Rücken zuzudrehen. Jetzt muss ich mich wohl umziehen, bevor ich gehe."

„Wohin gehst du?" Des machte den Schlauch aus und drehte dann das Wasser an der Treppe ab.

„Tom und ich gehen nach Rose Hill, um einen alten Freund von uns zu besuchen." Sie blickte über die Schulter, während sie die Treppe hochging. „Ihr müsst nicht auf mich warten."

„Hat Barney dir erzählt, wer heute Morgen bei ihr im Auto mitfährt?" Des schloss sich Cara auf der Veranda an. „Warum, glaubst, braucht Allie so lange?"

„Sie macht sich hübsch." Cara rollte mit den Augen. „Sie braucht so lange, weil sie so hart daran arbeiten muss.

„Wem sagst du das. Ich habe immer im Schatten der ‚Hübschen von uns' gelebt."

Die Tür ging auf und Allie, die cool und perfekt aussah, kam auf die Veranda. Während Des und Cara ähnlich in marineblaue Shorts und weiße T-Shirts gekleidet waren, trug Allie einen kurzen hellblauen Baumwollrock und eine ärmellose, weiße Bluse.

„Kein Rot, Weiß und Blau für unser Mädel hier." Des sah Cara an.

„Ich kann's auch nicht ändern, wenn ihr zwei keine Fantasie habt. Gehen wir." Allie machte vier Schritte den Pfad runter, und blieb dann stehen. „Warte, wo ist Nikki? Ich dachte, sie wäre hier draußen bei euch."

„Sie ist mit Barney gegangen." Des lief neben Cara.

„Ist sie dann in der Parade? Mit Lucille?", sagte Allie.

„Wer weiß? Ich bin sicher, Barney hatte einen Plan."

Sie erreichten das Stadtzentrum und überquerten die Straße. Die Parade begann bei der Bücherei, neben dem Theater. Da, am vorderen Ende, stand Lucille im Leerlauf, mit Barney am Steuer, Nikki neben ihr, und Buttons auf ihrem Arm.

Während sie zum Auto gingen, sagte Des: „Warum darf der ernannte Würdenträger nicht auf dem Rücksitz sitzen?"

Nikki kicherte. „Ich bin nicht der Würdenträger. Ich bin die Ehrengarde. Ich und Buttons."

„Wer sitzt dann auf dem Rücksitz?" Allie sah sich um. „Niemand sieht mir hier besonders würdevoll aus."

„Morgen, Leute." Mit einer Leine in der Hand ging Seth mit seinen Hunden den Bürgersteig entlang. Er blieb bei Lucilles Fahrerseite stehen und fragte: „Wo sollen wir hin?"

„Warte, was?" Des stand auf der anderen Seite des Autos. „Du bist der Ehrengast?"

„Naja, ich, Ripley und Belle." Er zeigte auf seine zwei Hunde. Er berührte ihren Arm. „Bereit für die große Fete heute Nachmittag?"

„Ich bin bereit. Und du?"

„Klar. Nichts dabei. Ich verlass mich drauf, dass du die Gastgeberin spielst."

„Und meine Pflichten wären ... was genau?"

„Die Gäste begrüßen und anlächeln. Und vielleicht ab und an einen Burger umdrehen, weitere Tüten Chips schnappen, so was in der Art."

„Also so was wie ein Stellvertreter."

„Genau. Das wird lustig."

„Wir sprechen später noch mit dir darüber“, sagte Barney. „Jetzt steig hinten mit den Hunden ein und lass uns die Show beginnen.“

„Warum die Hunde, Barney?“, fragte Allie.

„Ich habe beschlossen, dass wir die Gelegenheit für einen guten Zweck nutzen sollten. Dieses Jahr konzentrieren wir uns auf Adoptivhunde. Von denen wir drei haben. Wenn Ben rechtzeitig hier wäre, hätten wir vier.“ Barney suchte ihn in der Menge.

„Seht ihr die Schilder, die Seth und Mark gemacht haben?“ Nikki hielt zwei Schilder hoch, die an etwas befestigt waren, das wie Zaunpfosten aussah. Auf einem stand: Nicht flanieren – adoptieren! Auf dem anderen: Frag mich nach meinem Adoptivhund. „So cool, oder?“

„Sehr cool“, stimmte Des zu.

„Ben ist da.“ Er kam von hinten auf sie zu, Lulu an der Leine. „Wo soll sie hin?“

„Da hinten.“ Barney drehte sich auf ihrem Sitz um, als Seth mit den zwei Hunden hineinkletterte. „Seth, kommst du allein mit drei Hunden klar?“

„Wäre vielleicht einfacher, wenn ich noch jemanden hier hinten bei mir hätte.“ Er sah Des mit hochgezogener Augenbraue an.

„Ich bin dabei.“ Sie setzte sich auf den Rücksitz und griff nach Lulus Leine. „Komm hier rüber, Belle. Setz dich neben Tante Des und sei ein gutes Mädchen. Halt einfach deinen Kopf hoch, ja, genau so. Zeig allen, wie hübsch du bist.“

„Das war’s. Wir fahren.“ Zu Cara und Allie sagte Barney: „Geht ihr zwei ruhig zur Stadtmitte und seht euch die Parade an.“

Allie zögerte. „Nik, wo treffen wir uns nach der Parade?"

„Im Park", sagte Barney.

„Welcher Park? Wo ist der?"

„Folg einfach der Menschenmenge. Jetzt geht schon. Wir fahren in einer Minute oder so los, und ihr wollt doch den vollen Effekt von der ganzen Parade sehen." Barney scheuchte sie weg.

„Meine Mom hat Angst, dass mich irgendwer schnappt und mit mir wegrennt", sagte Nikki.

„Hmpf. Das will ich sehen, wie jemand an diesen vier Wachhunden vorbeikommt." Barney schaute auf die Rückbank. "Von dem Bürgermeister und deinen zwei Tanten ganz zu schweigen. Deine Mutter muss sich ein bisschen entspannen."

„Das sage ich ihr auch immer wieder."

Die Parade ging bald los, und irgendwo hinter Lucille hörte Des, wie sich die Blaskapelle einstimmte.

„Ist das die Hidden Falls Highschoolband?" Des drehte sich auf ihrem Sitz um und reckte den Hals, um nach hinten zu schauen.

„Wir haben hier eine regionale Highschool", antwortete Seth. „Wir hatten nie genug Kids, um unsere eigene zu benötigen. Wir haben eine Grundschule und eine Realschule, aber sie sind verständlicherweise klein."

„Ich wollte schon immer in einer Blaskappelle spielen", erzählte sie ihm. „Aber ich wurde Zuhause unterrichtet, also keine Chance."

„Welches Instrument hättest du gerne gespielt?", fragte Seth.

„Etwas Großes und Lautes, glaube ich. Vielleicht Tuba oder eine dieser richtig großen Trommeln."

„Wäre bestimmt schwierig für dich geworden, diese Riesendinger gleichzeitig zu tragen und zu spielen.“

„Ich hätte mein Bestes gegeben.“ Sie wandte sich wieder um. „Ich hoffe, sie klingen besser, wenn sie mit dem Marschieren anfangen“, sagte sie.

„Werden sie. Ich glaube, sie albern nur rum.“

„Meine Schule ist sehr klein.“ Nikki lehnte sich über den Vordersitz, als das Auto sich vorwärts bewegte. „Wir haben keine Band. Man kann Musikunterricht nehmen, und wir haben einen Chor, aber das war’s schon.“

„Spielst du ein Instrument oder singst du im Chor?“, fragte Des.

Etwas an der Frage gab Nikki zu denken. Schließlich sagte sie: „Nein“, und drehte sich wieder nach vorne.

„Wolltest du denn?“ Des tippte ihr auf die Schulter. „Irgendein bestimmtes Instrument?“

„Irgendwie. Ich finde, Klarinetten hören sich schön an, also vielleicht das.“ Sie sah wieder über ihre Schulter. „So wie Kenny G, weißt du?“

„Ich glaube, Kenny G spielt Saxophon.“

„Stimmt. So was in der Art.“

„Und warum machst du es nicht?“

„Es ist nicht cool“, sagte sie so leise, dass Des sich nicht sicher war, ob sie sie verstanden hatte.

„Hast du gesagt, es ist nicht cool?“

Niki nickte.

„Sagt wer?“ Des runzelte die Stirn.

Nikki zuckte die Schultern. „Sagt jeder. Alle meine Freunde.“

„Hey, Nik? Mach dein Ding“, warf Seth ein. „Wenn deine Freunde dich uncool finden, wenn du etwas machst, was du magst, dann brauchst du vielleicht andere Freunde.“

Vom Vordersitz kam kein weiterer Kommentar.

Lucille glitt die Main Street runter, und Leute auf jeder Seite applaudierten, winkten und wedelten mit Flaggen in unterschiedlichen Größen, und riefen Barney zu, während die Parade vorbeizog. Von Zeit zu Zeit hielt Nikki Buttons hoch, um der Menge zuzuwinken, und jedes Mal wurde sie von Applaus begrüßt.

„Oh, da ist Mark! Hey, Mark!“, rief Nikki, als sie die Ecke an der Main Street und Lake Drive erreichten. „Mark, ich liebe die Schilder, die du gemacht hast!“

Wegen seiner Größe ragte Mark einen Kopf über der Gruppe von Teenagern heraus, mit der er dort war. „Hey, Nikki! Dank Onkel Seth! Es war seine Idee“, rief er zurück. „Vergiss nicht, nach der Parade auf dem Feld nach mir Ausschau zu halten.“

„Werd ich nicht! Bis dann.“ Sie drehte sich um, als das Auto weiterrollte. „Hi, Kayla!“ Nikki winkte einem Mädchen neben Mark zu.

„Dein Hund ist so süß!“, quietschte das Mädchen.

Nikki sorgte dafür, dass Buttons winkte, und hielt dann eins der Schilder hoch.

„Hey, Onkel Seth!“, rief Mark ihm zu. „Wir kommen nachher alle zu dir.“

„Das hab ich gehört. Hast du an deinen Fähigkeiten als Werfer gearbeitet?“ Seth beugte sich zur Seite des Autos.

„Ja, Sir.“

„In dem Fall habe ich einen Platz für dich in meinem Team.“

„Ich werde da sein.“

„Kayla, bist du bereit fürs Außenfeld?", fragte Seth, während das Auto langsamer wurde, um abzubiegen.

„Onkel Seth, ich bin sowas von bereit!", rief sie zurück.

„Ist sie Marks Schwester?", fragte Des.

„Nein, sie ist Amys Tochter. Marks Schwester heißt Hayley, das Mädchen im roten Shirt." Seth zeigte auf sie in der Menge. „Du wirst sie alle heute Nachmittag kennenlernen. Sie werden bei der Party sein. Zusammen mit dem Großteil ihrer Freunde. Ich habe Mark gesagt, dass er einladen kann, wen er will."

„Hast du sie in die finale Anzahl mit eingerechnet?" Des hatte versucht, zu kalkulieren, wie viele Leute tatsächlich auftauchen würden, und sie hatte aufgegeben. „Hast du daran gedacht, die Pappteller und Servietten zu besorgen?"

„Nein, aber meine Schwester, und sie und mein Cousin bringen eine Wagenladung Essen mit, also mach dir keine Sorgen. Wir kommen klar." Seth tätschelte zur Beruhigung ihr Knie.

„In meiner Vorstellung stellen sich Leute kilometerweise für Burger an, aber wir haben keine mehr. Sie tragen Mistgabeln und skandieren deinen Namen. Ich verstecke mich übrigens mit den Hunden im Weingarten."

„Das wird nicht passieren. Ich habe genug Burger, um meine alte Einheit bei der Armee durchzufüttern, und dann noch mehr." Belle saß auf dem Sitz zwischen ihnen, und Seth griff an ihr vorbei, um Des eine verirrte Strähne hinters Ohr zu streichen. „Es ist alles gut. Wir schaffen das. Mach dir keine Sorgen. Es wird alles gutgehen. Und was ist das Schlimmste, was passieren kann? Die Leute müssen mehr Brownies und Cupcakes essen als Hotdogs? In Hidden Falls weiß man, wie man für eine Menge kocht. Das ist vielleicht mein erstes Fest, aber es nicht die erste Party am vierten Juli in dieser Stadt."

Sie hoffte, dass er Recht hatte. Während sie selber nie so eine große Party gegeben hatte wie Seths, wusste sie genug, um zu wissen, dass Essen der absolute Dreh- und Angelpunkt war. Es gab ihr Hoffnung, dass seine Schwester und ihr Cousin dabei waren.

Das Auto fuhr langsamer, um abzubiegen, und eine Gruppe Kinder trat auf das Auto zu, um die Hunde besser sehen zu können. Barney hielt an. Ein hübsches, blondes Mädchen in Nikkis Alter streckte ihre Hand nach Buttons aus, und kam nahe genug, damit der kleine Hund ihre Hand lecken konnte.

„Ich liebe deinen Hund", sagte sie zu Nikki.

„Danke. Wir auch."

„Ella, wie geht es deiner Großmutter?", fragte Barney Ella.

„Sie fühlt sich diese Woche besser, danke, Miss Hudson."

„Richte ihr aus, dass ich mich nach ihr erkundigt habe, bitte."

„Das werde ich."

Hinter ihnen war die Kapelle mitten in der Stadt stehengeblieben, um ein Medley von patriotischen Liedern zu spielen, und Barney wartete, bis sie fertig waren, bis sie ihre langsame Fahrt zum Park wiederaufnahm. Als sie ankamen, leerte sich das Auto, während der Rest der Parade sich zu der wachsenden Menge im Park gesellte.

Mehrere Leute hielten Barney an, um mehr über Adoptivhunde zu erfahren, und Des bemerkte, dass Barney jedes Mal die Gelegenheit nutzte, um darüber zu reden, wie wichtig es war, ein Tierheim in der Gegend zu haben.

„Kein Töten, natürlich“, hörte Des sie wieder und wieder sagen. „Es macht keinen Sinn, Hunde zu beherbergen, um sie dann zu töten“, eine schonungslose Feststellung, die mehr als eine Person zusammenzucken ließ. „Ich weiß nicht, was ich ohne unsere kleine Buttons tun würde.“ Barney nahm Nikki den Hund ab. „Sie ist die beste Gefährtin, und ich liebe sie über alles. Ich bin so froh, dass meine Nichte sie gerettet und nach Hause gebracht hat. Und wissen Sie, der Polizeichef hat einen Adoptivhund. Mayor MacLeod hat zwei.“

„Sie macht echt Werbung dafür“, meinte Des zu Seth. „Man würde denken, sie würde sich dafür einsetzen, selber ein Tierheim in der Stadt zu eröffnen.“

„Nichts, was diese Frau tut, würde mich überraschen“, entgegnete er.

„Mich auch nicht.“

Sie streiften durch die Menge und blieben stehen, als Pastor Hollister den Segen sprach und die Nationalhymne gesungen wurde. Danach wurden die Gewinner der Festzugswagen verkündet.

„Ich habe die Festwagen nicht mal gesehen.“ Des sah sich um. „Oh, da drüben.“

Seth nahm ihre Hand und sie schlenderten zu dem Bereich, wo die kleinen Festwagen geparkt waren. Die Festwagen, die die Pfadfinder und Pfadfinderinnen, die DAR, die Bürgervereinigung, den örtlichen Jagdverein, und zum ersten Mal den Schützenverein repräsentierten, waren alle in rotem, weißem und blauem Krepppapier geschmückt. Die gleichen bunten Kreppbänder schlangen sich um die Lenker von Fahrrädern, Dreirädern und Buggys.

„Das ist genau wie bei den Paraden in Devlin's Light", meinte Cara zu ihnen, als sie sich mit ihr und Joe trafen. Allie ging etwas hinter ihnen, während sie sich in der Menge umschaute.

„Es ist überall das gleiche", sagte Joe. „Ich habe einen Sommer bei meinen Großeltern in New Jersey verbracht, und sie hatten fast die gleichen Gruppen von Festwagen."

„Es ist eine amerikanische Tradition", stimmte Seth zu. „Jedes Kind will sein Fahrrad am Unabhängigkeitstag für die Parade aufmotzen."

„Erinnerst du dich noch an das Jahr, wo wir einen Festwagen aus diesem großen Karren von Ben gemacht haben? Hat den dritten Preis in der Kategorie kleiner Festwagen bekommen", sagte Joe.

„Ja. Den dritten von dreien." Seth lachte und erzählte Des: „Gab nicht viel Konkurrenz in diesem Jahr."

„Und im Rückblick war es ein ziemlich armseliger Festwagen", erinnerte sich Joe.

„Wir dachten, dass wir den Hund meines Großvaters dazu kriegen würden, den Karren zu ziehen", sagte Seth. „Aber er ist weggerannt, sobald die Blaskapelle angefangen hat, zu spielen, also mussten wir drei ihn abwechselnd die Straße entlang ziehen."

Allie holte sie ein. „Habt ihr Nikki gesehen?"

„Als ich sie das letzte Mal gesehen habe, war sie mit Barney drüben bei Lucille." Des zeigte hinter sich, und Allie lief los.

„Sie wird dieses Kind noch wahnsinnig machen", sagte Des.

„Ich glaube, es würde mehr als eine überfürsorgliche Mutter brauchen, um dem Ego von diesem Kind zu schaden", sagte Seth.

„Du hattest auch keine verrückte Mutter", meinte Des.

„Zählt ein verrückter Vater?"

Ben schlenderte zu ihnen und holte seinen Hund ab, und so viele Leute blieben stehen, um mit Seth zu reden, dass Des der Kopf schwirrte. Es schien, als ob jeder einzelne erwähnte, später zur Farm kommen zu wollen.

Sie gingen zu den Spielfeldern und sahen beim Sackhüpfen und Eierwerfen zu, Spiele, die Des nie gespielt hatte.

„Oh, guckt mal, da sind Nikki und Mark." Cara zeigte auf die Aufstellung fürs Eierwerfen.

„Was sollen sie genau machen?", fragte Des.

„Du hast auf jeden Fall eine riesige Bildungslücke", sagte Seth. „In Kürze wirst du das klassische, amerikanische Eierwerfen beobachten. Man stellt sich seinem Partner gegenüber in einer Reihe auf. Jedes Paar hat ein Ei. Wenn es pfeift, wird das Ei von einem Partner zum anderen geworfen. Wenn man es heile fängt, macht jeder einen Schritt zurück, und man wirft es wieder. Man wirft es so lange hin und her, bis nur noch ein Paar übrig ist."

„Ist das Ei hartgekocht?", fragte Des.

Seth lachte. „Nein. Es geht darum, das Ei zu fangen, ohne es zu zerbrechen."

„Verstehe. Guck mal, Nikki hat das Ei gefangen und es ist nicht zerbrochen. Super, Nikki!", rief Des, und Nikki reckte den Daumen in die Höhe.

Sie warfen das Ei hin und her, bis das Ei beim fünften Versuch in Nikkis Händen zerbrach.

„Oh, iiih", rief Nikki, und hielt ihre tropfenden Hände hoch. Nikki verließ das Spielfeld mit Mark, während sie vor Lachen fast umkippte.

„Hier, Nik, hier hast du ein Taschentuch." Cara wühlte eins aus ihrer Handtasche hervor.

Immer noch lachend wischte sich Nikki die Hände. „Das war so lustig. Können wir nochmal?"

„Nicht bis nächstes Jahr", erklärte Mark ihr. „Man hat nur einen Versuch."

„Ich muss dafür sorgen, dass ich dafür hier bin."

„Hey, da gibt's Eis. Sollen wir zum Eiswagen gehen?", fragte Mark sie.

„Klar." Nikki und Mark liefen los.

„Na, sie scheinen ja Spaß haben zu haben", kommentierte Des, während sie ihnen hinterherschaute. „Ich frage mich, wo Allie ist."

Cara zeigte rechts in die Menschenmenge, wo Allie in Nikkis Richtung lief.

Sie sahen zu, wie Allie ihre Tochter anhielt und sie etwas zu lang in eine Unterhaltung verwickelte.

„Was glaubt ihr, worum es da geht?", fragte Cara.

„Sie fragt das Mädchen wahrscheinlich aus, wo sie war und was sie gemacht hat." Des sah noch eine Minute lang zu, und sagte dann: „Ich halt's nicht aus." Sie machte sich auf den Weg zu ihrer Schwester und ihrer Nichte.

„Des, sie ist nicht dein Kind“, erinnerte Cara sie.

„Nein, ist sie nicht.“ Des sah, wie Nikki und Mark einen Moment später weiter zum Eiswagen gingen, während Allie sich nicht von der Stelle rührte.

Des ging über das kleine Feld. „Al“, sagte sie, als sie auf sie zukam, „ist alles in Ordnung?“

„Sie ist wieder mit Mark unterwegs.“ Allies Gesicht sprach Bände.

„Daran ist nichts Falsches.“ Des folgte Allies Blick zu Nikki und Mark, die zu einer anderen Gruppe von Kindern stießen, die beim Eierwerfen dabei gewesen waren. „Siehst du, sie werden einfach zusammen rumhängen und Spaß haben.“

Allie sah, wie Nikki ihren Kopf zurückwarf und lachte.

„Nur Spaß mit Freunden.“

Allie seufzte. „Ich weiß. Du musst mir keinen Vortrag halten.“

„Jemand sollte aber.“

„Halt die Klappe, Des.“ Allie musste widerwillig lächeln. „Weißt du, wenn wir in Kalifornien sind, ist sie die ganze Woche bei ihrem Vater und ich habe sie nur am Wochenende bei mir. Ich bin dran gewöhnt, dass wir nur zu zweit sind.“

„Und jetzt musst du ihre Aufmerksamkeit mit anderen Leuten teilen. Mit mir, Barney, Cara – und jetzt Mark und einem neuen Freundeskreis. Das kann ich verstehen“, versicherte Des ihr. „Je älter sie wird, desto mehr Leute wird sie in ihr Leben lassen.“

„Ach, ich verstehe das auch“, gab Allie zu. „Es gefällt mir nur nicht.“

„Sie wird immer weiter erwachsen werden, Al. Es ist ihr Job, erwachsen zu werden.“

„Das weiß ich auch. Es ist nur … sie ist alles, was ich habe, verstehst du?“

„Ich verstehe.“ Des legte den Arm um ihre Schwester und drehte sie in Richtung des Feldrands, wo Seth, Cara und Joe warteten.

„Komm mit. Wir gehen zu den anderen und holen uns dann ein Eis.“

Sie hatten es fast bis zum Rand des Felds geschafft, als Allie stehenblieb. „Da ist dieser Mann wieder.“

„Dieser Mann …?“ Des runzelte die Stirn, und musste dann lachen. „Du meinst Ben.“

„Geh weiter.“ Allie gab ihr einen kleinen Schubs in den Rücken.

„Und, hast du dein Kind vor dem Sohn meines Cousins gerettet?“, fragte Seth, als sie zu ihnen stießen.

„Nein. Und weiß Gott, wer all diese anderen Kinder sind. Könnten ein Haufen angehender Verbrecher sein.“ Allie klang, als ob sie es nur halb im Spaß meinte.

„Hey, soll ich ihre Hintergrunde überprüfen?“, sagte Ben.

„Würdest du?“ Allies Augen leuchteten auf.

„Nein.“ Ben schüttelte den Kopf.

„Was bringt es, einen Sheriff zu haben, wenn er sich bei einem Notfall nicht kümmern will?“, beschwerte sich Allie.

„Was bringt ein Sheriff, der wegen der Laune einer überfürsorglichen Mutter Kindern nachspioniert?“, entgegnete er.

„Gesprochen wie ein Mann, der keine –“ Allie blieben die Worte im Hals stecken. Einen Herzschlag später beendete sie den Satz. „Wie ein Mann, der einen Sheriffstern hat.“

Ben starrte sie lang mit hartem Blick an. Er sah zu Seth und sagte schlicht: "Wir sehen uns.“

„Wir sehen uns um zwei, meinst du“, sagte Seth.

„Ja, vielleicht.“ Ben entfernte sich von der Gruppe, den Blick auf Allie gerichtet.

„Kein ‚vielleicht‘, Mann. Ich zähl auf dich für die Second Base.“

Ben ging mit steifem Rücken weg.

„Oh mein Gott.“ Allie schlug die Hand vor den Mund. „Ich kann nicht fassen, wie dämlich ich bin.“

„Was ist gerade passiert?“, fragte Des.

„Ich hätte fast das Allerschlimmste der Welt gesagt. Oh Gott, ich hasse mich gerade.“ Allies Augen füllten sich mit Tränen.

„Wovon redest du?“ Des wusste nicht recht, was sie verpasst hatte.

„Ich hätte fast gesagt … als er gesagt hat, dass ich überfürsorglich bin, wollte ich sagen …“ Allie brachte kaum die Worte heraus. „Ich habe nicht nachgedacht, ich schwöre. Und es war so offensichtlich. Ich habe versucht, es zu überspielen, aber …“

„Was hast du fast gesagt, das so schlimm ist?“

„Ich hätte fast gesagt –“ Sie stockte erneut, als ob sie die Worte nicht wiederholen konnte.

„Sie wollte sagen: ‚Sagt der Mann, der keine Kinder hat‘“, beendete Seth den Satz für sie. „Hab ich Recht?“

Allie nickte. „Ich schwöre, ich würde nie ... bei dem, was mit seinem kleinen Jungen passiert ist. Oh Gott, es tut mir so leid.“

„Gott weiß das wahrscheinlich“, meinte Seth. „Ben ist derjenige, den du überzeugen musst.“

Kapitel Zwölf

Die erste alljährliche Seth MacLeod Unabhängigkeits-tags-Fete war alles, was Seth versprochen hatte – laut, voll, freundschaftlich, mit viel Essen, Geplapper und Wettbewerben. Des schwirrte die ganze Zeit der Kopf. Sie half Seth bei allem, was getan werden musste: passte auf den Grill auf, wenn er woanders hingehen musste, unterhielt sich mit Leuten, die er ihr vorstellte, sammelte alte Pappteller und Becher und Limodosen auf und warf sie in die passenden Container. Der Tag war fast zu Ende, als ihr auffiel, dass sie tatsächlich die Rolle der Gastgeberin angenommen hatte, ohne es überhaupt zu merken, wie Seth es vorausgesehen hatte.

Der Gedanke kam ungebeten, aber er war da. Sie hatte nie mehr Spaß gehabt, sich nie wohler in ihrer Haut gefühlt, sich nie mehr wie ein Teil von etwas Größerem als ihr selbst gefühlt, außer bei ihrem Personal im Tierheim in Montana. Der Gedanke an sie versetzte ihr einen Stich – sie vermisste sie, sogar die gesprächige Fran, die noch jede Geschichte in die Länge gezogen hatte. Das hier war aber etwas anderes. Es war, als ob Hidden Falls ein Teil von ihr war. Wann war das passiert? Bis heute war sie sich nicht bewusst gewesen, dass die Stadt so ein großer Teil von ihr geworden war.

Sie fragte sich, wie ihr Vater sie hinter sich lassen konnte, und erinnerte sich dann daran, dass sie irgendwann das Gleiche tun würde.

Sie hatte zugesehen, wie Seth den Hügel von den Weinstöcken hochkam, den Arm um eine große, hübsche Frau in einem Leinenkleid gelegt, das vorne zugeknöpft war und so viel cooler aussah, als die Shorts, die Des trug. Die Ähnlichkeit zwischen ihnen war so groß, dass Des sicher war, dass die Frau nur seine Schwester, Amy, sein konnte.

Als Seth zu ihr kam, um sie vorzustellen, sagte Des. „Ich würde dich überall erkennen. Du musst Amy sein."

„Und du musst das Mädchen sein, über das mein kleiner Bruder pausenlos redet."

Des sah zu Seth hoch, der einer der größten Männer war, die sie je getroffen hatte. „Es ist schwer, dich als irgendjemandes kleinen Bruder zu sehen."

„Es gab mal eine Zeit, wo ich größer war, wenn man sich das vorstellen kann." Amys Augen waren dunkel und warm wie Seths, und ihre dunklen Locken waren hinter ihre Ohren gesteckt. Zum ersten Mal fragte sich Des, mit welcher Haarfarbe Seth geboren worden war. Vielleicht würde sie ihn eines Tages mal fragen.

„Das ist mal eine Fete, oder?" Amy blickte auf die Menschenmenge. „Ich habe gehört, dass du deine Hand dabei im Spiel hast, das alles zu organisieren. Gute Arbeit."

„Danke." Des grinste. „Ich war mir nicht so sicher, ob er es schaffen würde, aber das hat er. Hier müssen über hundert Menschen sein."

„Oh, locker. Und ziemlich bald werden es noch mehr sein. Die Leute, die den Park saubermachen, sind bald fertig, und ich hab gehört, dass sie alle rüberkommen."

Des musste entsetzt ausgesehen haben, denn Amy tätschelte ihren Arm.

„Keine Panik. Sie bringen mehr Burger mit."

Sie hätte gerne länger mit Seths Schwester geredet, aber Amy hatte Bereitschaftsdienst, und ihr Pager ging los. Sie entschuldigte sich, nahm einen Anruf an, und kam dann mit einer Entschuldigung zurück.

„Es tut mir so leid, ich muss los. Könnten wir irgendwann zusammen Mittag essen, nur du und ich? Ich würde dich gerne kennenlernen. Ich weiß, dass mein Bruder dich sehr gern hat. Er hat nie wirklich über irgendwen geredet, mit dem er zusammen war, aber er redet ständig von dir. Und du hast ihn dazu gebracht, nicht nur einen, sondern zwei Hunde aufzunehmen. Seth, der nie irgendein Interesse an Haustieren geäußert hat, hat zwei Hunde." Amy schüttelte den Kopf. „Du musst ihn verzaubert haben."

„Das hat sie." Seth legte seinen Arm um Des. „Warte, Amy. Ich bring dich nach draußen."

„Nicht nötig. Ich ruf dich diese Woche an. Des, es war mir ein Vergnügen. Ich besorge mir deine Nummer von Seth und ruf dich an wegen des Mittagessens." Amy verschwand um die Ecke.

„Mittagessen mit meiner Schwester, hm? Denkst du, du findest dann all meine Geheimnisse raus?"

„Natürlich. Das machen Schwestern eben." Des sah sich im Hinterhof um. Cara und Joe saßen mit einem Grüppchen unter dem Ahornbaum, wo Joe sie anscheinend mit einer Story unterhielt. Allie war allerdings nirgendwo zu sehen. „Hast du Allie gesehen?", fragte sie.

Seth schüttelte den Kopf. „Barney ist da drüben beim Picknicktisch, und ich habe Nikki mit der Gruppe Kids beim Teich gesehen, aber Allie nicht. Sie muss hier irgendwo sein. Jeder andere aus der Stadt ist es zumindest."

„Ist Ben schon hier?"

„Ich habe ihn auch nicht gesehen. Er sollte besser bald auftauchen. Das Baseballspiel fängt in zehn Minuten an, und er ist auf der zweiten Base." Er drückte sanft ihre Schulter. „Wie bist du so im Außenfeld?"

Wie sich herausstellte, war sie miserabel, sogar mit der Unterstützung von Nikki. Cara spielte auf der dritten Base, Mark war der Pitcher, Seth spielte auf der ersten, und Joe war der Catcher. Ben tauchte tatsächlich nicht für das Spiel auf, daher sprang einer von Marks Freunden ein. Des war nie wirklich in einer Mannschaft gewesen, daher war all das Johlen, Schreien und Gefluche zuerst etwas befremdlich. Sie war jedes Mal nach drei Strikes raus, wenn sie mit Schlagen dran war, in einem Ausmaß, dass das gegnerische Team applaudierte, wenn sie mit dem Schläger über der Schulter zum Abschlag ging. Sie fand es fast befreiend, über sich selbst zu lachen, als ob es Spaß machen würde, ihre Unzulänglichkeiten mit Freunden zu feiern.

Natürlich waren sie alle Seths Freunde – die meisten auch Barneys – aber alle boten Des diese Freundschaft an. Sie hielt Babys, während ihre Mütter Hufeisen warfen oder Kuchen servierten, Kleinkinder die Schuhe zubanden, Burger umdrehten und allen für das Essen ein Kompliment machten, dass sie mitgebracht hatten. Was das Essen selbst anging, hatte sie noch nie so viel auf einem Platz gesehen. Seth hatte Klapptische von einigen Freunden geliehen, damit sie alles hinstellen konnten, was mitgebracht worden war, und sogar dann warteten noch Schüsseln im Kühlschrank auf einen Platz auf den Tischen. Sie hätte sich nie träumen lassen, dass es so viele Arten von Kartoffelsalat gab, von der klassischen Version mit Mayo und Sellerie, über Salate mit blauen Kartoffeln, Salate mit Bacon oder hartgekochten Eiern – mehrere mit beidem. Es gab Berge von Nudelsalat, Platten mit gebratenem Gemüse garniert mit Balsamico-Vinaigrette (von denen sich Cara mehrmals bedient hatte, wie Des bemerkt hatte), gemischte Salate, Teller, auf denen sich Tomatenscheiben häuften, und mehrere grüne Bohnensalate. Des war versucht gewesen, ein bisschen hiervon und ein bisschen davon zu probieren, und am Ende des Tages musste sie zugeben, dass sie nie etwas Besseres gegessen hatte.

„Ich hab dir ja gesagt, dass alles gutgehen wird", sagte Seth zu ihr, nachdem die meisten Gäste gegangen waren, um in der Stadt das Feuerwerk zu sehen, und eine kleine Gruppe zum Saubermachen hinterließen, die aus Joe und Cara, Mark, seiner Schwester und ein paar Freunden, und Nikki bestand.

„Ja, hast du. Ich muss zugeben, dass ich ab und an etwas Panik hatte. Es war einfach so eine überwältigende Masse von Menschen."

„Ja, wir waren ziemlich vollgepackt."

„Ich war überrascht, wie viele Leute ich eigentlich kannte", sagte sie. „Leute, die ich in der Stadt gesehen und im Vorbeigehen mit Barney getroffen habe. Jeder wusste vom Theater und hat gefragt, wann es wieder öffnen würde."

„Glaubst du, das wird je passieren?“ Er verknotete eine große Plastiktüte, die mit gebrauchten Plastiktellern gefüllt war.

„Ich weiß nicht. Ich denke, dass es irgendwann irgendjemand übernehmen wird. Es uns vielleicht abkauft.“ Des wollte nicht wirklich darüber nachdenken, was mit dem Sugarhouse passieren würde, wenn sie ihren Teil getan hatten.

„Könntest du das?“ Er hielt inne. „Es einem Fremden verkaufen und einfach weggehen?“

Sie hatte keine Antwort, also zuckte sie nur mit den Schultern und ging unter dem Vorwand nach drinnen, die Küche aufzuräumen, was sie und Cara schon getan hatten.

Da das Meiste aufgeräumt war, verabschiedeten sich die anderen. Seth brachte die Hunde rein – erschöpft nach endlosen Spielen von Frisbee und Stöckchen holen – und schloss das Haus ab. Sie fuhren mit dem Motorrad in die Stadt, und als sie am Feld angekommen waren, setzte sich Des zwischen Seth und Joe auf eine Decke auf dem Rasen, lehnte sich gegen Seths starken Oberkörper, und sah sich das spektakuläre Feuerwerk über ihren Köpfen an. Sie riefen jedes Mal ,Ooh‘ und ,Aah‘, wenn es den Nachthimmel erleuchtete, und zuckten jedes Mal zusammen, wenn eine Rakete mit einem Knall explodierte.

„Genau wie in Devlin’s Light“, hatte Cara gesagt. „Außer, dass das Feuerwerk über dem Feld stattfindet, statt der Delaware Bay.“

„Die beste Vorführung bis jetzt“, verkündete Joe, nachdem die Show vorbei war.

„Das sagen wir jedes Jahr, Kumpel", erinnerte Seth
ihn.

„Es stimmt ja auch jedes Jahr", sagte Joe.

Des und Seth kehrten zur Hudson Street zurück und
machten es sich zusammen auf einer Liege im Garten
gemütlich.

„Also. Dein erster Hidden Falls Unabhängigkeitstag.
Was denkst du?", fragte Seth.

„Der schönste Tag ever." Des lehnte sich in seinen Armen zurück. „Ich bin erschöpft. Das fühlte sich an, als
wenn man drei oder vier Tage in einem erlebt."

„Wir müssen das nächstes Jahr wieder machen."

„Stimmt. Das war ja die erste alljährliche Seth Mac
Leod Unabhängigkeitstags-Fete."

„Wirst du dann da sein?", fragte er zögerlich.

„Ich würde sie um nichts in der Welt verpassen wollen. Niemals." Der Gedanke, dass mit der Zeit eine andere Frau Gastgeberin spielen würde, ging ihr durch
den Kopf, und sie verscheuchte ihn. Sie konnte jetzt
nicht daran denken, nicht, wenn Seths Arme um sie ge-
schlungen waren, sein Atem sanft gegen ihre Stirn, und
sie sich an die vielen Momente an ihrem gemeinsamen
Tag erst nochmal erinnern musste.

„Ich kann dir gar nicht sagen, wie viel es mir bedeutet
hat, dass du warst", sagte er.

„Ich bin eine gute Stellvertreterin."

„Es war nicht nur das, und das weißt du. Es hat sich
richtig angefühlt, dass du bei mir warst. Das ist mein
Leben, Des. Meine Farm, meine Familie, meine Gemeinschaft. Es hat mir viel bedeutet, dass du das mit mir geteilt hast."

Sie wollte sagen, wie viel es ihr ebenfalls bedeutet hatte, aber sie konnte keine Worte finden, die nicht wie ein Versprechen klingen würden, das sie nicht sicher halten konnte.

Stattdessen sagte sie: „Hey, ich hatte riesig viel Spaß. Beste Geburtstagsparty, die ich je gehabt habe."

„Du hast mir gar nicht gesagt, dass du heute Geburtstag hattest." Er setzte sich auf und runzelte die Stirn. „Warum hast du nichts gesagt?"

„Naja, er ist erst wirklich am Samstag, aber nah dran. Und das war die größte Party, die je irgendwer gehabt hat. Es war fast überwältigend. Mein Kopf hat sich gedreht wie dieses Mädchen in Der Exorzist."

„Warum musstest du jetzt diesen Film erwähnen?" Seth hielt sich die Augen zu. „Ich hatte jahrelang Albträume, nachdem ich den gesehen habe. Bin nicht mal bis zum Ende geblieben. Ich bin schreiend wie ein zweijähriges Kind mit einem Wutanfall aus dem Theater gerannt."

„Hast du nicht." Sie lachte leise bei dem Bild, was ihr durch den Kopf schoss.

„Frag Joe. Oder Ben." Seth hielt inne. „Ich frage mich immer noch, was heute mit Ben passiert ist. Er ist wirklich nicht auf der Farm aufgetaucht. Ich habe ein paar Mal versucht, ihn anzurufen, aber er hat nicht abgenommen, und auch nicht auf meine Nachrichten geantwortet."

„Vielleicht gab es einen polizeilichen Notfall. Vielleicht ein Unfall oder sowas", schlug sie vor.

„Das würde Sinn machen. Er hat heute wahrscheinlich mindestens eine Schicht gearbeitet, da Feiertag war, und ich weiß, dass er seinen Leuten gerne freigibt, wenn er kann. Er hat es heute Morgen aber nicht erwähnt, als ich ihn gefragt habe, ob er zur Farm kommt.“

„Ich dachte, ich hätte ihn einmal auf dem Feld gesehen, wo eine dieser großen Raketen hochgegangen ist, aber nur für eine Sekunde, und dann war er weg. Wenn er es war.“ Des schaute zum Haus, wo nur in der Küche und oben in Barneys Zimmer Licht an war. „Wenn ich so darüber nachdenke, habe ich Allie auch nicht gesehen.“

„Das ist ein sehr merkwürdiger Zufall“, bemerkte er.

„Es gibt bestimmt eine Erklärung dafür. In der Zwischenzeit, möchtest du mit reinkommen?“

„Ein andermal. Ich möchte nach Hause, die Hunde ein letztes Mal rauslassen, und dann mit dem Gesicht nach unten aufs Bett fallen. Ich muss morgen früh Hühner füttern und einen Haufen Sachen ernten, um sie nach Clarks Summit zu einem Restaurant von einem Freund zu bringen. Und ich weiß, dass du müde bist. Du hast dir heute den Allerwertesten abgearbeitet.“

„Habe ich, aber das war es total wert. Deine erste Party war ein Riesenerfolg.“

„Ich glaube, ich kann nicht bis nächstes Jahr auf die nächste warten. Vielleicht sollten wir übers Oktoberfest nachdenken. Oder Halloween. Oder ...“

„Stopp.“ Sie lachte. „Erholen wir uns erstmal von der ersten.“

Sie stellte sich auf die Zehenspitzen, um ihn zu küssen, und sie lächelte, als sie dieses Kribbeln in ihrem Bauch spürte.

„Lächelst du?" Er lehnte sich zurück und betrachtete sie. „Du lächelst wirklich. Ich habe noch nie gehört, dass jemand gleichzeitig küsst und lächelt."

„Ich lächle, weil es mich glücklich macht, dich zu küssen. Wenn es dich stört, versuche ich aufzuhören."

„Machst du Witze? Das ist das Süßeste, was ich je gesehen habe. Mal schauen, ob ich dich wieder zum Lächeln bringen kann."

„Wette, du kannst."

„Wette, ich kann."

Er tat es.

„Halt dir das Wochenende für mich offen", sagte er beim Abschied. „Wir feiern deinen Geburtstag."

Des lag auf dem Überwurf auf ihrem Bett, während ihr die Bilder des Tages wie ein Film, den man vorspulte, durch den Kopf rasten, den sie nicht verlangsamen konnte. Sie hatte nicht übertrieben, als sie Seth gesagt hatte, dass sie überwältigt gewesen war. Jeder einzelne ihrer Sinne schien über die Maßen geschärft gewesen zu sein. Alles hatte lebendiger, jede Empfindung intensiver gewirkt. Die Leute, die Gespräche, das Gelächter. Das Essen. Die Musik. Die Spiele. Die Gerüche, die vom Grill, von dem Kleefeld neben dem Obstgarten und den verschiedenen Blumensträußen herüberwaberten, die Gäste für die Tische mitgebracht hatten.

Mehr als einmal an dem Tag war sie stehengeblieben, um sich umzusehen, und hatte sich gefragt, ob sich die mysteriöse J in der Menge befand, ob sie Teil der Menge auf dem Bürgersteig gewesen war, als Barney Lucille durch die Stadt gefahren hatte, oder ob sie diesen Nachmittag bei Seth gewesen war, vielleicht eine der vielen Frauen, die sie getroffen und mit denen sie geplaudert hatte. Sie konnte nicht umhin, sich zu fragen, wer die Frau war. Es sollte sie nicht kümmern – das wusste sie – aber es war in ihrem Kopf und sie konnte es scheinbar nicht abschütteln.

Des stand spontan auf, machte das Licht an, und klappte dann ihren Laptop auf. Angenommen, dass J in Fritz' Alter war, wurde sie vielleicht ungefähr zwischen 1948 und 1952 geboren. Sie rief eine Suchmaschine auf und fing an, zu tippen. In Sekundenschnelle hatte sie eine Liste mit beliebten Mädchennamen von den späten 1940er-Jahren bis zu den frühen Fünfzigern. Sie schaute die Listen durch, und fand wenige Variationen für diese vier Jahre: Judith und Judy, Joann und Joanne, Jean und Jeanne, Joyce, Janice, Janet, Jane, Jo und Jacqueline, dessen Beliebtheit sie der Tatsache zuschrieb, dass so viele Amerikaner nach dem Zweiten Weltkrieg aus Frankreich zurückkamen und sich in alles Französische verliebten. Aber nichts stach ihr als Name ins Auge, den sie heute gehört hatte.

Sie machte gerade den Laptop aus, als sie Kichern aus dem Zimmer gegenüber hörte. Sie betete, dass es nicht Allie war, die betrunken vor sich hin kicherte, ging über den Flur und spähte durch die offene Tür hinein. Allie und Nikki saßen auf dem Bett, wo Nikki ihr von einer Geschichte berichtete, die Mark ihr diesen Nachmittag erzählt hatte.

„Es tut mir leid, dass du dich nicht gut genug gefühlt hast, um raus zur Farm zu kommen. Das war die beste Party, bei der ich je war", sagte Nikki. „Ich hatte noch nie in meinem Leben so viel Spaß."

„Was habt ihr gemacht, das dir so viel Spaß gemacht hat?", fragte Allie leise.

„Alles. Wir haben Baseball gespielt. Ich durfte im Außenfeld mit Tante Des spielen. Mom, ich hab sie lieb, aber sie war miserabel. Sie konnte den Ball nicht fangen und auch nicht abschlagen.“

„Traurig, aber wahr.“ Des lächelte, als sie ins Zimmer kam. „Ist das hier eine geschlossene Gesellschaft?“

„Tante Des, tut mir leid, ich wollte dich nicht beleidigen.“ Nikki sah zutiefst beschämt aus.

„Keine Sorge, Schatz. Jedes Wort ist wahr. Ich bin grottenschlecht in Teamsport.“ Ohne auf Allies Aufforderung zu warten, setzte sich Des ans Fußende des Betts. „Cara, auf der anderen Seite ...“

„Tante Cara war super. Sie hat einen Homerun geschafft.“

„Sie hat zwei Homeruns geschafft“, korrigierte Des sie. „Und sie war wirklich super.“

„Und was hat noch so viel Spaß gemacht, dass es die beste Party war, auf der du je warst?“, bohrte Allie nach.

„Ich hab gelernt, wie man Hufeisen wirft – das ist so ein Spiel – und wie man in einem Boot rudert. Beim Wald gibt es einen kleinen Teich, und ich bin an einem Seil über dem Wasser hin und hergeschwungen, aber ich bin nicht reingesprungen. Ein paar der anderen aber schon.“

Allie spielte mit Nikkis Haaren, während sie plauderten, und während Allie komplett präsent schien, lag etwas beinahe Fremdes in ihrem Ausdruck.

„Oh, und ich habe echt – ich hasse es, das über mich selbst zu sagen, aber ich habe wie ein kleines Schweinchen gegessen. Ich hab den ganzen Tag gegessen.“ Nikki zählte die Liste mit ihren Fingern auf. „Ich hatte einen Burger. Ich hatte ein Stück Hühnchen. Ich hatte gebratene Möhren und Kartoffelsalat mit grünen Bohnen drin, und ich hatte normalen Salat für Ballaststoffe. Dann hatte ich Erdbeertörtchen. Oh, und ein Cupcake. Ich hab heute zwei Kilo zugenommen, das weiß ich genau."

„Es überrascht mich, dass du dich nicht übergeben hast, bei all dem Essen und Seilschwingen und Hufeisenwerfen."

„Ja, oder, Mom?" Nikki gähnte.

„Nik", sagte Des, „könnte es sein, dass dir tatsächlich die Energie ausgeht?"

Sie nickte. „Ich geh ins Bett. Außerdem war Mom krank und sie sollte schlafen." Nikki gab zuerst ihrer Mutter, dann ihrer Tante einen Kuss, und machte sich taumelnd auf den Weg in ihr Zimmer.

„Sie wird einschlafen, sobald ihr Kopf das Kissen berührt."

„Bestimmt. Ist das nicht dein Stichwort, dasselbe zu tun?" Allie lehnte sich zurück gegen ihr Kissen.

„Nicht, bis du mir nicht sagst, warum du nicht zu Seth gekommen bist."

„Seit wann muss ich dir Rechenschaft ablegen?"

„Seitdem du nach dieser Sache mit Ben im Park sichtlich mitgenommen warst. Da ich immer noch deine Schwester bin und dich lieb habe."

„Wie könntest du? Ich bin kein netter Mensch, Des."

„Manchmal stimmt das, aber nicht immer." Des rückte näher zu Allie und legte ihre Arm um sie. „Du bist meine Schwester, und ich hab dich lieb. Das werde ich immer, Al."

„Ich war so gemein zu dir", erinnerte Allie sie.

„Stimmt. Warst du – und ich liebe dich trotzdem."

„Du hast gehört, was ich heute zu Ben gesagt habe."
Allie fing an zu weinen. „Ich bin so unsensibel."

„Du hast es nicht gesagt, Allie. Du hast dich gefangen, bevor die Worte raus waren."

„Aber er wusste, was ich sagen wollte. Er wusste es, und es hat ihn verletzt. Natürlich hat es ihn verletzt, sein einziger Sohn – sein einziges Kind – ist gestorben." Dicke Tränen kullerten ihre Wangen runter. „Oh, Des, dieser kleine Junge war so niedlich. Und er hatte so ein wunderschönes, winzig kleines Lächeln und riesige Augen. Es ist falsch, dass er gestorben ist."

Des lehnte sich zurück und starrte Allie an. „Warte. Woher weißt du, wie er aussah? Der Unfall ist passiert, lange bevor wir nach Hidden Falls gezogen sind."

„Ich habe ein Foto von ihm gesehen." Sie schniefte und griff nach einem weiteren Taschentuch aus der Box auf dem Nachttisch.

„Wo?"

„Auf Bens Kaminsims."

„Okay. Muss ich fragen, oder erzählst du mir, warum du in Bens Haus warst?"

„Wohnung. Und ich war da, um mich zu entschuldigen."

„Allie, das war sehr anständig von dir. Ich bin sicher, er wusste es zu schätzen ..."

Allies Lachen war harsch. „Ja, klar, nachdem er mich in der Luft zerrissen hat, hat er mir seine Wertschätzung ausgedrückt, indem er mir die Tür gezeigt hat. Er hat mich mit mehreren Beleidigungen beworfen, die ich nicht vor meiner Tochter wiederholen würde, und als ich ihm gesagt habe, wie schrecklich ich mich fühle, hat er mich beschuldigt, dass es mir nur um mich selbst gehe. Darum, wie schlecht ich mich fühle, wie leid es mir tut." Sie wischte sich die Tränen weg. „Naja, natürlich habe ich mich schlecht gefühlt, und natürlich tat es mir leid. Ich konnte nicht einmal in Worte fassen, wie leid es mir tat."

„Also denke ich, er hat deine Entschuldigung nicht angenommen."

„Hat mich rausgeworfen. Nachdem er mir das Foto von seinem Sohn gezeigt hat. Das war einer der schlimmsten Momente in meinem Leben."

„Also hast du dich eingeschlossen und den ganzen Nachmittag getrunken?"

„Was?" Allie richtete sich auf. „Nein. Ich habe überhaupt nicht getrunken. Ich konnte nur einfach niemandem unter die Augen treten. Ich hatte das Gefühl, dass jeder sehen könnte, wenn er mich nur anschaut, dass ich ein gefühlloses Miststück bin." Sie zeichnete ein unsichtbares M auf ihre Stirn. „Ich weiß, dass mich jetzt jeder hasst. Ich hasse mich jetzt."

„Al, niemand hasst dich. Süße, es tut mir so leid. Du hast weiß Gott deine Momente, aber ich weiß, dass du niemanden wegen so etwas absichtlich verletzen würdest. Also schätze ich, es ist so ausgegangen, dass–"

„Ich gegangen bin und Ben hinter mir die Tür zugeknallt hat." Allie vergrub das Gesicht in den Händen. „Wenn du seinen Gesichtsausdruck hättest sehen können, als er die Tür aufgemacht und gesehen hat, dass ich es war. Als ob ich die abscheulichste Kreatur der Welt wäre. Du hast recht, ich hatte meine Momente, aber ich habe mich noch nie so geschämt, wie in dem Moment, als ich im Wohnzimmer dieses Manns gestanden und auf ein Foto von seinem wunderschönen, toten Sohn gestarrt habe." Sie fing erneut an zu weinen. „Gott, was dieser Mann durchgemacht hat, er hat seine Frau und seinen kleinen Jungen verloren. Ich kann mir nicht mal vorstellen, wie man mit sowas umgeht. Und dann kam ich, und hab ihn dran erinnert ..."

„Sieh mal, vielleicht wird er mit der Zeit erkennen, dass du ihm nicht wehtun wolltest, dass du nicht nachgedacht hast. Vielleicht kommt er mit der Zeit drüber hinweg."

„Ich bezweifle es. Ich würde das nicht." Sie putzte sich die Nase. „Und ich würde mir auch nicht vergeben. Hier ist die Sache mit Ben. Da war immer so eine merkwürdige Spannung zwischen uns – ich weiß, dass es dir aufgefallen ist, es ist jedem aufgefallen. Ich weiß nicht warum, aber wir provozieren uns gegenseitig. Er glaubt, ich habe es getan weil, hey, noch ein Weg, ihm eine reinzuwürgen."

„Auf keinen Fall würde er das denken."

„Tut er. Das hat er gesagt." Sie schnäuzte sich wieder. „,Super, Prinzessin. Schätze, du hast es mir gegeben, was? Da hattest du ja echt das letzte Wort. '"

„Das hat er nicht gesagt."

„Doch. Das waren seine Worte. Er hält mich wirklich für so schäbig." Die Tränen rannen ihr wieder die Wangen runter. „Und vielleicht bin ich das auch."

„Bist du nicht, Al."

Allie zog abrupt die Decke um sich. „Ich möchte schlafen gehen. Könntest du das Licht ausmachen, wenn du rausgehst?"

Des zögerte, bevor sie vom Bett aufstand. „Ich weiß, es sieht jetzt nicht so aus, aber das wird vorübergehen."

„Ich weiß, du versuchst eine gute Schwester zu sein, und das bist du auch. Ich benehme mich vielleicht nicht immer so, aber ich habe dich wirklich lieb, Des. Sogar, als ich eine Zicke zu dir war, hatte ich dich trotzdem lieb." Allie drehte sich mit dem Rücken zur Wand um. „Jetzt gute Nacht."

Des machte den Mund auf, aber erkannte, dass es nichts weiter zu sagen gab, machte das Licht aus und ging zurück in ihr Zimmer.

So erschöpft wie sie auch war, der Schlaf wollte nicht kommen. Der Tag war zu voll gewesen. Um zwei Uhr morgens stand sie auf und ging unter die Dusche, in der Hoffnung, dass ein stetiger Strom von heißem Wasser helfen würde. Als er es nicht tat, trocknete sie ihre Haare, schlüpfte in ein Nachthemd und ihren Bademantel, und ging nach unten in Barneys Wohnzimmer, wo sie sich auf dem Zweiersofa zusammenrollte. Buttons folgte ihr, hüpfte neben sie, und endlich schliefen sie beide ein.

Kapitel Dreizehn

Des hatte erwartet, dass Allie für ein paar Tage nach ihrer Auseinandersetzung mit Ben nur dahinvegetieren würde, aber Überraschung: Gleich am nächsten Morgen war sie vor Des unten und angezogen.

„Du bist heute Morgen ja frisch und munter", bemerkte Des.

„Ich muss wohin und Leute treffen", antwortete Allie.

„Willst du frühstücken?"

„Ich habe schon gegessen."

Des sah zu, wie Allie sich eine Tasse Kaffee zum Mitnehmen kochte.

„Wohin gehst du?"

„Cara hat gesagt, dass Giovanni heute früh mit dem Putz anfängt. Ich will zusehen. Ich will sehen, wie er das macht."

„Planst du auf eine zweite Karriere, sobald du nach L.A. zurückkehrst?"

„Bin nur neugierig, wie es gemacht wird. Und ich will wissen, wann es fertig ist, damit ich mit der Decke anfangen kann."

„Also hast du nachgegeben?"

Allie drehte sich um und starrte Des ausdruckslos an.

„Das letzte Mal, als wir über die Deckenmalereien geredet haben, warst du ziemlich fest entschlossen, es nicht zu versuchen."

„Ich habe meine Meinung geändert."

„Darf ich fragen, warum?“

„Na klar.“ Allie stützte sich auf die Lehne eines Stuhls, der an den Tisch rangezogen war. „Ich habe letzte Nacht viel nachgedacht. Nicht nur über Ben – und wir reden nicht mehr drüber, okay? – sondern auch darüber, hier zu sein und warum wir hier sind. Ich habe viel über Dad nachgedacht, daran, dass er am Theater seine erste Kostprobe vom Schauspielern bekommen und wie es sein Leben verändert hat. Mom auch, aber wir wissen beide, dass sie nie dasselbe Talent wie Dad hatte. Sie war eine Möchtegernschauspielerin. Sie war okay in den Rollen, die sie hatte, aber seien wir ehrlich, sie wäre nie Katherine Hepburn oder Meryl Streep geworden. Dad hätte allerdings ein echter Star sein können, aber er hat seine eigenen Ambitionen zur Seite getan, um Mom strahlen zu lassen. Also glaube ich, dass er sie schon geliebt hat, um eine deiner vorigen Fragen zu beantworten, aber das ist nicht wirklich, worüber ich nachgedacht habe.“

„Gut, denn ich kann dir nicht folgen.“

„Dad wollte uns aus einem bestimmten Grund hier haben. Und der Grund war nicht nur, das Theater zu renovieren. Er wollte, dass wir uns kennen und zusammenarbeiten. Vielleicht sogar, dass wir etwas über uns selbst und einander lernen. Du hast großartige Arbeit geleistet, dich um das Geld zu kümmern ...“

„Ja, so großartige Arbeit, dass wir fast keins mehr haben.“

„Nicht deine Schuld. Eine Million Dollar bringt nicht mehr so viel wie früher. Und niemand hätte den Dachschaden vorhersehen können. Er hat uns zurückgeworfen, aber er wird uns nicht ruinieren. Du wirst Geld für

die Filmposter kriegen, und irgendwann wird das
Buch, an dem Barney und Nik arbeiten, ein paar Dollar
reinbringen. Kein Geldregen, klar, aber genug, um ein
oder zwei Rechnungen zu bezahlen, und das ist doch,
wonach du für die unmittelbare Zukunft suchst, oder?"

Des nickte, immer noch unsicher, worauf Allie hinauswollte, aber sie war bereit, mitzumachen.

„Und Cara hat es super hingekriegt, all die Handwerker fürs Gebäude bei Stange zu halten. Sie hatte ein
bisschen Hilfe von Joe – okay, viel Hilfe von Joe – aber
seien wir mal ehrlich, sie hat keine Vorkenntnisse im
Bauwesen. Sie hat viele Fragen gestellt und sich Zeit genommen, um zu lernen, was sie wissen musste, damit
sie gute Entscheidungen treffen konnte. Ja, wieder mit
Joes Hilfe, aber trotzdem, sie verdient viel Anerkennung. Sie hat alles am Laufen gehalten.

„Was uns zu mir bringt." Allie sah für einen Moment
zu Boden, und schaute ihrer Schwester dann in die Augen. „Ich war nicht so engagiert wie ihr zwei. Ich habe
das nicht so ernst genommen wie ihr beide. Ich bin hergekommen, weil sonst keine von uns auch nur einen
Cent von Dads Vermögen geerbt hätte und Onkel Pete
die Ehre gehabt hätte, auszusuchen, welcher Wohltä-
tigkeitsverein alles bekommen soll."

„Al, worauf willst du hinaus? Was willst du damit sagen?"

„Ich will sagen, dass es Zeit für mich wird, mich zu be-
teiligen. Ich dachte, ich hätte nichts beizusteuern. Aber
ich kann die fehlenden Stellen der Muster an der Decke
malen, und ich glaube, ich kann genauso gute Arbeit
leisten, wie jeder andere, den Balfour Group Künstler
eingeschlossen." Allie reckte das Kinn mit einem

Hauch von Trotz. „Wenn ich mit dieser Decke fertig bin, wird niemand ins Theater kommen und die neu bemalten Stellen von den alten unterscheiden können.“

„Wow. Da ist die alte Allie, voller Selbstvertrauen und Feuer. Willkommen zurück. Nach letzter Nacht hatte ich befürchtet, dass –“

„Wir reden nicht über letzte Nacht.“

„Okay. Aber können wir darüber reden, was diese neue Welle von ‚Ja, ich schaffe das‘ ausgelöst hat?“

„Wie gesagt, ich muss etwas beitragen. Ich muss Teil des Erfolgs dieser Unternehmung sein, Des. Das ist, was ich tun kann.“ Sie hielt inne. „Es ist nicht nur ein Vermächtnis für Nikki, sondern auch für alle Kinder, die du oder Cara vielleicht haben werdet. Und das Vermächtnis ist nicht nur das Theater, sondern auch die Stadt und das College und alles, dass Reynolds und alle anderen über die Jahre geleistet haben. Ich will, dass Nikki weiß, dass ich ein Teil davon war. Ich will nicht wie Mom sein. Ich will kein Möchtegern sein. Ich will, dass Nikki stolz auf mich ist.“

„Warte, was? Du bist überhaupt nicht wie Mom, Allie. Und Nikki ist stolz auf dich. Ich auch.“

„Zwing mich nicht wieder, Taschentücher zu holen, Des.“

Des musste lachen, und Allie nahm ihre Tasche von der Fensterbank, um sich auf den Weg nach draußen zu machen.

„Weißt du, Cara und ich sind nicht die Einzigen, die vielleicht noch Kinder kriegen. Du bist immer noch jung genug, um noch ein oder zwei zu haben.“

Allie schnaubte belustigt. „Gottchen, hatte ich erwähnt, dass ich über künstliche Befruchtung durch

eine Samenspende nachdenke? Nein? Dachte ich mir.“
Lachend wandte sie sich zur Tür. „Tut mir leid, damit
bin ich durch. Keine Aussichten für die Zukunft für
mich.“

„Wenn du warten kannst, bis ich was finde, was ich
mir an die Füße ziehen kann, komm ich mit dir.“

„Du hast zwei Minuten. Aber das heißt, dass du nicht
frühstücken kannst.“

„Ich kann ein Sandwich vom Goodbye mitnehmen,
wenn ich Hunger kriege. Ich will auch sehen, was im
Theater passiert.“ Des eilte auf der Suche nach ihren
Sandalen aus dem Raum und hoch in den ersten Stock.
Sie war wieder unten, bevor die zwei Minuten auf Al-
lies innerer Uhr abgelaufen waren

„Ich habe Nikki und Barney eine Notiz geschrieben,
aber ich vermute, dass Barney schon draußen mit ihrer
Gruppe spazieren geht.“

„Nikki schläft vielleicht noch ein paar Stunden. Sie
hatte gestern einen langen Tag.“

„Klingt, als ob Seths Party echt angesagt war. Ich
finde es schade, dass ich sie verpasst habe. Es hört sich
so an, als ob alle irre viel Spaß gehabt hätten.“

„Du kommst nächstes Jahr mit.“

„Ihr plant schon für nächstes Jahr?“

„Wir denken darüber nach.“

„Ich finde, du würdest ein großartiges Bauernmäd-
chen abgeben.“

Des lachte. „Stimmt. Ich liebe Seths Zuhause. Ich liebe
die Felder, die Gärten, den Obstgarten und den Weingarten.“

„Und Seth?“

„Könnte in die Richtung gehen.“

„Wow. Wer hätt's gedacht?"

Sie überquerten die Straße zum Theater, als sich der Verkehr legte – die morgendliche Stoßzeit von sieben Autos – und gingen an Joes und einem weiteren Transporter vorbei zum Eingang, der unverschlossen war. Als sie drinnen waren, machten sie sich auf den Weg zum Foyer, wo das Gerüst vervollständigt war und alle Lichter brannten. Ganz oben auf dem Gerüst stand Giovanni so sicher, wie er in seinem Haus stehen mochte. Neben ihm auf der Plattform saß Cara.

„Hey! Was machst du da oben?", rief Des.

„Ich schaue dem Meister bei der Operation an unserer Decke zu." Cara hielt eine Kamera hoch. „Und ich mache Bilder, damit wir welche fürs Sammelalbum haben."

„Welches Sammelalbum?", fragte Allie.

„Meins, das die Verwandlung des Sugarhouse von leer und verlassen zu Mama, look at me now aufzeichnet." Sie drehte sich um und fragte: „Wollt ihr hochkommen?"

„Äh, nein. Nein, danke. Es könnte Giovanni stören", sagte Des.

„Mich kann nichts stören", sagte er, ohne den Blick von der Decke zu wenden. „Außer, du schüttelst die Plattform."

„Ich würde gerne hochkommen", sagte Allie.

„Du gehst wirklich wieder nach da oben?" Des runzelte die Stirn. Das wären dann zwei Gänge für Allie. „Wie hältst du das aus?"

„Ich will das wirklich gerne tun. Und es hilft, wenn man nicht nach unten sieht."

„Ich komme runter", sagte Cara. „Du kannst meinen Platz auf der Plattform haben."

Des sah zu, wie Cara mit der Anmut einer Akrobatin nach unten kletterte.

„Bei dir sieht das so einfach aus", sagte sie, als Cara auf dem Boden gelandet war.

„Es ist einfach." Cara wandte sich an Allie. „Und, hast du dich entschieden, unser Artist in Residence zu werden?"

Allie nickte. „Daumen drücken und aufs Beste hoffen."

„Ich finde, es ist eine hervorragende Idee, die du hattest, und ich habe vollstes Vertrauen in dich. Es wird wunderschön werden." Cara umarmte Allie unerwartet.

„Danke", sagte Allie leise. „Und wie schlägt er sich da oben?"

„Super. Ehrlich, die Bereiche, die er schon ausgefüllt hat, sind makellos. Bis auf die Tatsache, dass die Decke blau und der Putz weiß ist, könnte man nie erkennen, wo sie repariert wurde. So glatt ist er. Es dauert lange, es ist ein langsamer Prozess, aber er macht es einfach perfekt."

„Nimm das, James Ebersol", murmelte Des.

„Ich habe noch nie auf Putz gemalt." Allie starrte auf die Decke, wo Giovanni hoch oben die Unterhaltung unten nicht zu bemerken schien, wenn er sie überhaupt hören konnte. „Ich glaube, ich möchte hochklettern und zuschauen, und sehen, wie die Oberfläche der Decke ist, jetzt wo etwas Putz drauf ist. Das ist außerdem ein guter Zeitpunkt, um sich an die Höhe zu gewöhnen. Also los ..."

Allie legte ihre Hände auf die unterste Sprosse des Gerüsts, holte tief Luft, und zog sich dann hoch. Eine faszinierte Des sah ihrer Schwester zu, wie sie bis nach oben kletterte und sich auf den Platz neben dem Putzgenie sinken ließ, der mit den Händen über seinem Kopf arbeitete.

„Ich bin einfach sprachlos", sagte Des.

„Weshalb?" Caras Blick ruhte immer noch auf der Decke.

„Wir hatten beide immer solche Höhenangst. Ich kann nicht fassen, dass sie einfach ..." Des machte eine Handbewegung zum Gerüst.

„Geist über Materie, Des."

Sie sahen dem Bild zu, das sich bot, der kleine, ältere Mann mit O-Beinen, dessen Hände mit Putz Wunder wirkten, und die junge Frau, der ihr blondes Haar über eine Schulter strömte, und deren Herz vor Angst rasen mochte, aber die anscheinend nichtsdestotrotz in der Lage war, eine Unterhaltung zu führen.

„Tja, ich glaube, ich bin hier weg. Ich habe meine Sorgfaltspflicht getan und zugesehen, wie der Mann sein Ding macht. Ich bin so dankbar, dass wir ihn gefunden haben. Er ist wirklich ein Meister seines Fachs." Cara sah sich nach der Tasche um, die sie vorhin mitgebracht hatte, und fand sie unten in der Nähe des Gerüsts. „Ich schätze, wir sehen uns zuhause."

Des nickte.

„Hey, übrigens, Joe und ich hatten einen Mordsspaß gestern. Dein Kerl weiß wirklich, wie man feiert."

„Oh, er ist nicht wirklich mein ...", wollte sie widersprechen, dann, als Cara eine Augenbraue hochzog,

musste Des lachen. „Naja, ich schätze, das ist er irgendwie."

„Er ist das einzig Wahre, Desdemona", meinte Cara.

„Ich weiß."

„Und fürs Protokoll, Barney ist ganz aus dem Häus-
chen."

„Warum?"

„Sie denkt, sie hat uns genau da, wo sie uns wollte."

„Und zwar?"

„Dass wir nach einem Grund suchen, in Hidden Falls
zu bleiben." Cara grinste und ging zur Tür. „Und sie
könnte recht haben."

Des verbrachte den größten Teil der nächsten halben
Stunde damit, ihre E-Mails zu lesen und zu beantworten, und Fotos für Instagram vom Innern des Theaters
zu machen. Weitere zehn Minuten vergingen, und sie
entschied, dass sie wahrscheinlich Besseres zu tun
hatte, als rumzusitzen und zu warten, dass Allie herun-
terkam, also rief sie zu ihrer Schwester hoch.

„Al, ich geh jetzt zum Haus zurück."

Anscheinend immer noch in einer Unterhaltung mit
Giovanni, winkte Allie, um zu zeigen, dass sie sie gehört
hatte. Während Des zum Haus zurücklief, grübelte sie
über das veränderte Benehmen ihrer Schwester nach.
Zuerst war da ihr neu gewonnener Sinn von Verantwortung, was das Theater anging. Dann hatte sie so entschlossen das Gerüst erklommen, wo sie immer noch
saß und sich mit Giovanni unterhielt. So sehr Des es gehasst hatte, den Schmerz zu sehen, den Allie die vorige
Nacht durchlitten hatte, die Erfahrung schien etwas in
ihr losgetreten zu haben. Was auch immer der Grund
dafür war, diese neue Allie zeigte eine Seite, die Des

schon immer in ihr vermutet, aber nie zu Gesicht bekommen hatte.

Es war vielleicht etwas gewagt, aber sie hoffte, dass die neue Allie noch ein bisschen länger blieb.

Früh am nächsten Morgen gingen Des und Cara zusammen joggen. Da Cara schon in Form und Des im Aufholmodus war, hatten sie sich darauf geeinigt, dass Des jederzeit anhalten konnte, wenn nötig.

„Wie kannst du in dieser Hitze weitermachen?", keuchte Des. „Ich halt's nicht aus."

„Ich denke einfach an etwas anderes. Ich singe ein Lied in meinem Kopf, oder spiel eine Szene aus einem Film ab." Cara war stehengeblieben, um auf Des zu warten.

„Sieh dich mal an. Ich bin am Röcheln und du atmest nicht mal schwer. Nicht fair." Sie waren im Park, wo sich Des über die Lehne einer Bank lehnte.

„Was ist dein Lieblingsfilm?", fragte Cara.

„Stolz und Vorurteil."

„Welche Version?"

„Ich mag alle." Des atmete mehrmals tief durch.

„Okay, denk einfach an deine Lieblingsszene, während du rennst. Dann vergeht die Zeit schneller."

„Fühlen sich meine Lungen dann besser an? Die Zeit ist nämlich nicht wirklich das Problem hier."

Cara lachte und rannte weiter, und Des folgte ihr für ein paar Blocks, bevor sie aufgab. Sie ging schwer atmend zurück zum Haus.

Ihre Unterhaltung mit Cara kam am Samstagabend zu ihr zurück.

Niemand hatte je ein großes Tamtam um ihren Geburtstag gemacht, und das war okay für Des. Außer, natürlich, sie waren an ihrem Geburtstag am Set von Des Does It All, denn dann machte ihre Mutter immer eine Riesensache draus, brachte eine schicke Torte und Eis mit, und dekorierte die Lounge mit Ballons und Kreppbändern. Ansonsten, nichts. Des lernte früh, dass ihr Geburtstag kein besonderer Tag war, also waren ihre Erwartungen niemals allzu hoch gewesen.

Seth holte sie um sieben Uhr ab, und sie fuhren nach Rose Hill, wo sie in dem Restaurant Essen gingen, dass sie einmal für Seths Steak abgelehnt hatte. Von dort fuhren sie zurück nach Hidden Falls. Als sie durch die Stadt fuhren, erwartete Des, dass er nach rechts auf die Hudson Street abbiegen würde, um sie nach Hause zu bringen, aber stattdessen wendete er vor dem Theater.

„Warum sind wir hier?"

„Ich möchte dir etwas zeigen." Er war bei ihrer Tür, als sie sich gerade abgeschnallt hatte. „Komm mit."

Während er die Eingangstür aufschloss, fragte sie: „Woher hast du den Schlüssel?"

„Hab ihn von Barney geborgt." Er schwang die Tür auf und sie gingen hinein.

„Es ist irgendwie echt gruselig hier drin abends, im Dunkeln." Sie fuhr mit der Hand die Wand entlang und suchte den Lichtschalter. Sie fand ihn und knipste ihn an. „Ah, viel besser. Was wolltest du mir zeigen?"

„Oben." Er nahm ihre Hand, und sie gingen die Treppe hoch zur Galerie, und dann in den Vorführraum.

Da, auf dem Tisch, stand der Projektor, den er mit nach Hause genommen hatte, um daran rumzubasteln.

„Du hast ihn repariert?"

Er nickte. „Hat länger gedauert, als ich dachte, aber er funktioniert." Er führte sie raus auf die Galerie zu einem Sitz in der ersten Reihe. „Ich dachte mir, für deinen Geburtstag machen wir eine Privatvorstellung von deinem Lieblingsfilm."

„Warte, Stolz und Vorurteil?"

„Jep."

„Du hast mit Cara geredet. Du hast sie gebeten, zu fragen."

Er nickte.

„Und sie hat es so clever gemacht."

„Ohja, sie ist echt ein schlauer Fuchs. Ich dachte, sie ist meine beste Chance. Nikki könnte kein Geheimnis für sich behalten. Allie würde vergessen, mich zurückzurufen. Barney weiß nie, wo ihr Handy ist, also hätte sie meine Nachricht nicht bekommen."

„Das fasst meine Familie ziemlich gut zusammen."

„Ich bin gleich zurück." Seth verschwand im Vorführraum, und einen Augenblick später hörte Des das leise Surren des Projektors. Seth schaltete die Lichter aus, und eilte dann zurück, um sich neben sie zu setzen.

Er legte seinen Arm um sie, und sie kuschelte sich an ihn.

„Ooh, ich mag diese Version. Das war eine TV Miniserie in 2005. Es ist ein schöner Film."

„Pssst. Ich habe ihn noch nicht gesehen."

„Das ist eine Überraschung."

„Was soll das denn heißen?"

„Es ist ein ziemlicher Frauenfilm."

„Wahre Männer werden nicht von Frauenfilmen abgeschreckt."

Des kicherte, er machte wieder ‚pst‘, und sie sahen sich den Film bis zum Ende an.

„Das war das beste Geburtstagsgeschenk aller Zeiten.“

„Er war nicht schlecht. Das war ein ziemlich romantischer Satz, mit dem er sie da beworfen hat, als er den Heiratsantrag gemacht hat.“

„Oh, du meinst, ‚Sie haben mich mit Leib und Seele verzaubert ...‘“

„Ja, genau den. Jane Austen konnte sich wirklich romantisch ausdrücken.“

Sie stand von ihrem Sitz auf und setzte sich auf seinen Schoß. „Jane Austen hat das nicht geschrieben. Das kam nicht im Buch vor. Sie haben das für den Film geschrieben.“ Sie küsste ihn, und dachte, dass sie heute Abend die Chance hatte, die sie als Teenager nie gehabt hatte. Mit einem heißen Typen in einem Filmtheater rumzumachen. „Danke, danke, danke.“

„Äh, Des, ich glaube, du solltest ...“ Er versuchte, sich aufzurichten, als alle Lichter im Theater angingen.

„Überraschung!“, tönte es von unten.

Des spähte über das Geländer. Da standen ihre Familie und die Freunde, die sie hier gefunden hatte. Cara und Joe, Allie, Barney, Nikki und Mark, seine Schwester und zwei Freunde ihrer Nichte, Barneys Freund Tom, Ben, und Seths Schwester, Amy. Bildete sie es sich ein, oder mieden Allie und Ben absichtlich den Blick des anderen?

„Oh! Ihr seid ja alle da unten!“ Sie drehte sich zu Seth um. „Du hast das geplant?“

„Ja.“ Er sah enorm stolz auf sich aus. „Selbstverständlich hatte ich nicht viel Zeit zum Planen, aber nächstes Jahr werde ich bereit sein.“

„Es ist perfekt. Du könntest das nie im Leben übertreffen." Sie küsste ihn erneut. „Du bist der Beste. Danke schön."

„Gerne. Jetzt lass uns runtergehen und uns dein Geschenk angucken."

„Mein Geschenk?" Sie verzog das Gesicht. „Ich hatte gerade mein Geschenk. Den Film …"

„Das war eine Privatvorstellung. Und sie war gut. Kann nicht behaupten, dass es mein liebster Film aller Zeiten war, aber er war in Ordnung. Aber du musst zugeben, dass etwas gefehlt hat."

„Was?"

„Was ist eins der Dinge, auf die du dich freust, wenn du ins Kino gehst, um einen Film zu schauen?"

Sie dachte einen Moment drüber nach, und wollte schon aufgeben, als sie es roch.

„Popcorn! Ich rieche Popcorn." Sie hüpfte die Treppe runter, und umarmte die anderen, als sie zu ihnen ins Erdgeschoss kam. „Wo ist es?"

Eine lachende Cara führte sie ins Foyer.

„Oh mein Gott, wie Nikki sagen würde, ihr habt die Maschine repariert!"

„Äh, nein, Des. Du willst nichts essen, was aus dieser alten Maschine kommt. Ungeziefer, Mäusenester … nicht gesund." Seth ging rüber und klopfte auf die Maschine aus Edelstahl und Glas, wo der Mais zu einem weißen Häufchen aufpoppte. „Die ist neu, handelsübliche Qualität. Ich dachte, ich schlage mal zwei Fliegen mit einer Klappe. Geburtstagsgeschenk, großes Eröffnungsgeschenk."

„Ich liebe sie." Des tanzte fast um sie herum.

Seth gab ihr eine Box. „Hier. Bedien deine hungrigen Gäste, damit wir mit der Show weitermachen können.“

„Wir haben den Film doch schon gesehen.“

„Der war nur für dich. Der nächste hat – wie soll ich sagen – einen etwas universelleren Reiz.“

„Ich kann's kaum erwarten.“ Sie schaufelte Popcorn in Boxen und verteilte sie, bis jeder bedient war.

„Hier im Kühlschrank ist Wasser“, verkündete Barney. „Keine Limo – noch ist keine Maschine aufgestellt – aber Wasser ist eh besser für euch. Nehmt euch eine Flasche und lauft zur Galerie zu euren Sitzen.“

Fünf Minuten später hatte jeder einen Platz, eine Flasche Wasser und eine große Schachtel Popcorn, und fröhliches Geplapper umgab sie.

Des hatte so die Füße aufs Geländer gelegt, wie sie es vielleicht getan hätte, wenn sie mit dem Theater aufgewachsen wäre, – und sie wünschte von ganzem Herzen, dass sie genau dazu die Chance gehabt hätte. Wie viel mehr Spaß hätten die Lieblingsfilme ihrer Kindheit gemacht, wenn sie sie hier geschaut hätte, mit ihrem Dad, ihrer Schwester, einer jüngeren Barney.

Ihr fiel blitzartig auf, dass sie ihre Mutter nicht in dieser glücklichen Szene miteinbezogen hatte. Sofort wurde Des von Traurigkeit übermannt. Sie vermisste, was ihre Mutter hätte sein können. Sie vermisste ihren Vater. Er war ein Mistkerl, daran hatte sie keinen Zweifel, aber das war, wer er war, und sie hatte ihn geliebt. Wie sie hier saß, auf einem Sitz, auf dem er vielleicht einmal gesessen hatte, in dem Theater, das ihre Familie gebaut hatte und wo Fritz so oft die Bühne in unzähligen Stücken geziert hatte, wo er und ihre Mutter sich kennengelernt hatten, fühlte sie, wie Generationen von anderen Hudsons sie umgaben. Und hier an diesem Ort, wo sich ihre Eltern getroffen hatten, verstand sie, dass es nicht wichtig war, ob Fritz und Nora sich geliebt hatten. Allie und Seth hatten beide damit recht gehabt. Was auch immer es gewesen war, gut oder schlecht, es war zwischen Fritz und Nora.

Natürlich hatte sie ihren Vater für verrückt gehalten, als Pete Wheeler sie und Allie in sein Büro gerufen hatte, um die Bedingungen von Fritz' Testament zu besprechen. Beide hatten keine Ahnung, dass sich ihre Leben nach diesem Nachmittag verändern würden. So verrückt, wie sie die Idee auch zu der Zeit gehalten hatte, nach Hidden Falls zu kommen, war das Beste, was ihr je passiert war. Sie hatte eine Schwester entdeckt, von der sie nie gewusst hatte, und eine Tante, die ihr mehr ans Herz gewachsen war, als sie in Worte fassen konnte. Und sie hatte Seth gefunden, einen Mann, der nicht nur ihr bester Freund war, sondern sich auch als sehr viel mehr entpuppt hatte.

Des wusste, dass sie und Allie immer noch ein paar Dinge klären mussten, aber es gab Zeiten in diesen letzten paar Monaten, wo sie sich näher gewesen waren, als je zuvor, außer vielleicht in der Zeit, bevor Des eine Rolle in Des Does It All bekommen hatte. Sie hatte ihre Familie und ihre Errungenschaften lieben und schätzen gelernt, ihre Großzügigkeit sowohl in der Seele als auch hinsichtlich ihrer Ressourcen, die, die vor ihr lebten, und die, mit denen sie sich ein Zuhause teilte. Das prachtvolle Haus in der Hudson Street war ein Zuhause, im wahrsten Sinne des Wortes, für sie alle. Des war glücklicher als je zuvor in ihrem Leben.

Sie sah sich im Dunkeln um, während sie darauf wartete, dass der Film anfing. Sie wusste nicht genau, welcher es war, aber sie wusste, dass sie jede Minute davon lieben würde, weil er von einem wirklich wundervollem Mann geplant wurde, der sich so viel Gedanken darum gemacht hatte, diesen Tag zu einem Geburtstag zu machen, den sie nie vergessen würde.

Verzaubert. Das Zitat aus dem Film wiederholte sich immer und immer wieder in ihren Kopf. Jetzt in diesem Moment fühlte sich Des genauso sehr verzaubert wie Mr. Darcy von Elizabeth. Sie sinnierte über die Möglichkeit nach, dieses einzelne Wort als ein kleines Tattoo irgendwo ihren Rücken zieren zu lassen, oder vielleicht ihren Arm. Es wäre möglich.

Es war zweifellos der beste Geburtstag ihres Lebens.

Seth kam zu seinem Platz zurück und legte seinen Arm um sie, schlang eine ihrer Locken um seinen Finger, und Des lächelte in der Dunkelheit.

Definitiv verzaubert.

Das vertraute Titellied begann, und sie klatschte und jubelte laut, als sie erkannte, welchen Film er ausgesucht hatte. Ihr Lieblingsfilm.

Der originale Ghostbusters.

Der. Beste. Geburtstag. Ever.